纪念中国人民抗日战争
暨世界反法西斯战争 **胜利70周年重点出版物**

冶生福　著　◆　青海人民出版社

折花战刀

图书在版编目（ＣＩＰ）数据

折花战刀 / 冶生福著 . -- 西宁：青海人民出版社，
2015.12
ISBN 978-7-225-05110-9

Ⅰ．①折… Ⅱ．①冶… Ⅲ．①长篇小说－中国－当代
Ⅳ．① I247.5

中国版本图书馆 CIP 数据核字（2016）第 000277 号

折花战刀

冶生福　著

出 版 人　樊原成

出版发行　青海人民出版社有限责任公司

西宁市同仁路 10 号　邮政编码：810001　电话：（0971）6143426（总编室）

发行热线　（0971）6143516 / 6137731

印　　刷　陕西龙山海天艺术印务有限公司

经　　销　新华书店

开　　本　720mmx1010mm　1/16

印　　张　28

字　　数　370 千

版　　次　2015 年 12 月第 1 版　2015 年 12 月第 1 次印刷

书　　号　ISBN 978-7-225-05110-9

定　　价　56.00 元

第一部

1936 年的夏天，祁连山下，浩门河水猛涨，河水穿过大半个草原向东匆匆而去，河中还有一两只小动物浮在河面上，随波一浮一沉。河两岸，青草疯了似地生长，那颜色里加了一层又一层的黑色，使青草竟然有了祁连玉一样的墨绿来。

再往远处看去，大坂山在云雾里探头探脑，那山顶的积雪常年不融，就如同身后的岗卡什雪山，哪怕是夏季，也保持着最后的洁白。那就是雪山的高度。

在这里，回民居住的地方叫"庄"，撒拉居住的地方叫"工"，藏民居住的地方叫"德洼"。回民唱的是"花儿"，撒拉唱的是"玉儿"，藏民唱的是"拉伊"，祁连山下这片草原上的草已练就了能辨各种歌曲的本领。

此刻从草原深处跑来两匹马，一前一后，一红一白，在草原墨绿色的背景中像一阵风，在草尖上滚动。

骑白马的是回族哈木宰，他从大通来这里走亲戚，骑枣骝马的是藏族扎西，他的德洼就在草山背后。

叭！马鞭声在雨后初晴的草原上清脆地炸响，一些鼹鼠躲进洞里睁着大眼睛看着洞外。每天这一红一白的马总要在这里比赛，看着远去的马，鼹鼠扭着肥胖的身子从洞里挤出来。

哈木宰回头望望身后，扎西的枣骝马在风中夸张地舞动着蹄子，那姿势让哈木宰不由陶醉起来，扎西弓着腰，更像是长在枣骝马背上。

草原的兄弟，哈木宰心里说了一遍。

枣骝马带了风，也带来了扎西的"噢噢"声，在这个时候，哈木宰才突然理解噢噢声属于扎西、属于德洼、属于草原，而不属于他的村庄。

远处的青草突然向白马这边冲了过来，白马稍惊了一下，原来是右前方刮来的一股无名之风，把哈木宰的白顶帽一下掀到空中。白帽在地上翻滚着，最后反扣在老鼠洞口，让站在洞口的肥墩墩的老鼠找不到回家的路了。

哈木宰一分神，扎西的枣骝马就跑到前面去了，那扬起的红尾巴在风中燃起了一团火，只见扎西弯下腰，一伸胳膊，红布就到了他的手上，在风中呼啦啦地响。

哈木宰一看输了，失意地勒住马，头也不抬，调转马头去追白顶帽。白顶帽在墨绿色的青草里很显眼。哈木宰心里有点生气，大白马惭愧地放开蹄子朝白顶帽冲去。这地方老鼠洞特别多，一般人是不会在这种地方赛马的，那一个个隐藏的小洞可是一个个陷阱，马蹄子一踏进去，往往会伤筋动骨。可是哈木宰和扎西认为这里更能比出马的敏捷来，任凭放马狂奔，跑了好几天，也没什么事。

扎西看着气呼呼的哈木宰，不禁为大白马捏了一把汗，不过大白马小心地绕过了那些暗藏杀机的老鼠洞，接近了白顶帽。哈木宰双腿夹紧马肚子，哧溜一下弯下腰去，白顶帽已拿在左手里，又噌地挺身坐正，整个动作一气呵成，没有一点拔出萝卜带出泥的啰嗦劲。

哈木宰看着扎西手中舞动的红布，再也没看扎西的脸，大白马慢腾腾地朝墨绿色的草场走去。哈木宰翻身下马，仰面躺在草地上望着天上的白云。

哈木宰这两天有心事，一天早上他从梦中醒来，突然发现脸上长满了黄中泛黑的胡须，脖子上也长出一个硬疙瘩，姐姐看着他的呆表情一个劲儿地笑，那笑让哈木宰又气又有点难为情。

哈木宰的姐姐从大通翻过大坂山嫁到了这里。每年夏天，姐姐家忙成一团。哈木宰本来在清真寺里念经，可是形势变了，马步芳到处派兵、抓壮丁，铁匠爷不忍心哈木宰当兵，就让哈木宰的父亲连夜翻山把哈木宰送到了这里，一来躲避马步芳派兵，二来帮姐姐干点活。

这里天蓝、草绿、羊白，还有剽悍的大白马，草原以它的宽阔诱惑着哈木宰。哈木宰欣喜若狂，至少他可以不用去清真寺念经，也不用去小学识字了，他害怕大阿訇的木板子。听人说大阿訇是从河州来的，有很高的学问，络腮胡子，常穿一身灰长袍，灰袍子上还有几个补丁，走路总低着头，不夸人，不说人，也不轻易看人。但只那么一瞥，便能把人看个八九不离十。哈木宰害怕这种眼光，在大阿訇的眼光下，哈木宰是没有秘密的，所以在大阿訇面前他从不撒谎。

哈木宰当然记得清真寺里的那些事。那天，咕咕的鸽子叫声从清真寺的房梁上传下来，急切地呼唤着他，哈木宰坐不住了。他扔下经板，抱着大木柱，噌噌噌地爬了上去，摇摇晃晃地走过房梁，那鸽子叫声消失了，哈木宰似乎听到了鸽子紧张的心跳声。

一只刚长出青毛的鸽子在哈木宰的手中挣扎，他提着翅膀朝地上得意地挥着，地上的孩子们紧张地盯着他，大气都不敢出。等他下来后，大阿訇就站在木柱子后，脸色阴沉。

"拿过来，一只鸽子七条命，你还得起吗？"哈木宰连忙把鸽子交给大阿訇。

"左手！"大阿訇说。

啪！板子就打在哈木宰的手上。大阿訇的板子有一尺多长，顶端还有一个眼，一板子下去一个泡。痛和麻顺着哈木宰手掌心一点一点地传过来，哈木宰一动都不敢动，他罩在大阿訇的眼光中，耳边是狂风暴雨，他等着挨第二下，可是那板子没再落下来。

"放回去！"大阿訇的话斩钉截铁。

哈木宰乖乖地爬到了房梁上，一紧张，左脚一滑，连人带鸽子摔了下来。哈木宰在同伴们的惊呼声中索性闭了眼，可是他没感觉到痛，睁开眼时发现自己躺在大阿訇怀里，那小鸽子也安稳地卧在大阿訇的左手里。

"没有金钢钻，少揽瓷器活！"大阿訇把哈木宰放在地上。只听噌噌几声，大阿訇就把鸽子放回了窝里，又轻手轻脚地落在地上，哈木宰们张大了嘴。大阿訇拍了拍手上的尘土，大吼了一声："念经去！"

那时哈木宰就觉得大阿訇不简单，看看他的身板，看看他走路的姿势，就知道是练过武的。

那是个斋月，哈木宰封过斋后，抬起经板念起经来。经板是爷爷用牛肩胛骨做的，用磨石磨光。大通煤矿多，青泥也多，爷爷就托庄上下井的煤娃带回来，堆在窗子下，和上水在牛肩胛骨上涂上薄薄的一层。

青泥干后，大阿訇就用竹笔在经板上写些阿拉伯文，先是字母，再是词，最后是经文。

这一天哈木宰没念会经，早晨一封完斋，就急吼吼地往清真寺跑。哈木宰有他的打算，早点去还能问问其他人，大阿訇是不会打一个早到的人的。

天还黑着，月亮清秀的光芒洒在哈木宰的脸上、肩上，村庄在安静中沉睡。

清真寺里一个人都没有，哈木宰轻轻推开大阿訇的房门，大阿訇不在，他又到洗小净的水房，水房里也空落落的，哈木宰又到礼拜殿，里面黑乎乎的。

这时哈木宰听到一阵呼呼的风声，风声是从水房后传来的。水房背后有一处空地，夏天时大阿訇还种着些菜，现在已经是十一月了，空地上的菜都收到窖里了，空地成了哈木宰们的乐园。

走进空地，哈木宰突然看到一朵朵银花盛开在月光下，银花在大阿訇的手中越开越茂盛，越开越大，嗖嗖的银刀劈开了空气。在大阿訇手中，空气仿佛被砍成了一绺一绺的碎布条。

大阿訇早就发现了哈木宰，但他并没有停下来，反而一口气把刀密密地泼出去，上下左右，密密的刀风紧裹着他。舞了好长时间大阿訇才停下来，长长地呼出一口气。

大阿訇把刀插进刀鞘，向哈木宰走来，哈木宰觉得大阿訇又变回了平常的大阿訇了，弯腰低头驼背。

"你看见了什么？"大阿訇问。

"我没看见阿訇练刀！"哈木宰说道。

"哈哈哈，聪明，过来！"大阿訇说。

哈木宰小心翼翼地走到大阿訇跟前，大阿訇的手把他从头摸到了脚，甚至没放过他的私处，哈木宰难为情地躲开，大阿訇笑了。

"儿子娃娃绊三绊，你的骨头硬，明天跟我来练武，不来那板子就是你的对头！"大阿訇说完头也不回地走了。

这一练就是七八年。

那天，哈木宰要走，大阿訇让哈木宰去见他。

"'哈木宰'是什么意思？"大阿訇问。

"这是爷爷起的名字，我不知道。"哈木宰说。

"'哈木宰'在阿拉伯语中是狮子的意思，也就是儿子娃娃的意思。"大阿訇说。

大阿訇从柜中取出了一把战刀，是一把满尺弯刀，战刀的把柄全是由层层的黄铜、牛角、白铁片堆叠而成，上面还有星星、梅花图案。匠人还是很用心的，又用红铜打了一个护手，护手上刻着一条龙，还系着一个防脱落的小皮带扣。鲨鱼皮的刀鞘，刀鞘头上包着一层刻龙的黄铜皮。哈木宰慢慢抽出了战刀，只见刀身上有一个手印，哈木宰知道这就是黄河边上大河家保安刀子特有的标志。

刀身青白相间，不像其他刀子那样银光一片，哈木宰觉得这刀也没什么特色。

大阿訇说："练刀之人，先要知刀。你看这花纹，这就是传说中的折花刀，它可是保安铁匠打的，费十几道工序，先用一层铁片夹一层钢片，叠成十一层，捆绑起来放在炉火里烧，钢花四射时，再锻打，烧几回，打几回，还得用钢钳拧成麻花状，打平，淬火，开刃，还要放在白矾水中煮，这样钢的颜色和铁的颜色就不一样了，青的是钢，白的是铁，再用开水煮过的麻黄草抛光。这样折花刀既有钢的坚硬，又有铁的柔劲。"

哈木宰这才认真地看起刀身来，只见刀身上的花纹像木头纹，又像松树叶，还有点像花朵，可哈木宰觉得还是更像黄河的水纹。

大阿訇说："这把刀是按照苏联哥萨克的战刀打制的。哥萨克，也是骑兵中的儿子娃娃，就是苏联老毛子，当年我们还跟他们打过仗呢！你再看看，这刀身上面有一个手印，这手印可是正义之手。当年有一个保安铁匠刀子打得好，一位当官的就让他打刀，可是铁匠不答应，当官的就砍掉了铁匠的手。当地的铁匠为了纪念他，就在每把大河家刀子上刻了一个手印，这个手印可是刀客子心中的秤，不为正义就是行亏的刀客子。我的这把战刀只沾着敌人的血！挥两下试试！"

哈木宰挥了两下，既顺手，又轻便，简直像是为他订做的，轻轻一挥便把空气劈得呜呜响。

哈木宰被送到了草原上。

每天早上，哈木宰早早起来洗过小净，礼过拜，避开人们在草原深处练刀。这六七年的功夫也没白费，他也能把刀舞出一团团银花，渐渐地练刀地方的草被战刀削成了一个圈，圈外青草茂密，圈内青草稀稀拉拉的，草原上起的最早的旦措奶奶总是第一个看到哈木宰从草丛深处走来。

哈木宰望着蓝天，想着大阿訇的事。但大阿訇只说过一句老毛子，再也不肯说过去打仗的事，问得紧了，他也只淡淡地笑笑说："好汉不提当年勇！"

突然，哈木宰感觉到什么东西钻到耳朵里了，就噌地坐起来。只见扎西手里拿着一根长长的勾头草，那草蓝汪汪的，扎西笑得腰都弯了下去。哈木宰抓住扎西的肩膀使劲摇了摇。

扎西知道哈木宰生气了，就安静地躺在他旁边。这两天哈木宰一直都是这个样子，心事重重，扎西也不好问，就跟着哈木宰在草原上晃来晃去。

"到军马场看马走！"扎西说。

哈木宰跟在身后，两匹马一前一后，走向草原深处。

在军马场，哈木宰看到许多骏马，头小，脖子长，四肢发亮，毛上像打了一层青油，眼睛里发着光。哈木宰从许多人口中得知这种马叫大通马，也叫青海骢，是自古传下来的名马。

当军马场的数千匹马一起跑起来时，整个草原都会震动起来，大白马和枣骝马也躁动不安，跃跃欲试。大通老家有马，但大都是耕马，一匹匹看着都是低眉顺眼、蔫头耷脑的，那些田地和矮小的马圈把马的本性都给消融了。

虽然哈木宰的大白马在家乡田地上默默低头干活，可一到大草原，蹄子一踩上草，那存活在它记忆深处的东西又复活了，大白马的头抬了起来，蹄下的声音一天比一天响亮，大通马的遗传基因被这浓烈的草香熏活了。

大白马是能跑出一阵风的。哈木宰和扎西比拼了好多次，扎西的枣骝马和大白马不相上下，有时是哈木宰胜，有时是扎西胜。

看过军马交配后，哈木宰和扎西脸涨得潮红，哈哈一笑，又彼此不看对方的脸。但他们明白自己长大了，心思开始像天上的云彩变化无常。

9

在草原深处，他们总是耸起耳朵期待着另一种声音，这就是草原上的歌声。

草原是歌声的母亲。这里有回族、藏族，还有蒙古族。回族唱宴席曲，藏族唱拉伊，蒙古族唱长调。不过大家更喜欢一种野调，野起来能让人心潮澎湃得想跑过大坂山看一趟尕妹去，雅起来却又能让人正襟危坐，这就是花儿。当然花儿一般不在庄子里唱，因为它有着火一样狂野的内核，那内核能烧去披在身上的衣服及伪装：

雨点儿落在个石头上，

雪花儿飘在了水上；

相思病得在个心肺上，

血痂儿结在了嘴上。

身下是绿绿的草，头顶是蓝蓝的天，周围是说悄悄话的虫子，听着花儿想着心事是再爽快不过的。

哈木宰和扎西都知道谁的花儿唱得最好。

她就是卓玛，部落头人的女儿。

卓玛身材娇小，脸蛋粉红，乌黑发亮的头发上顶着镶有红珊瑚和绿松石的银泡。卓玛有高贵的气质，还有一颗善良宽容的心，人们都说她是草原赛马会上的一朵格桑花。

尽管家里有人放羊，可卓玛拥有一群自己的羊，每天早出晚归，赶着羊群走过草原，走过小河。她喜欢草原的气息，更喜欢一个人坐在草丛里想心事。她嘹亮的歌喉唱亮了东方，她撩人的拉伊唱红了西边的云彩，那些云彩被她唱成了彩色的羊群。当日头收回它的光芒时，天上的羊儿和地上的羊儿一起在卓玛轻轻的皮鞭声中静静地回到羊圈。

卓玛放羊的路线从不改变，哈木宰和扎西常骑着马守在她出行的路上，守在天刚露出鱼肚白时，守在晚霞飘飞之时。

当卓玛的头羊出现在视线里时,扎西总会让马朝前走几步,说:"德冒! ^{①}"同时夸张地弯下腰去,哈木宰就在一边偷笑,看着扎西紫铜的脸色在清晨的微光里发出些许亮光来。

可是每见到他们,卓玛只抿嘴一笑,挥挥小皮鞭子,蓝色勾头草上的种子向两边迸裂开来。

晚上, 扎西拉哈木宰到他帐房里聊天,还偷偷拿出一瓶青稞酒,倒了一小盖酒递给哈木宰。

"不行,不行,酒对我们回民来说是'哈拉目' ^{②},我不能喝! 喝了要下地狱的!"哈木宰边说边把头摇成了拨浪鼓。

"不喝酒真是可惜!"扎西说。

"你说,卓玛今天笑什么,是不是看到了我漂亮的腰刀!"扎西凑上来问道。

"可我也有腰刀呀,还是折花战刀呢!"哈木宰笑着说。

"我借你十个胆,你也不会给她说个'德冒'!"扎西说。

这话哈木宰承认。哈木宰是个一见女人就脸红的人,不知为什么今天他却看不惯扎西那一厢情愿的想法。他很想提醒扎西,卓玛是部落头人的千金,而扎西却什么都没有。哈木宰看着扎西真诚的脸,不想戳破这张纸。

说实话,哈木宰觉得卓玛很可爱,她直爽干脆,完全不像老家那些整天低眉顺眼的大辫子姑娘,一见生人就往门缝里钻。有几次哈木宰甚至梦见了卓玛,可是他知道,弟兄之间这些话是不能说的。

"她笑你头上有根羊毛!"哈木宰说。

"真的吗!"扎西大惊失色,抽出刀,借刀照起来。

哈木宰在一边哈哈大笑,这晚扎西边喝酒边唱拉伊,唱了一夜。

忧伤的曲调,总让哈木宰想起自己的家乡。

11

---

①德冒:藏语,你好。

②哈拉目:阿拉伯语,意为非法的,禁止的,不合教法的。

草原的天空是个魔术师，你总能遇见奇迹。在这个山坡上晴空万里、艳阳高照，骑马过了那个山头，就是乌云成团、雷雨交加，再往高处走，甚至有时还会突遇六月飞雪。

傍晚时候，天开始变脸了。一堆又一堆的云彩似乎商量好了，凑到一块儿，一阵低声密语后，脸色阴沉下来，变得怒气冲冲，云层里不时抽出一两道电光。

哈木宰和扎西早早守候在卓玛回家的路上，这个守候点是两人精心设计的。哈木宰认为，不能离卓玛家太近，也不能太远，一来怕卓玛家的人看见，二来还能多陪着卓玛走走。

乌云脸色越来越难看，像有人把巨大的墨汁瓶狠狠地扔到天上，碰到蓝天又砰然碎裂，那墨汁全倒在白云上。哈木宰感觉快到世界末日了。乌云捏紧了拳头，准备随时从空中以闪电的力量狠狠砸向大地，砸出心头的愤怒。

哈木宰和扎西闻到了雨水浓重的腥味，可卓玛的头羊还没来，羊群此起彼伏的叫声似乎埋在了深深的草原，卓玛的黑马似乎也隐藏在远处那些乌云里。

大白马不安地刨着地，枣骝马晃着脖子，打着响鼻。老人们说过，马通人性，马的心思人不知道，人的心思马却知道。

"雨来了，卓玛没来，我们找走！"哈木宰看看天空。

"再等会儿！"扎西说。

"走！不等了！"哈木宰用腿一夹，大白马跑了起来，扎西紧随其后。

跑着跑着，雨点劈头盖脸地甩过来，这是雨头。跑了几步，两匹马钻出了雨帘，不一会儿又钻进了新的雨帘。此时草原上全是雨点、风声，大白马和枣骝马穿过雨点，朝卓玛的草场跑去。

哈木宰说："这么大的雨，我们分开找！"

扎西说："呀！"两匹马消失在雨中。

雨点打得哈木宰脸隐隐作痛，他一闭上眼，就看到卓玛粉红色的脸蛋在雨中发抖。大白马越跑越快，突然一道小土墙向哈木宰迎面扑来，这是草场的界线，勒马已来不及了，哈木宰紧紧盯着小土墙，硬着头皮，把身子半立起来，大白马扬起前蹄，漂亮地纵身一跃，竟然跳过了这小土墙。

这个动作他只在马步芳的军马场里见过，那些骑兵们骑着马跳过一个个障碍物，战马那潇洒连贯的动作让他羡慕不已。

没想到大白马还能做这个动作，哈木宰高兴得直打哆嗦。

前面的雨不管不顾地泼过来，在唰唰的雨水声中哈木宰隐隐地听到了狼叫声！

哈木宰怀里揣着一只打狗棒。打狗棒不是木棒，是用细皮绳拴着像秤砣样的铁块，套在手中，挥打出去威力惊人。哈木宰知道，草原上的人非常喜欢狗，狗成为家庭中忠诚的一员，帮他们守家，帮他们看羊。骂人可以，但是绝对不能打狗。所以这打狗棒从来没用过，只不过在危急时候拿出来吓吓而已。

现在情况危急，已不是打狗棒所能解决的，必须刀刀见血。哈木宰抽出折花战刀，呛啷一声，战刀发出金属摩擦的响声，在雨水的激打下，折花战刀通体透亮。哈木宰似乎听到折花战刀的脉动，折花战刀的花纹竟然像条龙！

狼群围着卓玛的羊群，卓玛骑着马挥着打狗棒。可是狼分几路进攻，卓玛的几只羊还是倒在了血水中。

看到大白马，卓玛放声大哭。

哈木宰左手握着折花战刀，慢慢弯下腰，大白马朝狼群冲过去，只听噗的一声，刀划过狼身，狼头朝前滚去，狼腿还在地上抽搐着。

狼群躲开哈木宰的折花战刀，分散开来。哈木宰突然发现狼群总是跟着一只老狼走，这就是狼王，只有杀了它，狼群才会散去。几只羊已倒下了，可狼还在围攻着羊群。

哈木宰绕了一个圈，追着老狼跑，老狼毕竟是老狼，好几次躲过了折花战刀。后来老狼专往大白马肚子下钻，如果狼咬马腿，大白马就有可能受惊而把他掀翻在地。哈木宰一直担心着大白马，可大白马似乎懂他的心思，就用蹄子踢，此时另一只狼也钻到了大白马的肚子下。

哈木宰瞅准机会，夹紧双腿，身子就势弯下去，左手里的战刀铮铮作响。老狼刚从右面穿插过来，只听一声惨叫，哈木宰的刀准确地刺进了老狼的胸膛。

狼群顿时乱了阵脚，开始往后退。

扎西听到声音也冲了过来，他手中的藏刀上下挥舞，那些狼四散而去。看到哈木宰抢了先，扎西有些不自在，当他看到倒在地上的老狼时，脸色又沉了一沉。

卓玛的脸色慢慢红润起来，调皮地朝着哈木宰吐了吐舌头。

看着老狼，扎西取出刀子要割狼舌头，说这是治胃病最好的药。哈木

折花战刀

宰说："带回去剥皮，做成狼皮褥子会很暖和的！"

卓玛说："这是狼王，应该有狼王的待遇！"

卓玛让哈木宰和扎西挖了个坑，把老狼埋了，还念了一段《往生经》。

看着哈木宰恋恋不舍的样子，卓玛说："到时我给你做个狗皮褥子！"扎西一听，脸上的五官全缩到一块儿了。

卓玛、扎西和哈木宰并排走着，哈木宰在中间，走着走着，扎西的枣骝马落在后面。扎西那样子就像一头被打败的狼，卓玛望望哈木宰会心一笑，勒住马，等扎西的枣骝马。

哈木宰让大白马往右边靠，把扎西的马让到中间，扎西脸上的五官才回归原位，脸色也活泛起来，有说有笑地往回走。

卓玛还给两人唱起了一首歌：

> 在那东山顶上，
>
> 升起皎洁的月亮；
>
> 母亲般的情人脸庞，
>
> 浮现在我心上。

卓玛先用藏语唱了一遍，又用生硬的汉语给哈木宰说了一遍，说这是一个叫仓央嘉措的活佛写的。哈木宰没想到一个活佛竟然能写出这么美的情歌，卓玛纠正说不是情歌，是道歌。哈木宰点了点头。

草原一片宁静，乌云若无其事地溜到对面的雪山顶上，又若无其事地抖落一身的黑色，从散开的云朵里射下道道金光，黑马、白马、枣骝马并排走在金光里。

草原上到处都是金光，连折花战刀都镀上了一层金色，路边勾头草上的露珠在金光里闪着七彩的光芒。哈木宰想，大阿訇说的天堂可能就是这个样子吧。

　　这两天，哈木宰看不到扎西的影子，也看不见卓玛，更听不到她的歌声，卓玛的羊群后面总跟着一个陌生的人。没有卓玛歌声的草原寂寞难耐，哈木宰觉得连草原的颜色也暗淡了不少。

　　哈木宰帮姐姐把羊群放到夏牧场上，一个人骑马到军马场看战马训练。这几天，军马场里的战马多了起来，还看见了许多陌生的骑兵，他们来去匆匆，每天吹号起床，吹号归营。小山坡上总能看到罗圈腿的骑兵们一个个走出来，走向军马场，人们都说马步芳又要打仗了。

　　为什么打，打什么人，当地人说不清，都说要去祁连山下打。

　　哈木宰也不想知道，战争是别人的事，跟他还有几架大坂山的距离。不过哈木宰特别喜欢看这些罗圈腿的骑兵们训练军马，大白马的不少动作都是从他们那儿学来的。

　　这些骑兵走在地上，能笑死人，两腿之间像是用铁锹挖空了似的，空空荡荡的。他们慢腾腾地拉着那双似乎不属于他们的罗圈腿，摇摇晃晃总走不快，可是一上战马，却是十八般武艺样样齐全。有的兵能直直站在奔跑的马背上而不被摔下来；有的能躺卧在马背上，双手左右舞刀；有的能双手支撑，倒立在马背上；还有的能弯着腰侧身贴着马肚子跑，而另一侧根本看不见人影，那些骑兵们就说这一招叫"镫里藏身"。这一招哈木宰会，扎西也会，只不过不知道名字罢了。

哈木宰觉得一个人从并排奔跑的马上翻滚到另一匹马上还是最厉害，这得看骑兵的敏捷性和战马的配合度。五匹马并排跑起来，战马身后扬起滚滚尘土，那扬起的沙尘能呛死人，可那些骑兵们往往能从最左边的马背翻滚到最右边的马背，之后五匹马依然整齐地朝前跑。

此时扎西不在，如果在，哈木宰一定会试这个动作。

这一天，哈木宰又去找扎西，扎西母亲说他陪着卓玛转神山去了，还没回来。

哈木宰气哼哼地骑马回来，没想到扎西还跟他要心眼，悄悄陪卓玛走都不给他说一声。哈木宰边走边用马鞭子抽打着路边的勾头草，把那些蓝色的勾头草打得蓝花四溅。

哈木宰没事可干，到草场上看羊群，羊儿们像一朵朵白棉花，盛开在草丛里。辽阔的草原让哈木宰忘掉了不快，大白马看着平展展的草原也兴奋起来，只几步就飞了起来，风声在哈木宰耳边呼呼而过。

突然，他似乎听到卓玛在他耳边说：

那一月，我摇动所有的经筒，

不为超度，

只为触摸你的指尖；

那一年，磕长头匍匐在山路，

不为觐见，

只为贴着你的温暖；

那一世，转山转水转佛塔啊，

不为修来生，

只为途中与你相见。

哈木宰左右张望，可总看不见人。这清晰的声音是从哪里传来的呢？一个字一个字那么清晰，让哈木宰百思不得其解。

卓玛和扎西转圣山去了，哈木宰无事可干，骑马在草原上游荡。实然马前方一只大灰兔慌慌张张地从草丛中钻出来，与大白马打了个照面，扭转屁股朝另一个方向逃去。看到活物，哈木宰兴奋起来，腿一夹，大白马朝灰兔追去。草原上蓝色的勾头草惊恐地向两边散开，飞溅的种子打在哈木宰的脸上，生疼生疼的，那只兔子一跳就有几丈高，大白马依然紧紧地追着它。

哈木宰紧盯着大灰兔，盯着它不断向后蹬起的胖后腿。那健美的肌肉，一张一弛，让哈木宰看呆了。

离大灰兔越来越近，哈木宰夹紧马肚子，弯下腰去，左手伸向大灰兔的右后腿。突然，大灰兔就地躺倒，伸出后腿，拼命朝哈木宰的左手蹬去，哈木宰赶紧收回左手。

看着他收回了左手，兔子扭了一下，翻过身子跑了起来。哈木宰知道遇上了厉害角色，但他心不甘，又追了上去。几个来回，终于揪住了灰兔的长耳朵。灰兔在他的手中抖成一团。

这时对面路上走来了一个披红袈裟的喇嘛，草原上这样的喇嘛很多。这些喇嘛要么去转圣山，要么去转佛塔。他们行色匆匆，不多说话。不过，喇嘛在夏天很少出来，怕踩死夏天的小虫子、小花朵，只有在雪顿节才出来，所以哈木宰有点奇怪。

红衣喇嘛径直朝他走来："远方的客人，德冒！"

哈木宰说："乔德冒！乔德冒！"

喇嘛说："我用马鞭子换兔子？"喇嘛的汉语说得并不好，可是这意思哈木宰懂。说实话，哈木宰可不愿意。

喇嘛说："这是只母兔子，她家里还有一帮小兔子！"

哈木宰想笑，可看着喇嘛真诚的脸，却又笑不起来。

喇嘛说："我知道你，你不知道我，你是大阿訇的学生！"

哈木宰惊异地点了点头，兔子那由内而外的颤抖让哈木宰心软了，哈木宰把它交给了喇嘛。说来也怪，兔子在喇嘛手中不抖了，喇嘛随手将其放进草丛。大灰兔子回头看了看两人，钻进草丛不见了。

喇嘛说："万物皆有灵，一切随缘！回去后代我向大阿訇问好！"

喇嘛从怀里摸出一根马鞭子，送给了哈木宰。哈木宰不要,喇嘛说:"会用得上的！"这是一根用牛皮编成的马鞭，把手上还镶着藏银，小巧玲珑，揣在怀里刚好。哈木宰还要推辞，那喇嘛却走了……

4

哈木宰还是在家里堵住了扎西。那是个早晨，扎西紧紧张张地往枣骝马上绑着东西，也不说要去哪里。扎西母亲说扎西又要陪卓玛去转山。

哈木宰朝扎西做了个鬼脸，扎西的脸腾地一下变红了。哈木宰说："把我也带上！"扎西说："你跟去做什么，你又不信佛！"哈木宰说："我姓马，我帮你们看马！"扎西咧嘴笑了起来，扎西母亲笑着说："带上，带上。"

哈木宰纵马回姐姐家准备了上路的东西。姐姐不让哈木宰去，说："人家是转神山，你跟着干什么？"哈木宰说："我看马！"姐姐刚要说什么，大白马的蹄声已经远了。哈木宰姐姐长长叹了一口气。

两边是青草，准确地说路上也是草，虽然短点。虫子在马眼前跳来跳去，让马不时猛地抬起头。卓玛不说话，扎西不说话，卓玛的管家也不说话，哈木宰也不敢说话。

卓玛不时瞟着哈木宰，哈木宰也不时看着扎西的复杂表情。哈木宰开始有点后悔，也不敢跟扎西开玩笑，他知道转山是藏族非常神圣的仪式，大阿訇曾说过，一切宗教最终是行善，不懂不能乱说，会伤自身。

黑马、白马、枣骝马、灰马走在密密的草丛里。突然扎西抢先跳下马，牵住了卓玛的马缰绳。祁连山正端坐在他们面前。

卓玛下马磕长头，双手合十，直直跪下去，再平展展地趴在地上，手伸到最远处，然后在手那儿划一条线，再爬起来，站在线上，再叩下去。这叫"等身长头"，哈木宰懂。扎西和管家也开始磕起来。

哈木宰拉着四匹马慢慢跟在大家后面。

夕阳落在卓玛脸上，她一脸肃穆坦然。高耸的群山，带点神秘气息的夕阳，起起落落的人们……哈木宰顿时觉得万物都因说不清道不明的情绪神圣起来。祁连山庄严地立在面前，那些左右摇摆的草儿们都肃穆起来，不再晃动，天地静得只剩下吸气和呼气，山在呼吸，地在呼吸，草在呼吸，马在呼吸，这世界就是一呼一吸。看着这大地、雪山、草地，哈木宰也默默念起了清真言。

仪式结束了，祁连山在身后慢慢退去，卓玛沉默着往前走。看着卓玛的黑马走远了，扎西急急地拉着哈木宰说："你猜，我在神山前许了什么愿？"

"什么愿？"哈木宰说。

"一是祝我母亲健康，二是……二是……呀！这个先不能说，一说就不灵了！"扎西一脸神秘。

"还跟我打马虎眼，我一看你的舌头，就知道你要说什么，不就是想娶卓玛吗！"惊得扎西连忙伸手来堵哈木宰的嘴。两人正吵吵闹闹、撕撕扯扯，卓玛停下了，说："你们吵什么呢？"

哈木宰说："扎西在转山时许了个愿！"

卓玛说："什么愿？"

扎西涨红了脸，哈木宰哈哈大笑。

哈木宰说："他想天下的羊长得像马一样大，他想天下的酒杯像锅一样大，他还想天下的姑娘都像卓玛一样美！"卓玛不由地笑了起来，那银铃似的笑声，让扎西在马背上摇摇晃晃。

哈木宰又问："美丽的卓玛呀，你许了什么愿？"扎西也凑上来，紧张地盯着卓玛。卓玛说："日后你们会知道的！对了，再过几天就是赛马会，你们可不能让我失望！"扎西说："你放心，我的马能在地面上跑，也能在草尖上飞，就连天空的雄鹰也追得上！"

卓玛说："先别说大话，是骡子是马，拉出来就知道了！"扎西不说话了。

离赛马会还有十天。有人透露，这次赛马会卓玛的父亲邀请了各大草原部落头人的儿子，也邀请了各大草原的骑手。草原上都在盛传，这次赛马会将选定卓玛未来的女婿。消息传来，不少人开始物色骏马，调马加料。

扎西一天到晚像伺侯爷爷一样伺侯着枣骝马，扎西母亲说："马，马，马，一天到晚都是马，羊群里还有一堆活等着你！"可扎西眼中只有马和赛马会，草原上都知道扎西有一匹快马，不少人都认为扎西的枣骝马有可能取胜。

早晨，草尖上升腾起一股紫色的烟霭，哈木宰牵马去饮水，远远望见扎西坐在河边，枣骝马正卧在他旁边静静地看着太阳，不时还甩甩尾巴。

哈木宰看着扎西的背影，只见他双手抱腿，凝望东方，这个大大咧咧的藏族男孩此时满脸忧伤。明天就是赛马会，扎西把希望寄托于此。

看着这紫色的雾霭，一种忧伤也从河底泛到哈木宰心上，这紫色的忧伤在一个早晨准确击倒了两个少年。哈木宰轻轻走过去，坐在扎西身旁，远方的紫色烟霞正快速地升起。

日头在草尖上跳跃时，两人旁边又多了一个人——忧伤的卓玛。

日头爬到帐篷顶上时，哈木宰站了起来，走向大白马，阳光正涂抹着哈木宰全身。一刹那，大白马变成了金马，卓玛用柔得像水一般的眼神看着大白马。

"弟兄，起来，我陪你练，牛不牴牛是怂牛！"哈木宰说。扎西噌地跳起来，纵身跳上马。大白马和枣骝马在大草原上奔跑起来。扎西不知怎么了，马也不能尽全力，让哈木宰赢了好几次。

最后扎西坐在草地上说："你我是不是兄弟？"

哈木宰说："是！"

扎西说："你我是兄弟，明天你就不要参加大赛，行吗？"

哈木宰说："行！"

"不行，你们两个人必须都参加！"卓玛说，"你们想让我嫁给陌生人吗？"

两人不说话了，沉默笼罩着草原。

哈木宰想好了要回去，大通老家已经捎来话了，马步芳又开始派兵了。哈木宰是独子，还有个妹子，若不去"吃粮"，父亲就得去。想到明天是最后一次见卓玛，哈木宰沉默起来，他走前得帮扎西一把。

临分别时，哈木宰用头碰了碰扎西："我会帮你的！"

5

草原上挤满了兴高采烈的人群。所有的男人女人都出来了，富裕的藏族女人从头到脚挂满了碗一样大的银泡和成串的红珊瑚，家境最不好的也挂了好几串绿松石。

人们都注意到今天的赛马会除了几个部落头人外，还有几个马步芳的军官，他们挎着盒子炮，身旁站着传令兵。

不远处，人们已搭起了帐篷，羊肉在锅里扑腾扑腾地冒着香气，空气里飘来浓烈的青稞酒香。

扎西的枣骝马和哈木宰的大白马披红挂彩，和一群其他的赛马一起着急地等待着。卓玛坐在头人旁边，她的手一会儿松开，一会儿握紧，眼光不时掠过人群，落在哈木宰这边。

人们开始猜测哪匹马能赢。有人专门说马头，有人专门说马腿，还有人说马蹄子，说来说去说服不了对方，大着嗓门争执起来。

枣骝马上下干干净净的，无一根杂毛，闪着红光，扎西还在用刷子不停地刷着马，扎着红布的枣骝马兴奋地打着响鼻。哈木宰的大白马安静地站着，不时换换蹄子，啃啃马身子，还调皮地用头顶着哈木宰。

人群骚动起来，人们纷纷朝对面涌去，头人们也站起来，望着对面，有人干脆站在马背上。喇嘛们在对面山坡上摊开了一幅巨大的唐卡，晒起了大佛。据说谁第一个看到佛，谁就会有好运，谁的哈达离佛最近，谁的祝愿就能实现。刹那间，漫天洁白的哈达纷纷扔向大佛，卓玛也把哈达扔向大佛。

呜呜的长号吹起来了，赛马即将开始。哈木宰悄悄拉过扎西，在他耳边悄悄说着，扎西兴奋地点着头，紧绷的脸上闪着光。

挤在一起的赛马们兴奋地跺着蹄子，一匹灰马扭头咬了旁边的黑马，黑马跳了两下，赛马的队伍乱了起来。骑手们跨上马，调整着身体，哈木宰用脚尖踩着马镫，这样出现意外时能及时下马，而不会拖在马镫上。

一声号角响过，赛马们排好了队伍，人们的声音渐渐地小了起来。

骑手们不落马鞍，用腿一夹，马队箭一样射了出去。

很快哈木宰的大白马跑在前面，扎西的枣骝马紧跟在大白马后面。

大白马放慢了速度，扎西的枣骝马跑在了前面。大白马后面又有一匹黑马紧追上来，哈木宰勒了勒马，在前面压住大黑马，不让它超前。大黑马主人脾气暴躁，朝哈木宰挥了一马鞭，哈木宰的后背上生疼生疼的，可大白马还是死死压住黑马，第二鞭又挥过来了，哈木宰听着呼呼声躲过去了。

扎西的枣骝马已在领先位置，哈木宰的大白马使劲压住后面跑上来的马，后面的马想从右面超，大白马就往右跑；想从左面超，大白马就往左跑。几个回合，那些骑手们看出了哈木宰的战术，他们从后面、左面、右面逼近大白马。哈木宰明白在这些人的包围圈中，不仅是他挨鞭子，大白马也可能受伤。哈木宰身子微微前倾，双腿一夹，大白马腾地一下跑出包围圈，两边是挥动的哈达。哈木宰似乎又听到了那首歌：

那一年，

磕长头匍匐在山路，

不为觐见，

只为贴着你的温暖。

卓玛毛墩墩的眼睛向哈木宰扑来，那散开的小辫子在风中飞舞。

后面的大黑马又追上来了，哈木宰只好压在大黑马的前面。哈木宰时刻准备着后面骑手的每一个动作，人受点苦没关系，不能让大白马受伤。哈木宰一回头，看见后面骑手正在马靴里摸刀，看看前面，扎西的马快冲到终点了，哈木宰用力一夹，大白马疯狂地跑了起来，离扎西的枣骝马越来越近。

哈木宰看到扎西藏袍的袖子在风中飞舞，想着扎西得胜的样子，哈木宰放松了。大白马看到枣骝马跑在前面，它的疯狂劲又使出来了，它以惊人的爆发力超过了枣骝马，哈木宰吃惊地勒了几下都没勒住，大白马竟然以超出枣骝马一个马头的距离抢先到达终点。

这个结果让哈木宰不能接受，扎西也不能接受，卓玛的父亲更不能接受，一个回回尕娃取得了第一名，难道把卓玛嫁给一个回回娃！在场的人们议论纷纷。

比赛结束了，卓玛第一个跑到跟前兴高采烈地问长问短，她高兴的样子让扎西很难受。扎西一句话也没说，纵马跑向草原深处。哈木宰朝卓玛匆匆挥挥手，朝扎西追去。

草原一片苍茫。扎西觉得世界是黑的，草是黑的，连日头都是黑的。黑草朝他疯狂地扑来，只有奔跑，只有呼呼的风声才能消解他的忧伤。

本来说好了，哈木宰在后面压住其他马，让扎西在前面冲，结果哈木宰背信弃义，成了第一名，扎西认为这就叫算计。让扎西更难受的是卓玛那发自内心的微笑。卓玛给哈木宰献哈达时，那种爱慕的眼光，傻子也能看出来。那眼光把扎西烧得眼冒金星，浑身发抖。他只想逃离这里，只想骑着马一个人走向静静的草原。如果可能,他还想去寺院做一个安静的僧人。

耳边是风声,呼呼的风声,还有枣骝马粗重的呼吸声。枣骝马太了解他了,枣骝马也疯狂起来,尽管它知道再跑一阵,它的肺很快会充满鲜血。主人都不想活了,马还活什么呢?

哈木宰还是追了上来,他知道,这时再不拦住枣骝马,枣骝马就会跑死。哈木宰夹紧大白马冲了上去,一把抓住枣骝马的缰绳,可扎西竟然摸出了藏刀割断了它。哈木宰让大白马与枣骝马并排跑,两马靠近时哈木宰翻到了扎西的枣骝马上,一把扯住割断的缰绳,枣骝马才慢了下来。

扎西一生气,就把藏刀插到哈木宰的右腿上。哈木宰狂叫了一声滚下马,捂着大腿叫起来。扎西这会儿才清醒过来,他连忙翻身下马,抱住哈木宰,割下袖子,又从草丛里找了一个马皮包,把里面的灰洒到伤口上,又用袖子扎紧。

哈木宰说:"我不是故意的,快到终点的时候我勒不住马!"

"你也戳我一刀!"扎西边说边把刀递给哈木宰。

"我们是兄弟!"哈木宰说。

扎西一听,更急了:"我们是兄弟!!"话还没说完,扎西把刀子戳在自己的右腿上。

"走,前面寺院有个活佛懂医术,我们找他去。"扎西说。两人捂住伤口爬上了马,又看着对方傻笑起来。两人再也没提赛马的事。

一座黄金包着的佛塔立在院中,煨桑炉里的柏香烟雾缭绕。扎西要了点柏香、糌粑、酒,放在煨桑炉里,磕了几个长头。

活佛面前放着长长的、厚厚的经,他正低头读经,看到他们来,活佛抬起头来。哈木宰大吃一惊,这个活佛不正是草原上用马鞭子换他大灰兔子的那位吗?哈木宰刚要张嘴,活佛微笑着制止了他的发问。

门悄然无声地打开了,走进来一个小僧人,手里捧着一个小盒子,径直走到两人跟前,打开盒子,让他们坐下来,给伤口上洒上药面子,哈木宰这时感觉右腿麻麻、凉凉的，也不太痛了。

活佛看着他俩："你们先不要急着回，还会有一个人要来见你们！"

"有人要见我们？"扎西说。活佛笑而不答。天色快晚了，房屋里的光线慢慢暗下来，活佛走到窗前，看着暮色里的佛塔，久久不语。

当阳光隐去佛塔尖上最后一缕光时，活佛说："黑夜来了！念为心生，一切相皆为虚妄！"扎西恭敬地听着。哈木宰不懂，他说："我真不懂。"

活佛说："回去后，你向大阿訇问吧！"

活佛又说："见你们的人快到了！"

果然，寺庙外一阵马蹄声传了过来。听那马叫声，应该是卓玛的马，扎西和哈木宰的心顿时热了起来，连忙凑到窗前。

活佛宽厚地笑了笑。

一会儿卓玛气喘吁吁地走进来，给活佛献上了一条哈达。卓玛行过礼后，把扎西和哈木宰叫到外面。

三人一出寺院，卓玛一把抓住哈木宰："你快走，今天那几个马步芳军官是来征马的，看上了你的马，阿爸和他们商量着征掉你的马呢！"

哈木宰啊了一声，没想到分别的时间这么快就来了，哈木宰还有好多话要给卓玛说，可是又不知从何说起。三个人静静坐在草原上，草尖上的暮色从四处温厚地拥抱着他们。

> 那一世，转山转水转佛塔啊，
>
> 不为修来生，
>
> 只为途中与你相见。

卓玛唱了起来，唱完后，东边的大月亮扑腾一下就跳上了天空。月光下，哈木宰的大白马安静地啃着草。

看着月亮，卓玛说："扎西，你闭上眼睛，哈木宰要走，我送他一件神秘的礼物，我说睁开你再睁开！"

"呀！"扎西老老实实地闭上眼。

卓玛背对着扎西，把哈木宰的手放到自己的胸前。轰的一声，哈木宰浑身的血都涌到头上来了。卓玛的胸很温暖，哈木宰摸到了一对温软的乳房，摸到了她嗵嗵嗵的心跳声。

哈木宰心里想，真主呀，今天把罪干下了！可是手还是不想松开。

卓玛看到哈木宰不放手，咬了咬牙说："扎西，慢慢地睁开眼睛！"

哈木宰只好抽出手来，顺势躺在草地上，不让扎西看到他通红的脸。

扎西有了点醋意，他说："我陪你转山转佛塔，也没见你送我什么礼物，这可不是我们藏族人的礼节！"

卓玛笑了笑："人家不是要走吗？你又不走，如果你要走，我肯定也会送给你！"扎西一听来劲了："先给我说说，什么礼物？"卓玛瞪了一眼："说你笨吧，你不信，一切随缘！"扎西不再说话了……

三人在月光下坐了一会儿，卓玛说："今晚你就走，别回你姐姐家，我明天再去告诉你姐姐去，那伙人什么都能干得出来！"

扎西从靴子里摸出一把藏刀，小巧玲珑，刚好能放进毡靴里，就把它送给了哈木宰。哈木宰拍拍折花战刀说："我有刀子呢！"扎西说："拿上，哪天相见，你再还给我！"

哈木宰说："我给活佛告个别去！"哈木宰走进活佛的房间。

活佛说："黑夜来了？"

哈木宰说："黑夜来了！"

活佛说："黑夜见了？"

哈木宰说："黑夜见了！"

活佛说："战刀在？"

哈木宰说："战刀在！"哈木宰摸了摸腰。

活佛说："回！"

哈木宰说："回！"

活佛笑了："念为心生，一切相皆为虚妄！我知道大阿訇，他也知道我。

回去把这些话说给大阿訇，看他怎么说！”

　　哈木宰一头雾水，这么简单的对话没必要给大阿訇说吧。活佛让卓玛他们先回家，过了两个时辰，活佛派一个小喇嘛送哈木宰上路。

　　小喇嘛挑小路走，走得哈木宰晕头转向。他们周围还不时闪过一双双绿色的眼睛，哈木宰知道那是狼眼，可今天不知为什么，他却看不到一点敌意。

　　月亮偏西时，哈木宰和小喇嘛终于走到了大坂山下，小喇嘛双手合十，朝他施了一礼，哈木宰说：“扎西得勒。”小喇嘛微笑着走了。

> 大坂山上的烟瘴大，
>
> 大通河里的水大；
>
> 阿哥们的磨难大，
>
> 尕妹们的心碎哈。

　　面对大坂山，哈木宰心里还是有点胆怯。上面盘山路弯弯曲曲，直通到月亮上。大坂山经常七月飞雪，山上山下两重天。山脚下鲜花盛开，山顶白雪皑皑。

　　渐渐地，听到了泉水的声音。哈木宰看到了一条清泉，在月光下像碎银子似的淌了一地，形成了一条弯弯曲曲的银带子。遇到一两块大石头时，那银带子突然裂成几绺，又有几块石子挡在前面，那一河的银子就碎成了渣。

　　因为走得急，哈木宰没来及吃饭，肚子咕噜一声就把他的饥饿全给勾出来了，这才想起他什么也没带。大白马在他旁边啃起草来，哈木宰突然想起大坂山山顶上草少，不如让它在这里吃饱。

　　望着马儿啃草的样子，哈木宰的心安稳下来。这时他看见马背上搭着一条褡裢，摸摸褡裢，鼓鼓的，褡裢上的花纹精致细腻，哈木宰才知道这是卓玛放的。一摸有一袋糌粑，还有一块酥油和一只小木碗。哈木宰眼睛湿润起来，绵软的酥油让他想起了月光下卓玛温软的乳房。

哈木宰就着泉水吃起了糌粑，吃得太急把他呛得喘不过气来，喝了几大口水才停下来。他手里抓了一把糌粑，又加了点泉水，捏成杆儿，慢慢吃下去。几个糌粑杆儿下去，肚里的响声小了，哈木宰呆呆地望着一河碎银发呆。

发了一会儿呆，哈木宰想起似乎丢了什么东西。他想起来了，一整天的赛马、追扎西、逃跑，他礼拜都没来及做。

旁边是泉水，哈木宰找了一块石头坐下，念了太斯米①，洗了小净。夜晚的泉水冷到了骨头里，哈木宰的瞌睡一下没了，他觉得周围变得安静起来。

每当哈木宰心绪烦乱时，一洗小净，他心里的那些难心事就没有了。大阿訇说，恶魔以贫穷、饥饿和烦难事来威胁人们，当人们踩上礼拜毡时，这些威胁全消失了。哈木宰把马拉到草头厚实的地方，用布条塞住马铃铛。没有礼拜毡，哈木宰就找干净的大石头。石头刚好一个礼拜毡大小，光光平平的，哈木宰试了试，刚适合礼拜。

月亮还在头顶，礼拜要朝向西方麦加的天房，哈木宰分不清哪儿是西方，看看北斗星的位置，找准了方向。一低头，哈木宰乐了，心里惊讶不已，这石头刚好朝西。

突然路边有人大声吵闹起来，声音越来越近，越来越大。"日奶奶尕娃，你们的眼睛是鼻泡儿吗，让大白马跑过了，今晚抓不到人，日奶奶尕娃，马长官剥你们的皮，好好地搜一哈！"

一个人说："韩连长，我们都是一路打着马跑过来的，没见什么人和马呀，难道还有人比我们跑得快，说不定还没到呢，我们干脆就守在这儿，大坂山就这一条路，难道他还能飞过去！"

"日奶奶尕娃，这话你说对了！传令下去，让大家下帐房、安锅灶，今晚守在这里，谁要是偷懒屙奸屎，我的皮鞋就是他的对头！"

---

①太斯米：阿拉伯语，意为奉至仁至慈的真主之名。

哈木宰有点紧张，但礼拜刚开始，万事有个真主哩，他心安了。"安赛俩目而来空①！"哈木宰朝右肩膀说，又朝左肩膀说。

爷爷说过，人的右肩膀上是记录好事的天仙，左肩膀上是记录坏事的天仙，礼拜完后要给肩膀上的两位天仙说赛俩目。

哈木宰这时心平如镜，他摊开双手，祈祷起来："真主呀，万能的真主呀，你饶恕我的罪过，你赐给我平安！"

哈木宰没有看马，也没有看路边的那些兵，他似乎和石头长到一块儿了。过了一会儿，只听一个人说下面路上发现了一匹枣骝马，朝另一个方向去了。

整个队伍乱哄哄地向远方跑去。哈木宰收拾起东西，拉着马沿着沟向山上走去。

山顶之上，大白马的脚步慢了起来，哈木宰感觉气憋得不行，张着嘴大口大口吸气，这就是所谓的烟瘴。这时的经验是不能快走，也不能停，更不能说话。

旁边路面上还结着冰，铁马掌在冰面滑得厉害，大白马差点滑倒，再几步就是深渊。哈木宰急出一身冷汗，于是让马停下来，撕下半条裤筒，拔了点草，连草带布包好了马的四个蹄子，大白马在冰上快走如飞。

哈木宰翻过了大坂山，已是后半夜了，哈木宰舍不得骑马，就在前面走。

> 白牡丹白者耀人哩，
>
> 红牡丹红者个破哩；
>
> 一晚夕想你者没瞇睡，
>
> 头鸡儿啥时候叫哩！

想着卓玛，哈木宰的花儿冒出来了，深更半夜不敢唱，怕又招来马步芳的兵，只能哼个调儿。

①安赛俩目而来空：阿拉伯语，愿真主赐予你和平安宁。

哈木宰漫无目地地胡思乱想，黑夜短了好多。哈木宰边走边听着周围的响声，他害怕又遇上兵。大白马浑身出汗了，他跳下马拉着马慢慢走，把马的汗水晾干。

"救命！"哈木宰吓了一跳，停了下来，一听又没有声音了。哈木宰拉着马继续走。

"救命！老乡救命！"这一句很真切。声音是从路边传上来的，哈木宰把马拴在路边的马莲草上，握紧折花战刀，顺着声音走过去。

路基下边有一个小洞，恰好能容一个人，黑暗中虽看不清对方的模样，却隐约能看到他左手里的枪，右手一直耷拉在旁边。哈木宰看到枪往后退了几步。听那口音应该是外地人。

"老乡，别怕！"哈木宰才隐隐约约地看到了他帽子上的五角星，哈木宰犯难了，一看那稚嫩的脸，岁数和他差不多，这不就是大家说的"红军娃"嘛。保长说红军娃是共产共妻，一个个长得青面獠牙，见人杀人，见鬼杀鬼，来青海就是要灭掉我们的教门，灭掉我们的信仰，一经发现一定要送上去。最近马步芳的兵把红军娃查得紧，如果救红军娃可能连头都保不住。

哈木宰犯了难，救吧？害怕有危险。不救吧？和哈木宰一样大，还真看不出红军娃坏到哪里去，一条人命哩。

可能好长时间没吃东西了，红军娃说一句话，得缓上半天。哈木宰拿了些糌粑，想了想连褡裢一块儿拿下去。

褡裢放在红军娃的旁边，看到哈木宰要走的样子，红军娃哭了。哈木宰见不得眼泪，此时心里也像刀剜一样。可这条路上人多，万一被发现，哈木宰全家会大祸临头。

哈木宰想了想，咬了咬牙，拉着马上路了。对面突然过来了一匹马，哈木宰急忙把马拉到路边藏起来，那人还唱着回族宴席曲：

正月里到了正月正，

皇上家又要调大兵；

大兵调了千千万万，

各州府县里把书送。

这一听，哈木宰乐了起来，他立马把马拉上路基，直奔那人而去。

来人正是哈木宰的爷爷铁匠爷，马上驮着铁匠的简易工具。铁匠爷名叫马达吾，是个铁匠，他的名声大，方圆百里人们都叫他铁匠爷。

看到孙子，铁匠爷也吃了一惊。哈木宰一见爷爷就把草原上赛马、抢马的事说了一下。爷爷一听连忙把马拉下路边："走，我们走另一条路，这路不安全！"

"阿爷，我在路上遇到了一个红军娃，给了他糌粑。"哈木宰说。

铁匠爷说："人还活着？"

哈木宰说："活着，右胳膊伤了！"

铁匠爷说："圣人在世时连只猫都救哩，大人娃娃都是命，管他共产娃、红军娃，人心都是肉长的，我不信红军娃就那么坏。走，我们看看走！"

哈木宰把爷爷领到红军娃那儿，小洞里已没有人了，那马褡裢还在。

"可能藏起来了，阿爷你小心，那人还有枪哩！"哈木宰说。

哈木宰小声地喊着："我是刚才给你糌粑的人，我不会害你，你出来！"

不一会儿，从另一边传来了声音。哈木宰和他爷爷过去一看，伤在右胳膊。

铁匠爷说："唉，真主啊！这么大的娃娃还打仗着吗？可怜死了！"

"你是哪里人？"

"我是四川人！"

"你跟我们走吧！"

"老乡，谢谢你们，我不能连累你们！我要北上抗日去！"

"你跟我们走吧！这么大的山，你一个人出不去的。"

铁匠爷说：“我们走另一条路，路上如果遇到人，你就趴在马鞍上耍不动弹，耍说话，装个哑巴，我们就说你得了传染病。”

红军娃使劲点了点头说：“你们太好了！”

哈木宰和铁匠爷把红军娃扶上了白马，专走小路、山路，避过了好多关卡。日头一树高了，他们走到了山沟沟。山沟沟里淌着一股水，树木郁郁葱葱的，哈木宰累得坐在石头上不想起来。

哈木宰说：“阿爷，跑了个白日没晚夕，我饿死了。我们坐下打尖吃点饭吧。”

铁匠爷说：“你把锣锅和火皮袋拿下来，找点干松木去！”

铁匠爷用三块石头把铜锣锅支好，用火镰链子打着火，又用羊皮做的火皮袋烧起火来。铁匠爷把皮袋口抖开，又慢慢合上，火皮袋里的空气就顺着气管子往外跑，火烧得噼哩叭啦的，一会儿铜锣锅里的水就开了。

红军娃对铁匠爷的火皮袋很感兴趣，外面看只不过是羊皮，可是在铁匠爷左右手的轮番抖动中，风吹得火呼呼直响。

铁匠爷笑着说：“没见过吧，这叫火皮袋！我问你个事，尕娃你要老实说！”

红军娃紧张起来：“大爷你说！”

铁匠爷说：“从今天开始，你要学我们青海话，要不一出门别人就能看出你是外地人！”

红军娃点点头，难过地低下了头。

铁匠爷说：“我听保长说，你们红军娃共产共妻，这个“共产”我还知道点，财产是大家的，可就这个共妻，我不理解，按我们的习惯，一个媳妇配一个男人，怎么成了大家的媳妇？这不是大罪吗？还有，你们说要灭掉我们的教门，杀光我们的人，我觉得也不对，世界万物都是真主创造的，人没有消灭人的权力呀！”

哈木宰哈哈笑起来。红军娃说：“大爷，不，阿爷，这都是马步芳的谣言，只有共产没有共妻，红军也不灭你们的教门，我们到过宁夏的清真寺，部队从不进去，还注意保护。"

铁匠爷说："哦，原来是马步芳的谣言。尕娃，你这么小出来当兵，你为了个啥？你家里父母呢？"

红军娃说："阿爷，你不知道吧，日本人打进了我们东北三省，他们制造了'九一八惨案'，欺负我们中国人！我们要北上抗日，打日本鬼子去！"

铁匠爷说："这我听说过，那些去包头的筏子客们说日本人已经占了东北，还要打仗占全中国呢！这么说来，全是真的，想当年，我的爷爷还到北京打过八国联军，护过老佛爷呢！"

哈木宰说："又来了，现在都什么年代了，还老佛爷长老佛爷短的，那是慈禧太后！"

铁匠爷朝红军娃竖起了大拇指说："你这个尕娃厉害，有志气，是个儿子娃娃。儿子娃娃流血流汗不流泪，儿子娃绊三绊，过河再看两腿泥！"

"不过我有个担心，你是外地人，口音不一样，到了村庄，保长不会不知道，如果到那时，恐怕会要你的命，还得好好想个办法！"铁匠爷说。

红军娃半天没说话。铁匠爷往铜锣锅里放了一把青盐，撒了点茶叶，锣锅里慢慢飘出了茶香。

铁匠爷拿出一个木碗，放了点酥油，倒入茶，递给了红军娃："先喝上两口，一只羊嘴底下有一把草，照你们的说法，老天爷也不会把人硬往绝路上逼的，这酥油能治病。对，对，再喝两口！"

红军娃喝过后，铁匠爷又往木碗里抓了一把糌粑，找了根木棍搅了起来，最后用手捏了一个糌粑坨，递给红军娃："先吃饱，吃饱了再上路！"吃着吃着红军娃的眼泪流到了手上。

"婆娘的眼里尿出来，好汉的眼里火出来！你们都走了这么远，还要去打日本人，厉害人呀！"

红军娃点了点头："你们是好人！"

铁匠爷说："还是好不过真主，他让你遇到我们，他让我们吃到了糌粑，我们还活得好好的！"

吃完了饭，铁匠爷检查了红军娃的伤口，采了些草药，嚼碎后敷在伤口上，让他睡了一会儿。

趁红军娃睡觉的时候，铁匠爷望着哈木宰笑。哈木宰被爷爷笑得不自在起来，左看看，右看看，又看不出什么来，说："阿爷，你笑啥者？"

铁匠爷说："我笑你！前几天我梦见一条白蛇钻进了你的被窝！我还正想着这个梦是什么意思呢，这不！"说完朝马褡裢努了努嘴，哈木宰的脸刷地一下变红了。

铁匠爷说："这么好的手艺，你姐姐她做不出来！"

哈木宰不说话了，他想起了卓玛，不知道这会儿她在做什么，扎西又在哪里。哈木宰一时心急如焚。铁匠爷不再说话，深深地叹了一口气。

村庄就在眼前，可是日头挂在半空就是不落下来。这样进村太危险，铁匠爷又把马拉到一个山沟里，等日头落山。

三个人等啊等，傍晚的邦克①念起来了，天色渐渐发黑，三个人才从山沟里出来，直奔村庄而去。为防万一，哈木宰先到家里看看，铁匠爷先躲在水磨房后，哈木宰看着没事，就折回来，三个人两匹马悄悄地走进村庄。

还是有狗叫了起来，铁匠爷低低地吼了两声，隔壁的狗才安静下来。一进家门，大家就把红军娃扶进夹墙里。战乱时期，兵荒马乱，土匪横行，村里人每家都修了秘密的夹墙隔成小房间，安个秘密的小门，小门出口隐藏在暗处，要么是火炕，要么是草垛，要么是柜子背后。

哈木宰奶奶担心起来："前几天村里刚来了一队骑兵，说是有红军跑过来，他们骑着马跑来跑去，把村庄翻了个遍，没找到又走了。你救个红军回来，不是把我们全家往火坑里推吗？"

铁匠爷说："难道我们看着他在大坂山上冻死吗？"

哈木宰奶奶不说话了。

---

①邦克：波斯语，意为召唤提醒。是回族礼拜前的唤礼声。

铁匠爷把全家叫到一起，说："救人也是天命，从今儿开始，这个是我们家的秘密。既然我们救了他，不能再把他往死路上逼，这也不符合我们的教门！"

哈木宰的父亲说："难道他一辈子在夹墙里活人吗？"

铁匠爷说："先养伤，以后再说。"

这样，哈木宰家每天多做一个人的饭。

毕竟年龄差不多，哈木宰和红军娃有许多话可以说，从抗日救国说到了九一八惨案、日本鬼子的三光政策。当听到连婴儿都不放过挑在枪刺上时，哈木宰心里的火腾地一下烧了起来。

红军娃说："有首歌叫《大刀进行曲》，专门唱了中国的大刀队。大刀队个个都是英雄，他们的大刀在长城上砍破了日本人的胆。日本人为此还都打了一个铁项圈套在脖子里，睡觉时都不敢解下来，怕被大刀队剁去头。"

说到这里，哈木宰觉得很解气。

哈木宰说："如果上战场，我手里的折花战刀也不是样子货，像切菜瓜一样切掉日本人的头！"

红军娃说："如果我的伤好了，我们打日本人去！"

哈木宰说："好！"

6

不同地方的夏天是不一样的，草原的夏天是绿汪汪的一片。大通处在农牧业交错之地，所以绿中又夹杂些斑斓的色彩，比如地里洋芋开起了蓝花，满地的蓝花闪着蓝格莹莹的光，油菜花黄澄澄的像要从地里淌出油来，大豆花又是一地白色。

红军娃的伤口全好了，一个多月的夹墙生活，让他虚了很多。铁匠爷说："儿子娃娃要风里来雨里去，日头里晒晒才能长大！"

每天中午待老汉们上清真寺后，哈木宰就把红军娃扶到院子里晒太阳。哈木宰负责扶，妹妹哈力麦负责关门看人。

哈力麦跑出大门外看看周围无人，用粗木棒闩住了门，又上房顶看，一切妥当后哈木宰才扶红军娃出来。红军娃在阳光下眯着眼，坐在院里的木头墩上，看着小鸡跟在母鸡身后跑来跑去。

这一天，哈力麦因急着要和外面的女孩玩羊骨节游戏，走得急，没给哈木宰说一声，就跑出去了。

哈木宰以为门已闩上，就和红军娃在院子里聊打仗的事。正聊得热闹，突然进来了一个人。哈木宰不看便罢，一看惊得魂飞魄散。

原来是村里的派兵马哈三，身后还拉着一匹马。

每年马步芳军队都要给村庄定几个当兵的任务，任务下来后，村庄里开始挑选当兵的年轻人，选完后给选中人家现大洋，被选中的"派兵"可以带枪骑马回家。

马哈三和哈木宰是一个村庄的，马哈三的父亲殁的早，只留下他母亲和一个妹子赛力麦。马哈三当兵也早，那一年他家里穷得揭不开锅，兵派到庄子上后，马哈三咬了咬牙，让保长派他去。

别看马哈三大大咧咧，他有一个心病，就是妹子赛力麦还没有出嫁。赛力麦善良、干活利索，只是脸上有点麻子，马哈三又去当兵常年不回家，婚姻的事就耽搁了，于是赛力麦的婚事成为马哈三的头疼事。

派兵的现大洋还能救济一阵，马哈三自当兵后，每年开斋节放假回来，平时有事也回家照顾照顾。像马哈三这样的兵，村里还有好几个。每当他们穿着军服、背着枪、挎着马刀、骑着马走进村庄时，村子里的人对他们都刮目相看。

马哈三的马掌掉下来了，他来找铁匠爷给马挂掌。不巧的是铁匠爷不在，大门又没闩上，马哈三一推门就进来了，哈木宰一看坏事了，再扶红军娃进去已经来不及了。

红军娃倒是很镇定，坐在木墩上动都没动，也没说话。哈木宰给马哈三说了个赛俩目，心虚地说："你什么时候回来的？"

马哈三上过战场，一看红军娃，就知道是外地人。前些时间西宁混进了几个军统特务，马步芳对外地人管控得很厉害。外地人来青海的少，就是有也是有人陪着。对西路红军的追查更不用说了。

马哈三说："这个亲戚我还没见过，是外地人吧？"

哈木宰大惊失色："不，不是！"

折花战刀

马哈三说："前几天听说有红军跑散了，被人藏起来了，后来红军和那家人全被抓走了。"

马哈三说完，瞅着红军娃笑眯眯地说："铁匠爷来了，你捎个话，就说我请他到家里坐坐，好好喧一下你们家的外地亲戚！"

马哈三出了院门，又折回来，说："对了，哈木宰，让铁匠爷把我的马掌钉一下！"哈木宰只好嗯嗯地答应着，但心里万念俱灰，没想到这事竟然这么快就败露了。

哈木宰也听说过当地人窝藏红军全家被抓起来的事，他越想越怕。哈木宰想让红军娃跑，可是红军娃一出去，他的口音定会让他死无葬身之地。

铁匠爷回来后沉吟了半天，对哈木宰说："没事不可胆大，有事不可胆小，最后还有个真主哩！这事急，我先到马哈三家一趟！"

铁匠爷带着马掌、马钉子去了马哈三家。回来时很晚，哈木宰一看铁匠爷的脸色，就知道没好事。

晚饭是面片，哈力麦跑过去点亮了青油灯盏，昏黄的青油灯盏在夜里闪着豆大的光。哈木宰父亲走过去扑地一声吹灭了灯盏："这么早就点灯盏，天还亮着哩，吃不到鼻子里。"

铁匠爷说："别骂了，事情到了这一步，我们得商量下，准备点大洋，给马哈三送去，乡里乡亲的，他也不会太过分吧！"

夏天的青蛙在田里叫个不停，空气中充满了烦躁的气息，铁匠爷带着一百大洋，往马哈三家走。铁匠爷走得不紧不慢，哈木宰的父亲却越走越气，他抱怨道："都怪哈木宰，回来就回来，硬带个惹事的祸根来。"

马哈三家住村东头，铁匠爷父子二人却像走了半个世纪，铁匠爷说："人活一世，草木一秋，哭三回了笑三回！"

马哈三看见他们很客气，说："感谢铁匠爷的马掌！"

马哈三的母亲是个和善之人，看到他们来，就往炕上让。马哈三的妹子赛力麦躲到另一间房子里去了。

马哈三的母亲伺候着火盆，旁边的砂罐里炖着茶。马哈三母亲调了点牛奶，奶茶的味道浓了起来。

马哈三的母亲说："哈三这几年吃粮走后，家里多亏了你们隔壁的帮忙！"

铁匠爷对马哈三家情况一清二楚。记得有一年，马哈三没领到军饷，家里困难得吃不上饭，马哈三的母亲和妹子赛力麦穷得只有一条裤子，赛力麦出去，马哈三的母亲就守家。马哈三母亲出去，赛力麦就守家。铁匠爷还救济了几回。

聊到最后，铁匠爷把装着一百大洋的布包放在炕桌上："这是一百大洋，你们家里困难，先用着，大人不计小人过，谁都有难怅事，穆民没有隔夜的仇！"

马哈三没看布包，却说起军营里吃粮的事，说起马步芳见不得下边人；说有一个日本人派来的道士到青海，被人认出来当场枪毙了。

铁匠爷父子俩听到枪毙二字，脸一下白了。马哈三客客气气地把铁匠爷父子俩送出了家。回家的路上，铁匠爷揣着布包，越走心里越没有底了，这一路走得昏天黑地。

回到家里，铁匠爷什么也没说，一个劲地喝茶，半夜里起了好几趟夜。哈木宰知道和谈失败了。

第二天铁匠爷从寺里回来，又召集大家商量，铁匠爷说："这事儿已明了，马哈三的胃口大，钱送少了。我们干脆给他三百大洋，这就是我们的整个家底，你们出去不能给任何人说。"

红军娃说："我给大家添麻烦了，大家的恩情我记住了，趁官兵还没来，我先走！"

这话一出，谁也不说话了。哈木宰的父亲也没说话，不过他私下里认为这个主意最好。铁匠爷沉默了半天说："一人做事一人当，既然我把你救下来了，没有让你走的道理。你一口外地话，走到哪儿，都会有人把你送到县衙，再说这祁连山有几千里路，你一个尕娃能走出去吗？"

看着大家不说话，铁匠爷又说："托靠真主，今天就拿这三百大洋再去找马哈三，事不成了再想办法！"

这次去的是铁匠爷老两口，老了也有老了的好处。

老两口在马哈三家门口站了好长时间，赛力麦看见后让他俩进去了。赛力麦红着脸边走边用手捂着右膝盖，哈木宰奶奶心细，原来赛力麦的裤子右膝盖处破了，赛力麦使劲捂那个洞呢。哈木宰奶奶装作没看见，对赛力麦有了一丝好感，不由多看了几眼，觉得赛力麦除了脸上麻子多了点外，模样很周正。

马哈三母亲把铁匠爷老两口让到炕上，铁匠爷当着马哈三母亲的面，把三百大洋的布包放到炕桌上。马哈三的母亲紧张起来："阿爷阿奶，你们这是干什么？"

马哈三母亲说："马哈三肯定惹了事！"

赛力麦把马哈三叫进了屋，马哈三母亲说："我常说人亏人，天不亏人，如果你要做对不起铁匠爷家的事，我到坟坑都不给你口唤，不原谅你！"

铁匠爷连忙说："没什么事，只不过想来看看你！"马哈三母亲对马哈三说："你肯定有啥事没给我说，今天你当着铁匠爷的面说！"

马哈三说："阿妈，这事你甭管！"马哈三的母亲哭了起来。

马哈三对铁匠爷老两口又说："我是个吃粮的人，说走就走，家里也没有个人，这日子难呀！我自己有钱，这钱你们带走！"

铁匠爷老两口还想说点什么，可是话一到嘴边总是被马哈三用军营里的事挡了过去。听话听音，活了半辈子，铁匠爷老两口真不知道这个马哈三要干什么。给他一百大洋，他不要；给他三百大洋，他还不要，光说自己是个吃粮的人。

老两口满脸愁容回到家里，礼拜时铁匠爷做错了好几回。

哈木宰和红军娃想好了对策。

马哈三家里困难娶不上媳妇，他认为自己是个吃粮的人，娶媳妇生娃娃是累赘，说不定哪天就在战场上殁了，扔下一堆娃娃没人管。因此他不着急找媳妇，而是找了个邻村的尕寡妇当相好，一回家他便找机会去看他的尕寡妇。马哈三母亲为这事急红了眼。

这天晚上，哈木宰和红军娃等马哈三进了尕寡妇家后，两人等在半路上。一根长绳子，一头拴在路那边的树上，一头牵在两人手中，想着等马哈三骑马出来，把他从马上绊下来，绑好扔到河里。

马哈三小声地唱着花儿出来了，从从容容地骑上了马。看见马哈三过来，哈木宰和红军娃拽紧了绳子，尽管马哈三的马走得慢，可绳子还是把他掀了下来，红军娃要冲上去，哈木宰却牢牢地拽住了他。红军娃急得直瞪眼，马哈三骂骂咧咧地割断了绳子，拿着刀又到路两边检查了一遍，没发现人，又骂骂咧咧地走了。

红军娃说："你是方脑壳吗！人都摔下来了，还不动手，等着人家过来杀你呀！战场上你不杀人，人就会杀你！"

哈木宰觉得战场是战场，可这是村庄，一想起马哈三的母亲，哈木宰就下不了手。

第二天马哈三就来找哈木宰。马哈三说："脬蛋尕娃奶味没消，还想打我的主意，你多吃上两年的馍馍再找我来！"哈木宰说："有本事你把刀扔到一边，我们摔一跤！"马哈三说："摔就摔，谁还怕谁呀！"马哈三揪住哈木宰的两只胳膊，又把右腿挡在前面，想顺势把哈木宰摔在地上，可哈木宰一个小跳步躲过了马哈三的右腿。

马哈三说："脬蛋尕娃还真有两下子！"说着又扯住哈木宰的两只胳膊，就地一躺，双腿顺势把哈木宰蹬到地上。摔完后，马哈三拍了拍手上的土，对哈木宰说："记住，这叫兔子蹬鹰！"

哈木宰的鼻血抹得满脸都是，他又扑上来，和马哈三扯到一块儿。最后，马哈三说："明天我到邻村再叫上几个吃粮的，到时候看你们还能跑哪儿

折花战刀

去！"

哈木宰看到事情闹大了，他连忙去找大阿訇。他一见大阿訇，说了个赛俩目，正要说事，大阿訇却不让他说。

大阿訇说："跟我来！"

走到后院，大阿訇把刀塞到哈木宰的手里："耍一阵给我看看，像个野马似的草原上乱跑乱颠，刀都锈了吧！"哈木宰挥起刀来，套数还是八门刀，刀法还不是太生，就是动作有点拖泥带水。大阿訇说："刀是男人的命！你家的事我知道！还真惹了大祸，事在人为，我到马哈三家走一趟，探探他的口风！"

大阿訇叫上铁匠爷一块儿去了马哈三家。

哈木宰和红军娃做好了跑的准备，家里人给他俩烙好了青稞面做的锅盔馍，摆了半个锅台。

哈木宰家对面是一片森林，墨绿的树叶在阳光下闪闪发亮，急性子的蝉在树林里声嘶力竭。哈木宰和红军娃躲藏在森林里，大白马备上了鞍子，马褡裢里装好了马料和杂面锅盔，随时准备出发。

哈木宰边刷马边说："大白马，我们就要走远路了，你准备好了没！"大白马眼神安详，扭过脖子蹭了蹭哈木宰。

哈木宰和红军娃着急地等在森林里，等哈力麦的消息，一有风吹草动，他们就顺着树林走山沟，再跑到草原上去。哈木宰想起了卓玛，想起了她唱的那些歌，不禁伤感起来。

红军娃捅了捅哈木宰，只见哈力麦从家门口紧紧张张地朝树林跑来，两人骑上了大白马准备跑。哈力麦边跑边摇手，跑到跟前，哈力麦一手捂着胸口一手指着家说："好事，好事，不用跑了，回家！"

听到哈力麦这么说，哈木宰的心才平静下来。就在这时，他一回头发现他妹妹的胸突然膨胀了，脸上的皮肤也更光滑了。哈力麦羞涩地看了一眼红军娃，就走在马前面去了。

7

哈木宰家忙了起来，厨房里的青烟不停地冒呀冒的。哈木宰奶奶和母亲不停地从厨房里进进出出，烙了一个又一个金黄的锅盔，哈木宰家里有了笑容。

红军娃改了名，叫马有路，这个名字还是他自己起的，他认为自己的命是路上捡来的，有命于路的意思。十个回回九个马，大阿訇建议铁匠爷认红军娃为干儿子，这样能免去许多麻烦，红军娃就能名正言顺地出入于村庄。

哈木宰教马有路怎么洗大净，汤瓶在哈木宰手里轻盈灵活，可在马有路手中无比沉重。马有路记不住洗的顺序，还有曲里拐弯的经文。

铁匠爷宰了一只羊，请来全村的老人，摆了一碟子油香（油饼），还有一碗有肉有凉粉的熬饭。大阿訇先念了古兰经，念得老人们都哭了。马有路不理解这些老人们哭什么。

大阿訇最后说："今天马有路归了教了，大家要尊重他，不能给他烦难，让他慢慢适应。"马有路觉得大阿訇说得在理。

说实话，这也是马有路没办法的办法。从心底里说，他对伊斯兰教还无法全部接受，但为了活命，为了日后能北上抗日，一切都得忍着。

渐渐地，马有路戴着白顶帽像个回民，他甚至学会了礼拜。村里人对他一天天尊重起来，都说汉民随了回民是真回回。

这个马哈三吃粮当兵三年真是没白当，心眼儿多得很。他发现红军娃的秘密后，既没有声张，也没要钱，只有一个条件：哈木宰娶他妹子赛力麦。

铁匠爷没想到是这样的结果，一天到晚乐个不停，趁打马掌的空儿，还开起了马有路的玩笑。可是哈木宰恨透了马哈三，没和马哈三说过话。他认为马哈三就是个趁人之危、落井下石的小人。哈木宰一点都高兴不起来。从清真寺回来，就喂马，拉马饮水，帮家里干活。

又是一个傍晚，哈木宰拉着大白马去饮水，半路上遇见了赛力麦。赛力麦从绿盖头下瞟了他一眼，羞红了脸，挑着水桶急急地走了。她的步子乱了，水打湿了她的裤筒。

看着赛力麦远去的背影，哈木宰茫然起来。

夕阳一点一点地变成大红色，西边的天空飘满了红云，马儿低着头喝水，喉咙里发出咕咕的响声。河里淌满了红色的云，天边的大红色渐渐变成了粉红色，远处的群山似盖了一条粉红纱巾，那条纱巾随后变成了卓玛的头像，那剪影在粉红色中不断扩大。

卓玛唱给他的歌，依然在耳边回响，那个有月亮的晚上成为哈木宰一生的秘密。

卓玛现在还好吗？她出嫁了吗？扎西还好吗？

自从哈木宰离开草原，他努力地寻找草原、卓玛的一切消息，可是全被高高的大坂山挡住了，卓玛的草原从此向他关闭。夜晚他一遍遍地回忆着卓玛、草原和月亮，还有那不可言说的秘密，这些都让他觉得活过了好几辈子。

哈木宰想象着每一次与卓玛重逢的情景，先是大草原，然后是一轮车轮大的月亮，最后卓玛从月亮里向他飞来，她温软的乳房在月光下闪闪发光。

可马哈三的出现，让这一切消失得无影无踪。马哈三的妹子赛力麦就要成为他永远的妻子。

> 远了远了者实远了，
>
> 尕妹的背影走了；
>
> 想了想了者白想了，
>
> 阿哥的心儿空了。

这一刻，哈木宰突然觉得世界对他来了个"兔子蹬鹰"，只轻轻一下，哈木宰的世界就被"蹬"得粉身碎骨。

看着爷爷奶奶的脸，他知道无路可退。不娶，他们全家将陷入危险。马步芳的兵可不是软蛋，那如风而来的马队，那闪着冷光的刀锋让人头皮发麻，更不用说那震耳欲聋的枪声。娶，哈木宰如此痛苦，他知道自己是头牛，一头只知朝前走的牛。

铁匠爷说："我也年轻过，我知道你想什么，你做什么先想想家，真主让你经历你应该经历的事情，这难道不是最大的奇迹吗？"

哈木宰只能沉默。哈木宰想过逃离这个家，但马上否定了这个念头。剩下的时间只得在苦水里等着婚礼的到来。

每天早晨他去礼拜，结束后又跟着大阿訇练刀。下午，他叫上马有路骑着大白马到山上，那里山势不高，是典型的草甸地形，大白马能轻松地跑起来。大白马全身的肌肉一紧一松，奔驰在草地上，呼呼的风声在他们耳边穿过，扬起的蹄子剜起一点草皮。

奔跑稍稍缓解了哈木宰的心情，但大白马跑起来后，风声中总会飘来卓玛的歌声，一停下来，歌声又消失了。哈木宰像打败了的公鸡一样，拉着大白马穿过村庄，路过马哈三家。

赛力麦总喜欢偷偷地从门缝里看，她盼着能从门缝中看见哈木宰。有

折花战刀

那么几次，她竟然看见了哈木宰拉着大白马低头路过家门。他宽宽的肩膀，带点罗圈的腿都让她感到莫名的激动，她甚至盼望着哈木宰能回头看她一眼。

关于婚姻，赛力麦一点准备都没有。那天哥哥和母亲把她叫到跟前，对她说，哈木宰家来提亲了。她的脸一下子变红了，什么话也没有说，低着头拿块抹布把火盆擦呀擦的，让母亲都笑起来了。

赛力麦开始准备她的婚礼。从此她的世界开满了鲜花，洋芋开出的淡蓝的花竟然有了逼人的香味，马莲花的味道能让人沉醉，大丽花的脸盘大得吓人。让赛力麦不好意思的是自己的前胸也不断地膨胀，不过有时她也担心，比如说自己脸不够白，脸上还有抠不掉的麻子。

结婚的日子快到了，赛力麦一天到晚做针线活，布鞋和鞋垫是必须的，还得绣一些枕头。还好母亲早已给赛力麦准备好了哈木宰的脚样子，她先绣了一双鞋垫。在鞋垫的样式上赛力麦费了好多心思，绣鸳鸯吧，难为情，想想那鸳鸯头对头、脸对脸让人怪不好意思的。绣牡丹吧，觉得不足以表达她的心情，石榴花又觉得太单调，最后红着脸去问母亲。她母亲笑着说："结婚嘛，就得绣鸳鸯！"说完后抿着嘴笑。

绣完鞋垫还得绣一对黑布袜子，一对枕头，这一对黑布袜子和枕头得提前绣好，婆家人来送礼时得送给女婿。

赛力麦很紧张，这双布袜子等于是给婆家人看她手艺的。赛力麦母亲看彩色丝线不多了，手里又没有钱，就把自己的辫子剪了下来。

那天赛力麦一进门，看见母亲手里拿着辫子边照镜子边抹泪，赛力麦一把抢过辫子说："阿妈，你这是干啥！"赛力麦的母亲擦掉了眼泪，转过来笑着说："本想着把这辫子留到坟坑里，现在洗个大净很麻烦，把它换点丝线！"赛力麦说："剪我的吧，我的辫子长，能多换点线！"赛力麦的母亲说："傻丫头，我的都已剪下来了，再嫑强了！"赛力麦没办法，就去看需要哪些线。赛力麦的母亲说："不用看了，四把大红，五把绿色，三把金黄，两把粉红，一把白色，三把蓝色。"

赛力麦愣了愣，转身抹了一把眼泪。赛力麦先做袜底，用面浆把几层厚布粘得牢牢的，外面匀匀地罩上黑布，晒干剪成鞋样。赛力麦开始思考绣什么花，想来想去还是觉得绣个大红牡丹，可是一想大家都绣牡丹，再绣就没有意思了。她一时拿不定主意，走到院子里，家里的大丽花开得像脸盆一样，红的、紫的、白的、黄的，大大小小的蜜蜂绕着它们转。闻着大丽花的香味，赛力麦突然想绣朵大丽花，一来牡丹在青海少见，就是有也长在富贵人家，而这大丽花却不一样，它就长在赛力麦家的院子里，让哈木宰一穿上袜子就想起自己家的大丽花，当然还有赛力麦自己。想到这里赛力麦脸红了起来。赛力麦决定在袜底上把她家里的大丽花全绣上。

赛力麦边绣边想心思事，想着想着脸儿又不由自主地红起来。

赛力麦的母亲这两天都不敢正眼看赛力麦，她总是偷偷看，一看就想哭，从自己身上掉下来的肉，养了这么多年，一下子就要走了，这让赛力麦的母亲很难过。赛力麦的母亲突然想起自己出嫁的那天，她的母亲不用说，就连父亲也藏在西房抹起了眼泪。如今女儿大了，就要走了，她才明白了父母的心情。

但她还有一层忧虑，儿子马哈三逼着哈木宰娶赛力麦，她就觉得不太好，一来赛力麦是要到人家活人去的；二来强扭的瓜不甜。万一赛力麦到了他家，人家轻视她时，赛力麦在婆婆家就呆不下去了。马哈三不听话，不娶媳妇，一天到晚往尕寡妇家跑，这让赛力麦的母亲心乱如麻。

正胡思乱想着，大门外传来赛力麦的吵闹声。

赛力麦的母亲连忙往大门外走，原来货郎给的线太少。货郎看她家男人不在，就耍奸撒赖，想趁机占点便宜。赛力麦的母亲气得满脸通红，说不要了。正好马哈三从外面回来，一问情况，一脚踏在货郎的小箱子上，说："日奶奶，想抢吗？我不怕，我是吃粮的人！"

这走南闯北的货郎，什么人没见过，连忙说："不是这个意思，你们挑，你们挑好了，我取！"赛力麦挑好了几把丝线，又拿了几根针。

马哈三又挑了一个小圆镜子塞给赛力麦，货郎苦着脸。赛力麦的母亲说："把镜子还给人家，人家也不容易！"马哈三说："你知道辫子的价钱吗？这辫子人家拿去能换好几个大洋呢，对不对？"货郎连忙说："对对对！"怕马哈三又要挑东西，赶忙挑起担子走远了。

晚上绣花费青油，赛力麦就在白天绣。她描好了大丽花的样子，开始绣大丽花的茎和叶子，茎好绣，一通绿色到底，叶子稍有点变化，中间用深绿，边上用浅绿，一层层一针一针密密地压着绣过来，这样就有了层次感。大丽花最难绣，每片花瓣都有变化，这费了赛力麦好多工夫。

几天后大丽花绣好了，赛力麦觉得缺点什么，想了想，旁边各绣了一只彩色的蝴蝶。

看着袜底，赛力麦长长地舒了一口气。

那天，她从院子里看见哈木宰拉着大白马走了过去，赛力麦借口说去给牛添点草。从门缝里看哈木宰，哈木宰还是老样子，低头不高兴的样子让人觉得很心疼。回到院子里她盯着袜子发呆，突然她想起哈木宰喜欢大白马，就在袜帮上各绣一匹大白马，白马脚下再绣点白云。

赛力麦为自己的想法高兴起来。

　　按这里的规矩，回族娶亲一般都在腊月里举行，一来粮食都收到家里了，人们有时间吃宴席；二来冬天宰个羊宰个鸡，肉不容易变味。

　　马哈三逼得紧，说现在国内形势紧张，他有可能要出去打仗，这一去就不知道什么时候来，他要在离开之前就让哈木宰家把婚事办了。婚礼就定在七月。

　　哈木宰盼着日头慢点落，可日头却依然尽职尽责地爬起来，又落下去。哈木宰家里人忙成了鬼。哈木宰和马有路一天到晚闲逛着，父亲不敢说，他理解哈木宰的心情，婚姻嘛，是人的命，他们这一辈子不也是这样过来了，不也过得好好的。只是这事来得太突然，哈木宰对婚事不是太满意，这从他的一举一动里就能看出来，可是还能怎么办呢？赛力麦也不错，从小到大他们都是知根知底的，虽然相貌不太好，可作为媳妇，性格和人品是没说的。尽管家里人忙点，还是处处迁就着哈木宰。

　　马有路也觉得对不起哈木宰，因为他的原因，哈木宰才不得不结婚。

马有路知道，哈木宰还在想着那个草原上的姑娘，可是马有路什么也帮不了。

这样两人一天没事，就找大阿訇聊天。大阿訇曾到过很多地方，到过西安，到过新疆，到过四川。大阿訇阿文汉文两通，他那儿有很多资料。

大阿訇先给他们看了一些资料，说的是1931年日本人在东北发动了"九一八"事变，占领了东北三省，杀了很多中国人。西安成立了"西安回民抗日救国会"，他们从早到晚进行反日宣传，支持着东北抗日。

其中一份资料，哈木宰记得马有路曾给他说过，是1933年1月的长城抗战，其中以回族安德馨为营长的五百多军人为抵抗日军进攻，血战长城榆关，杀了三百多日军后为国捐躯。

大阿訇说："你们见过给牛穿鼻圈，给马上铁嚼子吧，有没有听说给人脖子上套铁圈圈的？在长城喜峰口抗战中，就有我们青海互助的曾国佐将军，还有二十九军副团长马广达。说起来这个人还是回回里的厉害人，这个人刀法厉害，细细算起来，我师父还与他们有点关系。当时马广达领了一帮大刀队，那天晚上下着雪，他们攻进了日本军营，砍了很多日本人的头，从此日本人每人打了个铁圈圈套在脖子上，连睡觉都不敢解下来，说这样能防马广达的大刀。"

这点哈木宰从马有路那儿听过，只不过不知道大刀队的创立者竟然是个回族，这让哈木宰有点自豪。

结婚的日子快到了，哈木宰和马有路经常到大阿訇那儿，大阿訇也不时跑跑西宁城，一些关于抗日的情况源源不断地传到哈木宰这里。

尽管哈木宰不愿意这门亲事，可是结婚这事不容分说地落到哈木宰的头上，他只能接受。他想过逃离，想逃到草原去找卓玛，可是这一去，马哈三把马有路的事一捅上去，他的家里人还会受牵连，那时要抓要杀后果就不敢想象了。另外，草原也等于给他下了逐客令，他到哪里都会牵扯进更大的麻烦。卓玛愿意嫁给他，可是卓玛的父母不同意，毕竟人家是藏族，他是回族，两人结合困难重重。这样一想，他的心安定了一点。

哈木宰父亲常说要是让他回到过去，他就不是现在这个样子。哈木宰曾嘲笑过父亲的这一想法，此时哈木宰才感觉到这句话的沉重和无奈。哈木宰认为命运就是在你选择道路时，你发现所有的门都关上了，只有一扇门朝你开启，你只能走这扇门。

马有路说这是宿命论，人的命掌握在自己手中，不是天定的。哈木宰喜欢和他抬杠，就说："如果说掌握在你手中，你能逃出大坂山吗？"

马有路不服气地说："如果我有很多子弹，我才不是现在这个样子！"说急了还冒出一两句四川话来，引得大阿訇哈哈大笑。大阿訇对他们说："现在大家都在说河州话，你们也学学，或许对你们将来有用处！先要学会这么一句话：'日奶奶孬娃！'"

哈木宰和马有路笑了起来。大阿訇却严肃起来，说："这话马有路一定得学会，这可关系到你的性命。"马有路表情严肃起来，念叨了半天，说："这是句骂人的话呀！"大阿訇和哈木宰笑了起来。

说着哩，笑着哩，心里的疙瘩吊着哩。结婚这个阴影时刻不停地包围着哈木宰，让他不得安宁。

一过夏季，秋收也快到了，勤快一点的人家就准备着打镰刀，铁匠爷一面准备哈木宰的婚事，一面给人家打镰刀，哈木宰和马有路给铁匠爷打下手。

打着打着，铁匠爷说："前几天我去西宁，人们都在说日本人的事，听说日本人见人杀人，连吃奶的娃娃都不放过，这日本人真那么坏？听说马步芳也在提全民抗日打鬼子，还抓了几个鬼子的特务呢，说过些时候还要征兵打鬼子！"

马有路说："日本这个龟孙子，坏得很！我们红军北上抗日才到这里的！"铁匠爷点了点头，再没说什么。

按这里的规矩，婚礼之前先要给对方送"问包"，这样等于定了人家。马哈三要急着回军营，先催着下问包。送问包时间定在主麻日，大阿訇当媒人，铁匠爷、大阿訇、哈木宰的父亲、哈木宰骑马向马哈三家走去。大阿訇穿了件长衫，戴了白顶帽，铁匠爷穿了件对襟衬衫，因不习惯新衣服，左扭右扭浑身不得劲。

马哈三迎了出来，互相说过赛俩目，把大家让进了北房。铁匠爷和哈木宰的父亲把礼物放在柜上，一包茯茶，一包青盐，七尺毛蓝布，一对雪花膏，一对粉，一对银耳环，旁边还放了几块大洋。

马哈三看了看东西，点了点头。

娶亲日子定在下一个主麻日。哈木宰听后如雷轰顶，他还想着去草原看趟卓玛，这样紧张的安排，他哪儿都去不了。他偷偷地骂了一句："日奶奶，催命哩吗！"大阿訇听见了，望着他笑了。

最后马哈三又说："今天我们两家成亲戚了，有句话不知道该不该说，马有路的事我绝对不会给别人说，但是我没办法堵别人的嘴。照我的意思，哈力麦也大了，你们干脆把马有路招成哈力麦的女婿，宁拆一座寺也不折一桩婚姻，这样就堵上了大家的嘴，大家更不好说了，不知道行不行？"

铁匠爷听了，思谋了半天没说话。这也是个好主意，但这是双方的事，哈力麦同意，马有路还不知道同不同意呢。铁匠爷回去后跟老伴儿商量了大半夜，最后决定问下哈木宰的妹子哈力麦的意见。

哈木宰的母亲问了哈力麦，哈力麦羞得满脸通红。经过一段时间的相处，哈力麦觉得马有路很有见识，人品也不错，完全不像那些在村里撒野的男孩，再说也不用到别人家当媳妇。哈力麦还是愿意的，但是不好意思说出口，只说："你们做主吧！"便羞红了脸跑到厨房忙去了。

哈木宰的母亲心里有数了。但她还有一点担心，毕竟马有路是四川人，万一哪一天他走了，可就不好办了。哈木宰的父亲就说："你以为四川就在山背后呀，说走就能走的吗？"

最后叫来马有路，问愿意不愿意。马有路没有一点思想准备，只是一心想着到陕北找大部队北上抗日，想想一结婚可就真走不了了。

55

这回轮到马有路水深火热了。人家是救命恩人，答应这门婚事，他的北上抗日就泡汤了，不答应情面上说不过去。想来想去，他只能答应这门亲事。

哈木宰也如热锅上的蚂蚁，面对即将到来的婚礼，一天到晚六神无主，蔫头耷脑的。马有路和哈木宰大眼瞪小眼，等待着婚礼的到来。

这边又加上了马有路和哈力麦的婚事，哈木宰家陷入了空前的忙碌。铁匠爷进进出出不知忙了些什么，哈木宰的母亲一边给哈力麦准备婚嫁的东西，一边给哈木宰和马有路准备东西，累得快趴下了。

相对来说，马有路和哈力麦的婚礼不是太复杂，只要请阿訇在家里念个证婚词就可以了。哈木宰的婚礼因为关系到两家，加上马哈三毕竟是个吃粮的人，婚礼的细节上也得重视。

送礼的日子到了，铁匠爷一行人又到马哈三家，这次还有哈木宰的舅舅伯伯们。柜上放了一包茯茶，一包青盐，一丈三尺的毛蓝布，一对雪花膏，一对粉，一对银耳环，铁匠爷还放了二百大洋。

马哈三出面给哈木宰送了赛力麦绣的一对黑枕头和一对黑布袜子。哈木宰讨厌马哈三，就没正眼看，只低头看枕头和袜子。哈木宰的眼睛还是被那双黑布袜子上的大白马吸引住了，白马扬起前蹄，后蹄踏在一片白云之上，那神态、那动作简直就是他的大白马跑到袜子上了。袜底是大朵大朵的大丽花，和平常的牡丹呀石榴的不一样，哈木宰心里对赛力麦有了一点好感。

看着哈木宰出神地看着袜子，大家就开起了玩笑，大阿訇说："后天娶亲，你忍上一天就能见到绣花人了！"把哈木宰羞了个大红脸。

娶亲的日子到了，哈木宰的大白马耳边系了红布条，马镫擦出了亮光，马尾巴也用红头绳扎得有板有眼，马鞍上铺了漂亮的红布，马鬃毛剪得整整齐齐的，浑身上下洗得银光闪亮，看不出一点杂毛。

阿訇坐在炕上最中间，左右是哈木宰的舅舅伯伯们，哈木宰和伴郎坐

杏花战刀

在炕下的小凳子上。

马哈三父亲去世了，只能自己出来主持仪式。最后的环节是男方给女方"爱母钱"，哈木宰的父亲给了五个大洋，阿訇说："这个钱必须给姑娘！"马哈三点点头，送到了赛力麦手中。马哈三站到哈木宰的身边，他的情绪有点激动，他说："我把我的妹子赛力麦托付给你哈木宰了！"说完眼睛湿润起来，他还想说点什么，但是硬忍住了。

这也是结婚的一个环节，按规矩哈木宰应说："我承领了！"

可是哈木宰忘记了，一紧张说："那就这么办！"

炕上的大家都笑起来。大阿訇忍住笑说："从今儿开始，你就是她的男人，经上说女人是男人的衣服，男人是女人的衣服，你们要互相体谅，互相帮忙，这就是你作为男人的责任！"

哈木宰重说了一遍，把放在炕桌上方盘子里的红枣撒向屋内和屋外，人们欢笑着争抢。

马哈三家困难，只上了一个粉条菜，一盘糖包，一份炒鸡肉，也没有米饭。

娶亲媳妇们开始打扮赛力麦，赛力麦低声哭着。赛力麦的母亲守在炕沿上，每看一眼赛力麦就哭一声，马哈三在旁边眼睛红红的。

哈木宰最怕人家掉眼泪，走出了马哈三家，看着哭天喊地的马哈三一家，他突然觉得这一家其实也很可怜。父亲去世得早，马哈三为了挣钱就去当兵吃粮，家里全靠赛力麦，如今赛力麦一出嫁，马哈三当兵一走，赛力麦家就剩他们的母亲孤身一人了。哈木宰觉得一份责任压在自己的肩头上了。

赛力麦裹在红布里，骑在大白马上，怀里揣了借来的古兰经。马哈三扶着赛力麦，向哈木宰家走去。

离开家门不远，马哈三听从送亲媳妇的话，把赛力麦左耳上的红纸花扔在地上，旁边的人一哄而上争抢着。快到哈木宰家时，马哈三又把赛力麦右耳上的红纸花扔掉。

哈木宰家里的亲戚多，站得满院都是，赛力麦被马哈三抱进了新房。

铁匠爷平常给人打马掌，家里还算过得去，今天又是哈力麦和红军娃马有路结婚的日子，招待得好一点，炒了两个菜，一份糖包，一碟羊肉，最后是一碗粉汤，外加一碗米。

马有路不会念清真言，大阿訇就用汉字标注让他背，也勉强地通过结婚证词这一关。马有路心事重重，他因去不了大部队而发愁，看着忙忙碌碌的家人，马有路和哈木宰出去找了个小山坡坐下，你看看我，我看看你，什么话也说不出来。

哈木宰觉得这个世界突然一下子变得没有意思了，他似乎看到普通、平淡而遥远的未来正晃晃悠悠地向他们走来。

夜幕降临了，铁匠爷家炕少，亲戚又多，铁匠爷早早请来了唱回族宴席曲的把式，让他们吃饱了饭，喝足了茶，准备着唱曲儿。哈木宰其实也会唱宴席曲，不过今天自己结婚，不好意思唱。

哈木宰家炕上坐满了人，妇女们坐在东头，曲把式们坐在西头，炕沿上也挤满了人，柜子上也坐了好多娃娃们，更多的人站在地上，望着曲把式笑。

铁匠爷看到这么多人，非常高兴，他去了好几次厨房，让人给大家添了好几回茶。

> 东山木筷子胡儿条，
>
> 我们今晚夕闹哄到鸡儿叫，
>
> 闹得板壁咯吱吱吱咔喳喳，
>
> 急得东家把脚绊。

刚唱完这一句，只听得咔喳一声，坐在炕中间的一个人掉进了炕里，旁边的人边笑边把他拉出来。铁匠爷笑弯了腰，到外面找根铁棍支起了炕棂，大家又挤了上去。

这时一个半大老汉出来了，他把皮帽反过来戴上，又把上衣的扣子扣错了几个眼，这样左边衣襟长，右边衣襟短，边走边学鹅走的样子。

"鹅出来了，鹅出来了！"大家喊道，不少人又立了立身。炕上的媳妇们捂着嘴笑，炕下的小伙眼睛像灯一样在姑娘伙儿里照，照得那些姑娘们低下了头，或许明年就会有几对照出来的冤家。

那个半大老汉边做动作，边唱起来：

> 罗儿天，罗儿地，
>
> 罗儿滚到柜底里，
>
> 我的肚脐眼长到你们的背子里。
>
> 鸭子飞，鸡儿飞，
>
> 鸭子飞到墙上，
>
> 我的肚脐眼长到你的眉梁上。

大家轰地一声笑了。哈木宰走出了房门，马有路也跟在后面，两人默默地走到大门外。回头看看，他家北房里人影绰绰，青油灯下人们的动作无限扩大到木格子窗上。

"看，今晚的月亮好大！"马有路说。

哈木宰的心痛了一下，草原的那个月亮一下跳进了哈木宰的胸膛。

村子里静悄悄的，大多数人都到哈木宰家热闹去了，村子巷道里空无一人。哈木宰突然撒腿跑了起来，马有路跟在后面也跑了起来。耳边是呼呼的风声，还有马有路高一声低一声的喘息声。跑着跑着，哈木宰啊了一声倒在地上，那脸盘似的月亮贴在了哈木宰脸上。哈木宰闻到了月亮的香味，还有卓玛的香味，哈木宰闭上了眼。

屋里的嬉闹还在继续，后面的几个表演让气氛欢腾起来，一阵阵欢笑声从屋里直往外溢。有人发现两个新郎不见了。伴郎找了大半夜才在山坡上找到了哈木宰和马有路。

新房小炕桌上摆了一碗奶茶，奶茶里放了三颗红枣，哈木宰喝了一口，端给新娘赛力麦，赛力麦抿了一小口，放下了。哈木宰解下了赛力麦的脸罩，又解下了耳坠。

第二天早上天刚亮，曲把式们走了，一屋子的人全走了，哈木宰家安静下来。

新婚半月，哈木宰和马有路享受到了新婚的快乐，他们似乎在一夜间就长大了。

赛力麦似乎也长大了，脸上的麻子少了好多，哈木宰也觉得赛力麦比原先好看多了。

马有路再也没有和哈木宰说过抗日的事情。

　　大雁的叫声惊醒了村庄，人们急着准备镰刀秋收，哈木宰的母亲让哈木宰陪赛力麦回娘家割麦子。一回到娘家，看到娘家冰锅冷灶，院子里的蒿草长得老高，赛力麦眼窝一湿，哈木宰心里也不是滋味。赛力麦先拔净了院里的蒿草，把它们堆在墙角，又进厨房收拾起来。

　　赛力麦说："哥哥没回来过吗？"

　　赛力麦的母亲说："你哥哥只带过来一个口信，说是又要去打仗了，日本人都打进中国了，马步芳可能派兵打日本人去。"

　　赛力麦哦了一声。赛力麦的母亲又说："你哥哥又捎来了话，说让你男人小心点，这一段时间各村庄可能又要抓兵哩！"

　　赛力麦一听紧张了，赶紧关上了大门。

　　秋收完后，麦捆子全拉到了麦场上。十年的媳妇熬成个婆，哈木宰家做饭的活全落到了赛力麦头上。白天麦场上打碾，晚上还得做饭。赛力麦得伺候两个婆婆，哈木宰奶奶和哈木宰的母亲。不久，哈力麦又有了身孕，所有的活都压在赛力麦身上,这样一来赛力麦的脸都快变成锥子了。

渐渐地家里难免有些锅碰碗、碗碰锅的事。哈木宰的母亲一心要树婆婆的威信,不时给哈木宰耳边吹风,哈木宰渐渐对赛力麦有一些看法。

这一天,赛力麦擀了一案板杂合面,面太大,一半耷拉到案板沿上。这时麦场上要起场,让大家去挑草,赛力麦赶紧洗面手,关上厨房门匆匆跑到了麦场上。

哈力麦腆着大肚子去厨房取了点东西,出门时忘了把门扣扣上。家里的羊不知道何时从羊圈里跑出来,又径直跑到厨房里。羊发现了面,边吃边往下拉,等哈力麦发现时羊已把面全吃完了。羊也吃坏了肚子,倒在地上直喘粗气。

麦场上热火朝天,大家赶着把所有的麦草堆到一边,根据麦捆的情况,青稞产量并不好,这成了铁匠爷一家的心头病。大家心里都堵着一口气,谁也不先吭一声,正在这时哈木宰奶奶踮着尕脚跑到麦场上,喊道:"真主呀,羊快断……断气了!"

铁匠爷一听,连忙向家里跑,等铁匠爷跑到家里时,羊已经死在地上了。铁匠爷脸色发青,气得把刀子扔在地上。因为哈力麦有身孕,不好骂,就骂起哈木宰奶奶:"你这个老不死的,进个厨房都不知道关个门的吗?我看你活哩活哩的活糊涂了,刀子都没跟上,你舒坦了吧!"

哈木宰奶奶吓得不敢出声。

铁匠爷问:"谁开厨房门了?"哈力麦吓变了脸色:"我没进过厨房!"

铁匠爷出去叫来了一个汉族朋友,哈木宰全家都围着羊叹气。哈木宰的母亲骂着赛力麦:"我养个公鸡叫鸣哩,我抱个母鸡下蛋哩,你还做啥哩!"哈木宰顺过去踢了一脚赛力麦。

铁匠爷骂开了:"有本事了上战场,打啥婆娘着!"赛力麦捂着脸跑进了房子。

铁匠爷说:"都收拾青稞去,真主收羊的时候到了!"说完就帮汉族朋友把羊抬到马车上，那位朋友千恩万谢地拉着马车走远了。

铁匠爷想了想，朝赛力麦的房子喊了一声："丫头，走，装青稞走！"赛力麦又羞又气，正想着寻短见哩，听到这话，心里一软，只好跟着铁匠爷到麦场去了。

天黑了，大家七脚八手地把青稞拉到了家里。天年不好，青稞收成并不乐观，估计到明年五六月就青黄不接了。吃饭时，铁匠爷低头不说话，哈木宰的父亲也不说话，哈木宰端着碗在外面吃，赛力麦在厨房里吃了饭，又洗了锅。

吃完饭，铁匠爷叫来大家："今年天年不好，我们的青稞不多，也不要难心，每个羊嘴底下有一把草哩，我出去多打点铁揽点活，这一年也就差不多！"

这一夜，哈木宰再也没搂赛力麦睡，赛力麦背对着哈木宰，身子一抽一抽的。哈木宰第一次感到婚姻的沉重，开始有点讨厌赛力麦。赛力麦脸上的麻子似乎比以前更多、更大了。

睡不着，哈木宰就翻起身，窗外的大月亮又贴在木格子窗户上望着他，哈木宰突然感觉卓玛就在窗外。

赛力麦突然说："不就是那个孞藏民嘛，有本事跟上了去，也不看看自己！"哈木宰一惊："跟上就跟上！"赛力麦哭起来："我早就知道你看不上我！"

哈木宰推了一把："一天到晚光知道个哭，等哪天我走了你再哭！"

一听这话，赛力麦哭声更大了。

哈木宰不由地对眼前的女人刮目相看，觉得赛力麦不简单。除了马有路，卓玛的事他没告诉过任何人，她竟然知道他在草原上的事，想起来都烦，就和衣躺下了。

10

1936 年的腊月，天气清冷清冷的，地上的积雪还没有化开，远处的山坡披着雪衣、雪帽，半山腰上的树木挂满了雪松，天空好像是被雪一把把地擦亮了，瓦蓝瓦蓝的。几只鸽子缩着头在房檐上挨挨挤挤地站着。哈木宰家房顶上、院子里的雪全铲到了花园里，把那些丁香花、牡丹、樱桃全裹在雪被里，哈木宰在花园里堆了一个雪人。

铁匠爷早早套起了马车，马车上铺好了毡，哈木宰奶奶收拾得干干散散的，赛力麦也收拾好了，可是不见哈木宰出来。赛力麦就到麦场上找哈木宰，哈木宰正在踢毽子，只见哈木宰把毽子踢得有板有眼的，踢、跳、窝、蹲、肘、扛、盘、顶，等他做完了，赛力麦才上前去叫，那些男人们在一边调侃着："新媳妇喊来了！"

哈木宰说："等我回来了再玩！"那些人说："等你回来了，黄花菜都凉了！"

哈木宰没好气地跟着赛力麦回了家，哈木宰走在前面，赛力麦跟在后面。

回家后，铁匠爷对哈木宰说："今天你赶车，我们进城看病走！"哈木宰说："好好的看什么病！"哈木宰奶奶说："你话多，就治你话多的病！"哈木宰做了一个鬼脸，赛力麦捂着脸偷着笑了。

铁匠爷坐在马车右辕上，哈木宰坐在左辕上，鞭声响过，木轮马车轰轰地出了家门。

这段路是山路，马车摇摇晃晃地走在路上。车轮辗上一块石头，车猛地一颠，把哈木宰摔到了一边。铁匠爷故意让马加快了步子，哈木宰边跑边追，哈木宰奶奶和赛力麦望着追赶的哈木宰笑。

马车过了一个崖豁口，突然一阵花儿从山坡上传过来。赛力麦看了看铁匠爷和哈木宰奶奶，羞红了脸，低下了头。花儿还是不依不罢地传过来：

老牛恶虎兔儿年，

日本鬼他侵犯中原，

阿哥是英雄上前线，

尕妹妹，

听阿哥唱一个抗日的少年。

铁匠爷没转过身来，哈木宰奶奶也装作在看远处的山，哈木宰支楞起耳朵听得详细：

琉璃瓦铺在经堂上，

武松像画在个鼓上；

铁汉子殁在战场上，

好名声留在个世上。

哈木宰心里一动，这几天他土里来土里去的，日子淡得像水，他的折花战刀也在刀鞘里卧了好长时间，估计快生锈了，大白马都没好好骑上几回。

不知为什么，一听这花儿，哈木宰心里像钻进了一只兔子，蹦儿蹦儿地跳，谁愿意这样平平淡淡地过一生呀！怂汉躺在个病床上，狠汉躺在个战场上。他也想上战场，骑着大白马，挥着折花战刀杀鬼子。儿子娃娃就应该留个名声，要不然一辈子土里刨，能刨到什么时候？这么一想，哈木宰血管里的血好像被谁一喊，醒了过来，热血在全身奔跑起来。哈木宰干脆不上马车，跟着马跑起来。

哈木宰奶奶说："快上来坐！"赛力麦奇怪地望着哈木宰。

前面就是县城，远远地能望见老城门。这一天刚好是赶集的日子，城门里进进出出的人很多，人们赶着牛、拉着马，匆匆地往骡马市场上走。

一些性急的买卖人就在半路上做起生意来，看看牲口，匆匆地把手伸进别人的袖筒，给对方捏出一个价钱，对方摇摇头，又回一个价钱，三番五次才定下来。

一个买卖人远远看见了大白马，径直走到铁匠爷跟前，看了看大白马的膘，又看了看蹄子，扳开马嘴看了看马牙。大白马不满意地打了个响鼻，喷了那人一脸口水，那人边擦边问："阿爷，这马卖吗？"

铁匠爷说："卖！"哈木宰一听急了，捅了一下铁匠爷。

一听个卖字，周围的马贩子全围过来了，大家围着大白马夸个不停，铁匠爷得意地听着。他们抢着和铁匠爷揣袖口，但铁匠爷的指头让他们欲罢不能。

铁匠爷最后笑了："我今儿把马卖了，你们给我拉车吗！"那些人都乐了。

说话间马车进了城门。城门两边贴了好多字，铁匠爷常年到各处打马掌，好多人欠着他的账，也逼着他识了些字。他边走边给哈木宰奶奶念墙上的黑字："打倒日本鬼子，夺回东三省！"

哈木宰奶奶问："东三省在哪里？"

铁匠爷说："远得很，过了那个山就是！"

哈木宰奶奶紧张地说："过了那个山尖尖，那日本人不就到了我们的家门口了吗？"

铁匠爷哈哈笑起来，哈木宰和赛力麦也笑起来。到了广场，人渐渐多了起来，一阵怒吼从广场里传过来。铁匠爷他们紧张地望过去，只见好几百人围着一帮人，其中一个人在中间喊口号。

"你忘记日本占据我们的东三省吗？"

"永不忘记！"

"你忘记日本屠杀我们的同胞吗？"那人又问。

"永不忘记！"

"谁是我们的敌人？"这人又问。

"日本帝国主义！"

"打倒日本帝国主义！"大家的声音更响亮了。

大家又喊了三遍。这时台上上来了几个人，两个穿着黄军装，戴着钢盔帽，绑着一个人，还不停地用鞭子打那个绑着的人。

哈木宰奶奶胆子小："老阿爷，这么多人怎么不上去挡一下？把那个人打得太厉害了！"铁匠阿爷说："那两个穿黄衣裳的是日本人，那个绑着的人是中国人！"哈木宰奶奶说："日本人这么坏？"铁匠阿爷说："坏怂！都是坏怂！听说他们把几岁的娃娃挑到刺刀上玩，有的还把娃娃撕成两半搭在城门上，见了女人像疯狗！"哈木宰奶奶连忙捣了铁匠爷一拳，朝赛力麦努了努嘴。

哈木宰奶奶说："我听我爷爷说，清朝时八国联军打进北京了，见啥抢啥。我爷爷们还在北京打过仗，听说回来的人不多，没想到这么快，这些洋鬼子又打进来了。看来这世界要坏了，日本人这么坏，那些人们怎么不把那两个日本人抓起来呀！"

哈木宰笑着说："奶奶，他们在演戏！"哈木宰奶奶哦了一声。

哈木宰又不由地朝那边多望了几眼，赛力麦定定地望着哈木宰。

马车三拐四拐，拐进了一个胡同。远远地看到一个药铺，铁匠爷下了马车，把马拴在药铺门前的拴马桩上，给马套上马料袋，想了想又给马屁股上套上了马粪袋。铁匠爷摸了摸马背，领着大家进了药铺。

一见铁匠爷进来，一个戴着眼镜的中医迎了上来，"今儿我听见喜鹊叫，没想到你老人家来了，快坐快坐！"

铁匠爷一脸羞赧："今儿我看病来了，你先给我阿奶看看，这几天她头疼脑热的！"老中医把了一阵脉："没事，回去多喝点热窝茶，受了点凉！"铁匠爷又凑到老中医耳边说了一阵，老中医点点头。

铁匠爷说："既然都来了，大家都看看病，没病最好，有病早治！哈木宰先看吧！"哈木宰说："我好好的，看什么病呀！"铁匠爷说："叫你看，你就看，倔驴似的！"

哈木宰只好把手伸过去，老中医把了一会儿脉，又把了赛力麦的脉。

老中医还问了一些家里的情况、有没有劳累、结婚时间等。又说："没大事，思虑过度，气血两亏，好好调养一个月。对了，最近你们还得分房睡！"哈木宰低下了头，赛力麦望着别处。老中医开了些药方，里面有枸杞之类的中药。

老中医拨了拨火盆里的火，把茶罐子放在了炭火旁。一会儿药铺里飘起了茯茶的味道。老中医给大家端上了茶，赛力麦和哈木宰奶奶定定坐在小凳子上，哈木宰出去看了一趟马，进来看着满是抽屉的药柜。

"知道不？西安张学良和杨虎城将军把蒋委员长抓起来了！"老中医凑近铁匠爷说。铁匠爷说："这还了得，这是犯上，过去是要杀头的！""听说蒋委员长不抗日，两位将军逼他抗日，报上说了这叫'西安事变'！"老中医说。

铁匠爷说："两位将军把蒋委员长杀了吗？"

"没有，听说放了，蒋委员长答应抗日。听说这事发生已经两个多月了，我们青海的马主席害怕青海也乱起来，封锁了消息，现在才在报纸上发表消息，马主席还说要派兵到外地打日本人去！"老中医边说边拿出一张报纸指给铁匠爷看。

只见满报纸写的都是大字：

"国家存亡，在此一战！战死沙场，死有光荣！人人负起救国的责任！"

"在抗倭期内，有破坏统一战线者，我们即视为汉奸，誓不与之共存！在抗倭期内，有力而不出力，有钱而不钱者，我们即不承认其为中华民国国民，誓与国人共弃之！"

铁匠爷说："我们青海还有汉奸吗？"

老中医悄悄地说："有，前几天西宁城里就抓了几个人，听说是日本人派来的，有一个道士，还有一个人起了个蒙古名，化装成蒙古人！"

铁匠爷说："活该！吃里扒外的二转子，早该枪毙！这日本鬼子会不会打到我们青海来？"

老中医说："难说，我听人说日本人的武器很厉害，几十个日本人追着上千个国军跑，照这个速度难说！"

铁匠爷说："上千国军？上千人捏都能把日本人捏死，真是一帮囊怂软蛋。当年八国联军打进北京，还不是我们西北人去救的驾吗？"

老中医说："这也是，不过也有好多儿子娃娃，其中就有我们青海互助的曾国佐，他们的大刀队把日本人的胆都砍没了！"

铁匠爷说："干啥的应钻营啥，当兵了就不能说怂话、干怂事。"铁匠爷又和老中医聊了好一阵。

看完了病，大家又到东关苗家馆子吃了一顿面片。里面放了酸菜、牛肉，把哈木宰吃了个满头大汗。

哈木宰奶奶望着哈木宰说："今晚你媳妇陪我睡，你阿爷一晚夕打呼噜，我睡不着！"

铁匠爷说："我拉了一辈子呼，这会儿你弹嫌开了！"哈木宰奶奶说："你吃你的面片，没眼色！"

哈木宰望着门外，赛力麦满脸通红，小口小口地吃了半碗面片，又把半碗拨给了哈木宰，碗底全是肉。哈木宰奶奶望着赛力麦笑，又把自己碗里的肉拨给赛力麦说："你多吃点，我们老了，咬不动了！"

回家之后，哈木宰就和铁匠爷去睡了，赛力麦和哈木宰奶奶睡在新房里。

哈力麦的肚子越来越大，走路开始困难起来。看着哈力麦变大的肚子，红军娃马有路心思重重，一天恍恍惚惚。他和哈木宰铡草，他负责铡，哈木宰薅草。马有路心不在焉，哈木宰还没准备好他就压下了铡刀，不是哈木宰躲得快，一只手就没有了。哈木宰生气地嗨了一声。

马有路说："你说我这是干啥子哟，我的战友们都上战场了，我却在这儿守着婆娘！"

哈木宰说："你应该先知道你是娃娃的父亲！"

马有路眉头皱得更紧了。渐渐地，马有路和哈力麦吵架的声音不断传来。哈木宰的母亲一天到晚劝哈力麦，说女人嘛都会经历这些事，怀孕时不能太生气。马有路的日子就在吵吵闹闹中过去了。

1937年立春过后，大通开始刮大风，风一阵紧似一阵，一阵猛似一阵，树被刮得哗哗乱响，木格子窗纸都吹烂了，房里弥漫着一股股呛人的尘土味。哈木宰奶奶看着刮烂的窗纸叹了一口气，又准备面浆子粘窗户。

哈力麦高一脚低一脚地冲进来，把赛力麦和哈木宰奶奶吓了一跳。哈力麦边哭边跑，哭成了一摊泥。哈木宰奶奶一着急身子一歪，不是赛力麦手快，差点摔到炕底下。

把哈力麦扶到了炕沿上，哈力麦说："这个没天良的，跑了！"

"谁没天良？谁跑了？"哈木宰奶奶说。

"前几天马有路让我给他多烙几个锅盔，还让我给他炒点面其子，问他干什么，他也不说！"哈力麦说。

这时哈木宰也进来了："我们家的黑马谁借了？"

哈木宰奶奶说："没人借呀！"

哈木宰说："马圈里只有白马，没有黑马！"

哈木宰奶奶说："先别着急，说不定马有路办事去了，等等看，再说他也不认识路。"

哈木宰奶奶稳住了哈力麦，哈力麦说："他走了一天了！"

哈木宰奶奶这才急起来："你这个傻丫头，为啥不早点说！"

铁匠爷和哈木宰出去找马有路。他们过了大通峡门喇嘛桥，进了宝库峡。他们打听了好多人，除了零散的商人外，没见过有黑马通过，他们甚至还到关卡上问过，当兵的没好声气："这两天别说黑马白马，如果没有路条，连苍蝇都过不去！"

铁匠爷和哈木宰放心了，马有路没有路条，祁连的这条路他出不去。唯一的路就是走西宁，出小峡。可是马有路一个四川口音，又是红军，小峡口也有关卡，一旦查出来，他性命难保。铁匠爷和哈木宰顿时着急起来。

铁匠爷又和哈木宰到了西宁城，西宁城里到处都是宣传抗日的人群，喊口号的，演戏的，唱社火的，一幅热闹景象。铁匠爷和哈木宰没心思看这些，现在最重要的是马有路的生死。他们出了东关，一直到了小峡口，也不见黑马的踪影。

找了三天，铁匠爷和哈木宰只好原路返回，在大通后子河遇见了村里的卖煤娃，他正赶着一辆木轮大车往西宁走，木轮上钉着厚厚的胶皮，车里装着一车人通煤。

看到铁匠爷他勒住马，叫住了铁匠爷。卖煤娃说："叫到不如遇到，铁匠爷你快看个，马掌快掉下来了。"

铁匠爷蹲下身子，检查了马蹄子，捡了块石头，让哈木宰拉着马，铁匠爷把马蹄子抱在怀里，敲了几下，说："好了！"

卖煤娃把铁匠爷和哈木宰请到后子河饭馆，要了两碗面片，哈木宰吃得一干二净。

铁匠爷把马有路的事告诉了卖煤娃，卖煤娃说前几天他们的几个伙伴也往西宁拉了煤，说不定他们见过。卖煤娃答应打听一下，说："马有路可能出不了小峡口，因为那儿有关卡，没路条他出不去！"

铁匠爷越来越着急，过关卡，一没有路条，二又是四川口音，他一张口就表明他是红军。不过铁匠爷没表现在脸上，他说："万事都有真主哩，

71

好事跑不掉，坏事躲不过！"铁匠爷和哈木宰只好回了家。

哈力麦只知道一天到晚地哭，哈木宰也非常生气，毕竟再过两个月哈力麦就要生了，这个关口马有路跑了，这不是害哈力麦吗？孩子一出生，就没有了父亲，哈力麦这一辈子还活什么人呢？

清明一过，人们开始准备播种，铁匠爷一家去犁地，赛力麦和哈木宰的母亲到地里打土坷垃。

一个多月的分房终于见了效果，赛力麦的脸色红润起来，抡榔头时手底下也有力气了。赛力麦开始想念哈木宰的气味，想念他结实的拥抱，可又不敢表现出来。哈木宰也睡不着了，一到晚上爷爷的呼噜打得一天响似一天。

赛力麦跟在哈木宰身后打坷垃，趁别人不注意，她拾起土坷垃打过去，打在哈木宰的后背上。哈木宰回头时，赛力麦装作什么都不知道，仍低头打坷垃。

哈木宰也随手拾块坷垃扔过去，扔在赛力麦的盖头上，溅开的土撒在赛力麦的脸上。哈木宰看着赛力麦笑。

"好好扶犁，歪了！"哈木宰的父亲在前面大声喊道。哈木宰吐了一下舌头，把犁扶正了。远处铁匠爷望着这边笑。

铁匠爷把这事告诉了哈木宰奶奶，哈木宰奶奶笑成了蜜蛋儿。两人算了算，老中医的药也吃得差不多了，时间也快两个多月了，看着哈木宰和赛力麦的脸色一天比一天红润，铁匠爷就商量着让哈木宰回新房睡。

哈木宰奶奶说："再等两天地种完了，让他回去睡！"

铁匠爷笑着说："我可等不了！"

哈木宰奶奶搡了一把："也不看看你多少岁了！"

铁匠爷边抱着关节边喊起来："这两天关节疼死了！"

"疼死活该！"话虽这么说着，手却伸过来揉起他的关节来。

两人正说着，哈力麦哭哭啼啼地进来了。哈木宰奶奶的心立刻揪起来了，连忙说："再耍哭，一哭养下的娃娃脾气大！我们正打听着，过两天就有消息了！"

哈力麦一听反而大哭起来，这么一来，铁匠爷和哈木宰奶奶反而不好劝了。铁匠爷说："经上说的一点都没错，儿女和财贝是悬心的烦恼！"

哈力麦说："我还没生孩子，你就开始弹嫌我了！我也走，走得远远的！"

哈木宰奶奶就骂铁匠爷："你快去打听你的消息去！"铁匠爷只好出去。

渐渐地田里种庄稼的人少了，哈木宰家的地也种完了。铁匠爷和哈木宰奶奶准备请个阿訇动个香气，一来祈祷真主能给马有路平安，二来祈祷真主能给哈木宰赐个儿女。

铁匠爷挑了个主麻日，让哈木宰抱了一只大公鸡到大阿訇跟前宰，大阿訇快刀放了血，把公鸡头别在翅膀下。大阿訇把哈木宰叫进学房，问了练武的情况，说："武功不能停，一停就退了！"

当听到马有路的事情时，大阿訇说："作为一个男人，先应该安顿好自己的女人，这事他做过头了。不久就会有消息！"

主麻日到了，大阿訇来到家里，念了几段古兰经，掌手祈祷了一会儿。炕桌上摆了油香，倒了奶茶，阿訇掰开一个油香，掰成了三块，一块给哈木宰，一块给赛力麦，一块给哈力麦。

坐了一会儿，大阿訇又拿出一个完整的油香，让哈木宰拿到大门外。哈木宰非常奇怪，大阿訇也没说给谁，可哈木宰一到大门外，就愣住了，大门口站着一个白胡子老人，背着一个口袋，挂着一根拐杖。

白胡子老人给哈木宰说了赛俩目，哈木宰回了后把右手里的油香递给老人，老人把油香放进袋子里，举手做了个祈祷，过来握了一下哈木宰的左手。看着他脏兮兮的手，哈木宰硬忍着把手抽出来。

那个白胡子老人说："你还有一把河州的折花战刀，拿来我看看！"哈木宰非常吃惊，看着老人安详的神色，他把折花战刀取了出来。

白胡子老人慢慢抽出了战刀，哈木宰更吃惊了。前些时间他没顾上磨刀，战刀都生锈了，这会儿战刀上的锈都没有了，通体透亮，闪着光，上面的花纹似乎比以前更漂亮了。

白胡子老人用手擦了擦战刀，说："好刀，好刀！"又插回去递给了哈木宰。他望着哈木宰笑了笑，转身走了。

进屋后，大阿訇问："油香舍散了吗？"

哈木宰说："舍散了！那人看了我的战刀，真奇怪，战刀上的铁锈没有了。"

大阿訇再没说话。铁匠爷突然说："快请他进来！"

哈木宰连忙往大门外跑，可大门外空无一人。他不死心，又跑到巷道里，巷道里也没有人，问了人，人们都说没见过白胡子老人。

第二天，天擦黑的时候，卖煤娃带来了消息。他说前几天小峡口的关卡上截住了一匹黑马，一个四川口音的人被抓到乐家湾军营里去了。

哈力麦一听，晕过去了。真是怕啥来啥，铁匠爷感觉大事就要降临家里了。一旦查实马有路的红军身份，铁匠爷一家脱不了干系不说，到时候不光是马有路，甚至还有可能把哈木宰也牵连进去。

铁匠爷顿时觉得天旋地转，活了一辈子，真是倒活了。目前只有一条路，让哈木宰跑，这样马步芳的军队一来，要杀要剐，铁匠爷顶着，至少能给家里留一个活口。

说走就走，铁匠爷给哈木宰准备好了大白马，赛力麦边哭边给哈木宰烙馍馍。

这天晚上，哈木宰和赛力麦睡在了一起，想着天亮就要走，哈木宰竟然舍不得走了。世界在屋内停止了，哈木宰紧紧抱着赛力麦，心里不是滋味。

天亮时分，哈木宰早早爬起来，他要到清真寺里向大阿訇辞别。到了大阿訇房里，大阿訇正在青油灯盏下看经。

哈木宰把事情的经过告诉了大阿訇，大阿訇想了想说："先别担心，我有一个河州亲戚，住在花园台，叫马秉忠[1]，是马步芳手下的一个军官。我们先找找他，说不定还能帮上忙。"

哈木宰回来把这事告诉了铁匠爷，铁匠爷一听，就让哈木宰奶奶准备礼物，拿了一百大洋，找大阿訇。

哈木宰、铁匠爷、大阿訇一行骑马往大通花园台赶。在后子河吃过面片后走了半小时，到了花园台。马秉忠家门口种了很多从河州移植过来的牡丹，一到夏天这些牡丹红艳艳的一大片，于是当地人就把这里叫花园台。

马秉忠家盖了一溜松木大房，一进大门是个大照壁。哈木宰一行人运气好，这两天马秉忠刚好在家。马秉忠身材魁梧，穿着军服，言谈举止中透着一股肃杀之气，那威武的样子让哈木宰很是羡慕。

马秉忠一口河州口音，跟大家聊起了日本侵略中国的事，说他们烧杀抢掠，惨不忍睹。马秉忠说："你们大老远过来肯定有事，你们说吧！"大阿訇终于说起了马有路的事。大阿訇说："明人不说暗话，我们都是亲上套亲，这人现在是铁匠爷的孙女婿，有了自己的儿子，安心过日子，你尽量救一下！"

铁匠爷把大洋小心地放在桌子上。马秉忠说："阿爷这是干啥？快收回去！"一把推过来。马秉忠沉吟了半天："如果真抓了，他一招供是西路红军，这事就不好办了。我先打听，你们过三天再来。"

临走时，马秉忠看了看哈木宰，用拳捶了捶他，笑着说："又一个儿子娃娃！"

小别胜新婚，哈木宰觉得赛力麦比以前更可爱了。赛力麦抓住哈木宰的手往自己胸上放："我要给你养一大帮儿子！"

哈木宰点了点头，月亮底下，赛力麦的眼睛很亮很亮。

三天过后，马有路有消息了，果然连人带马被抓起来了，经过马秉忠

75

---

[1]马秉忠，大通县孙家寨花园台人，1937年任暂编骑兵第一师第三旅旅长，赴河南抗日，1939年9月牺牲于攻打河南淮阳县城的战役。

的斡旋，从牢里放了出来。可是马有路一听军队要去河南打日本人，就找马秉忠参加了军队。

这是个好消息，也是个坏消息。军中无戏言，哈力麦气了个半死，铁匠爷一家人也很不是滋味，好不容易救了出来，结果人家不但没回来，反而一门心思地参军打仗去了。

马有路要回家探亲。哈力麦给马有路准备了好多责备的话，可一见他，哈力麦什么也说不出来了，让马有路把手放在挺起的大肚子上："你要当父亲了！"马有路半天没说话。

哈木宰对于马有路参加马步芳军队的事很不理解，哈木宰说："马步芳不是杀了很多红军吗？你怎么参加了马步芳军队！"马有路脸上抽搐了一下，说："改天我再告诉你吧！"

马有路住了几天，又走了。

青稞苗子已从地里探出了头，嫩嫩的、绿绿的，望着那鲜绿色，就想在那片鲜绿中打几个滚，撒几回野。赛力麦有喜了，开始恶心，胃口大开，见什么吃什么。哈木宰奶奶非常高兴，又让铁匠爷拉到老中医那儿把了脉。

一查，赛力麦确实有喜了，铁匠爷老两口请了赛力麦母亲喝了茶道了喜。没人时哈木宰喜欢贴着赛力麦的肚子听声音。有时还能感觉到小脚踢呀踢的，哈木宰的心一点一点地柔软起来。

11

1937 年 7 月 6 日傍晚，大通上空笼罩着一片乌云，这片乌云不断旋转、扩大，先是淡黑色，接着大自然又不断地往乌云里倒着墨汁，乌云低垂，黑色笼罩着大地，杨树不安地抖动着树叶。这一晚，连狗都不敢出声，大阿訇望着乌云不说话。

哈木宰帮父亲做好了暴雨来临前的准备工作，站在门口望着天空，空气里浮动着不安。一声炸雷响过，大地突然变得白昼一样。很快暴雨从天而降，仿佛有人站在哈木宰家房顶上往下泼水。一会儿功夫，哈木宰家的出水口被草和树枝堵上了，水开始从大门缝里往里涌。大地在雨水中浸泡，黑暗笼罩着村庄，赛力麦突然喊起来："你看，你看，看折花战刀！"

哈木宰回头一看，黑暗中折花战刀竟然发出微弱的光芒来，哈木宰走上前，那光又渐渐地淡下去。哈木宰对赛力麦说："不要给任何人说，免得惊扰老人！"

这晚大通山洪暴发，北川河冲走了桥头许多人家。

"七七事变"在青海引起了巨大的反响。听到消息后，铁匠爷在清真寺里说："这日本人又要骑在中国人脖子上拉屎拉尿，难道青海的儿子娃娃们死光了吗？"

西宁城也被这一消息掀翻了天，东关清真寺的老人们说着抗日，老秀才们也说着抗日。

马步芳组织了抗敌后援会、抗战动员委员会两个机构宣传抗战，他说："发扬祖父、父亲尽忠国家的精神，努力于抗战建国的工作。"

随后南京国民政府特使陈启之来到了西宁，马步芳又作了表态："步芳剿赤原为安内，安内即在攘外，今幸所负之安内工作已完成，而攘外之抗战，正当开始，杀敌报国，责无旁贷。""我自己本人以及我的部队，早已准备妥当，预备为国家民族而牺牲……第一次欧战中之比国与法国，早已成为中国抗战之蓝本。日寇不惜万险，以赌其国脉世瘼，俾作孤注一掷，我辈只需咬紧牙关，积极备战。"

1937 年 8 月蒋介石以"避免回族官兵……饮食之不便"为由，"拟将全国各地军队中之回族官兵集编为一个单位。"并电询马步芳对这个部队领导人选的意见，借抗战之名，趁机"吃掉"各军阀掌握的地方杂牌部队，而马步芳也洞其奸，立即说"战斗配备应以步马炮工辎交之兵种为原则，不宜以汉满回藏之宗教为分别"，把蒋介石顶了回去，又说"况敌人以分化我大中华为政略，步芳信仰回教，而所部均属各族同胞，只知中华民族精诚团结，共赴国难而不知其他。"蒋介石十分尴尬，只好言不由衷地电复马步芳："言之有据，深明大义。"

于是马步芳以青海海南警备师为基础，开始从大通、湟源、互助、乐都等地征兵。

一天中午，保长急匆匆地来到哈木宰家，跟铁匠爷说了好多话。原来哈木宰村庄的拔兵开始了，原先是派兵，派来派去，最终还是落到了铁匠爷一家的头上。铁匠爷说："我们家已征了一个兵。"可保长说："这事我做不了主，要么是哈木宰去，要么是哈木宰父亲去！"按规定老年人不要，有病的不要，哈木宰一样都没占着。哈木宰的父亲看着老的老、小的小，就想自己去，哈木宰说："哪里有父亲去打仗，儿子坐在家里享福的呢！"从内心里讲哈木宰还是愿意去打日本人。

赛力麦腆着大肚子，给哈木宰准备行李，装了鞋垫子，想了想又把结婚时绣的白马袜子装进去了。看着鼓鼓囊囊的行李，赛力麦想大声哭，可又不敢哭。

铁匠爷想找大阿訇托马秉忠走走关系，可是被哈木宰一口回绝了。看着哈木宰决绝的样子，铁匠爷只好给哈木宰准备马掌、马钉子，又修理了马鞍子，凡是铁匠爷能想到的都给哈木宰准备了。

赛力麦和哈力麦在厨房里给哈木宰和马有路烙馍馍，锅盔烙了一个又一个。有好几次赛力麦拉风箱用劲过猛，把火吹灭了，灶台里的灰全吹了出来，落了赛力麦一身。

烙完了锅盔，又准备面其子，往面里打几个鸡蛋，加点青油揉成团，擀成面饼，再把面饼切成小方块，放到锅里炒，面其子在锅里噼哩叭啦响，赛力麦和哈力麦谁也不说话。

赛力麦盼望着这时要是哈木宰瘸一条腿或折一只胳膊，就可以不去打仗。哈力麦听到马有路一心要上战场，心如死灰，她想用肚里的孩子来唤回马有路的心，可是他去心已定，早跑到军营了。

哈木宰准备着自己的东西，折花战刀被铁匠爷磨亮了，吹根头发都能断为两截。战刀上的花纹如水般地流动，望着如水的花纹，铁匠爷的眼睛有点湿润。

哈木宰和大阿訇辞别，大阿訇在经房等着他，炕桌上放着一只茶碗，看到他进来，给他倒了一碗奶茶。这时哈木宰才想起草原上活佛捎给大阿訇的话，哈木宰回来后忙于婚事，把这事给忘得死死的。哈木宰对大阿訇说："有个祁连活佛让我给你带句话！"

"什么话？"大阿訇问。

这时哈木宰在草原寺院里的情景全浮现在眼前，说来也怪，那些话深深印在他脑子中，活佛那神情、语气都被哈木宰想起来了。

哈木宰说："活佛说黑夜来了！念为心生，一切相皆为虚妄！"

大阿訇听了点了点头说："活佛说得对，黑夜来了！白天也会来！世界如过店！"

哈木宰说："活佛还问我话——黑夜来了？黑夜见了？刀在？回？"

大阿訇说："你怎么回答？"

哈木宰说："黑夜来了！黑夜见了！刀在！回！"

大阿訇说："嗯！回答得好！"大阿訇看了看哈木宰，半晌不说话。大阿訇缓缓地卷起了裤筒，哈木宰一看惊呆了，大阿訇的右腿上有许多伤疤，其中有一道长刀疤、几个枪眼，那伤口还鲜艳如初，似乎轻轻一动，里面就能淌出鲜血来。

大阿訇说："这些伤疤是在新疆留下的，我们跟着尕司令马仲英在新疆打苏联长毛子，苏联哥萨克骑兵被我们砍得半死。最后老毛子调来了坦克、飞机，坦克列着队向我们骑兵冲来，可是儿子娃娃不怕，尕司令在前面冲，我们也往前冲，谁也不想落在后面。我们的战刀砍得坦克直冒火星，不少弟兄消失在坦克下，但没有一个逃跑的，儿子娃娃都是前胸中弹。有人绑着炸弹趴到坦克下，把那些铁家伙收拾成一堆废铁……如今，日本鬼子又来我们中国了，当年我们老先人们在北京给你们作了榜样了，你们出去了狠狠地打，把他们收拾得屁都不敢放一个！"

哈木宰跟大阿訇练了这么多年的刀，从来没听过这些。大阿訇说："记住，每次上战场一定要洗大净，做礼拜，为正义、为国家反抗迫害也是教门的一部分。"

哈木宰点了点头，从大阿訇那儿出来，哈木宰心里有底气了。

同村的人等在路口，哈木宰给家里人说过赛俩目，看了看赛力麦的大

折花战刀

肚子，挥了一下马鞭子，大白马就蹿向村口。

赛力麦的眼泪顿时涌上来了。

蓝烟么罩住了庄子了，

眼泪俩和不成面了；

一把面手俩送哥哥，

哥哥的背影儿远了。

大通花园台的牡丹开得红红火火，香气弥漫在花园台村，马秉忠在门口忘情地闻着他们家牡丹的香味，他被任命为暂编骑兵第一师第二旅旅长，他要远征外地，这些时间就闻不到牡丹花香气了。

马秉忠让传令兵把马拉到花园台村口等着，马秉忠和大家一一道了赛俩目，粗声粗气地说："我今天把身体许给了国家和我们教门，一切托靠真主！不赶日本人出去，我不回家，你们不要挂念！"

说完马秉忠朝村口走去，战马消失在远方。

第二部

1

　　哈木宰在乐家湾军营新兵连集训。哈木宰分到了一班，新兵连里有互助的，湟源的，乐都的，平安的，循化的，化隆的，大部分是回族，还有汉族、撒拉、东乡人。各地的人带着各地的口音，一时间新兵连吵成一片。

　　那天，轮到哈木宰值班去湟水河里挑水，随行的还有一位撒拉战士。

　　这一年秋雨旺盛，一连下了好几天的阴雨，河水猛涨，原来在岸边晒日头的大石块淹得只剩下一点石头尖。河面上不时能看见马步芳从大通放下来的散开的松木筏子，放羊皮筏子的筏子客们努力地看着河里的水线，小心绕过那尖石头。日本人占领包头后，筏子客们只能往兰州运货挣钱。

　　温顺的湟水河显出她粗暴的一面，河边是一片黄泥，人在黄泥里走，稍不小心就会滑进水中。挑水是军营里每个值班士兵的义务，一手拿桶，一手得抓在另一人伸出的扁担上，这样才能安全地提到水。

　　哈木宰自告奋勇下河提水，他一手提着桶，一手抓住撒拉战士韩来臣①的

----

①韩来臣，循化县街子人，撒拉族，1940年11月蒙城之战中被日军刺了三十二刀，仍站立不倒壮烈牺牲。

扁担。

水桶只舀了一半，哈木宰用力一提，脚在泥中打滑，突然韩来臣扁担上的一根木刺扎进了哈木宰的手中，哈木宰觉得一阵钻心的痛，松开了扁担，身子滑进水里。哈木宰从未下过水，是个典型的旱鸭子，在河里乱扑腾。

韩来臣像鱼一样钻进水中，三下五除二就把哈木宰拉到岸边。哈木宰喝了几大口水，坐在河边喘气。韩来臣在岸边脱下衣服使劲地拧，衣服上的水淅淅沥沥地淌了一地。人们都说这个地方已经有好几个当兵的挑水淹死了。哈木宰感谢韩来臣。韩来臣说："我从小在黄河里游泳着哩，这点水不算水！"

岸边几个士兵也赶过来，看着哈木宰哈哈大笑。哈木宰心头火起，骂起来："笑屁着吗？雀儿的屎多，婆娘的笑多！"其中一个军官模样的大怒："日奶奶尕娃，你骂谁着！"

哈木宰说："我骂笑多的婆娘！"

那个军官扑上来，朝哈木宰胸口就是一脚。哈木宰光着上身来了个扫荡腿，顺势把那军官放翻在泥地上，泥沾了那军官一身。哈木宰还要往上扑，被韩来臣拉住了，韩来臣说："这人惹不得，是个河州人，有来头，是个排长，叫马元林。"

回去后哈木宰被关了禁闭。

第二天开始集训，大家集合完毕，拉到训练场上，正推来搡去地排队，只见一匹马疯狂地从另一头朝大家跑来。大家都惊慌失措，队形顿时乱了起来，有人低声吼了一声："日奶奶尕娃，喊什么喊，没见过马跑吗！"

大家的吵声小了下来，等马到跟前，才发现这马上有人，那人就藏在另一边，哈木宰知道这招叫"镫里藏身"。

一匹马又跑过来了，马上的骑兵手里平端着马刀，径直朝右前方顶着木球的粗木棒冲过去。那人没有挥马刀，只听噗的一声，那棍子带木球齐刷刷地掉在地上。大家倒吸了一口冷气，哈木宰看见马有路脸色发白，正站在前排。

接着又跑过来一匹马，哈木宰左看右看，这匹马上真没有人，可在马后面跑着一个兵，抱着一挺机关枪跟着马屁股跑。有人小声说："这个囊怂，跟着马尼股跑，能追上吗？想拍马屁，小心马蹄子！"

话还没说完，这人抱着机枪竟然追上了马，大家还没看清发生了什么，这人已骑上马，把机枪架在马背上的枪架子上，朝前方开枪，击中了目标。

大家都张大了嘴。这时一位身形庞大的军官走了过来，哈木宰一看，正是马秉忠，他说："这就是我们青海的骑兵，战马就是你们的腿，战刀步枪就是你们的命！战场上只有前进，没有后退！日本人的枪子儿不长眼睛，可我们是长眼睛的，哪一个不好好练习，我手里的马鞭子可没长眼睛！"

第一天练骑马，哈木宰在训练场上并没见到战马，只看见整整齐齐地摆了好几排长条凳子，说这就是马。大家不禁哈哈大笑。

一个军官模样的人开骂了："日奶奶，骑好了这凳子，才能骑马！"

大家手里拿着木刀，骑在长条凳上练刀法。左劈、右劈，左刺、右刺，左下劈、右下劈，都有严格的规定。期间不能砍到凳子。但还是有人照样砍到凳子。教官的鞭了就落到那人背上："日奶奶，这要是马，我看你要砍死马哩？"

马有路正骑在前面凳子上弯腰练刀。空闲时间，哈木宰拉住马有路，马有路一见哈木宰就吃惊地说："你怎么来了，家里谁照顾呀！"

哈木宰没好气地说："有人跑了，我也跟着跑！"

马有路低下头说："哈力麦还好吧？"

哈木宰说："好得很，快要生了！你就要当父亲了。"

马有路说："我也是没办法！"

哈木宰说："我也是没办法，派兵派过来了！"

刚聊着，马元林走过来踢了哈木宰一脚："日奶奶，懒驴上磨屎尿多，还偷开懒、耍开奸了！"

哈木宰正要发作，有人从后面拉了拉他，哈木宰回头一看，竟然是扎西！哈木宰顾不上马元林，站起身一把抱住扎西，用头碰了碰他，说："德冒！德冒！扎西兄弟！"

扎西说："乔德冒！"

哈木宰和扎西又抱又跳，把马元林晾在一边，马元林弄了个没意思，转身边骂边走远了。

骑了一阵木马，教官又让大家骑矮土墙，照教官的口令练习使用长矛。教官喊"一"时把长矛刺向左前方，喊"二"、"三"、"四"时分别向右前方、左后方、右后刺，还和对面的人练习角力、练习拼刀，把对方拖下马。

乐家湾种地的百姓望着他们笑："小心磨烂你们的脖子，连脖蛋都会滚出来！"

一到晚上，大家就忙着用大针补裤裆。马步芳军队里还是有能人的，别看这些人白天五大三粗、大大咧咧、没心没肺，可是拿起针线也是心灵手巧，三下五除二就补好了。

骑马对哈木宰而言不在话下，可拿针却困难重重。哈木宰从小到大没拿过针，好不容易穿上了线，忘了绾线疙瘩，一抽，线又原模原样地从裤子穿出来，扎西望着哈木宰笑。哈木宰终于学会了补裤裆，一天哈木宰找到了一块熟羊皮，灵机一动，就用它来补了裤裆，没想到好久都没有磨烂。其他人都认为这个方法好，都找了大大小小的牛皮羊皮缝到了各自的裤裆上，这样哈木宰班一出列就很明显，有人就说哈木宰班是"牛皮尻子"。

练习骑马，是哈木宰和扎西的强项，镫里藏身之类的都不在话下，韩来臣上马有点困难。一次刚骑上马，马几个蹦子就把韩来臣摔了下来，可是他牛脾气一上来，撕住马鬃毛上了马，硬把这马调顺了。

哈木宰非常想念他的大白马，可是长官不让骑，他常去马圈看它，大白马也伸出头来蹭他的头。

过了几天，哈木宰们开始干喂马的工作。每天早上起来，给马添草，

折花战刀

八九点时再拉马去饮水，半夜还得起来给马添草料。

哈木宰原来希望能多睡会儿觉，现在睡不成了，半夜刚给马添过草料，晨礼邦克就念了，信仰伊斯兰教的回族、撒拉、东乡战士就得起来做礼拜。部队里配了随军阿訇，走到哪里，礼拜做到哪里。

给哈木宰们领拜的是由赛尔阿訇。由赛尔阿訇文文静静的，偶尔在主麻日给大家讲个瓦尔兹①，常说念、礼、斋、课、朝不能丢，还讲些国家至上、民族至上之类的话。

人软人欺，木软虫吃哩！由赛尔阿訇话不多，人也稳当，一点没有随军阿訇的架子，可大家对由赛尔阿訇并不感冒，有时不听话，常给他捣乱。由赛尔阿訇也不说什么，依旧念他的经，领他的拜，讲他的瓦尔兹。

这一天，回到营房，哈木宰躺在通铺上，手摸向毛毡底下，可是空无一物，又把手伸向另一处，还是空荡荡的。哈木宰噌地坐起来，撩开毛毡，毛毡底下的折花战刀不见了！哈木宰急出了一身冷汗，他从被窝里找到了地下。营房里布置得简简单单的，一条破毛毡，几床少得可怜的被子，几把快散了架的凳子和桌子，还有一个裂了好几条缝的木枪架，一溜汤瓶整整齐齐地摆在枪架跟前，哈木宰又翻了一遍毛毡还是没有。等全班人聚到一块儿，哈木宰又问了大家，大家光摇头。

韩来臣朝哈木宰挤了挤眼睛，哈木宰安静下来。出去后韩来臣说："排长马元林拿走了你的折花战刀！"

哈木宰说："我就知道是这个瞎怂②，那天他说要看我的战刀，我让他看，看完后竟然说军营有个规矩，新兵要给长官见面礼，大洋免了，这把战刀作为见面礼送给他。我没答应，我说这是我家传的，我不能作主，没想到他还是偷走了！我们搜刀子走！"

趁马元林不在，他们搜了马元林的毛毡行李。看样子马元林早有防备，

①瓦尔兹：阿拉伯语，劝导，教诲。

②瞎怂：青海方言，坏蛋。

把战刀藏起来了，没有证据就不能乱说话，哈木宰一筹莫展。

韩来臣说："他来黑的，我们来暗的！"三个人凑到一块儿商量了一通。

晚上马元林出去起夜，哈木宰、扎西、韩来臣三个人偷偷跟了出去。韩来臣拿了条麻袋，跟在马元林身后，趁他蹲在地上还未提裤子，韩来臣一个箭步过去把麻袋套在马元林头上，又扎住了口。韩来臣压低声音说："今晚我们把这个人扔到湟水河里喂鱼走！"

话刚说完，马元林央及开了："阿爷们饶命，我家里还有八十岁的老妈妈哩，你们要啥，我给啥！"

"我们要的怕你没有！我们要一把机关枪！"

"钱我都给老妈妈寄回去了，枪我不敢给，长官知道后会要我的命，不过我有一把长刀，放在马圈第三排马槽底下！"马元林说。韩来臣踢了一下马元林，三人连忙朝马圈走去。马槽很多很长，三个人从东头找到了西头，终于找到了，哈木宰把折花战刀搂在怀里。

这样拿回去太明显，扎西给哈木宰出了个主意，让他先把刀藏起来，最后再说在马槽下找到的，这样避免马元林怀疑。

哈木宰藏好了战刀，又悄悄摸进军营，马元林还没回来，估计吓破了胆，还扎在麻袋里呢。等了半天，马元林才哆哆嗦嗦地走进来。哈木宰躺在被窝里偷着笑。

调马是老兵们的事，好多马都是草原上的野马，还有些马干过农活，低头干活是好手，可冲杀于战场还得调教。战马要有灵敏性，有爆发力，老兵们针对不同的马想了很多办法来激发马的天性。

先骑马慢慢走、慢慢遛，渐渐地马开始喜欢奔跑。马胆小，还得给马吊胆，在马圈里高高地拉一道铁丝，用缰绳把马头高高地拴起来，不能让马低头，这样马就养成了抬头的习惯，训练出来的马反应快，遇到危险不后退。哈木宰的大白马也这样高高地吊着，一看到哈木宰，它那黑眼睛里全是委屈，哈木宰就安慰大白马："过些时间就好了！"大白马才安静下来。

随后练步伐。骑兵执行不同的任务时战马有不同的步伐，巡逻侦察时要轻要快，通常是"小步"，马蹄声轻，侦察骑兵们挺直身子观察周围情况；作战时要求快还能迅速转向，就得用"小跑"，既有速度，也能跳跃、转向（如场地障碍赛）；"常步"是行军步伐；"大跑"就是冲刺拼杀。

训练时老骑兵坐在凳子上，闭着眼，只听一听马蹄声就知道是什么步。常步和小步走得慢，四蹄着地，走起来是"嗒—嗒—嗒—嗒"的四节拍，哈木宰的大白马小步走得好，后蹄子正好踩在前蹄印上。小跑的速度快了，斜对着的两只马蹄同时起落，就成了"嗒—嗒"两节拍。大跑起来战马四蹄翻飞、沾地即起，就成了"嗒嗒—嗒"三节拍。

骑在别人的马上哈木宰总不得劲，他的大白马让别人骑着他更不得劲，大白马认人，总要把人从马背上摔下来。

为了能骑到自己的大白马，哈木宰鼓足了勇气去找马秉忠，怯生生地在营房门口站了半天，最后喊声报告进去了。胖胖的马秉忠旁边还坐着一位大脸盘、精神抖擞的老人，马秉忠说："这是马彪师长！"

哈木宰立正敬礼，马彪[①]看了看哈木宰，拍了拍哈木宰肩膀，说："日奶奶，还是个儿子娃娃嘛！"

马彪又问："我们就要上战场杀鬼子，你怕不怕？"

哈木宰说："不怕！"

哈木宰小声地说："我要骑我自家的大白马训练，行不行？"

马彪说："儿子娃娃声音大点！"

哈木宰大声地说："我要骑我的大白马上战场！"

马彪说："可以！"回头把这事说给了马秉忠。哈木宰高高兴兴地出

---

①马彪，暂编骑兵第一师师长，1937年9月率队至河南、安徽与日本作战，两个儿子均牺牲于前线。作战勇猛，所带部队被日本人称为"马胡子军"，1941年升任国民党何柱国部骑兵第二军副军长，1942年因人进谗言，卸任骑八师师长一职，又组建骑兵师，因马匹问题未果，调任国民党中央军事委员会中将参议，寄居西安，1946年后死于六盘山车祸。

来了。

过了几天，班里下了命令，哈木宰自己照顾大白马，训练时也骑大白马。大家都说哈木宰上面有人。

湟源、乐都的几个民团也相继开到了乐家湾，军营里的人数多了起来。

骑兵训练的密度加大了，哈木宰们开始训练队形。他没想到一个简单的骑马竟然有这么多的名堂，横队、纵队、三角阵位、楔形阵位，大队有大队队形，小队有小队队形，还有骑兵间的转向保护、交叉掩护等，让哈木宰们头都大了。练到一定程度，那些老道的骑兵还规定不同的地形间战马的距离，哈木宰们互相用木棍比划战马间的距离，不少人挨了教官的马鞭子；不少人马失前蹄，摔于马下，可是训练官一发话，又得爬上马背。许多人在睡梦里都疼得哼哼直叫唤。

还要统一骑兵的口令，最初哈木宰一声"驾"，全班的战马都跑了起来，后来老骑兵说这样不行，按照"前进""冲锋""立正""卧倒"的口令进行。这一项训练上哈木宰和扎西挨的鞭子最多，他们在草原上放马跑习惯了，说个洋命令马不听，弄得两人哭笑不得。

马上刀术练的是真功夫，不少人努力地挥刀去砍地上的目标，结果用力过猛，砍到马屁股上了，把马屁股都砍出了血。教官过来劈头盖脸地一顿鞭子，打得人直叫唤。最难的一项训练是刺套索，远处系一个一人高的套索，骑兵快速接近时把战刀插进套索，再快速抽出来。这就看骑兵和战刀的配合，过早了无法接近目标，过迟了战刀就会被套在套索里，连人带刀拖下马背。

马上射击是基本功，老骑兵说了，再好的战马、再锋利的战刀，遇到机枪就是找死，所以基本上是枪骑兵，上马射击，下马射击。为了训练射击，教官找来了最原始的老火枪，也就是当地人的老土炮，一枪打出去，声音能震死人。老火枪后坐力大，不容易瞄准，一不小心就会把人掀在地上，还不能打连发，在马背上装火枪也讲究速度和敏捷，有人提议换成新式能打连发的枪。

教官骂道："日奶奶尕娃，本事没学到，想法还多！听好了，马背上火枪打好了，这新式枪百发百中。"

后来哈木宰在马背上一趟下来能打三枪，基本上能命中目标，教官看了只哼了一声。看大家能把火枪制服了，配发了新式枪，顿时个个在马背上百步穿杨。

最后到野外训练长途奔袭、夜间偷袭和迂回包围。

一天，马步芳还亲自到乐家湾军营来给新兵训话。哈木宰原先听说马步芳是青面獠牙，随时能咬人。可是第一次见马步芳，只见他大方脸，身材魁梧，一句一个日奶奶。哈木宰明白了，为什么骑兵喜欢骂"日奶奶"，原来是学马主席的。

马步芳说："射击有个三弯六看，弯头、弯腰、弯膝，前后上下左右看，看前方敌情，看后面联络，看上面敌人飞机，看下面地形，看左右的敌情。"

新兵们就把这个口令当成口号，随时喊，随时练，哈木宰照这个三弯试了一下，果然枪法准了不少。

哈木宰们还学会了青海军的打靶歌。

　　我们的精神，

　　集中在靶场上。

　　快乐的歌声，

　　随风飘荡。

　　我们是青年新的射手，

　　我们的子弹，

　　决不放空。

　　心要正，气要平，

　　身体稳，能打中。

　　敌人来一万，

消灭他五千双，

敌人来进攻，

给他一个反扫荡。

照例最后得喊口号："拥护蒋总裁，服从马主席！"

哈木宰有时想发点牢骚，就被马有路堵住了嘴。马有路说："你想尝尝揭背花吗！这里任何人面前都不能发牢骚，不能说实话，你今天说，明天就挨打！"

哈木宰的话少了起来，一有空闲，他就和其他士兵一样用羊毛捻线。让线陀旋转起来，再借线陀的旋转力把捡来的碎羊毛捻成线，再缠成线疙瘩，用羊毛线给自己织毛袜子、毛手套。他在军营里还给铁匠爷捎去两双毛袜子，把铁匠爷高兴得一晚上没睡觉。

一天，哈木宰和马有路正在织袜子，突然说有人找，出去一看是铁匠爷。铁匠爷拉着借来的马，装了满满一褡裢锅盔，还有赛力麦、哈力麦做的鞋和袜子，马有路在旁边胆怯地看着哈木宰抱着铁匠爷转圈。

铁匠爷说哈力麦生了一个男娃娃，马有路一听低下了头。哈木宰打了马有路一拳，说："这么快就当阿达①了！"

铁匠爷喜滋滋地说："你也快要当阿达了！"哈木宰脸红了起来。

---

①阿达：青海方言，父亲。

2

1937 年 8 月 31 日晚，乐家湾军营被浓烈的麦香包围了，一阵接一阵的香气扑到军营里来。远处的杨树在月亮下面哗啦啦地说个不停，周围不时传来一两声鸟叫，月亮趴在东山上看热闹，明晃晃、大大咧咧的样子让军营周围的动物们热闹起来。

明天就是八月十五骑一师出发的时间，乐家湾军营沐浴在一片月光之下，哈木宰和扎西、韩来臣坐在门槛上看月亮。哈木宰的营房是个四合院，他们班二十几个人全集中在这个四合院里，一闭上眼睛都能想出营房里的布置：三间营房，一进房门，两边是通炕，上面垫着草，铺点烂毛毡，勤快点的战士还铺着羊毛织的毛线单子，被子用木夹夹出棱角。屋中间是一张桌子，桌子上放着两把壶，六个洗脸用的汤瓶整整齐齐地摆在地上，两边是放枪的木架子。支起的木格子窗户在炕上投下奇奇怪怪的影子。

白天他们已挑了马，一个连一种颜色，哈木宰、韩来臣、扎西分在白马连里，马哈三、马有路分在黑马连，还有枣骝马连、灰马连。那么多的马一下子被挑走了，整个操场空荡荡的。各人都拉着马朝自己营房的马圈走去。

月光亮晃晃的，照得三个人心事也晃起来。

韩来臣说："明天我们就要走了，你们说一个心里话！"可谁也不愿先说。

韩来臣说："看看你们怂样子，我先说！我在循化孟达村里还有一个尕连手^①，这回跑一趟南方，挣上点大洋，回去娶媳妇哩！"

哈木宰说："你的恋人漂亮不？"

韩来臣说："撒拉艳姑能不漂亮吗？樱桃尕嘴，弯眉毛，黑眼睛里能淌出个水来！"

哈木宰说："好好说，不要说花儿！"

韩来臣说："这就是实话，天堂里的仙女就像撒拉的艳姑，我们的撒拉艳姑哪一个不攒劲！"

哈木宰说："想进个天堂还得娶个撒拉艳姑，可惜我结了婚，要不然你给我介绍个撒拉艳姑！"

扎西抱着腿望着月亮不说话。哈木宰说："扎西你放着草原上的羊不放，跑到这里当什么兵呢！征兵不是不征你们吗？"

扎西的脸色变了一变，说："谁又没定下挡羊娃不能吃粮！"

哈木宰说："你和卓玛好上了没？"

扎西说："好上了，好上了！"

哈木宰心里酸酸的，说："那就好，那就好！"看着明晃晃的月亮，大家又不说话了。

突然扎西给哈木宰一张纸条，哈木宰打开一看，上面写着扎西两个字。扎西说："我长眼睛着，可枪子儿没长眼睛，万一我往生了，你一定替我把这个纸条送到寺院里法力最高的活佛手中，让他给我念《往生经》！"

---

① 尕连手：青海方言，恋人。

哈木宰说："满嘴胡说个啥,还没走哩,就抬上个乌鸦嘴乱叫一阵!"
扎西着急地抓住哈木宰的手:"你若是我弟兄的话,你一定要替我办!"

哈木宰说："好好回来,看看卓玛去!"

扎西嘴歪了一歪:"另外把我的军饷送给我的妈妈!"哈木宰点了点头。

韩来臣说："干脆说破了,上战场不是浪会场,如果我折了,你就让我穿血衣埋在战场上,有心了再给我念一段古兰经!"

哈木宰说："我也和韩老哥的想法一样,不过我们还要回来吃韩老哥结婚的宴席哩!"

韩来臣说："托靠真主,我们一定好好回来!"

熄灯号响了起来,远处巡夜的人过来了,三个人赶快走进屋里。那月光还明晃晃地照在炕上。所有人都醒着,翻过来翻过去地在炕上"烙油饼"。

过了漫长的黑夜,东边山顶上一点一点地透出亮气来,山的轮廓清晰地显露在东边的天空。哈木宰早早醒来了,盯着格子窗户等邦克声,韩来臣的大腿压在他腿上,他使劲推开。

邦克响起来了,那些营房里有了响动,穆斯林们悄悄地起来,他们轻手轻脚地绕过沉睡的人们,提上汤瓶洗小净。天气还热,怕惊醒房里的人,大家都到外面洗。韩来臣喝了一口水漱口,半天不吐出来,哈木宰一着急就在韩来臣胳肢窝挠了痒痒,韩来臣哗地一口把水吐了出来。

一阵忙乱过后,他们一个接一个地向礼拜房走去,营房里安静下来。尽管大家轻手轻脚,但一些瞌睡轻的汉族战士再也睡不着了,索性坐起来下炕洗了脸,等着起床号子吹响。

哈木宰和韩来臣进去时,礼拜房里还空荡荡的,接着陆续有人到了,开始礼拜。由赛尔阿訇站在最前面领拜,他念了长长的古兰经,悲怆的腔调在礼拜房里飘荡,念着念着哈木宰的眼泪咕噜咕噜地淌下来,准确地砸在脚背上。他鞠躬,叩首。

今天的礼拜由赛尔阿訇礼了很长时间,礼拜房里不时传来战士们压抑的哭泣声。

最后由赛尔阿訇掌起两手，开始祈祷：

真主啊！求您援助我们的政府，使我们的国家永存，使我们的抗战胜利，消灭我们的敌人。求您保佑我们免遭敌人侵略和残杀的暴行。求您差遣狂风，使他们的飞机坠落，军舰葬身大海，士兵厌战，使他们的经济崩溃，求您降天灾惩罚他们！真主啊！求您赏准我们的祈祷！阿敏！

由赛尔阿訇先用阿文念，又大声地用汉语念，他说这是宁夏同心虎嵩山阿訇的《致全国穆斯林同胞抗战胜利祈祷词》。

由赛尔阿訇又说："爱国是信仰的一部分，现在日本鬼子杀进了我们中国，拿起武器反抗敌人才是真正的吉哈德①精神。你们举起战刀杀向日本鬼子时，天堂的门就为你们而开；你们穿着血衣倒在日本鬼子的战刀下时，天堂的门也为你们而开！"

哈木宰满眼泪花，他旁边的韩来臣也泪流满面。

晨礼过后，回到营房，大家吃过饭，开始喂马，挑水饮马，最后洗马、擦马具，把马镫擦得亮亮的。大家接到了命令，今天到西宁校场接受马步芳主席的检阅，最后出小峡向兰州走。

哈木宰把发的一套单粗布军服、皮褂、毡袄、布长腰皮鞋，细心地绑在大白马上。

折花战刀

---

①吉哈德：阿拉伯语，意为奋斗，专指为主道而奋斗。

3

听说部队要在 9 月 1 日中秋节走，哈木宰家里也忙了好几天。哈力麦生了娃娃，由哈木宰母亲照顾着坐月子，家里的活全落在赛力麦的头上。

这两天哈力麦总想马有路悄悄离开的事，她认为马有路是看不上她才跑的。她一边奶孩子，一边掉眼泪。看到母亲过来，她马上把眼泪擦干净。

从铁匠爷把红军娃马有路救回家算起，哈力麦想想那些事就觉得委屈。她清楚地记得那一天她到夹墙里给马有路送饭的情景，她端着蓝边碗，里面是母亲的手擀面，在面下面还窝着一个鸡蛋。母亲说这娃娃可怜，小小年纪就从四川跑到这里来，差点还送了命，应该好好补一补。

哈力麦每次送进去，一定守着马有路吃完，看着他精神不错又缠着马有路讲些红军的故事，听得哈力麦一会儿哭一会儿笑的。

马有路喜欢吃辣子，喜欢吃大米，可是 1936 年的青海，大米相当金贵，只在人家婚宴上摆上一两碗，平时都见不着。哈力麦就缠着铁匠爷找大米，说四川人不吃大米，身体没办法恢复。铁匠爷没办法，就跑到西宁城买大米，回来后被哈木宰奶奶说了好几天。

哈力麦喜欢马有路低头吃饭的样子，从侧面看，那神情坚定，上扬的嘴角上透出点倔强。当看到哈力麦火辣辣的眼光时，马有路总会低下头去，哈力麦这时就笑个不停。

那天当马哈三发现马有路的事情后，哈力麦的心就悬到空中，她觉得整个世界快结束了。她脸色苍白，六神无主。可是山不转水转，一切又有了转机，听到家里人要把她许给马有路时，哈力麦从心底一遍又一遍地感谢着造物主。

她喜欢马有路有文化，喜欢马有路害羞的样子，喜欢马有路文文弱弱走路的样子。自从那天母亲说把她许给马有路后，哈力麦就不和马有路说话，甚至有意回避，送饭也让哈木宰去送。

哈力麦一门心思地给马有路绣袜子、做布鞋，她把心事全绣进了袜子和鞋里面，那绚烂的色彩、精致的花样子，让哈木宰奶奶不停地跟哈力麦开玩笑。有时把哈力麦惹急了，半天不跟哈木宰奶奶说话。

可哈木宰奶奶自有办法，她会突然指着鞋帮上的一朵花，说这朵花绣错了，让哈力麦的心狂跳不已。哈木宰奶奶还给哈力麦找来一些雀儿屎，调上蜂蜜和红枣，抹在脸上不出门，说是要缓脸，让脸白起来。

新婚前一天，伴娘对哈力麦说新女婿欺负她时不能生气，她羞红了脸。等晚上铺完床后，看着马有路像个呆呆的木头人她就觉得好笑。新婚几天，马有路黏在婚房里不动弹，哈力麦总是赶他出去。

想想那时哈力麦是多么幸福呀！

哈力麦教给马有路一些穆斯林的礼节，让他念点经，让他学习怎么洗大净，可是马有路一到这时总会头痛，总是有理由出去。这让哈力麦觉得很受伤，又不敢给家里人说。

时间长了，哈力麦发现马有路总喜欢一个人呆着，喜欢弄那些红军用过的东西，没人的时候他还会拿出枪来。哈力麦把这事告诉了铁匠爷，铁匠爷觉得枪放在年轻人手里不稳当，就给枪上了油，藏了起来。没有了枪，马有路像丢了魂似的晃来晃去的，哈力麦甚至想给马有路叫个魂。

哈力麦把这情况告诉了哈木宰奶奶。哈木宰奶奶吃了一惊，认为马有路真是丢了魂。

晚上，哈木宰奶奶往铁锅里倒了一盆水，念了一句清真言，铁锅中间放了两颗枣，又用一根筷子把水搅起来，两颗红枣随着筷子旋转起来。红枣在锅里转呀转呀转的，让哈力麦吃惊的是那根筷子竟然在水中直立起来。哈力麦有点害怕，哈木宰奶奶说不用怕，只不过是个偏方而已。

第二天早上，哈木宰奶奶和哈力麦去看锅，发现两颗红枣已挨到一块儿了。哈木宰奶奶说："回来了，回来了，马有路的魂回来了！"

慢慢地马有路的脸色红润起来，可他还是像抽了筋似的没力气，干活也不上手，一天到晚只知道削木头枪。木头枪削得跟真的一样，有事没事总在木头枪上吊一块砖头朝远处瞄准。

马有路也给哈木宰削了一把长枪，也让哈木宰吊砖头瞄准，说这样能提高枪法。

从这时开始，哈力麦心里就有了病。哈木宰父亲看到后心里也不舒坦，他常私下给铁匠爷说："养个牛挤奶哩，养个鸡儿下蛋哩，我养个女婿着干啥哩？"

这话被哈力麦听到了，哈力麦连哭带说让父亲哑口无言，父亲从此不敢再说什么了，可父亲的脸却一天比一天阴沉。

日子过得紧紧巴巴的，铁匠爷就让马有路打铁学手艺。马有路跟着铁匠爷打铁，慢慢地也能打一些简单的农具来，日子还能过得去。铁匠爷也从马有路那儿听到好多关于红军、关于共产党的事。

哈力麦为马有路没少费心思，可他就是这样一个人，说走就走，说跑就跑，跑时都没给哈力麦说一声。如今生了孩子当了父亲了，可是他作为父亲竟然跑了。

想到这里，哈力麦的眼泪怎么也止不住，泪水溅到孩子的脸上。正低头吃奶的孩子惊疑地看着哈力麦，哈力麦看着孩子脸，忍不住又哭起来。哈力麦母亲听到哭声，慌忙走进月房里，看着哭成一摊泥的哈力麦，想着哈木宰和马有路不知道什么时候回来，也抹了几把眼泪。

赛力麦正腆着大肚子在厨房里烙馍馍，铁匠爷说要在八月十五中秋节的这一天送给哈木宰，赛力麦觉得还有什么东西好像忘记给哈木宰了，仔细一想又想不出来。

赛力麦送了三个人上战场，一个是她哥哥马哈三，一个是她的心肝花哈木宰，一个是马有路。

那天她翻出了铁匠爷藏起来的绣花马褡裢，看着那精致的花纹，赛力麦心如刀绞，女人的直觉让她感觉出哈木宰的这个褡裢来头不小。

每次她总跟哈木宰套话，可哈木宰一提到马褡裢什么也不说，反而让赛力麦想法更多，想得多了，伤心不已。这时哈木宰轻描淡写地说："雀儿的屎尿多，女人的尿也多！"

叭嗒叭嗒，风箱呼呼地往灶火里吹着风，赛力麦突然闻到了一股焦味，她把火用灰盖住，打开锅盖，馍馍已有点焦味。赛力麦用手把那烧焦的地方小心地用切刀旋下来，吃了下去，嘴里苦巴巴的。

赛力麦终于想起来了，哈木宰拿走了折花战刀，可忘记了扎西送的小藏刀。赛力麦抽出那小刀，小刀明晃晃的，赛力麦竟然在小刀上看见了哈木宰和日本人在泥水里滚打在一起的样子。那个日本人压着哈木宰，哈木宰睁大眼睛朝她伸着手大声地说着什么。

赛力麦吓得把藏刀塞回去，她决定把这刀磨一磨，一想又觉得不妥当，就把小刀给铁匠爷送去，让铁匠爷磨一磨。铁匠爷看着锋利的刀刃，找了一块小油磨石，从汤瓶里倒了点水，细心地磨起来。磨出来后铁匠爷用指甲轻轻地碰了碰刀，刀停在指甲上，没有打滑，铁匠爷满意地点点头。

赛力麦把小藏刀和馍馍放到一块，就等着和铁匠爷、哈木宰奶奶、哈木宰父亲一起出发。哈木宰母亲留下来照顾哈力麦。

1937年8月31日，天还没亮，村里鸡叫了好几遍，铁匠爷早套好了马车，大白马和黑马都拉走了，铁匠爷借了一匹灰马。他给马戴上笼头，挂上马围脖，把拉板下面的垫布用手抹平，一手抬起车辕，让马退进车辕，小心系好马肚带，又往车上扔了一袋干草和马粮袋。想了想又到铁匠铺拿了许多马掌和马钉子，装到小袋里放到草料下。

哈木宰奶奶还没出来，铁匠爷开始骂了："磨磨叽叽，磨磨叽叽，老了老了，还开始打扮了，懒驴上磨屎尿多！"看到赛力麦和儿子，铁匠爷把后面的话硬咽了回去。

哈木宰奶奶踮着小脚出来了，马车高，哈木宰奶奶又上不去，铁匠爷就抱着她上去，铁匠爷还在车上放了两袋大通煤。铁匠爷和哈木宰父亲各坐在两边辕条上，赛力麦和哈木宰奶奶面对面地坐着。

车到赛力麦娘家门口停下了，赛力麦叫了一声，赛力麦母亲也出来坐在车上。互相说过赛俩目后大家都不说话。

马车高高低低、咣咣当当地朝东方走去，周围偶尔传来一两声狗叫。虽说是秋老虎，但是清晨的天气还是有点凉，哈木宰奶奶把车上的被子给赛力麦盖了点，赛力麦还是感觉冷气从下面传上来。

想到马哈三也要去打仗，赛力麦母亲不停地揉眼窝。哈木宰奶奶一只手攥着赛力麦，一只手攥着赛力麦母亲。铁匠爷不时低沉地吆喝着马，哈木宰的父亲什么也不说，望着东边渐渐亮起来的天空。

灰马的脚力好，到后晌时候，车已到了后子河。铁匠爷招呼大家去饭馆吃了一顿面片，赛力麦吃了一大碗，赛力麦母亲又把半碗面片拨给了赛力麦，吃着吃着，赛力麦满眼泪花，换到另一张桌子上吃完了剩余的半碗。

傍晚时分，马车终于到了西宁城，在东关找了几家旅馆，都住满了人，说是住着抗日骑兵，铁匠爷只好一家一家地找过去。他先到了几家饭馆，车上只留下半袋煤，把其余的煤全卖了。铁匠爷拉着车走在东关街上，拐

103

进一个深巷道，左拐右拐才找到了亲戚家。

城里的亲戚看着大家下了车，脸色凉凉的，看到铁匠爷提下半袋大通煤后又热心起来，一把拎起往屋里拿。

这一晚上，赛力麦没睡着，赛力麦的母亲也没睡着。

第二天清晨随便吃过几片干馍馍，大家赶着车往西宁东校场走。东校场已是人山人海，上面搭了一个台子，台子上插着彩旗，不远处的岗楼上哨兵站着岗。

铁匠爷找了个地方停好马车，开始找人。还是赛力麦眼尖，她发现了哈木宰，远远地跳着喊起来。哈木宰奶奶急得变了脸色，连忙拉住赛力麦："不能跳，不能跳，不能动了胎气！"赛力麦只好停下来，拼命地摆手。

哈木宰看见了铁匠爷的马车，拉着白马往这边走过来。哈木宰给大家说了一句赛俩目。看到丈母娘也来了，他就把大白马拴在马车上，回头去找马哈三和马有路去了。

铁匠爷摸了摸大白马的脖子，给大白马套上马料袋，里面装着大豆。大白马咬得咔啦啦响。铁匠爷蹲下身子检查着大白马的四个蹄子，后面右蹄子的马掌不结实，有点松动，铁匠爷连忙把工具拿下来，给大白马钉上新马掌。大白马安静地吃着马料，任由铁匠爷钉马掌。

看到大白马屁股上印上了 13579 号，铁匠爷心里很不是滋味，念了念全是单数！赛力麦看着铁匠爷变魔术似的拿出各种各样的工具，细心地刷着大白马，她的眼睛湿润起来。

赛力麦朝大白马走过去，大白马深黑的瞳孔里装满了赛力麦。她抱住马头，轻轻地朝马耳朵里说了一句话："你是哈木宰的命，哈木宰是你的命！"说完后，大白马似乎听懂了，低了低头，大眼睛里竟然滚落出两颗眼泪来。

赛力麦知道大白马通人性，虽不说话，但能懂人心，大白马低下头轻轻地蹭了蹭赛力麦的大肚子，赛力麦的眼泪就下来了。

这时马哈三和马有路也过来了，他们围在铁匠爷一家周围。铁匠爷和哈木宰父亲分别检查着他们的马蹄子。马哈三的马脾气有点急躁，铁匠爷让马哈三拉着马，把前面左马掌换好了，又把马有路的黑马的一个马掌钉钉紧了。

马有路和哈木宰对马哈三还抱着成见，见面不说话，也不喜欢凑到一块儿。铁匠爷说："凡事托靠真主，出门在外靠兄弟，你们要互相照应！"赛力麦母亲拉着马哈三的手不放。

赛力麦发现哈木宰的眼光温柔地抚摸着她的肚子，此时她所有的怨言都像天空的流云被一阵风吹到山背后去了。她记起了给哈木宰带来的馍馍和小藏刀，就从马褡裢里取了出来。

赛力麦把哈木宰拉到大白马后面，拿出小藏刀，抽出刀子，伸手从盖头底下扯出一绺黑发，轻轻一割，密密地缠在折花战刀的刀把上，又给小藏刀上缠了几根黑发。

想了想，赛力麦又用藏刀割破了食指，哈木宰来不及阻拦，鲜血已滴落下来。赛力麦把鲜血滴进了小藏刀的刀鞘里，又滴在折花战刀的刀把上，赛力麦说："你记住，这里有我娘儿俩的血！"

哈木宰连忙点点头，往赛力麦伤口上撒了点土。赛力麦又挤到马哈三身边说："这两个人就交给你了，你是老兵，你多照顾他们俩。"马哈三点了点头，望了望哈木宰和马有路，可是哈木宰和马有路没有望马哈三。

哈木宰奶奶往马有路的手里塞了一个东西。马有路低头一看，一个毛蛋蛋和一个银子打的长命锁，长命锁上还刻着清真言。哈木宰奶奶说："这个毛蛋蛋是你儿子的胎毛，你收好了！"马有路低下了头。

集结号吹响了，当兵的纷纷集合到台子前面，马哈三、哈木宰、马有路三人拉着马走了过去。

铁匠爷一家也围过去，只见白马一连，黑马一连，枣骝马一连，各种颜色的马分得清清楚楚的。前面一个喊口令的士兵正集合着队伍。

过了一会儿，东门方向骚动起来，有人喊道："马主席来了！"大家让出了一条道，一辆车缓缓开过来，一直开到主席台前。

台上的马步芳讲了几句话，离得远，前面的话没听清，只听清了"国家至上，民族至上"，还说了"痛下决心，奋勇苦斗，勿负所望"。最后马步芳给部队说了赛俩目，整个部队此起彼伏地回了赛俩目。

又一阵号响，骑一师士兵们全上了马，按旅、团序列整队出发，开出了东校场。两边老百姓们手里挥着红旗欢送着，骑一师朝乐家湾方向开去。

赛力麦望着远去的白马连，说了一句"安赛俩目尔来孔！"

回到家里，赛力麦捂上被子开始大哭，可她刚一哭就觉得肚里的孩子动了起来，用脚踢着她，赛力麦摸着肚子让孩子安静下来。

夜终于到来了。

4

1937 年 9 月 1 日，青海陆军骑兵暂编第一师从西宁大校场出发，浩浩荡荡地向东出了小峡口。

小峡口山高路险，寒风不时吹动着马鬃毛，峡口旁的湟水河哗哗地冲出峡口。不时还能看到从西宁往兰州运送物资的一两只羊皮筏子，筏子客们正在河里紧张地摆弄着筏子，不时发出"左、右、靠、抓！"的口令。稍不小心，那些羊皮筏子就会撞在岩石上，散成一团，皮筏子一烂，筏子客们所有的心血也就付之东流了。

羊皮筏子终于到了平缓的河流处，筏子客们的花儿就顺着河道飘上来了：

> 黄河上度过一辈子，
> 浪尖上耍花子哩；
> 双手摇起个桨杆子，
> 好像是虚空的鹞子；

站在筏头上扳桨哩，

羊毛（哈）往包头送哩；

远路上有我的扯心哩，

谁人（哈）打听者哩。

青海陆军骑兵暂编第一师师长马彪突然感到他和这些筏子客们一样，他们的共同目标都是黄河，不同的是筏子客们坐的是羊皮筏子，而他马彪骑的是马。筏子客们在黄河上漂了一辈子，而他挎着战刀在战马上颠了半辈子。岁月是战刀，先是砍白了他的胡子，又在他额头上砍下了深深的皱纹。

马彪师长是马步芳的堂叔，临走时马步芳亲自给他道别，他感慨万分。

那是1898年的春天，慈禧太后一道密令送到时任陕甘总督陶模的案头，维新运动威胁到慈禧太后，她要调动董福祥强悍的甘军驻防京津一带。年幼的马彪跟随伯父马海晏和他的两个儿子马麒、马麟到北京驻防，被编入北洋三军，受直隶总督、北洋大臣荣禄节制。

后来八国联军攻进北京城，马彪骑着马跟着伯父匆匆向北京城出发。那时他正年轻，一副天不怕地不怕的样子，出发时他还记得伯父的白发在风中飒飒作响。可伯父一点也不显老，一顿能吃一个锅盔，闲下来时还与其他人摔跤、扳手腕。那时是多么豪迈，那时的马跑得跟风一样，战刀在风中嗖嗖直响。

在北京城里马彪第一次看到了洋人，黄头发蓝眼睛，人高马大，在中国人面前趾高气扬，中国人却低眉顺眼的像条狗。马彪第一次知道了什么叫亡国奴，看着他们在中国的土地上横行霸道，仇恨在马彪和所有甘军的心中慢慢地生长发芽。

1900年6月初，马彪跟随甘军进入京城，驻扎大东华门、长安街一带。十一日，听说英国海军上将西摩尔将率领500官兵，以保护各国公使为名，乘坐火车从天津到京城，日本使馆书记杉山彬"出城迎视"。当杉山彬走到永定门时，正与一群甘军士兵相遇，双方争道，甘军士兵抽刀砍了杉山彬的脑袋。

几天后西摩尔率领的联军在廊坊被义和团阻截。十八日，朝廷命令甘军开赴廊坊，抗击八国联军。

听到消息后，马彪所在的部队精神振奋，他所在的营忙碌起来，有的人磨刀，有的人擦枪，有的人准备着火药。

憋了这么多天，终于可以堂堂正正地与侵略中国、横行霸道的洋人一决高下了。

马彪记得那天日头高高地挂在空中，晴朗的天气让人眼花，感受不到一丝凉风，汗水打湿了战士们的后背。马彪们的骑兵在后方步兵、炮兵的支援下，迅速逼近了车站。

洋人就在眼前，长官下了命令，步兵张开两翼，在两边伏击，马彪这些骑兵在远处伏击。

长官喊道："听我命令，洋鬼子靠近了再开枪！"

渐渐地能看见敌人系着红穗子的高帽子正滑稽地向这边冲来，两边的步兵静静地等待着命令。马彪心里突然紧张起来，他的战马也紧张不安地刨着地。马彪闻到了大战即将来临的气味，多少年后马彪依然明白那气味其实就是死亡。

洋人终于近了，步兵的枪声响了，一些洋人软绵绵地倒了下来。

"骑兵！杀！"没等马彪反应过来，战马已像风一样席卷而去，马彪被这股风卷到洋人面前。空气里是火药的味道，一排洋人正准备放枪，旁边的老骑兵吼了一声："镫里藏身！"

临战前伯父就提醒马彪跟着老兵跑，这时他才想起，他左腿一弯，哧溜一声爬到马肚底下，子弹噗噗地穿过空气，不少骑兵从马上落下去。

骑兵挥着刀从洋鬼子中间穿插过去，马彪平举着战刀跑过去，只听噗地一声，身旁洋鬼子的头在空中滚落，鲜血在他身旁喷涌而出。

那是他第一次杀人！回去后他一天都不想吃饭，想想那场面就觉得恶心！他们的骑兵又在廊坊、杨村、通州一带设防，抗击着八国联军。

慈禧太后命令甘军攻打洋人使馆，马彪跟着马海晏攻打西什库天主教堂和使馆区，但因为荣禄采取明攻暗保的手段，使馆区最终没能完全突破。

形势日趋紧张起来。1900 年 8 月 14 日，八国联军两万多人兵临城下，北京城一片愕然。此时那些耀武扬威的各国部队纷纷逃离。到处是惊惶的百姓，到处是逃难的人群，留守北京城的只有甘军和义和团。

俄国人写道："北京陷落了，只有箭楼上那些使我们遭受重大伤亡的董福祥的士兵还在射击，一直打到黄昏时分，日本人把箭楼拿下来才罢休！"

马彪身后，北京城处在一片火海之中。马彪又跟随马海晏追赶西退的慈禧太后，在宣化追上慈禧太后一行后，63 岁的马海晏也殁在了路上。

骑一师的骑兵排着长长的队伍走在小峡之中，河面上不时吹来一阵凉风。中秋刚过，小峡中能感觉到即将到来的浓浓秋意，这是马彪在青海度过的最后一个秋天。

> 羊皮筏子下了绥远了，
> 想花儿想成黄连了；
> 这回的生意做烂了，
> 把汗衫当给了银川了。

筏子客又唱起了花儿，马彪师长突然觉得这些筏子客太随便了，即将上路，竟然唱这样的花儿，肯定是个刚出道的。果然这首花儿只唱了几句，其他人没再让他唱下去。

可是马彪呢，他会不会也像筏子客一样把抗日的生意做烂了呢？人家筏子客还能当个汗衫，而他只能当他的命。他跟了马步芳父子半辈子，打了半辈子仗，可临走时马步芳还是没给他配新式武器。落后的装备让他心生绝望，八千多人只有少得可怜的几十挺马克沁轻重机枪，骑兵手里主要还是湖北汉阳造、川造、太原造、巩县造的"七九"步枪和一千多支中正式步枪，还有一部分人拿着老毛瑟枪，不少人还带着鬼头大刀和红缨枪。

可日本鬼子有飞机、有大炮，还有坦克，马彪感到前所未有的压力像青海的山一样从两边向他压过来。

他太清楚队伍的构成了，马步芳并没有把精锐部队带给他，全师三个旅，从青海出发了两个旅，马禄①是二旅旅长，已从甘肃出发，每旅两个骑兵团，每个骑兵团有两个骑兵连，每连也就是一百来个人，兵源大部分都是从大通、湟源、互助、乐都抽过来的民团，好多人都没摸过枪，更没上过战场。带领这样的人去和武装到牙的日本鬼子打，马彪实在想不出好的结局来。

更可怕的是人心不齐，国民党军统、中统的人已安插到骑一师中，参谋长是赵仁，政治部主任是龚浔。照他对马步芳性格的理解，马步芳是不会不安插他的人监视骑一师的。

马彪觉得心烦意乱，打了一鞭子，马快步向前跑去。

---

①马禄，青海化隆人，回族，1937年9月任骑一师二旅旅长，参加兰封战役。后任暂编骑兵第二师师长，驻防陕西铜川。多次暗中为八路军接济粮草弹药，毛泽东主席曾亲书"抗日英雄"锦旗送给他。抗战胜利后免去军职，病逝于甘肃永登。

5

马有路在骑一师见到了许多他的仇人，好些长官都在河西走廊里和红军交战过，他还清楚地记得那些人骑着马在荒原上追赶他们的情景。

看着这些昔日的敌人他不由握紧了枪，可是队伍还没出兰州，马有路也逃不出去。等队伍一到西安，他就计划找机会干掉一两个人，为战友报仇，逃出骑一师，奔向陕北革命根据地。

目前只能等待。

说实在话，要不是看在铁匠爷的面子上，他根本没想过在青海回族人家里成亲。他一闭上眼，眼前全是牺牲的战友，他的心情一天天阴沉下来。

哈力麦小心地陪着他，陪他说话，可是能跟她说什么呢？说他们在河西走廊的战斗？说他们打土豪分田地？这些哈力麦一点都不懂，她只懂得怎么伺候他，怎么让他吃好，怎么让他洗大净。可作为一个男人，光呆在热炕上行吗？

在那个夜晚他终于离开了，拉了黑马，悄悄走出大门，给铁匠爷家磕了三个头，朝东走了。越怕啥就越会来啥，在小峡口的关卡上，人家一问他，他竟然露出了四川口音，当晚就被押起来了。经过一夜的审问，他始终没说自己的身份。

过了几天，马秉忠找了上来，给关押的人说了几句好话，带了他出来，又给他几块银元，让他回家。但他不想回家，就想当兵，他还有更大的计划。

马秉忠有点为难，但最终还是答应了他的请求。

终于出了小峡，根据大部队的命令，他们是去给山西大同解围，路过西安，那是实施计划的最好时机。

哈木宰、扎西、韩来臣分到了一个连，马有路和马哈三分在另一个连。

部队一直往兰州走，每过一个站，当地老百姓都拿着东西出来犒劳他们，有人拉出了牛羊，请阿訇宰后分给连队。有时一个营发一头牛，有时一个连发一头牛，有时一个班发一只羊，把哈木宰们吃得一见肉就想躲，而扎西却非常喜欢，长着肥膘的羊肉在他嘴里味美无比。扎西说草原上肉就是主食，不吃肉吃草呀！哈木宰望着扎西笑，可肉还是吃不完，哈木宰们就把肉送给了当地老乡，老乡们又给哈木宰们送来了蔬菜。

越往东走，天越热，渐渐地看到了黄河。

韩来臣趁部队休息时，朝西礼了两拜。

哈木宰说："现在过了礼拜时间，你还礼什么拜呀？"

韩来臣说："今天我见到了黄河，明天我不知道能不能见到黄河。我礼两拜求祈拜，这黄河可是从我家门口淌过来的，你没听说过我们撒拉人头割下后还能到黄河里喝水吗？"

大家轰地一声笑了，有人说："撒拉爸①你再甮说笑话了！"

韩来臣一听急了："谁说笑话着！"边说边脱衣服往黄河里跑。

大家拦都拦不住，只见韩来臣嗖地一声钻进黄河不见了。黄河翻着水

113

---

① 撒拉爸：青海方言，尊称，叔叔。此语境中有戏谑的成分。

花，往东流去，水面上没有一点韩来臣的踪影。大家紧张地望着黄河，吓呆了。

有人把这事告诉了连长，连长气急败坏地说："日奶奶，光知道给我找麻烦！"只好联系黄河上的筏子客找一找韩来臣。正当大家着急的时候，黄河对面突然传来一阵噢噢声，只见韩来臣光着上身坐在黄河对面朝这边挥手呢。

筏子客们不由朝韩来臣竖起了大拇指。这段黄河水流不急，但是漩涡多，连他们筏子客都不敢轻易下水。回来后连长气得罚他刷马，从此大家都叫韩来臣为"喝水撒拉"。

晚上还是行军，天刚亮时到了黄河河口，大部队将在这里渡河到兰州，再到咸阳。

哈木宰说："日奶奶，河口毕竟是河口，还没到河口，就开始下雨了！"

渐渐地雨越下越大，大部队就泡在雨中，等待渡河。黄河水急浪大，这里只找到了两条大木船，可骑兵师光战马、挽马、驮马、预备马就有五千多匹。

马彪师长觉得有点困难，一些士兵开始拿出毡衣披在身上，肥肥大大的像个白狗熊。这毡衣是用羊毛密密地做成的，尽管笨重，但特别能防雨水，一热就松开，一冷就收缩，同时还能挡远处老火枪的子弹。但如果湿透了，少说也有一百斤重。长久的等待，有些人忍不住性子，为争渡船吵了起来。

这时韩来臣不知从什么地方叫来了几个筏子客，说用羊皮筏子拉人和行李，木船拉马。连长把这事报告给了营长，上报至马彪那儿后，马彪亲自到哈木宰这边看情况，当看到羊皮筏子后，马彪拍了拍韩来臣的肩膀说："怪不得是在黄河边上长大的，脑瓜灵着哩！"

筏子还是太少，这么多人渡过黄河太慢了，韩来臣和哈木宰又到附近村庄去找羊皮筏子。这个村里的大多数人都是筏子客，据说他们的老家在

折花战刀

甘肃永靖的苦芦湾，后来清朝同治年间发生战乱，左宗棠大兵压境，他们就逃离苦芦湾，来到这里放筏子挣点钱。

村口一位老人正在挖排水口堵塞的污物，看到韩来臣和哈木宰穿着军装，老人理都没理。两人给老人说了个赛俩目，老人才热情起来，把他俩叫到家里。

一听是东去抗日的青海部队，老汉哦了一声就匆匆出去叫人了。一会儿时间，不少人扛着羊皮筏子过来了。韩来臣和哈木宰正坐在老人家里喝茶，听到外面有人在大声吵闹。

"这样的雨天，怎么扳羊皮筏子？你也扳了半辈子的筏子，这点常识都不知道吗？"一个年轻人说。

"羞死你老先人！当年我们什么样的场面没见过？就这么点雨能把你吓死，天上又不是下刀子！"老人说。

"那得给我们加脚钱，这雨里风急浪大，我们筏子客也不能空手回来呀！"那个年轻人又嘟哝着。

"羞死你老先人，还说钱呢！帮人危难是我们苦芦湾人的家风，这是抗日的部队，打日本鬼子的部队。我们筏子客现在生意不好做，你知道不？就因为日本人占了包头，我们的羊毛拉不过去，说不定日本人还会顺着黄河打到我们这儿来呢！"

韩来臣和哈木宰在屋里听得直乐，看来这抗日宣传都宣传到了筏子客这儿了。正乐着，又听见外面有人打了几个耳光，脆生生的。两人出去一看，原来是那个年轻人的父亲拄着拐棍过来了，听说这事就给了年轻人两巴掌，那年轻人捂着脸退到了后面。

韩来臣和哈木宰在雨水中给这些苦芦湾人说了赛俩目。苦芦湾人七手八脚地把筏子扛到了黄河边上，全部队的人纷纷站起来，马秉忠旅长高兴地直点头。

可是问题又来了，这些羊皮筏子都是六个一组，只能装很少的东西。

苦芦湾老人说："不怕，不怕！"说完又让人取来长椽子，亲自下水用长木头把羊皮筏子绑成了一排。三十几个筏子一个大排，停在河上，俨然是一艘大船。

湟源的几个兵对此表示怀疑："就这，能坐人？"

苦芦湾老人笑了笑："能坐，我们在这上面装粮食往宁夏运呢，坐个人不在话下！"于是大家先把行李装上去。苦芦湾老人站在最前面，后面五个年轻人扳桨，韩来臣也不时打打下手，帮着扳桨。

雨水像水一样泼下来，可部队慢慢地安静下来，安心等着过河。

突然渡马的木船上传来嘈杂声。

哈木宰过去一看，原来是两匹马在船上咬架。马头一摆，正好打在旁边的一个战士的身上，那个战士扑通一声掉进河里，军帽浮在河面上向远处快速地飘去。韩来臣又要下水，被苦芦湾老人拉住了。

大家都沉默下来，还没有出战，就遇到事了。

一旅旅长马元祥①叫来连长，连长说这个战士家里只有一个老妈妈，最近他新婚的妻子因家里穷得揭不开锅刚跳河自杀，他为了还账当兵来了。

马元祥又把情况报告给马彪。马彪沉吟了半天，说："征兵也不看个家里情况！"说罢带头捐出十个大洋，又让马元祥给青海写信，协助完成抚恤相关事宜。马彪又召集大家开会，不少人纷纷拿出自己的大洋，因为部队缺经费，军饷还没发，大家只凑了有限的几个大洋。

马彪说："今天这个人走了，但他走在抗日的路上，仍然是英雄！"

刚说着，又传来一阵吵闹声，有人大喊："跳进去了！跳进去了！"

只见一匹马正浮在水中，马头露在水面上，努力地向对岸游去，可只游到河中间，就被河水冲到下游去了，离河岸越来越远，有人小声地哭泣着。马元祥走过去一看，原来是马没见过船，不愿意上船，直接跳进河里了。有些人开始不停地埋怨，一会儿埋怨着雨，一会儿埋怨着河，等长官过来

①马元祥，回族，暂编骑兵第一师一旅旅长兼任副师长，1940 年被马步芳调回青海。

后才安静下来。

轮到哈木宰连过河时，天已快黑了，黄河始终阴沉着脸，乌沉沉的云像帽子似的扣在头顶上。大家的毡袄进了水，像个铁铠甲似的重重地压在身上，转身都很困难，只能挪着转。哈木宰把大白马拉到了船边。大白马惊恐地望着船，望着黄河水，哈木宰摸了摸马脖子，亲自拉上了船。

哈木宰、扎西坐在筏子上朝对岸驶去。扎西没见过黄河，兴奋地用手撩着水，把自己的前襟都撩湿了。哈木宰看着扎西说："小心掉进去喂鱼！"

扎西吐了一下舌头："我宁愿喂老鹰也不愿喂鱼！"扳筏子的年轻人不满地朝他们看。韩来臣说："尕姑舅，坐在筏子上少说忌讳话！"说完帮那些筏子客扳起桨来。

半夜时分，部队才过完河，雨水像考验人似的，越来越大，顺着毡袄往脚上淌，哈木宰的罗提长布鞋里水叽叽的。有人的鞋大了，脚就在鞋里不停地打滑。有人咒骂着这雨水！

雨还在那里磨磨叽叽地下个不停。哈木宰们到一个叫新城的地方停下了，被告知就地休息宿营。大家高兴起来："有火了，有火了，进房子后好好烤火！"

一进房子，哪里有火！房子里的水都淹到脚脖子上了，人和马就站在水里。哈木宰觉得自己的脚都被这雨水泡大了，罗提长布鞋紧紧地裹在脚上。哈木宰想象着脚泡大后白瓷瓷的样子，难受得想喊两嗓子。

人再苦再累，也不能让马饿着，哈木宰拿出马料袋，放了些麦麸子，又抓了几把豆子，挂在大白马的嘴边。听着大白马咔啦啦、咔啦啦的嚼豆子的声音，哈木宰觉得自己肚子里的响声也一个接一个地冒出来。他抓了一把豆子，想了想，只往嘴里放了几颗解馋，其余的又放回原处。

有些汉族士兵点起了烟，烟头一明一灭的。看着哈木宰困得不行，有人也给哈木宰让了一支烟，哈木宰连忙摆了摆手。这一夜真是漫长，哈木宰站了一会儿，就想蹲下，可一蹲下去，衣服后摆又浸到水里湿了，站又

117

站不住，蹲又蹲不成，哈木宰只好来了个金鸡独立，把两只脚换来换去。

嗵一声，只听有东西落到了水里，溅了大家一身水。大家抹去脸上的水仔细一看，只见扎西坐在水里，吃惊地看着。原来他靠着马睡，马一动弹，人就摔在了水里。扎西边甩甩手上的水边爬起来，嘴里嘟嘟囔囔地喊了一声，哈木宰说："你梦见卓玛了吗？"大家看着扎西笑。

扎西说："卓玛是没梦见，阿妈是梦见了！"

大家安静下来，房顶上的雨水当啷啷地往地上淌，不时有人换着脚，发出扑嗵扑嗵的声音。这会儿有人靠着墙，有人趴在马背上。趴着马背还暖和一点，大家就学起来，也趴在马背上，把马压得乱动起来。

哈木宰突然想起了赛力麦，不知这会儿她在干什么，孩子是不是又在踢肚子？

有人捅了捅哈木宰，让他唱个回族宴席曲，哈木宰说："那我唱个《沙场外》。"——

> 咱们沙场外月儿咋这么高？
> 半虚空中雪花儿往下飘，
> 飘来飘去飘下了三尺三寸厚。
> 我们不走东来不走西，
> 一走儿走在空山林里去。
> 把老营扎在大山的根儿里，
> 把哨兵放在大山的尖上去。
> 我们深沟里背水苦差事也难当，
> 我们身背上长枪还叫我站哨去。
> 身背上长枪昼夜里支了更，
> 怀抱上大刀支更者大天亮。

有人说："这不就是唱给我们吃粮当兵的歌吗？不知道我们哪时候才能回家哩。"

折花战刀

我们左看冰冻的大雪山，

右面看儿狼般的大石山，

我们变成个兔儿跑也跑不开，

变成个野鸡飞也飞不开。

唱完后房间里一片沉默。

天亮后部队开进了兰州城，等着接受检阅。这时暂编骑兵第一师的二旅与从青海开过来的一旅、三旅骑兵汇合在一起，浩浩荡荡地集中在兰州大校场，站满了兰州的大校场。

检阅时马彪师长作了简短的发言。

大家在兰州作了短暂的停留。期间各连检查了马匹情况，各班、各连、各营分别把相关军需物品统一报给军需处。

这一天天气不错，兰州的气温比青海高了许多。躺在临时营房里，韩来臣朝哈木宰挥挥手，哈木宰凑过去。韩来臣看看左右无人，就说："都说兰州铁桥、五泉山好看，趁这个机会我们浪一下去，顺便看看兰州的大姑娘们！"哈木宰连忙摆摆手说："使不得，使不得，被军法处抓住麻烦就大了！"

韩来臣说："看你的那点鸡儿胆子，还说上战场打日本鬼子哩，现在不看大姑娘什么时候看哩，早回家算了！"哈木宰说："日奶奶，谁鸡儿胆子，走就走，怕啥！还有谁？"

韩来臣说："我、你、扎西、马有路，把哈比布①也叫上，他是我循化的尕弟兄！"五个人正要往外走，哈木宰说："这样出去不妥，我们换成便装！"

大家三下五除二换好了服装，这时其他人都出去开会了，五个人偷偷溜了出去。

①哈比布，撒拉族，1940年第二次攻打淮阳时掩护部队撤退，弹尽后被日军坦克逼入河中殉国。

尽管已到秋天，可是兰州五泉山上的树叶还没有黄透，远远望去黄绿相间很是好看。五个人边走边唱花儿，扎西唱了几个"拉伊"，引得不少人不停地往这边看。

到半山腰时，树木密了起来，人也少了许多，五个人就坐在石头上休息。旁边泉水正咕咕咕地往外冒。几个人洗了把脸。

这会儿正是秋老虎，天气热得要脱大家的一层皮，五个人又往阴凉处走了过去。刚走了几步，突然听到有女人的哭叫声。哈木宰听不得女人的哭，就拉大家去看看。马有路不同意，还是被拉了过去。

在一丛小灌木里，只见几个男人拉着一个姑娘，其中一个人正在脱姑娘的裤子，裤子被拉到大腿上，白生生的腿耀得五个人的眼都花了。

哈木宰和韩来臣连忙过去，一把扯开那个脱裤子的人，一看竟然是偷了哈木宰折花战刀的马元林。马元林一看是他们，就说："吃的馍馍不多，管的闲事多！"他们凭着人多撕扯起来，马元林一拳打过来，哈木宰一闪、一架，一拳就跟了过去，打得马元林噢了一声。

这时韩来臣、哈比布、扎西已和对方拧在一块儿了。马元林一伙没打过，便灰溜溜地跑了，马元林说："君子报仇，十年不晚！"哈木宰望着他们远去的身影说："我等着！"

几个人背过身去，让姑娘穿好衣服，又送她下了山。这会儿日头正当午，几个人饿得不行。正好不远处有一家兰州清真牛肉面馆，香味不时飘过来，韩来臣说："到了兰州，不吃个牛肉面就是白来一趟！"

还没来及挡，韩来臣早走进了面馆。哈木宰赶紧数了下自己的钱，这两天还没发军饷，就是发也是按八成发，军需处的说："现在国难当头，大家以国家为重，这薪水按八成发，是国难薪。"可大家私下里说是"怪难心"。

好在哈木宰还有点积蓄，数了数，就要了四碗牛肉面。牛肉面端上来了，汤水清清爽爽的，里面漂着几朵绿香菜，几片白生生的萝卜，一点红

折花战刀

辣油。扎西使劲咽了一下口水，一看四碗，大家看着哈木宰，哈木宰说："我的后面来，你们先吃！你们先吃！"

韩来臣性子急，捞了一筷子塞到嘴里，烫得不停地吹气。哈木宰的也端上来了，大家一看都不说话了，原来是一碗面汤和一个饼子。韩来臣就把牛肉面碗推到哈木宰面前，扎西也把碗推过去。扎西又把面汤端到自己跟前，喝了一口。哈木宰不干，争执起来。

店老板过来一听是青海口音，又一听还是要去抗日的青海骑兵，马上给后厨说再加一碗牛肉面，说："我们不能让抗日的部队饿着上战场，今天我请客，你们放开了吃！"

哈木宰说："这不行，军法处知道后会收拾我们的！"

店老板说："没事，军法处的来了，我解释！"大家吃完面跟店老板道完谢后就朝营房回去。

只见连长正站在营房门口，连长旁边还站着军法处的人，哈木宰的心一下子沉了下来，连说了几声不好。军法处的一看他们过来，就让人把他们绑了起来。

韩来臣说："凭什么绑我们？"军法处的说："就凭你们的便装！"

哈木宰悄悄给连长说："快帮我到三旅长马秉忠那儿求个情去！"

五人还是被关到了禁闭室，他们还在禁闭室里低声嘀咕，哈木宰说："没人知道我们出去了呀！"

直到后来那个军法处的才说："有人告你们调戏妇女！"哈木宰说："我们？调戏妇女？是不是搞错了？"

韩来臣说："我们中计了，那个瞎怂马元林怕我们告状，来了个恶人先告状！这个坏天良的！等我出去，剥他的皮！"

哈木宰说："我们冤枉，是马元林调戏妇女，被我们打跑了！"军法处的人笑了笑。

到了晚上，军法处的送来了饭，有羊肉手抓，有四合丸，还有一个大

121

油香。吃完后，军法处的人让韩来臣几个洗大净去。

起初几个人还很高兴，洗完了大净，没被送往营房，而是押往禁闭室。一进禁闭室，扎西像条快死的狗躺在地上。问了半天，扎西也不说话。看着他们几个兴高采烈的样子，扎西说："手抓好吃吧！油香好吃吧！"韩来臣说："真的好吃！"扎西说："刚才军法处的说了，马元祥旅长发话了，我们几个人军风不正，三天不打上房揭瓦，明天大校场里要杀我们！"

这会儿大家才明白，原来这是给他们送行的最后一顿饭。哈木宰拍着禁闭室的门，大喊："我们冤枉！"门外军法处的哨兵一声不吭。

一会儿，由赛尔阿訇过来了，手里拿着一本古兰经，隔着门鄙视地看着哈木宰几个说："你们一天到晚做礼拜，坏事一件接一件，这礼拜做到牛尻子里了！"

韩来臣说："我们做什么坏事了？你不问青红皂白跟着人乱说一气，你的礼拜才做到牛尻子里了！"由赛尔阿訇说："教门是让人行善干好事的，不是让你们表面一套，背后一套，实话直说吧，今晚我来给你们念讨白①，互相要个口唤！"韩来臣一听急了："阿訇，你也听上别人的话，嘴里乱说吗？就凭这个，我第一个口唤就不给你，到真主跟前我还说你个冤枉人的下场！"

由赛尔阿訇说："我又没惹你，凭什么不给我口唤！"

韩来臣说："我们冤枉，马元林调戏妇女，被我们打跑了，他们恶人先告状！我可以抓着古兰经给你起誓！"由赛尔阿訇说："胡说，这抓经起誓可不是随便就做的，一抓后会伤自身的！"

哈木宰、哈比布也都说要抓经。由赛尔阿訇说："那先这样，我去向旅长汇报，明天再说！"等了好半天，没有人再到这里来。面对突然来临的死亡，大家再也不说话了。

韩来臣说："可惜了我的那个撒拉阿娜，我这辈子连个日本人的面都

①讨白：阿拉伯语，忏悔仪式。

没见，就被人冤枉着要去见真主，我心不甘！"哈比布说："杀头不过头点地，多向真主祈祷！"

哈木宰对马有路说："唉，我俩的那两个儿子将成孤儿了！"

哈木宰说："百年修得同船渡，明天不管怎么样，我们永远是弟兄，干脆我们今天结拜个弟兄，哪怕到后世也是真弟兄！"

韩来臣说："哈木宰，你念一段古兰经，见证我们是真弟兄，到后世也要互相看望！"哈木宰念了一段经。

这晚，哈木宰梦见一个老人硬往他手里塞了本古兰经。睁开眼时，东方已大亮。

马旅长带着一队兵走过来了，一进门就把他们五个绑了，押到了大校场。除了他们五个人外，还有另一个人，一共六个。

这时一旅的人全部到场了。有个军官要让哈木宰们跪在地上，哈木宰不跪，军官大怒，抽了他一马鞭。

哈木宰说："除了真主，我不会向任何人下跪，如果你认为你能接受跪拜的话，你就让我跪！"军官无话可说，只好过去给马元祥旅长汇报。

马元祥旅长说："日奶奶尕娃，还像个儿子娃娃样，今天我给你们个干脆，我不用刀砍你们，让你们吃个子弹！"

哈木宰突然想起了梦中老人给他古兰经的事，就说："马旅长，杀我们可以，但我有个请求，我们没有调戏妇女，我们可以抓古兰经起誓！"

马元祥呆了一呆，说："我们是抗日的队伍，还没到战场上，你们就开始胡作非为，这兵我还怎么带？怎么向马彪师长交待？军法伺候！"

哈木宰望了一眼队伍，马元林低着头不敢看他们，哈木宰突然说："我这辈子都不给你口唤！"马元祥挥了挥手，军法处的举起了枪。

"先等等！"

只见二旅旅长马禄匆匆赶了过来。开始劝马元祥，马元祥说："这六个人都是我的兵，今天不正军法，明天会惹大麻烦！"

123

马禄怎么劝都不行，说："那这样吧，今天我当着古兰经的面求一个情，我们父老乡亲们把自己的儿子送给我们，尕娃们远离了家乡，有了错要教育嘛！这日本人的面还没见，先杀自己人，使不得呀！看在我二旅的面子上，叫尕娃们到抗日前线，立功赎罪！"

马元祥沉吟了半天，既然马禄把话说到这个份儿上，再驳回的话谁都没有面子。

马元祥对哈木宰们说："今天算你们命大，看在马旅长的面子上放你们一马，以后再有此类事情，杀无赦！死罪可免，但这活罪还得受，来人！鞭子伺候！"

这时几个人上来开始施行鞭刑，这种刑叫"揭背花"，是用麻柳条密密地排着打。韩来臣、哈木宰五个人一声不吭，旁边的那个人不停地呻吟着。

行刑的人说："日奶奶，看你那怂样，就几下把你疼死，学学这五个人，一声不吭，这才叫儿子娃娃！"边骂边打，对哈木宰五个人打得轻了点，对那个人下手更重了。

哈木宰们躺了一天，部队上的人再也不敢跑到外面去了，骑一师军容风纪面貌一新。

6

就在暂编骑兵一师出发的前一天，兰州城里突然响起了防空警报，城里乱成一团，老百姓们一会儿跑向东，一会儿跑向西。时间不长，哈木宰突然发现天空飞来十几只黑乎乎的大鸟，这鸟大得让他目瞪口呆。

有人说："快往树下躲，这是日本人的飞机，又来扔炸弹了！"随后就听到远处传来一两声巨大的爆炸声和人们的惊叫声。

当时作为抗日大后方，兰州曾受到日本飞机的多次轰炸。据有人统计，抗战期间，兰州曾受到过四十余次轰炸。日本飞机把巨大的战争阴云笼罩在暂编骑兵一师的头上。

看着老百姓惊慌失措的样子，哈木宰拉出大白马朝飞机追去，拿着一支湖北造朝飞机开了几枪，可是飞机越飞越远了。回到营房，班长望着哈木宰笑说："湖北造只能打个飞机的毛！"

这次轰炸是在他们暂编骑兵一师眼皮底下，日本人的飞机炸死了几十个人，这让大家很难受。看着老百姓受苦受难，他们却无能为力，只能眼睁睁地看着日本飞机不慌不忙地扔完炸弹，又慢悠悠地离去。

马彪师长趁此机会作了战前动员，整个部队都回荡着"打倒日本人！""还我河山！"的呼声。

第二天，甘肃省主席贺耀祖率领各界民众代表，在大校场发表讲话，欢送骑一师。哈木宰背上的伤还没好透，就随着部队出发了，目标是平凉。因骑兵目标大，容易受到日本飞机的轰炸，骑一师就专门挑小路和山路走。山路上到处都是石头、瓦块，特别费马掌，路上不时发现有掉下来的马掌。哈木宰拾了好些，还可以接着用。

哈木宰特别细心，他每天都会检查大白马的马掌，发现稍有松动，就找石头钉紧，因背上的伤还没有好透，每动一下，衬衣都会把伤口弄得生疼生疼的。一看哈木宰在钉马掌，韩来臣和扎西就过来帮忙。看他呲牙咧嘴的样子，韩来臣就在他背上拍了一巴掌，把哈木宰疼得直叫唤。

几个人都在找机会报仇，可是那个马元林比兔子还快，一看到他们过来，溜得远远的。

哈木宰说："我看你躲过初一还能躲得过十五！"

山路越来越难走，为了照顾好马，哈木宰有时舍不得骑，就在前面拉着走。哈木宰、扎西没出过远门，方位感不好，骑在马上，总觉得日头乱了套了，一会儿从马头前升起，一会儿又从马头前落下。为辨认西边做礼拜，哈木宰和扎西常争论个不停，韩来臣在旁边不时起哄，一会儿帮哈木宰，一会儿帮扎西。

一天，韩来臣笑嘻嘻地凑过来，说："今天心里舒坦死了，就像夏天吃了个贵德的梨儿，一天到晚就想打舒坦的嗝儿！"

哈木宰说："又梦见你的撒拉阿娜了吧！"

韩来臣说："比这个还舒坦！马元林那个脖子，被他们营长马尚成收拾了一顿，抽了一顿鞭子！满脸都是血印！"

哈木宰说："是不是他冤枉我们的那件事！"韩来臣说："不是，因为他骑在马上睡着了！"哈木宰说："活该！不知道爱惜马，马背上睡觉马体力消耗大，时间长了还会形成鞍疮！"于是大家又都掀开马鞍子检查马背，都没有鞍疮。哈木宰只在平路上骑大白马，山路上他始终是拉着马走。

哈木宰真正感受到了出门人的苦，隔一天住学校、祠堂，隔一天住自带的帐篷。有时下雨罗提鞋里湿叽叽的，走一步滑三步。一到晚上，吃完饭大家围着火烤鞋，还得忍受那浓浓的脚臭味。

一天，哈比布被哈木宰捅醒了，他听到了哈木宰的汤瓶声，正想闭着眼再睡一会儿，可一股臭味让他睡不着，总觉得这个世界在一片臭味中沉浸。实在忍不住了，睁开眼才发现有人把一双罗提鞋放在他鼻子旁，臭味正从罗提鞋里一股一股地冲出来。

哈比布说："哪个坏良心的，把破鞋放在我鼻子旁，下辈子他转成苍蝇去！"扎西笑嘻嘻地说："说不定上辈子你就是只苍蝇！"韩来臣说："你现在就是一只苍蝇，白天嗡嗡嗡，晚上睡觉也嗡嗡嗡！"哈比布知道他们都在说自己晚上打呼噜的事，便不说话了。

部队一路向东，开到了瓦亭峡，雨水也跟到了瓦亭峡。到处都是雨，到处都是水，周围没有一户人家，哈木宰暗想今晚又得受苦了。命令下来了，让就地宿营。哈木宰、韩来臣、哈比布、扎西拴好马，连忙从马背上卸下帐篷，两根支柱立起来，横梁套在支柱上，盖上白篷布，用木橛子钉好周围的六个角。可是雨水还是顺着帐篷底下的缝隙淌进来了。

哈木宰在帐篷周围挖了条半圆形的排水沟，帐篷里的水才少了。炊事班的人走过来喊大家帮忙，哈木宰、韩来臣、扎西就过去帮忙。

"又是面片！"韩来臣一看到摊在面板上的面喊起来。

"不是面片，是什么，难道每天给你们上清真老八盘？出门人嘛，凑合着过，路还远着！"炊事班的人憋着一肚子火。

"面片面片，一天到晚的面片，厚得像石板，硬得像瓦渣，汤水里还没一点绿菜！"韩来臣说了一大堆。

看着炊事员阴沉起来的脸，哈木宰连忙捅了捅韩来臣，说："少说点，小心唾沫溅到锅里去，我们可不吃你的唾沫饭！"

可是韩来臣还是不住口："都说每人每月原粮六十斤，这些粮食跑哪儿去了，日他奶奶的，两个月也不发军饷，走走走，就知道个走，眼看我的撒拉阿娜被别人娶掉了，还日奶奶往前走！"边说边把一片面片重重地扔到锅里。汤水溅在支锅的石头上，滋滋地冒出白汽来。

"发发发，发个屁，军粮从哪儿来，这么远的路，难道从天上倒下来不成？实话告诉你，我们整个师军粮有数，师部命令我们尽量节省。谁让我们是杂牌军，老子没领军饷时间更长。我跟谁要去，有本事，跟日本鬼子抢去。少跟面片过不去，亏你还是个跟着阿訇做礼拜的人，没听过'馍馍可以放在古兰经上，古兰经不可以放在馍馍上'吗？"炊事员像个机关枪似的倒出了一堆话来。

韩来臣倒是好奇起来："为什么不能放呀？"

炊事员一看他迷茫的表情不禁乐了："没有馍馍，尕命儿都没有了，谁来念经呀！"

大家看着扎西揪面片的姿势笑。扎西左手大拇指搓不上面，只好用右手揪一下面，再用右手把面往上提一下，大家下了三条面的功夫，他手里还提着原来的面。炊事员说："照你这个样子，媳妇早把你几擀杖打到案板下了。"

扎西说："如果真那样倒好了！"

哈木宰："看来卓玛把你心疼成蜜糖了，噙在嘴里怕化了，放在手里怕冻了！"

扎西淡淡地说："也就那样！"

哈木宰突然想起卓玛来，时间过了这么长久，他竟然想不起她长什么样了。他只记得分别那晚，草原上的月亮很大，只记得卓玛那双温软的像月亮一样的乳房。

现在已是物事人非，没想到哈木宰都结了婚，快要当父亲了。哈木宰觉得婚姻确实不好玩，就像路，你看着有很多条，有很多种选择，可是真正走到跟前，才发现其他的路都被堵得死死的，你只能走一条。而且很多事发生之前都没有一点征兆。

扎西说按藏族的说法，未来的事只有少数修行到一定程度的高僧才知道。

哈木宰也曾问过大阿訇。大阿訇说人的命运本身就是最大的奇迹，只有少数高人知道，可是这高人你识不透，他有可能是个要饭的，也有可能是个表面上干坏事的，所以人人都有可能是高人，因此尊重每位你遇到的人。哈木宰说，难道也尊重马哈三？大阿訇点了点头，哈木宰却摇了摇头。

想到卓玛被扎西娶到了手，哈木宰心里还是有一点醋意，转念一想，和扎西结婚，卓玛更幸福。跟着哈木宰，她得离开草原，离开父母，跟着他去割田、受苦，他也不甘心。

这时，哈木宰真的想知道卓玛的事情，哪怕一丁点也行。

哈木宰说："卓玛……好吗？"

扎西说："她很好，还是老样子，活在鲜花和绿草里！"

哈木宰说："你们结婚了吧？"

扎西说："结了！"

哈木宰还是觉得有什么地方不对劲，一提卓玛，扎西总像浑身扎着针不舒服。

哈木宰又说："我也结婚了，是个麻媳妇，快要给我生儿子了！"

扎西说："呀！祝贺你！"

夜在雨声中一点点地深起来，哈木宰们做完礼拜回来后，雨水不停地扑打在帐篷上哗啦啦响。这一晚大家都沉默不语，军饷的事还在半空里悬着，听人说马彪师长正努力和上面联系着。杂牌军就是杂牌军，后娘养的就是后娘养的，别说奶水，就是一口水也不给。

　　哈木宰找了些干树枝铺在湿地上，又铺上一片破毡，大家一个接一个地铺成了通铺。军被有限，一床被两三个人盖，半夜一人转了身，另一人就盖不上。师部的人说了，只要一到咸阳，情况就会好转起来。

　　因为军饷的事大家都没有睡意，听着帐篷外的雨声，有人提议让哈木宰唱个回族宴席曲。哈木宰说："宴席曲苦的多，笑的少，影响大家睡觉！"

　　韩来臣说："我们已经嚼了几天的黄连，连拉的都是黄连，还怕苦吗！"

　　哈木宰说："唱个《出门人》吧！"——

　　　　出门人出给着秋甲子，

　　　　出门人出门实可怜，

　　　　连阴带下的四十天，

　　　　得下了头痛脑热的病。

　　　　第一封书信带给我的父母上，

　　　　把我的一对儿小冤家照看着。

　　　　衣裳（么）烂了烂去给，

　　　　鞋袜（么）烂了烂去给。

　　　　大门的台儿夒站给，

　　　　家里的院院里照管上。

　　　　第二封书信带给我哥嫂上，

　　　　把我的一对儿小冤家夒叫错看上。

　　　　粗米儿淡饭夒叫把肚肚儿空，

　　　　好吃好喝上有心了分给点份。

　　　　门框上贴了贴去给，

　　　　这是没大大的一对儿小耶提目。

打
花
战
刀

第三封书信带给着我的妻子上，

有心了等上个三五年，

没心了等上个头周年。

会嫁了嫁上个货郎儿买卖人，

不会嫁了嫁上个庄稼人，

再要嫁个吃粮出门的人。

唱到这里，只听帐篷外有人吼了一声："屁嘴闭上，马彪师长检查来了！"

话刚落音，只见一个人掀开帐篷布走了进来，几个人马上腾地一声站了起来。马彪师长虽年过半百，可是身体高大魁梧，声似铜钟，挎着战刀，一点也不显老，旁边跟着一旅旅长马元祥、二旅旅长马禄、三旅旅长马秉忠，还有上校参谋长谢尔升[①]。

马彪师长一进来就问："刚才谁在唱？"

哈木宰的脑袋轰地一声，他知道这个时间唱《出门人》，有动摇军心的嫌疑，弄不好还会受鞭刑。

韩来臣站起来说："报告师长，我唱的！"

哈木宰也跟着站起来："报告师长，我唱的！"

马元祥旅长生气地瞅着他们，马彪师长爽朗地说："敢作敢为，儿子娃娃，唱一唱没关系，我没记错的话，你唱的是《出门人》吧！"

哈木宰说："是，师长！"

马彪师长说："在家靠父母，出门靠朋友，几十年前日本鬼子打入北京，旧仇没报，这日本鬼子又骑到我们中国人头上拉屎来了，你们说是擦还是打？"

131

[①]谢尔升，乐都人，字高峰，黄浦军校十期生。曾任骑八师上校参谋处长、上校军法处长、第三团上校团长。在抗日战场上英勇杀敌，是骑八师与新四军彭雪枫部队的联络人，与新四军彭雪枫部队友好相处，互通情报。1946年骑八师撤回甘肃后因有通共嫌疑被撤职。1949年5月加入中国人民解放军，后任青海省人大委员会副主任和民盟青海省委员会主任等职。

哈木宰们大声说："打！"

马彪师长突然看见了哈木宰的折花战刀，眼睛一亮，马元祥旅长让哈木宰把战刀递到马彪师长手里。

折花战刀抽出来了，一道冷光从刀鞘里窜出来，大家被冷光吸引住了。只见战刀细长，刀身上的花纹像水波一样。马彪师长把刀举在手里，战刀在昏暗的青油灯盏下熠熠发亮。

马彪师长说："好刀，真是好刀，你们认识这刀吗？知道它是哪儿打的吗？"

马元祥和马秉忠摇了摇头，马彪师长："这就是保安有名的折花战刀，失传了好多年了，没想到今天在这里饱了眼福！"

马彪师长对哈木宰说："这战刀是你们家的？"

哈木宰说："是我师父大阿訇送的！"

马彪师长说："大阿訇，河州人吧？我听说过这个人，曾经跟着尕司令马仲英打过苏联长毛子！儿子娃娃一个！当年尕司令的骑兵用战刀把苏联哥萨克骑兵团砍散了，战刀把苏联人的坦克砍得火星子直冒。现在日本人也有坦克，你们怕不怕？"

大家喊道："不怕！"

马秉忠看着马彪师长非常喜欢折花战刀，趁马彪师长检查大家被褥的时候，把哈木宰叫过去悄悄地说了些话，哈木宰一脸难受。

马彪师长要走了，哈木宰把折花战刀递过去："师长，这战刀我送给你！"

马彪师长说："好！"

哈木宰只好眼巴巴地看着马彪师长把折花战刀拿过去，转身走出帐篷。

走到半路，马彪师长突然一个转身，对哈木宰哈哈笑着："开个玩笑，战场上战刀就是骑兵的命，刀在人在，人在刀在！"

哈木宰的眼窝里热了一下。

马彪师长又说："宴席曲唱得不错，等到咸阳，你给大家教几首曲子！"

哈木宰说："是，师长！"

师长们一出去，大家赶紧睡下。韩来臣说："今天好悬呀！"有人说："快睡快睡，小心军法处的揭背花！"

第二天早晨哈木宰出去礼拜，只见天空布满了星星，一个个大得吓人。因为是雨后猛晴，冷气也渗到骨头里来了，哈木宰不禁哆嗦了一下。山接着山密密地向远方铺展开去，树隐约在一片黑色里，哈木宰突然想起赛力麦的热怀来。

早饭过后，一阵紧急号把大家集合起来。只见马元祥旅长脸色铁青，站在队伍前面破口大骂："日奶奶尕娃，还没见个日本鬼子的面，就有人脚底抹油想溜。青海的乡亲们把你们好吃好喝地送出来，你们就想着这样没皮没脸地逃回去。好汉殁在个战场上，怂汉挺在个热炕上，为国家、为民族、为大家舍出个性命是烈士，是进天堂的品级，尕娃们说是不是？"

部队里有人喊起来。

马元祥又骂起来："今天还有一些皮拉怂①，趁天黑想溜。我看你的腿快，还是我的子弹快！给我押上来！"

这时见一个人被押了上来，脸无人色，哈木宰认出他是邻村的一个小伙子，家里没钱，顶替有钱人家的儿子出来当兵。看着他哆哆嗦嗦的样子，哈木宰觉得很可怜。

马元祥又说："谁认识这个人？"

哈木宰站了出来："我认识他，他家里只有一个老妈妈！"

马元祥停了一会儿说："军人的天职就是杀敌，你跑了，谁来保护你的老妈妈？拿刀来！"

这时有人却拿过来一支枪，马元祥说："自己把清真言念上！"停了一会儿，枪响了，那人软绵绵地倒在地上。

133

---

①皮拉怂：青海方言，指没本事的人。

大家连忙给那人洗大净，哈木宰第一次见杀人，看着白花花的脑浆，恶心得直想吐。扎西在那里默默地给他念着往生经。一到晚上，那堆白花花的脑子全堆到哈木宰和扎西的眼前。

折花战刀

走了两个多月，都没走出黄土山。哈木宰离开青海时，青海还有点树，一过兰州，见到的只有荒滩。千里的荒滩空荡荡的，没有树、没有草，只露出光秃秃的黄土来。

扎西说："这地荒凉得只剩下土了！"

一些老兵说，这就是黄土高原，真正的土山土地土人，边说边把手伸进衣服抓虱子，抓出来用指甲挤得啪啪响。哈木宰觉得浑身也痒起来，刚把手伸进前胸，就抓了一只大虱子。不抓还行，一抓反倒觉得全身的虱子都动了起来，左挠一下，右挠一下，痒得让人疯狂起来。

哈木宰所在的一旅将驻扎在咸阳、兴平一带。此时大家非常高兴，盼着进大房子好好睡上一觉。到驻扎地时，却看不到一间房子，只看到土崖底下的一排排窑洞。

一些勤快点的战士忙着在窑洞外做马槽。

看着黑乎乎的窑洞，扎西一点也不想进去，扎西说："我们草原上只有老鼠才钻洞，哪有人钻黑洞洞？"

哈木宰几个人笑着把扎西往窑洞里拉，扎西用脚蹬住门口的一块石头不肯进，说："这个洞洞不知啥时塌下来，埋在里面都不知道，要进你们进！"大家只好作罢。

刚安顿完行李，大家又开始铡草、喂马。从老乡那儿借来的铡刀少，不少人只好用马刀剁草，剁着剁着马刀都被剁钝了，又得蹲下身子磨刀。一阵忙碌过后，大家进窑洞休息，只有扎西一个人在窑洞外搭起了帐篷。

窑洞里面有个通炕，在这样的冬天住进来，暖暖和和的。哈木宰出去叫扎西进窑洞，可扎西宁愿冷得发抖，也不肯进窑洞。哈木宰又回窑洞和韩来臣商量了一会儿，几个人出来架住扎西，用绳子把他的手捆着硬绑进了窑洞，扔在炕上。可能是太累了，加上窑洞暖和，没过一会儿扎西睡着了。大家望着绑住手脚熟睡的扎西笑。

北风吹了一夜，把窑洞窗户上的纸打得哗啦啦响。哈比布不时把手伸进衣服挠，哈木宰也不由得跟着挠起来。

天刚刚亮的时候，突然听到一声惨叫："快放开我！"哈木宰惊醒了，有人头重脚轻地去拿枪，昏暗中才发现是扎西在喊，一看大家乐了。原来大家都睡过了头，忘了给扎西解开绳子，扎西的手都被勒红了。

哈木宰说："怎么样，这个老鼠洞暖和吧？"

扎西说："真没想到土洞洞里这么舒坦！"

哈木宰走出窑洞，外面一片白色，整个村庄被罩在白色之中。扎西支的帐篷被雪压塌了，远远看像一个土堆，被人遗忘了似的随随便便地堆在那儿。扎西吐了吐舌头："如果睡在外面，估计我身上的虱子也全给冻死了，真是罪过！"

旅长的命令来了，要全体战士帮当地老乡扫雪。哈木宰、韩来臣、哈比布、扎西都是勤快人，手脚麻利。几个人用木锨铲的铲，扫的扫，只一会儿功夫就扫完了好几家的雪，还扫开了村里的主路。几户人家硬拉他们

打花战刀

进去喝茶，哈木宰们说部队有规定，就退出来了。

过了几天天气暖和起来，炊事班的烧了开水，让大家把内衣脱下来烫虱子。哈木宰解开皮带，脱下内衣，只觉得一阵钻心的疼，除了上次受鞭刑的伤外，肩膀上背枪的地方也烂了，扎腰带的一圈也烂了。

内衣扔到了开水里，水面上立刻浮起一层虱子来。

扎西看着盆子里漂的死虱子，不敢扔内衣进去，哈木宰说："我扔吧，杀生的罪算到我头上！"扎西就咧着嘴笑。

这几天军队的口粮少了，改为一天吃两顿，慢慢的连面片也不见了，只有白米饭。大家又到炊事班问情况，炊事班的说这里是陕西，不是青海，只有白米饭，没有面。

马料也由豆子换成麦麸子。马彪师长有命令，军部有困难，粮草短缺，但任何人不得向老乡要粮草，只能自己想办法。眼看着大白马瘦了下来，哈木宰心疼得不得了，就和扎西拉着马到处找草。青海人一到内地，氧气充足，消化好，连吃三碗白米饭，一出门又饿了。

哈木宰和扎西把马拉到有草的地方，两人晒日头，少活动，少饿。

当地的小孩们提着篮子追着骑兵换东西。篮子里有红薯和花生，只要是部队上的东西他们都换。看着扎西饿得实在扛不住了，哈木宰把那帮孩子叫过来，指指袜子。小孩表示愿意换，商量了半天价钱，一双袜子只能换一个红薯，扎西就把袜子脱下来换了一个红薯。

哈木宰们到咸阳是 1937 年的 11 月，正值回族的斋月。白天哈木宰封了斋不吃东西，扎西三下五除二就把红薯吃完了，可还觉得饿，又脱下鞋准备换一个红薯，被哈木宰挡住了。哈木宰脱下自己的袜子换了一个红薯放到扎西手中，扎西说："吃点吧！只要心诚你们的真主是不会怪罪的！"哈木宰说："你吃，我得在晚上才能吃！"扎西只咬了一小口，又塞进口袋里说："晚上你开斋再吃吧！"

哈木宰感动地点了头。

8

部队离开越远，马有路的心越舒坦。

他终于离开了这个可怕的青海。如果不出意外，他在咸阳就可以实施他的计划，打听打听再跑到陕北找大部队。

终于机会来了，他开始准备逃跑的东西。仔细想想也没有什么可准备的。他又把东西重新收拾了一下，行李里塞着哈力麦给他的鞋垫和布袜子，还有自己织的羊毛袜子，那个小盒子就放在行李的最深处。盒子里有他儿子的胎毛，还有一把银子做的长命锁。他把胎毛放在鼻子跟前深深吸了一口气，胎毛里涌出一股浓浓的奶香味，他太熟悉这个味道了，这是哈力麦的味道。

刚和哈力麦结婚时，马有路迷恋着哈力麦的体香。曾有那么一段时间，他一点儿也不想从哈力麦房里出来，一天到晚只想睡觉，但一到晚上又没有睡意，哈力麦说他一点都不知道羞。可那些日子过得很快，渐渐地哈力麦的吸引力变小了。

折花战刀

他常梦见红军队伍里的那个女卫生员，那个脸蛋红扑扑的翠霞。长征走到甘南时，翠霞还帮他写过标语。他清楚地记得那是一个傍晚，他踩着圆石头拿着粉笔，在藏族同胞的石墙上写着标语，翠霞就在下面望着他。

那些字他也记得清清楚楚："北上抗日！"

那天他闻见了翠霞的体香，清香中带点桂花的味道。他故意把翠霞叫到跟前，说他不敢确定"抗"字写对了没有。

他把翠霞扶上石头，石头有点晃动，他就从下面抱着翠霞，翠霞站在石头上一个字一个字地看。他记得那天他的手出了汗，体香一阵浓似一阵，翠霞的身体在晚霞中微微发抖。那天的晚霞很红很红，像翠霞的脸蛋，有那么一会儿他觉得晚霞也是有香味的，那就是翠霞的香味。

那天翠霞还是找出了一个错字，"抗"字上少了一点。翠霞识的字比他多，应该能看出他是故意写错的，可是那天翠霞却看了好长好长时间，以致他们都忘记了时间。

从那以后，翠霞总是帮他缝衣服、洗衣服什么的。漫长的长征路因为有了翠霞，一切都变得生动起来。雪山上飘扬着翠霞粉红的头巾，草地里飞翔着青色的小鸟，还有展开双翅在空中慢悠悠飞过的苍鹰，远处的蓝天下是头顶白雪的青山。

可这一切都破灭在雪山上，马有路记得翠霞突然推了他一下，他摔在一边，而翠霞却滑进了雪窖。他只能看着翠霞的红头巾一点一点消失在雪里，尽管大家都拼命想办法，翠霞还是消失在雪山中。想起来，马有路就觉得心疼。

部队一到甘肃、青海，残酷的战斗便开始了，青海人杀了他的战友，他觉得青海人就是一群骑着狼的狼，然而让他想不到的是青海人又救了他的命。

哈木宰一家救了他的命，铁匠爷的恩情他忘不掉，但他更忘不了哈木宰的帮助。为了他，哈木宰委屈地接受了马哈三的妹子，他也忘不掉哈力麦对他的悉心照顾。

这些事一点一点地涌到马有路眼前，马有路捧着儿子的胎毛、长命锁和那双鞋垫，坐了很久。

他被抓到黑牢里时，铁匠爷托马秉忠救了他。放他回家的那一天，他突然听说部队要抽人到山西大同打日本鬼子，于是坚决留下来当兵，一来可以真正地和日本鬼子干一场，二来可以找机会跑到延安找大部队。这一切似乎都是上天安排好了，人活着不就是活一口气，活一个理想么？正胡思乱想着，马哈三进来了，真是冤家路窄，马哈三又成了他们的排长。

马有路对马哈三又恨又怕，怕的是马哈三知道他红军的底细；恨的是马哈三让哈木宰一家陷入被动。

马哈三走过来拍了拍马有路的肩膀："收拾东西呢！"马有路躲开了马哈三再一次拍过来的巴掌。马哈三看了看，转身出去了。

走了一半马哈三又折回来说："众人面前少说话，队伍里有马主席的暗探，也有国民党的军统！"

马有路愣了一下，似乎马哈三看透了他的想法。他开始为自己的逃离计划能否顺利实施担心起来。马哈三的善意提醒让马有路对他有了点好感。按照他的计划，部队一到咸阳，他就杀掉马哈三，如果有可能再杀掉马秉忠或马彪，然后找咸阳的八路军回陕北。种种迹象表明，这一计划的每一步都在慢慢地实现着。

部队到了陕西乾县，再过一些时间就能到咸阳了。马有路准备了一些子弹，又摸清了军法处的活动情况，耐心地等待到咸阳的日子。等待很漫长，一过乾县，天气猛然热起来，当地老百姓听说青海的抗日骑兵过来了，围着看，看着看着大家乐了，这哪像抗日的部队呀！有人穿着白板皮袄，有人还戴着皮帽，背着鬼头大刀，还有人提着红缨枪。有胆大的百姓问："你们这是去打猎吗？大刀长枪的！"

马有路也没有枪，他只有一把鬼头大刀和一把红缨枪。子弹是趁大家睡觉时偷的，包起来挂在马褡裢里，想着逃出去时一并带去延安，那边的八路军也缺武器弹药。

枪成了马有路的心头病，部队出发时因为枪支有限，只给他发了红缨枪，说是缴了日本鬼子的枪后才给他们配。步枪带不出去，只有手枪不显眼，才能带出去。一天，他突然发现马哈三腰上别着一把手枪，一个大胆的计划在他脑中涌现。

计划没有变化快。到了乾县后，师部下命令驻扎在乾县，一旅驻扎在咸阳、兴平，马有路所在的三旅驻扎在礼泉。

马有路的心仿佛掉到了冰窟窿里。这种透心凉的经历他遇到过两次，一次是祁连山战斗失败后失散在大坂山上。当时四周都是山，黑夜一点一点地淹没了大坂山，青海特有的寒冷渐渐地从山脚弥漫到山顶。他躺在公路下的小洞里，看着洞外发亮的狼眼。子弹袋里只剩下几颗子弹，他给自己留了一颗。他的手脚开始麻木起来，就算狼不吃他，这大坂山的寒气也会吃了他。

而这一次当马有路听到他们旅不去咸阳，他的心又一次掉进冰凉之中。他借每天出去牧马之机，努力熟悉着当地的情况。情况基本摸清了，军法处和师部驻扎在乾县，离这儿比较远。路线也打听了，出了城往北走就能走到铜川，再往北走就能到达八路军的驻地。

到了晚上，他从马褡裢里拿出子弹，金色的子弹在他的手心里一颗颗拨过。每天晚上大家睡熟后，他就开始偷战士们的子弹，每人只一颗，这样也有二十几颗了。

一有空马有路就主动帮炊事班干活，炊事班外出采购总要喊上马有路。一回生二回熟，小小的礼泉，马有路熟悉起来了。他甚至认识了一个当地老乡，这位老乡的一个亲戚还是个八路军。马有路乘机跑到老乡家，表明他的红军身份。一天这位老乡带来了消息，说这位亲戚要见一见他，时间定在腊月二十九。

141

马有路觉得报仇的时候到了，他计划先杀马哈三，把他的手枪夺过来，再打死三旅旅长马秉忠。如有可能，再杀马彪师长，可是马彪师部在乾县，他可接触不到师长，只能杀一两个小头头报仇。

机会终于来了，这一天是回族的盖德尔夜。三旅旅长马秉忠就让全体战士早早回营房休息。

一些回族、撒拉士兵相约走出营房，跪在地上，朝圣地麦加的方向念一段古兰经，纪念各自逝去的亡人们。

马哈三来找马有路说一块儿出去念个经，马哈三说："今晚我们给家乡的先人们念个经吧！"马有路立刻准备了一把刀子，掖在罗提鞋里，想着一有机会就杀掉马哈三，再夺枪逃跑。

已是傍晚时分，天气冷得让人们缩成了圆球。马哈三穿着白板皮袄，走在前面，蜂拥而来的是无穷的黄土山。马有路没想到马哈三把他领到这么远的地方，他不禁暗自高兴。这里人迹罕至，真是绝好的下手地点。

马哈三和马有路站在一个塬上，前后都是黄土、黄土沟、黄土山，连河里淌的水都是黄澄澄的。马哈三把马有路叫到身边，马有路有些紧张，他担心马哈三看破他的计划，那时结局就很难说了。

马哈三说："你老家在四川，我们应该偏向正西方向，对了，家里老人们都健在吗？"

马有路的眼泪涌上来了："都没有了！"

马哈三说："那就念一段亚辛章吧，为所有的亡人们！"

马哈三迎着风念起来，呜呜的风声挟着细砂打过来，打得马有路脸发疼。马有路知道念到最后的动作是举起双手祈祷，这是下手的最好时机。马有路等着马哈三举起双手的那一刻，此时那些牺牲的战友的脸从他眼前闪过，哈力麦的脸也闪过了，甚至还闪过了他从未见过面的儿子的脸……

可是刀子竟然插在了马哈三的右肩膀上，鲜血顺着肩膀流下来。马哈三纹丝不动，还在那里掌着手念着。念完祈祷词，马哈三用左手一把扯下

折花战刀

刀子，顺手抓了一把土洒在伤口上，又撕了一点布条扎住。

马有路的腿不由抖起来，他闭上眼等着马哈三的刀子插回到他的心脏上。他只希望自己能痛痛快快地死去，他看到了战友们从天空里向他飞来。

"这点血算什么！真正刀手的刀在心里！"马哈三边说边扎着伤口。"你没见过真正的血，那是1934年的正月，我们跟着尕司令在新疆头屯河与哥萨克骑兵对砍，刀手们一个个在敌人战刀下牺牲了。那些失去刀手的战马，也朝敌人的战马撞去，撞断了脖子、撞折了腿，苏联长毛子的坦克把头屯河的石头都打成了渣渣，一条血河向我们涌来。"

马有路的牙不禁喀啦啦地响起来。

马哈三说："我是从血河里爬上来的人，我什么都不怕，可是我这么走了，谁来养我的母亲？谁来照顾我的妹子赛力麦呢？我并不恨你，并不想把你送到马步芳的牢里，真正的儿子娃娃是不打自己人的，要打就打外国的长毛子！哈木宰娶了我的妹子，我可以放开手脚跟日本鬼子干一场。可是命运谁也猜不透，哈木宰竟然也跟着我上战场了！"

马哈三又紧了紧扎伤口的布条，无奈地摇了摇头。

"知道吗？我佩服你，就因为你还有自己的梦想，还有自己的信仰，在这个乱世有自己梦想的人可不多！我知道你要杀我，可是我希望我能死在日本鬼子手中，而不是死在你的手上，这样我就能提着血衣进天堂了！"马哈三慢慢拔出了手枪。

马有路竟然掌起了双手。此刻耳边似乎吹过一阵神秘的风，他似乎感受到一种他从未感受过的体验。那感觉就像多年以前，在漆黑的夜晚母亲的一声呼唤，马有路觉得一片平静降临到他头上，他平静地看着马哈三拔枪，等着枪响！

143

"拿去，还有这几颗子弹，今晚就走，找八路军抗日去！"马哈三说完又扎了扎布条，慢慢地走下黄土坡。看着马哈三的背影，马有路的手枪再也举不起来了。

回到驻地，马有路开始准备东西。他小心翼翼地走到哨兵那儿时，哨兵说："马哈三排长有命令，让你快去快回！"马有路抹了一回眼泪，逃出了兵营，朝老乡家跑去。

天渐渐黑了下来，马有路顺着村庄的墙根走，以免遇到军法处的人。天黑透之后，他终于按时到了。他轻轻地拍了拍门。

"谁？"

"我，马有路！"门开了。

只见一个人坐在炕上，见他进来，下炕和他握了握手。

"欢迎你，同志！"那位八路军战士说。马有路眼睛湿润起来，好久都没听到过同志这两个字了。听了马有路的讲述，那位八路军战士的表情严肃起来。

他说："你的情况还比较特殊，我不能决定你的去留！我得回去向组织汇报你的情况！"

那位八路军战士又说："你还有什么证明文件吗？"

马有路说："都没有了，证明文件都毁了，不敢留！"

当听到马有路被抓进马步芳的军营，又当了马步芳的兵后，那位八路军战士的额头拧得更紧了。马有路也紧张起来："这有问题吗？"

那位八路军战士说："你的问题我也不好说，关键是你没有证明人，也没有证明文件，我只能回去报告后再给你回答！"马有路的心一下子沉入冰水里。

按照约定，马有路在家等消息。八路军就是神速，第二天早上，那位同志又回来了，一见面就说："咱们直话直说，组织上认真研究了你的情况，认为你的情况比较特殊，还需要再研究，现在是国共合作，共同抗击日本鬼子，你留在暂编骑兵一师，发展我们的人也是一条路！"

后面的话，马有路一句也没听进去，他只认为组织上不要他了！

马有路快到门口时，掏出他积攒起来的子弹，交给了那个八路军战士说："这些子弹你带到陕北，我还会回来的！"

马有路觉得自己找不到回营房的路了，黑夜紧紧地跟随着他，他觉得到处是黑夜，回部队说不定要军法处置，不回部队他又不知道应该往哪里走。

他从老乡家出来时，好多人的家门上贴上了红对联，家家开始准备过年了。马有路突然想起了他的四川老家，那时他还小，他记得父亲写好对联，放了鞭炮，他站在后面看父亲贴对联。

那时是多么幸福呀！幸福总是一晃而过，时间不长，他的家乡来了一群土匪，他的父亲母亲全死在土匪手上。那天是个雨天，他跪在父母的尸体前，雨在周围哗哗作响，他感觉冷，一种从心底渗透而上的冷。村里人帮他安葬了父母。

从此他走东闯西，吃着百家饭。红军经过他的家乡，他就跟着红军走，走不动了拽着马尾巴走，从四川走到甘南，从甘南又走到祁连山。

走在村庄的路上，马有路顿时觉得自己成了多余的人，他甚至想到了死。

他满心忧伤地拐过一个墙角，迎面遇上了马哈三，马哈三一见他吃了一惊，上上下下看了他几眼说："还没找到大部队吗?"马有路摇摇头。

马哈三说："哦！今晚是大年三十，部队上发了一点钱，跟我买东西走！"马有路跟着马哈三往前走，走了好几里路，店铺都关着门，马哈三叫开了一家门，那人说："朝前走，还有店铺！"

马有路心里暗想，都到年三十了，估计都不开了。马哈三是回族，他不了解情况，估计今晚买不上了。

马哈三走到了一家店铺，叫起门来，没想到这家店铺居然开了门。

兵荒马乱的时期，店铺也没什么东西卖，只有香油，马哈三和马有路只好买了一斤香油回来。

马有路把情况都告诉了马哈三，马哈三说："再等机会吧，还是跟我回去，对外就说和我出去买东西了！"马有路点了点头。

马哈三一说话，其他人就没再说什么。

吃惯了面片，白米饭真不好吃，一连几天都是白米饭，大家觉得尿多了起来。现在白米饭里加了点香油，一吃又是另一种味道，马有路多吃了点，有人连吃了好几碗，还看着锅里。

半夜时分，周围村庄里响起稀稀拉拉的鞭炮声，空气里弥漫着硝烟的味道，这是家乡的味道。马有路深深地吸了几口，看看星星，又一年过去了。

折花战刀

漫长的冬季总算过去了，虽说到了三月三，可空气里还残留着冬的气息，黄风一阵紧似一阵追了过来。这黄风过后，地皮就要融化，就到了下地播种的时候。

赛力麦正月生了孩子，看着不停晃动的门帘，望着怀里的儿子，她焦急万分，又不知道母亲一个人怎么种今年的地。

看着窗外的黄风，赛力麦扳起指头算起来。从八月十五算起，哈木宰走了整整半年，这半年内一点消息都没有。赛力麦竖着耳朵打听着抗日的事情，但她又不好意思问公公婆婆，只能从看望她的妯娌妇们的口中听到一些。当听到日本鬼子用刺刀挑着娃娃甩，赛力麦的心就揪起来，她似乎看到了哈木宰的危险。

真主成就了她的好姻缘，但又让她的哥哥和心爱的男人走向了战场，每每想到这些，她只能在哈木宰奶奶跟前哭上几声。哈木宰奶奶总是摸着她的头，说："忍耐之后有脱离！"

儿子睡着后，赛力麦就有了大把大把的时间，拿起针线，做鞋和袜子。前一阵赛力麦听到了消息，说西宁各县要慰问抗战将士，有钱的捐钱，有物的捐物；有抗日将士的家庭，上面承诺家里捐出的东西一定送到前线亲人的手中。赛力麦和哈力麦都忙着赶做鞋袜。

赛力麦做的还是老样子，在布袜子上绣了脚踏白云的大白马，不过花儿改成了荷包牡丹，一串串的像她们家花园里开的。赛力麦还有一层意思，就是让哈木宰也看看家里的花，别忘记了家。

一阵疼痛顺着手指传上来，赛力麦不由地把指头放在嘴里，可是那疼痛不依不罢，顺着胳膊钻到心里。

她心里顿时冒出几句听过的宴席曲：

一更里呀，莫奈何，
月牙儿上来者照着了窗。
炕沿儿上我铺红毡呀，
裁哩么裁衣裳。
衣裳儿都缝好，
纽带儿齐簪上。
我的出门人呀，
你回来时新衣新穿上。
我的出门人呀，
你不回来时闲衣闲箱里装。

二更里呀，莫奈何，
月牙儿上来者照着了窗。
炕沿儿上我铺毡，
盖哩么盖一床被。
半个儿我盖上，
半个儿空荡荡。

折花战刀

我的出门人呀，

你回来时我俩盖一床被。

我的出门人呀，

你不回来时半个风吹着扑噜噜摆。

赛力麦的眼泪无声地落在袜子上，泅湿了袜子上的大白马，她甚至想不起哈木宰的模样来了，望着睡在炕头的儿子，她在记忆里一点一点地还原着哈木宰的模样。

以前她从没觉得这些宴席曲有什么好的，曲调也单一，就那么几个老掉牙的曲把式坐在炕上唱，唱来唱去唱走了年轻人。那时赛力麦还年轻，听曲实际上更多是为了去看自己的心上人。

在堂兄结婚的宴席上，赛力麦第一次真正注意到了哈木宰。以前哈木宰在她家门前不知走过多少回，可不知为什么这一次她看到哈木宰，心里咯噔了一下，可哈木宰却没有为她回过头。回家后她使劲照镜子，讨厌的镜子却不讲情面，把她脸上的麻子一颗不漏地照了出来。她为脸上的麻子自卑不已，多少次她捂在被子里哭，哭她早逝的父亲，哭她满脸的麻子，哭她上新疆吃粮的哥哥，更多的是哭她那无法表白的爱情和无法预料的未来。

哭够了，掀开被子坐起来，却发现母亲坐在炕头上也哭得上气不接下气，母亲说："哭吧，真主能看到你心里的眼泪！忍耐后面有容易哩！"

真没想到，哥哥回来后竟然以逼迫的方式让哈木宰娶了她，至今她都觉得有点对不起哈木宰。她想找个机会取得哈木宰的原谅，可是哈木宰从来没对她说过这事，甚至都没在她面前说过一句牢骚话。就凭这点，她就觉得这一生值了。记得结婚那天，阿訇说过：女人是男人的衣服，男人是女人的衣服。

赛力麦就把自己当成哈木宰的衣服。起风了赛力麦就想当哈木宰的风衣，下雨了赛力麦就想当哈木宰的雨衣，下雪了赛力麦就想当哈木宰的棉衣，天热了赛力麦就想当哈木宰的衬衣。然而她觉得哈木宰还没把她当衣服看。

与哈木宰结婚后，她在被窝里哭过一回。

那是个有月亮的夜晚，月亮一直挂在她家窗户上不动弹，大大的，圆圆的，近近的。她发现月光似乎抹去了她脸上的麻子，也照白了她的胳膊，她害羞地拉上了被子。可那大月亮像个无赖贴在窗户上不走，像结婚那天晚上赖在窗户边的听床人。

此时月亮索性耍起了无赖，月亮的眼睛扫过了炕上的每一寸地方，也扫过了赛力麦光洁的脸庞，扫过了哈木宰那长满黑毛的腿。赛力麦担心哈木宰受凉，伸手给哈木宰拉被子，哈木宰突然喊了一声："卓玛！"

赛力麦一听，心里凉丝丝的，眼泪不由地流下来了。这是一个陌生的藏族姑娘的名字。她再也没有睡意，一股股委屈就像村口的翻眼泉一刻不停地涌上来。赛力麦咬着嘴唇努力不哭出声来，可不争气的眼泪却不听话地往外涌个不停。月亮知趣地从窗户边上溜走了，屋里一点一点地变黑了。

哈木宰又蹬掉了被子，半条腿露在外面，赛力麦狠狠瞅了一眼。睡梦中喊别的姑娘的名字，这叫什么事！冻死他，冻掉这条乱走的腿！赛力麦生气地乱想着。可又怕哈木宰受凉，坐起身又给哈木宰拉上被子。

那一夜，她的枕头都湿叽叽的。

哈木宰的鞋袜整整齐齐地摆在了右边，哥哥的鞋袜整整齐齐地摆在左边。望着这些鞋袜，赛力麦的心不由地揪起来，记得哥哥自从跟着孕司令造反走后，家里传来过各种消息，有人说马哈三被人砍死了，有人说马哈三被坦克轧死了，甚至有人说马哈三骑马摔下了悬崖。她和母亲每听到一种说法就哭一次，由于每种消息都不知是真是假，绝望的时候她俩还请来阿訇炒了鸡蛋念了经。

到最后，马哈三还是回来了。马哈三说真主的口唤还没到。想想这个哥哥，也不找个媳妇结婚正经过日子，非要走村窜巷。母亲问得急了，马哈三干脆说："我是提着头到处走的人，还不知道回不回来，娶了媳妇白耽误人家！"话说到这份上了，别人也就无话可说了。

现在除了担心她哥哥外，赛力麦又开始担心起哈木宰。

> 三更里呀，莫奈何，
>
> 月牙儿上来照着了园。
>
> 我的前花园中呀，
>
> 有一棵紫荆花儿树，
>
> 那个风吹着摆，
>
> 那个日晒着毒。
>
> 我的出门人呀，
>
> 风吹日晒伤哩么伤不着它，
>
> 我的出门人呀，
>
> 只害怕四月八的黑霜杀着了它。

"哎！唱得好呀！"赛力麦一边唱一边低着头做袜子，看到哈力麦抱着儿子站在炕下，吃了一惊，脸都红了。

"吓死我了！"赛力麦边捂胸口边说。

"怕什么，就我俩！"哈力麦一脸不在乎。

"你的鞋袜做了几双了？"赛力麦问道。

"一双都没做，一双也不给他做！"哈力麦气呼呼地说。

"说谎也不打个草稿，那天你急慌慌地往被窝里塞什么宝贝着？"赛力麦笑咪咪地望着哈力麦。

"那、那不过是娃娃的尿布！"哈力麦有点气短。

"唉，男人们上战场后有两条命！"赛力麦说。

"两条命？"哈力麦说，"我只听说过鸽子因为洪水泡天时拿来了橄榄枝有七条命呢！没听过人有两条命的。"

"圣人说过，男人们最大的祸就是女人和马，你想想，一条命是女人，

151

一条命不就是战马？"赛力麦说。

哈力麦听了半晌没说话。

"来，帮我纳几下鞋底吧！"赛力麦顺手递给哈力麦一只鞋底。

"说实话，我现在还在恨马有路，如果没有马有路，我也不会变成现在这个样子，人不人、鬼不鬼的！"哈力麦红着眼圈低下了头，赛力麦望了她一下，没说话。

> 四更里呀，莫奈何，
>
> 月牙儿上来照着了园。
>
> 我的后花园中呀，
>
> 雨打着紫荆花儿树。
>
> 梦儿里见着了你，
>
> 接过了马鞭缰，
>
> 我就醒过来呀，
>
> 听着那吃粮人的小缰呛啷啷响。
>
> 我的出门人呀，
>
> 细听是雨打着枝叶儿唰啦啦地落。

窗外的黄风吹得树枝儿呜呜乱叫，木格子窗户上的纸在风中缩成一团，门帘被掀得啪啪响。

> 五更里呀，莫奈何，
>
> 东方发白着大天亮。
>
> 我没梳头着只洗了脸，
>
> 西河沿儿上担一担水。
>
> 抬起了头儿看，
>
> 一对鸳鸯卧，
>
> 我的出门人呀，
>
> 公鸳鸯见了我扑噜噜飞上了天。

我的出门人呀，

你回来吧我俩成上个对。

我的出门人呀，

你不回来妹妹我大河里扑。

赛力麦和哈力麦纳着鞋底，线绳密密地排在鞋底上。

一九热；二九冷；三九三，水上天；四九四，水钻地；五九六九，精肚娃娃拍手；七九鸭子八九雁；九九毛老鹰满天旋；九九加一九，牛儿满地走。

眼看村庄里的牛儿开始满地走了，铁匠爷更忙了，他给人打马掌、修犁，种地的事就交给了哈木宰的父母亲。赛力麦看家里人实在忙不过来，也抱着娃娃跟到地里，哈木宰的父母坚决不同意，可赛力麦还是打了条布带子把儿子拴在后背上，跟在犁后面打坷垃。

今年雪下得少，地干得成了焦土，这地不怕硬石头，就怕干坷垃，影响来年的庄稼。犁过的地里坷垃特别多，特别大，一个个硬得像石头。一榔头下去，手掌上的虎口震得生痛生痛。赛力麦从小跟着母亲种地、收麦，这些苦算不了什么。但她怕颠坏了儿子，每打一下坷垃尽量不弯腰，只在胳膊上用力，这样一来赛力麦付出的体力比平常多得多。

打着婆家的坷垃，想着娘家的地还没有种，此时母亲可能在家急得眼都黑了。要是往年，哥哥马哈三出门一走，家里只有母亲和她，犁地、糖地、下种，赛力麦样样都拿手，可现在她嫁到哈木宰家已是身不由已，只能等婆家种完了，再回娘家种。

紧张地播种了几天，儿子的脸被风吹得红扑扑的，哈木宰的父亲望着孙子红扑扑的脸说："再过几年，又是一个儿子娃娃！"哈木宰的母亲亲着孙子的脸蛋说："你狠心的爷爷没管你，看脸蛋都变成啥了！"

婆家的地种了七天，再加上儿子吃奶，赛力麦的脸都成刀子脸了。这一天，赛力麦收拾好以后，打算给婆婆说一声，回娘家种地去。

153

赛力麦怯生生地向婆婆说着想回娘家种地的事，哈木宰奶奶在旁边说话了："赛力麦阿妈一个人也不容易，赛力麦过去能犁地吗？让哈木宰父亲每年帮她家种地、收地吧，谁没个难处呀！"

哈木宰母亲就把哈木宰父亲叫来，哈木宰父亲也是个爽快人，二话不说就去准备种地的东西，三人套着马车朝赛力麦娘家走去。

赛力麦母亲一看，忙说："今天早上听见喜鹊叫，果然大门前来了亲家了！"边说边往里让。

哈木宰父亲准备种子去了，哈木宰母亲陪着说话，看着满院子的荒草，就帮赛力麦母亲一起收拾起来。

赛力麦因为忙于种地，也没回几趟娘家，看着这空荡荡的院子，眼泪在眼眶打转转。

等到天气转暖时，地里基本都下种了，偶尔有一两只馋嘴的鸟儿落下来，刨点种子吃。清明过后田地一下子沉寂起来，到处都能听到种子积攒力量发芽的咯吧咯吧声。

趁这点空闲，赛力麦坐了几天娘家。

　　虽说不是青海，可二月的马嵬坡车站还看不到一点春的气息，猛烈的西北风挟着风沙使劲地往这个不起眼的车站里灌，车站旁的小树在风中摇摆不定。

　　骑一师初到西安是来为山西大同解围的，可是山西大同、运城已沦陷在日军的战火中。部队进入陕西后，隶属第八战区和西安行营。1938年2月，部队驻扎在西安以东、河南陕州以西，陇海铁路沿线的灞桥、渭南、华县、华阴、潼关和灵宝一线，以及西安至荆州公路沿线的蓝田、商州、龙驹寨、丹凤、商南一带，担负起防卫及保护公路安全等任务。

　　哈木宰们的主要任务是保护铁路线，他们每天在马嵬坡车站负责执勤站岗。马嵬坡车站虽是个小站，但很紧凑。一组坐北朝南的小洋房，彩色玻璃的门窗透出几分生机。贴着玻璃窗往里望，能看到一个大火炉，火欢快地唱着不知名的歌。墙上挂着几部电话，每列火车开来前，这些电话铃就会响起来。

哈木宰初到车站时任务不重，白天站岗也就两人，扛着枪，在站台上来来回回地巡逻。哈木宰没见过火车，火车第一次喷着白汽向车站冲来时，他觉得火车快要把小车站给撞了，吓得他脸色煞白，随时准备着逃命，看到车站安闲自若的工作人员时，哈木宰才平静下来。

此后客车再过来时，哈木宰一丝不苟地立正、行注目礼。客车上挤满了人，一个个神色悲伤而疲惫，哈木宰第一次看到了战争留给人们的创伤。

夜晚时分，整个班的人全都集中到车站。除留一人站岗外，其余人都在站房外，睡在屋檐下的水泥地上。驻地里可以铺点谷草或麦草，但车站上一根草都没有，实在熬不住了，就一人挤着一人，躺在光溜溜的水泥地上，后半夜冷气就从水泥地上渗出来，从车站四周逼过来，驱走了身上仅有的一点热气。还是老人们说得好："热了夓扔衣！"从青海刚出发时，每人发了一套不太厚的棉军衣，还发了一件老羊皮皮袄。从青海带来的老羊皮皮袄这时起了大作用，晚上既是被子又是褥子，连铺带盖的挡了一些风寒。

老羊皮皮袄没有布面，白毛朝里，光面朝外，白瓷瓷的，长度只及膝盖，领口上有皮领，毛露在外面。陕西当地人没见过这种奇怪的打扮，又听不懂青海话，就把骑一师的骑兵们当作怪物看。有些士兵的白板板皮袄变得灰沉沉的，黑一块白一块，脏得像个要饭的，不好意思出去见人。当地人议论纷纷，这样的兵还能打仗？时间长了长官们更不愿意带骑兵到街上去。

火车站每天人来人往，可哈木宰很孤单，看到人们投来奇怪的眼神时，哈木宰总低头使劲地往下扯白板板皮袄，努力盖住打满补丁的裤子，扯得有些地方的线都断了。

后来部队又把皮大衣收了回去，用当地的土布染成了灰色，套上布面重新发下来，这样穿在身上，哈木宰才觉得好看了一点。

车站站台上冷气逼人，那小洋房里的火炉懒散地卧在中间，火一闪一闪的，五彩的玻璃阻挡了站台上的冷气，在黑夜里带来温暖的气息。哈木宰想念起家乡的火盆来，那明明灭灭的大通无烟煤温暖地安抚着奶奶的砂罐，砂罐里的奶茶咕咕地唠叨着什么。

看到哈木宰握枪在站台上的风中瑟瑟发抖，车站上的工作人员就请哈木宰到房内暖暖身子，哈木宰连忙摆摆手，心里升起了一股暖意。

车站上的工作人员对这帮"穿着怪衣服""说着怪话"的青海骑兵有了更多的敬佩，他们对哈木宰很友好，看见他总是点头问好，他们想多聊几句友好的话，但哈木宰听不懂，傻愣着没反应，于是他们进进出出反复地说着一句："辛苦了！"

小洋房外贴满了标语："打倒日本帝国主义！""有钱的出钱，有人的出人，有力的出力！""国家兴亡，匹夫有责！"

除了哈木宰和一些汉族士兵外，大部分骑兵不识字。哈木宰就给班里的人教，渐渐地班里的骑兵们能在地上划拉自己的名字，也学会了"抗日"两个字。看着标语，听着一声声"辛苦！"哈木宰觉得虽然苦点，但只要能把日本鬼子赶出中国，也是值得的。

马嵬坡车站站台上有一根很高的灯杆，顶上吊着一盏汽灯，每到夜晚，汽灯把车站照得亮晃晃的。火车到来前，除了能听到小洋房里此起彼伏的电话铃声外，还总能听到车站工人用小铁锤敲打吊在高杆子上的半截钢轨。渐渐地，哈木宰能听出不同的声音来，不同的火车过来，敲着不同的点号。

有一天扎西看着冒着黑烟冲过来的火车望了半天，突然冒出来一句话："这个火车爬着走这么快，要是站起来那有多快呢？"

大家哈哈大笑起来。

早晨的日头慢慢升起来了，马嵬坡车站沐浴在一片温暖之中。又轮到哈木宰站岗，他扛着枪，努力地望着远方，这里是一马平川的八百里秦川，一层淡淡的青烟笼罩在平原上，收完庄稼的平原成了骑兵们纵马飞驰的好地方。

突然天空中传来巨大的响声，两架飞机沿铁路线由东向西飞来。哈木

157

宰在兰州见过飞机，不觉得新奇。扎西没见过飞机，就指着天空呜呜作响的飞机大叫："看，那么大的鸟！"

哈木宰说："这是飞机，是铁鸟！"

两架飞机刚越过车站上空，又有四架飞机跟了过来。前面两架飞机掉转头往东飞，六架飞机在车站上空盘旋交火，一会儿上升，一会儿下降，两方飞机的机枪不停地射击着，看不出哪是中国飞机，哪是日本飞机。

看着空中激烈作战的飞机，哈木宰目瞪口呆，他想起了青海老家一群红嘴鸦和一只老鹰的战斗。那天天很蓝，哈木宰躺在草地上，把大白马放在山里。天空充斥着嘈杂声，只见一只老鹰在天空中盘旋，下面一群红嘴鸦围着老鹰。老鹰努力往下俯冲，想抓住一只，可是每次都被红嘴鸦群灵活地躲开。趁老鹰往上飞升时，几只红嘴鸦在老鹰背上啄，老鹰的羽毛在空中慢慢飘落，看捡不到便宜，老鹰盘旋了几圈飞走了，那群红嘴鸦的欢快的叫声更响了。哈木宰知道鸟儿跟人一样，也有自己的领土。

空中的机枪声更响了，六架飞机在空中翻滚，每架飞机都想拼命地绕到敌机的屁股后面，而前面的飞机时而上升，时而下降，时而左拐，时而右拐，试图甩掉后面的敌机。

站台上的骑兵们看着机枪子弹在空中像火蛇一样窜来窜去，飞机拼命地躲避着火蛇，战争以这样的方式向骑兵们展示着它的阴影。一会儿，一架飞机上掉下一个东西，随后这架飞机翻滚坠落，其余飞机都向东飞去。

那架飞机掉落的地点离车站很近，马营长坐着检查铁路线的"压压车"走了。回来后说是一架中国飞机被打了下来，飞机上掉下来的"东西"是飞行员，一只手受了重伤。马营长又说那叫跳伞，还详细地说飞行员身上口袋一个接一个。一听说被击落的是中国飞机，大家都很气愤，有人说："等我们上战场，把鬼子像虱子一样一个一个地掐死！"

以前哈木宰认为骑兵最威武，战刀在手中嚓嚓作响，身下是奔腾的战马，耳边是呼呼的风声，身前是敌人，身后是滚滚尘土，这场面是每个骑

折花战刀

手都梦想的。可现在他认为飞行员更厉害，能像鸟儿一样在空中飞行，还可以自由地开枪，除了当骑兵哈木宰还想当个飞行员。

扎西说，天空是神灵的居所，人只有修炼到一定程度，才能接近神灵的高度。哈木宰听了觉得也有道理。按由赛尔阿訇所说，这世界就是由七层天组成，每层天上都有一个天仙把守，上每一层天都得有相应的品级。如今飞行员能上天空，实际上不就是人家的本事练到了能上天的程度吗？

这天轮到哈木宰做饭，他只顾自己胡思乱想，手中的火皮袋扇风吹火，吹得过猛，米饭糊了。还好班里人都没说什么，因为每个人都会轮流做饭，谁都有做不好的时候。

空战结束了，大家对战争有了新的认识，原先是一腔热血，现在战争真正落到了每个人的头上。那些天空中飞行的日本飞机随时可能扔下炸弹，他们这些人随时可能牺牲。

面对空战，马彪师长也真正感受到了飞机的厉害，他认为有必要对骑兵部队进行防空演习，于是一次又一次的防空演习如期举行。

一次哈木宰正骑着大白马奔驰在大平原，突然听到防空信号，就按照要求四处散开。大白马朝前跑去，耳边是呼呼的风声，突然大白马猛然一停，把哈木宰甩到一边。

哈木宰气呼呼地站起来想收拾大白马。

可是站起来后，田地没有庄稼，平原一片茫茫，大白马像被大地吞没了，消失了。哈木宰茫然失措，心一下揪到了空中。骑兵没马，还叫骑兵吗？大白马陪了他这么多年，想想大白马的种种好处，哈木宰的眼泪再也控制不住了。他觉得他的世界在他身边翻转过来了，他坐在地上用手捶打着地，地里的一块石头蹭烂了他的手，血流得满手都是。

扎西、韩来臣纵马过来，翻身下马，问明了情况。

"在这儿，马，这里！"扎西在前面不远处叫起来。

哈木宰和韩来臣连忙上前，只见大白马掉进了一个椭圆形的浇水坑里，

159

还好不太深。

哈木宰一看到大白马的眼睛就放心了，大白马没有一点惊慌的神色，扎西说："好马就是好马。"

大白马找着了，可怎么把大白马救出来，又不伤着它呢？哈木宰发起愁来。

哈木宰跳下了坑，大白马亲热地用马头不停地蹭着他，好像在安慰着他，哈木宰心中一热，抱住马头不放。

还是韩来臣有主意，他跑到营部反映了情况，营部从工兵营借了一副滑轮，一根粗绳。几个人在坑上搭了一个木架子，装上滑轮，哈木宰用马搭盖包住马肚子，用绳子捆住大白马。全连的人都来拉马，拉了两个多小时，大白马才被吊了上来，随后又在坑上铺了圆木头，木头上铺了木板，把大白马从木板牵到地上。

当大白马的蹄子踏到地面上时，哈木宰一下子放松了，觉得自己好像重生了。

军中兽医石景堂①检查了一番，发现大白马浑身上下没有一处伤，为大白马的自我保护能力吃惊，不过还是开了一副安神药。

大家都说大白马反应机敏，救了哈木宰一命。俗话说"上马三分死"，骑兵一上马，高速行进中的马力量很大，如果摔到坑里，哈木宰不折断脖子才怪呢。

这天晚上，哈木宰没去车站，而是在马房里陪大白马。

哈木宰觉得大白马有许多神异的地方，爷爷说这匹大白马是他到祁连山打铁时，一个藏族朋友送的，说这马日后有用处。牵回来后，曾经一度晚上不安宁的家竟然什么怪声音都没有了，连狗都睡了个安稳觉。大白马到了哈木宰家后，身上仅有的一点黑毛也褪了，变成纯白色了。为此铁匠爷还问了下大阿訇，大阿訇只是笑着点了点头。

①石景堂，乐都人，曾任骑一师上校兽医处长。

哈木宰把马料袋系在大白马头上，蹲下身子仔细地检查马蹄子、马掌，细心地刷净了大白马身上的泥土。

马营长检查车站时，哈木宰不在，扎西就撒了一个谎，说是解手去了，可是马营长还是看出了破绽。

骑一师有严明的军纪，不在岗可是大事。扎西想好了，把事往自己头上揽，大不了揭背花。可马营长非要见哈木宰不可，扎西没办法只好把马营长领到马房门边，里面传来了哈木宰的声音：

"大白马呀，大白马，要是今天你不在了，我也不活了！"

"托靠真主，我们一定好好活着回去。你看见了吧，往西走就是我们的家乡，打完日本鬼子我们就回，到那时我一定把你放在草儿最厚的地方，让你喝最清的水，跑最好的路。爷爷让我好好照顾你，赛力麦也盼着我们回去呢！"

听着哈木宰在马房里的话，马营长提着马鞭站了一会儿，又悄悄地领着扎西离开了。

部队开始换防，哈木宰们驻守在渭南。渭南北面有一条大河，当地人称渭河，据说是姜太公钓鱼的那条河。渭南比较繁华，有一个把棉花打成包的工厂，厂内有一个很高的烟囱，汽笛就绑在烟囱上，工人上下班时，早晚就拉汽笛。

哈木宰每天望着那个大烟囱发呆。

这一天，大白天的汽笛突然响了起来，呜呜的汽笛声很快响彻满城。哈木宰看到人们在街上跑来跑去，乱成一团，有人喊："日本飞机来了，快进防空洞！"

骑兵部队没有防空洞，就待在房内不出去，哈木宰班驻扎在一个大院内，马就在院内空地上搭的凉棚中，从空中看不到战马。

韩来臣说："日奶奶，日本飞机像个骚情的麻母鸡，飞到空中不知道自己是谁了！"

谁也没吭声。这飞机可是吃人的。

过了一会儿，日本飞机没来，汽笛声又响了起来，与前次声音长短不一样，这是警报解除的意思。当地人说，尽管人们躲进了防空洞，但敌机照样还能轰炸，因为地上有汉奸。如果是晚上，他们用手电筒或火堆标示轰炸目标；如果是白天，他们就会用镜子反射光线，听说也抓了好几个汉奸。

哈木宰想不通，远在中国竟然还有人给日本鬼子卖命，打都没打就先投降，囊怂一个。哪边风大哪边跑，这类人最可怕，哈木宰痛恨汉奸，一到收拾汉奸伪军时，手中的折花战刀总是一点不留情、刀刀见血。

骑一师在渭南驻扎除了防守铁路线外，还维护地方秩序。1938 年中国抗日战争到了最艰苦的时候，沿陇海线到西安、渭南的伤病员很多，大街上都能看到各种伤员。

有的打着绷带吊着胳膊，有的头上包扎着厚厚的纱布，有的用纱布包着受伤的腿。一天，哈木宰看到一名伤员，他的一条腿给炸没了，靠拐杖在前面蹒跚着，脚上的鞋子已烂了，露出了大拇指。哈木宰连忙跑回营房，从包里拿出一双布鞋跑到大街上，可是那个伤员早已不知道去哪儿了。哈木宰望着街道出了半天神。这位伤员还能回去吗？回去还能像往常一样正常生活吗？

伤病员越来越多，他们成群结对地在大街上来来往往，进戏园不买票，买东西不给钱。马上就有命令发布下来，说是蒋委员长的命令，一定要讲秩序。

哈木宰对这里的军队感到很奇怪，他们崇拜蒋介石，一提到蒋委员长，赶快打个立正姿势，坐的人还要站起来。青海骑兵只见过马步芳主席，没见过蒋委员长，也没实行这套做法，可是隐隐地觉得如果蒋委员长抗日还算个儿子娃娃，他的命令骑兵们都会认真地执行。维持戏园的秩序成了重中之重，哈木宰、韩来臣和扎西负责维护一个秦腔戏团的秩序。

戏园里人来人往，老板给哈木宰几个人安排了一个最好的戏桌，还给他们准备了茶。听的时间长了，哈木宰也能听懂点秦腔，那扯破嗓子喊烂肺的唱法让哈木宰最过瘾。大西北人不善于表达，可这种唱法却最能表达心情，哪怕没有一个字的唱词，光那曲折回转的唱腔就像青海花儿，都是心情的表达。

哈木宰最喜欢的一出戏是《霸王别姬》，当演到乌江自刎时，全场鸦雀无声。哈木宰突然觉得自己就是那个楚霸王，大军压境，无路可走，他一遍又一遍地赶走他的大白马，可是大白马一次次地回来，而他最放心不下的是自己的媳妇。那种场景，那种氛围，那种结局，哪怕是见惯了白刀子进红刀子出的骑兵也是最不能决断的。

戏后，哈木宰几个人凑到一块儿聊天，说到楚霸王在江边应该如何做时，几个人争论起来。

韩来臣说："楚霸王也是个囊怂，如果是我，我先让虞姬跳河，然后骑上战马杀上几个垫背的，死在敌人的刀下还是烈士呢！"

哈比布说："如果是我，我骑着马托着虞姬直接跳进河里，生是一块儿来，死也一块儿走！"

扎西说："如果还能转世，我杀够了敌人，怎么死都可以，只希望留个全身，如有鹰能吃掉我的肉体，就更好！"

哈木宰说："如果是我，我要过江，再杀回来！"

韩来臣说："这不是夹着尾巴逃吗，还说儿子娃娃绊三绊呢！"

哈木宰急了，跟韩来臣争上了。正争论着，前面戏台前也有人争吵开了。

过去一看，原来是几个伤员没地方坐，直接坐到戏台上，使劲盯着花旦看。戏园老板怎么劝都不听，他们干脆躺在戏台子上了。

哈木宰赶紧站起来，走到戏台前，只见那几个伤员还在吵，哈木宰们劝他们下来，他们不听。其中一个看到哈木宰们只有五个人，就吵起来："老子在前线卖命时，你们躲在哪个女人的裤裆里呢！"

163

韩来臣说："谁躲在女人的裤裆里了？"

哈木宰连忙过去劝，被那个伤员打了一拳，半边脸肿了起来。哈木宰大吼一声："日奶奶，我是骑兵，我还怕你！"说着就把折花战刀抽了出来。

一听是青海骑兵，那些捣乱的伤员悄悄地摸下了戏台，溜向门口。看到伤员打着绷带的手、炸瞎的眼睛，哈木宰的心软了下来，把战刀插进刀鞘，把伤员叫到他们的桌子跟前坐好，他们几个远远地站在后边看。

此时舞台上的楚霸王正在江边犹豫不决。

哈木宰们又到妓院查汉奸，领队的是书记官，没带过兵。一到妓院，书记官让老板拿来登记本，一边看一边叫所有客人集合。所有客人集合全了，书记官开始问话，一般下级军官或士兵在回答时总会习惯性地打个立正，可是这时却遇到一个不打立正的军官。书记官向他问话，他态度傲慢，慢慢吞吞地不愿回答。

书记官很生气，打了那个军官一记耳光，军官怒气冲冲，喊了声"八十三师的人集合！"有人还吹了两下哨子，院里马上集合了三十多个人，有的还拿着手枪，而哈木宰们带着步枪，没有上子弹。有人喊："下了他们的枪！"他们把身旁两个骑兵的枪夺了过去。

书记官下令："人员散开，自卫！"哈木宰们一边拉开枪栓，装子弹，一边找有利地形隐蔽起来。哈木宰隐蔽在一间房里，几个女孩在他身后发抖。哈木宰站在门口，枪口朝外，大声喊道："谁要敢过来，我就开枪！"有人上前来抢枪，韩来臣朝天打了两枪，八十三师的人没敢过来。书记官派了两个士兵出去调部队，两个士兵端枪走出大门。八十三师的人自觉理亏，就喊了一声："八十三师的人回队！"走时还带走了两个骑兵。

连长知道后派人上报情况，带队伍全副武装跑步到现场，同时又让驻守的骑兵准备好马。这事已在渭南传开了，哈木宰们检查到哪里，哪里秩序井然。

回营房后，哈木宰连全副武装，不卸马鞍子待命。第二天下午，得到

折花战刀

通知，说是八十三师的人承认错误，要赔礼道歉，但要骑兵连的人自己领人去。经过师部协商，才知道八十三师的人怕报复不敢送人，最后是哈木宰领回了人。骑兵连查店时人员减少，每人右手握短枪，左胳膊架着战刀。渭南的秩序变好了不少。

陇海线上的列车一天比一天繁忙，前后列车的间隔时间越来越短，由东向西的火车装着难民和高档家具。由西向东的火车头是顺着走，而由东向西的火车头倒着走，这说明调转火车头的大站已被日本人占领了。

此后骑一师的驻防区一段一段地向东移，骑一师离敌占区越来越近。

11

春天降临了，不知不觉间榆树上长出了嫩芽，远远看去，树上罩了一层含羞脉脉的绿纱巾，马有路望着榆树发呆。

这天马有路正和同班的人在路边放马，远远跑来一匹马，那马跑得直喷飞沫。马有路骂道："都说四川人是方脑壳，我看青海人才方脑壳，牙长的路能把马跑成这个样子吗？"

来人一下马，就传达命令："各班紧急集合，有战事！"

一听这消息，大家纷纷上马。听到要战斗，一些老骑兵们兴奋起来，新兵们一脸紧张，有人半天骑不上马，老兵们就说："看这个怂样，吓得连马都骑不上了！"往南走的路上挤满了青海的骑兵。

路大多是山路，不好走，好多人爱惜马舍不得骑，牵着马走，鞋很快磨烂了。当地的集镇上到处售卖着野草编的鞋，两个铜板一双，这草鞋遇水很结实，马有路买了好几双，给马哈三也买了一双。

马有路专找有水的路走，一见水就把草鞋踩进水里，草鞋变得结实起来。全班的人也学马有路，见水就泡鞋，他们身后留下一道道水印。

马有路所在的三旅从陕西蓝田进入终南山区，又经过秦岭、蓝关、黑龙口一直到了商县。

三旅急行在西荆公路上，这条抗战时重要的物资运输大动脉现在人车罕至，公路上死气沉沉，哪怕有一辆车也是一晃而过。一到傍晚，公路上连条狗都看不见。

偶尔看到穿着黄坎甲怪模怪样的人提着刀在公路上走过。他们的黄坎甲上镶着黑边，画着太极图，手里提着刀剑，刀剑上贴着黄表纸。他们也不怕骑兵，甚至有人对着马有路们翻白眼。

"这些人是捉鬼的吗，怎么穿成唱戏的样子！"马哈三没见过这些人，问马有路。

"看他们的服装，可能是道士！"马有路也没见过。这些人在公路上大摇大摆地走来走去，而路上的行人一见他们就躲到路边的庄稼地里。

骑一师三旅驻扎在商县。由于受第八战区和西安行营的指挥，骑一师的供给受到了很大影响，吃不饱成了常事。马有路们的军饷已拖了两个月，一提起来，大家恨得牙根疼，可是还能怎样？人家不给，不可能天天吵着要，长官们心情也不好，弄不好还会带来杀身之祸。

此时有一个好消息，过两天将有一辆运军用物资的汽车过来，三旅可以吃个饱饭。可是过了四天，也不见从西安开过来的汽车。

全班的人等不急了，马哈三先骂起来了："想要马儿跑，又不叫马儿吃草，这叫什么日鬼事！"当下就去找营长，营长不在，说是被旅长叫去了。马哈三只好回到班里。

一会儿，有人吹起了骑兵集结号，大家匆匆忙忙地在院子里集中，紧张地等待着三旅旅长马秉忠。

只见马秉忠手里拿着一件黄坎甲，这黄坎甲大家眼熟，就是他们在路上遇到的那些道士的服装。

马秉忠说："大家看见这件衣服了吗？"

大家喊起来："见了！"

"妖道！妖道！这些妖道前天竟然在公路上抢了我们旅的汽车！"马秉忠说道。大家一片哗然。

马秉忠又说："这伙妖道有一千多人，日本人是这伙人的亲人老子，狗日的汉奸二转子①也野狐加狼②祸害百姓，他们骗善良的老百姓入伙，定宣德汉明元年为国号，刀剑上贴着黄表纸，称刀枪不入。在这条西荆公路上抢老百姓，还抢我们的军用物资。受军部命令，现在全部歼灭，一个不留，青海的儿子娃娃们，让你们骑兵的战刀尝尝敌人的鲜血吧！"

底下有人大声喊道："他们怎么抢了，怎么给我们还回来！我们青海的骑兵可不是囊怂！"

刚说着，就有特务连侦察骑兵打马而来，一进院子，翻身下马，到三旅旅长马秉忠跟前耳语了几句。马秉忠让大部队就地休息，任何人不得出去，随后召集三团、四团团长及各营长开会。

马哈三所在的三营二连负责正面进攻，一连迂回包围。马哈三们隐藏在离龙驹寨寨门不远的树林里，等待着骑兵冲锋号的吹响。

马哈三紧张地盯着寨门，门上插着一面花花绿绿的旗子，穿着黄坎甲的人手里拿着刀来回巡逻。

"嘀嘀达嘀达！"清晰地传来进攻的冲锋号声。马哈三打马跑出，大喊道："冲，天堂之门开了！"骑兵们紧跟在马哈三的战马后，马有路被这群马队裹着向前冲，身下的马兴奋起来，喘着粗气向寨门冲去。

就在这时，寨门方向突然响起了机枪声，空气里传过扑扑的子弹划过的声音，马有路旁边的一个人掉下了马。

马哈三说："散成两队，绕过寨门！"马有路紧跟着马哈三，快速绕

---

①二转子：青海方言，阴阳人的意思。

②野狐加狼：青海方言，比喻坏人相互勾结。

打花战刀

过寨门，骑兵们回头朝寨门扔了手榴弹，轰地一声，机枪哑了。

寨子的四周响起了喊杀声。

按照计划，马哈三的连完成攻击寨门之后再绕到寨后，隐藏在寨后的一条沟里，等敌人逃跑时再进行伏击。

等了半天，有人就忍耐不住了，说："日奶奶，像个婆娘一样躲着，让人难受！"

马哈三正要回头，就看见好几百的人像黄色的河流一样往这边跑来。他们一律穿着黄布裤褂，披头散发，手里拿着大刀长矛，嘴里念念有词，喊着："刀枪不入，刀枪不入！"

面对着骑兵他们竟然没有一丝害怕，只顾一个劲儿地往前冲，马哈三大声喊道："放下武器，举手投降！"连喊了三遍，他们毫不理睬，继续向前冲。马哈三说放枪，一阵排子枪放过去，有人相继倒下，这时那些人才清醒过来，发现并不是刀枪不入，掉头往回跑。

等这几百人跑到开阔地，马哈三喊道："列散兵线，出刀，正面进攻！"骑兵列成一横队，两头是机枪手。

马哈三喊道："冲！"一队纵队就冲过去，马队身后尘土滚滚，两边的机枪也响了起来。第一列马队冲过去后，地上躺了许多黄坎甲。

马有路列在第三纵队，他紧张地等着第二纵队冲过去。等两队骑兵冲过去后，地上的黄坎甲更多了，前两纵队又进行迂回包围。第三纵队的冲锋又开始了，虽然马有路也参加过战斗，但也不免紧张起来，高举着战刀，向那些惊惶失措的黄坎甲们冲去。快临近黄坎甲时，马有路对准了一个黄坎甲刺去，感觉脸上一道鲜血喷过，战马快速地穿过敌群，朝前方冲去。

几个来回，大部分黄坎甲倒在地上。一些人举着手跪在地上投降，一部分人向南边逃去。马哈三率队纵马向南边追去，惊惶失措的黄坎甲们跑进了一片开阔地。

马哈三骂道："这帮囊怂，往平地里跑，你两条腿能跑得过我四条

169

腿吗？"

只跑了几步就追上了，那些黄坎甲一见骑兵又追来了，机灵点的扔掉刀，跪在地上发抖。马哈三看到有些人杀红了眼，对跪着的人也挥起了刀，连忙喊道："用刀背砍！"

只一会儿时间，那些逃跑的人全投降了。这时龙驹寨方向冒出了浓烟，马哈三押着土匪回到龙驹寨，进攻龙驹寨的骑兵们正在清理战场。

这次战役是骑一师在进军陕西后的第一次胜仗，从此西荆公路平安无事，抗日运输线畅通无阻。

三旅又回防到潼关一带，听到三旅胜利的消息，骑一师全军为之振奋，哈木宰看到马哈三和马有路也安全回来，提起的心稍稍地放下来。想想这人的缘分也让人捉摸不透，当初马哈三利用马有路的红军身份，威胁哈木宰娶了马哈三的妹子赛力麦，哈木宰名正言顺地进了一个被设定的婚姻。哈木宰救了马有路，又把妹子哈力麦嫁给了他，可是马有路放着好好的日子不过，抛弃哈力麦逃了，这让哈木宰心里很不舒服，总是想着如何把这口气出到马有路身上。不是冤家不聚头，如今三人又在一块儿并肩作战，真是说不清道不明。

自从三旅到龙驹寨剿匪，哈木宰和韩来臣每天都向师部的传令兵打听着消息。马哈三和马有路的消息时刻牵动着哈木宰的心，自从一块儿出门开始，哈木宰对马哈三和马有路的态度就已经有了变化。

听到胜利的消息，马彪师长的心落了地，这一仗对骑一师至关重要。他太清楚这支远征军的状况，临走前马步芳换下了所有的精良武器。马彪清楚地记得马步芳的话："尕爸爸现在是骑一师的师长，到那边去军部会给你配更好的武器，这点好武器就留在青海守家吧！"想想也是，马彪答应了。没想到骑一师远离青海，困难重重，虽说是暂编骑兵第一师，因为不是蒋介石的嫡系部队，始终受到牵制和忽视，马步芳在青海又鞭长莫及。这时的骑一师真是龙离了水、虎离了山，军用物资和军饷时时克扣，部队

170

有怨言也无可奈何。

马彪也清楚他的这些骑兵，人为财死，鸟为食亡，他们可以饿着肚子打仗为你卖命，可是兔子逼急了也会咬三口。

龙驹寨剿匪胜利成为马彪师长跟军部讲条件的筹码，西安行辕蒋鼎文传令嘉奖。嘉奖令下来了，可是所给的物资仍然少得可怜，倒是青海大方，给部队送来许多生活物资。

三旅旅长马秉忠带来了胜利的消息，二旅旅长马禄又渡过风陵渡，杀日本鬼子杀出了名声。借着这点胜利，马彪师长决定开一个庆功会，地点就选在潼关隘口。他得到消息，不久之后，他们的部队将要开到河南，在河南战场上和日本鬼子刀对刀、枪对枪地干一场。

这是马彪师长多少年来所盼望的，也是到了报多年以前老仇的时候。

潼关隘口的风吹过来，马彪师长的胡子在风中一抖一抖的，他的脖子有点痒，他使劲抠了抠。看着骑兵部队在他面前集合，他想起了多年前的情景：大清的龙旗在风中啪啦啦地响，董福祥站着给他们训话，伯父的胡子也在风中飘动。多少年过去了，马彪师长跟着侄儿马步芳征战多年，现在日本人打进了中国，他开始对中国人打中国人的窝里斗有了厌倦。当马步芳让他带骑一师出去打日本鬼子时，他一口答应了。

骑兵全部到场了，白马一队，黑马一队，枣骝马一队，灰马一队，花马一队，在风中很是好看。

出了潼关隘口，就是中原。出了潼关，就是战场。马彪感到前所未有的沉重，这八千青海骑兵们能回去多少？想着南京失守与大屠杀，他心里没底，马步芳给了他一个烫手的洋芋，他只能捧着不能丢下。他想起了青海父老乡亲们拉着马车、骑着驴来西宁大校场送别的场面，那紧握的手，那无助的眼神，拽着马缰绳不放的手，让也有两个儿子的他感到钻心的痛，而且他也让两个儿子穿上了军装加入到骑一师。

面对着大军，面对着不能动摇的军心，他得说点什么。

"大家想家了吗？说实话，我想了。儿子娃娃绊三绊，儿子娃娃流血不流泪，我们从青海出来，不能丢青海人的脸。我们这次出来，不是为了升官，也不是为了发财，我们是为了整个国家、民族而来，就是为了杀日本鬼子，就是为了把鬼子赶出中国！杀日本鬼子是真任务，大家知道了我们的来因，应该知道如何努力，如何奋斗！惟有这样，才能对得起国家和民族。何日杀尽日本鬼子，何日就是国家独立和民族自由的时候！最后的胜利就在眼前，只要我们把死字顶在头上，成功便握在手中。老百姓是我们的父母兄弟、姑嫂姐妹，应该尊重、爱护他们，融洽军民关系，和他们打成一片，军民合作，共赴国难，完成抗战大业！"马彪师长一口气说完了这些话，他对自己刚才的口才非常满意。从小他跟着马麒父子打仗打到现在，扛着战刀在马背上到了胡子发白，虽文化水平有限，可今天他一溜一溜的话让他的老骑兵们听得一惊一乍的，部队的精气神很足。

趁着这股劲，马彪叫人拿来了笔和墨，在潼关隘口立了一块石碑，正式书写前，马彪先试着写了几个字："死字顶头上，成功握手上！"

石碑立起来了，马彪在石碑上写下了这几个大字，参谋长谢尔升捅了捅马彪，马彪一看，发现"握"字少了一点，又重重地加上了。

马彪说："出刀！"

整个骑兵唰地一声抽出了战刀，明晃晃的战刀在潼关的风中飒飒作响，马彪似乎又看到了光绪年间他们护送慈禧过黄河的情景。

听到青海送来了东西，哈木宰们高兴极了，家里人给他们捎来了东西。哈木宰连里的东西装在一个大包裹里，鼓鼓囊囊的。哈木宰收到了一包面其子，炒得脆生生的，他知道里面和了鸡蛋、牛奶，这东西在关键时候吃上几颗，能顶饿。

哈木宰又拿出厚厚的袜子和扎到一起的布鞋说："这婆娘，光知道做鞋做鞋，花上这功夫，还不如多给我炒点面其子呢！"

韩来臣说："嫌多呀，你不要我要！"边说边拿了几双。

哈木宰说："你这是见不得穷人烟囱里冒烟！"又扑过去抢来了。

全连除了哈比布和扎西外，每人都收到了家里的东西。

看着扎西落寞的样子，哈木宰把几双鞋塞到扎西包里。

哈木宰说："怎么，卓玛没给你寄点东西？"

扎西说："卓玛忙，顾不过来，她一天到晚放羊，没功夫做这东西。"

哈木宰听了点了点头。

哈比布也没收到家里的东西。哈比布帮大家分发寄来的东西，发到最后，布袋子里空荡荡的，哈比布拿着这个空袋子说："这是给我的！"

大家一看笑了。

哈比布说："笑什么，这个白布袋子可以用来做卡凡①！"大家沉默了。

哈比布笑着说："看把你们吓的，口唤到了谁也挡不住，口唤没到勾命天仙拉也拉不走！马彪师长都说了'死字顶头上，成功握手上'嘛！"

由赛尔阿訇刚进门，一听这话，乐了："哈比布，干脆你来当阿訇，你讲得很有道理嘛！"哈比布一看是由赛尔阿訇，笑着不说话。

韩来臣给哈比布分了点自己的东西。韩来臣私下对哈木宰说："你怎么这么小气，也给哈比布分点，哈比布的老妈妈是个麻眼睛，她哪能做布鞋！"

"你怎么不早说！"哈木宰捶了韩来臣一拳，又把一双鞋硬塞给哈比布。

这一夜，明晃晃的月亮透过窑洞门照进来，哈木宰发现扎西在通铺上翻过来翻过去地睡不着。不知为什么，哈木宰也睡不着，今晚的月亮又让他想起了卓玛，不知嫁给扎西的卓玛现在还好吗？但哈木宰从扎西的口中问不到关于卓玛的一丁点儿情况。一提起卓玛，扎西好像针刺似的，三句两句就把话题引得远远的。

哈木宰看着身旁的扎西，心里泛起了浓浓的醋意。一想到赛力麦，想到她在家里辛辛苦苦，哈木宰又觉得对不起她。

---

①卡凡：阿拉伯语，穆斯林去世后的裹尸布。

扎西突然坐起来，一把拉起哈木宰："说，卓玛有没有给你摸过她的乳房！"

哈木宰的睡意全没了，他望着怪怪的扎西："你是不是做梦着呀？"扎西摇了摇头。

扎西又说："你们回回是怎样救亡人的？"

哈木宰说："做礼拜，掌手祈祷！"

扎西说："你给我的一个朋友掌个手吧！"

哈木宰说："他去世了吗？"

扎西说："嗯！"

哈木宰就朝西摊开双掌，念叨着："真主啊，饶恕先去的人们吧！"

扎西又念了一段经。

扎西念完后对哈木宰说："这是《往生经》！"

12

潼关车站停着许多军列，满载着坦克、大炮、装甲车等武器装备，上面插满了柳树枝，一门高射炮炮口朝上，警惕地望着天空。

车站秩序很乱，成千上万的难民集中在车站上。哈木宰从没见过这样的场面，小孩们赤身露体，头发上沾满了草，坐在地上向人们要饭吃。一位老人紧闭着双眼，斜躺在地上，仿佛在跟死神讨论着什么。大多数中年人拖儿带女，领着全家在人群里惊惶失措地窜来窜去。好几节列车停在车站上，车上挤满了人，人们都不敢下车，一下车怕再也挤不上去了。这时大姑娘、小媳妇们的那点羞耻之心也顾不得了，当着男人们的面蹲下方便。

哈木宰恍然觉得这就是后世地狱的景象。

有些车厢里坐着穿长袍、手指上夹烟的男人和穿得体体面面的女人们，车厢里塞满了高档家具、大包小包、古董，其他人都说这些都是国民党的将军夫人们。哈木宰感慨万分，觉得马有路曾给他说过的一句话非常贴切："朱门酒肉臭，路有冻死骨。"

直到此时，骑一师的骑兵们仍没见过日本鬼子。

175

不少骑兵说："我们是来打日本鬼子的，不是来吃闲饭的。"有人就说："看这样子，马上会有鬼子可打，到时见到鬼子可别尿裤子！"

山西运城已陷落，日本鬼子在运城耀武扬威，不可一世。离骑一师最近的是山西芮城。骑兵极强的机动性，加上这些战马都是在青海高寒缺氧环境里训练出来的，到了内地氧气充足的地方，跑起来一点都感觉不到累。

在潼关驻扎了好多日子，不少士兵都喊着要打日本鬼子过过瘾，马彪师长也想渡过风陵渡，震慑一下山西的日本鬼子，经与副师长马元祥、上校参谋处长谢尔升、二旅旅长马禄、三旅旅长马秉忠商议后，决定发挥骑兵机动性强的优点，骚扰日军。

过潼关之后，部队驻扎到陕西与河南省边界，这时哈木宰又见到了黄河。比之兰州，这黄河浑浊了许多，水都变成了黄汤。

韩来臣一路直喊："真主呀！这就是我们循化淌下来的黄河吗？一年不见，都变成这个样子！"边说边不停地往河里看。

哈木宰的连住在一个叫杨家湾的村庄，村里吃水困难。离村很远的小山沟里有一口井，村里人赶着牛车去打水。井很深，据说有十八丈，村里人去时带着水箱，一根大麻绳，两个水桶。水桶是用荆条编成的，桶口上钉着铁圈和提梁，这种桶到井里能自动翻倒灌上水，吊法也有讲究，得一上一下吊上桶，要不然提不上水。

马是骑兵的命根子，骑兵们每到一个地方，先不张罗自己的事，而是照顾战马，给马搭马棚、找槽、饮水。杨家湾的井远，害苦了这些骑兵们。

为了打水，哈木宰们做了分工，十八丈的大麻绳一个人轻易拿不动，麻绳浸水后变得无比沉重，得两个人同时摇辘轳。拉一趟水回来，人也散了架。这里天气热，战马的饮水量惊人，拉回的那点水根本不够马喝。

哈木宰拉了两趟水，最后一趟时，日头已落到了西边。从离开家乡开始，他们一直往东走，从青海层层叠叠的大山一下子来到大平原，哈木宰没有了方向感。由赛尔阿訇拿出一个铜勺样的东西，拨一下铜勺，找出南北，再找出东西。

哈木宰没见过这种东西，把它拨得嘟噜噜转，班里的一个汉族士兵笑着说这叫罗盘，还说他们的风水先生就是用这个来看风水、测方位的。到后来，由赛尔阿訇拿着罗盘很不方便，马秉忠旅长就给他找了一个军用指南针，方便多了。

此时日头就落在山顶的那两棵树后，那两棵树在夕阳中像两个相依为命的老人。望着望着，哈木宰和韩来臣眼里涌出了泪花。

韩来臣说："我们在这里念段经，为家乡的父母祈祷吧！"

驮马也安静下来，不再把它的脖子在车辕上蹭来蹭去的，看着两人跪向西边，掌起的双手久久不落，夕阳把他们的影子拉得很长很长。

黄河北面就是山西省，那绵延数里的就是中条山，八路军和阎锡山联合起来在那里与日本鬼子打了著名的中条山战役，但山西还是沦陷了。

黄河南面是河南，骑兵驻扎在风陵渡下游不远的地方，那儿有一个渡口，渡口上修了一个钢筋水泥碉堡。哈木宰就在这里守卫，查禁日货，防备鬼子。

渡口上只有一个小木船，三米多长，一米多宽，一头尖一头平，像尖头皮鞋，中间有一空档，船主就在中间划桨。哈木宰们检查过往客人的物品，查到违禁品时，有的没收，有的销毁。有时查到大烟土，没收上交。后来韩来臣给哈木宰说："下回查到大烟土时一定给自己留点，因为上交的大烟土全被军官们装进腰包了。"从此哈木宰对查禁失去了兴趣，一门心思想着与日本鬼子干一场。

黄河之水天上来，奔流到海不复回。奔腾的黄河一到潼关，折向东流，水势也温顺了许多，河面宽得一眼望不到边。

1938 年，陕西、河南天旱少雨，黄河流量减小，失去了往日的威力。山西芮城就在黄河的对面，要渡过黄河，风陵渡渡口是必经之路。而骑兵目标大，日军在空中又占有绝对优势，骑兵突袭难免暴露目标，为此三旅旅长马秉忠颇费了一番心思。这天他和当地老乡聊天，那位老乡说今年黄河水小，有一条浅浅的水路可以过黄河，马秉忠心中一动，但没说什么。一不做二不休，马秉忠决定从这条水路过，把当地向导请进了兵营，好饭款待，一来保密，二来答谢。

渡河时间定在早晨，马哈三连先过河。听说要过黄河打鬼子，大家兴奋起来，可马哈三这样的老骑兵们平静得像块石头，看不出一点表情，但一些新兵们失眠了。

第二天早晨马哈三连每人端来一碗熬肉菜，上面放了一大块羊肉算是饯行。驻防期间大家都忍饥挨饿，没吃过一顿饱饭，一看到有羊肉，三下五除二就吃完了，有人还仔细地舔净了碗。

吃完饭后，在牵马老乡的引导下，三旅骑兵连向黄河走去。天还未大亮，黄河倒映着天空淡淡的光，明晃晃的像一面巨大的镜子，从这边望去一眼望不到边，听说要下水走过去，有些人偷偷地落到最后。

"脱衣，下水！"马哈三下了命令。

天气还是有点冷，但比起青海的冷，这点冷已算不上什么，手脚麻利的人很快就脱光了衣服，又把衣服、被褥、子弹带等牢牢地捆在马鞍上，枪口一律朝下倒背在肩上。

引路的老乡拉着一匹马走在前面，后面的士兵左手拽着前马的尾巴，右手拉着自己战马的缰绳，依次下了河。

尽管提前用水擦了腿，马哈三把脚放进水里，还是不由地哆嗦了一下。那些生活在东乡旱地的骑兵没见过黄河，一见黄河水就头晕，一个人还差点滑进水去。

马哈三大喊："拉紧马尾巴，拉紧缰绳，要看河水，看前面的马！这个驴日的，你睁大狗眼了往前看！"马哈三看到一个骑兵低着头看水就大声骂起来。

河水有深有浅，深处探不到底，浅处脚能踩到河底的石头。

黄乎乎的黄河水在身边慢慢流过，不急不缓，除了这个地方，下游的漩涡一个接一个。

"想活命的，看前面的马尾巴！"马哈三又喊起来。此时马的后身全浸在水里，而马头始终仰在水面上，马有路紧张地拽着前马的尾巴，他不敢回头看自己的马，只听到身后战马的鼻孔中扑噜扑噜地向外喷气，在水中马的前蹄还碰到马有路的腿。

上岸时马有路才看见已上岸的人马，这时回头才发现后面的人马不是直线过来，而是被水带着斜线过来的。

连队用了一个小时，才全部到了岸上。日头升到一树高，黄河的颜色在日头的映照下亮晃晃地耀着人眼。连队一过完河，马上开始整理衣服和武器。

黄河北岸寥无人烟，一片荒芜。在河北岸，大家看到一片盛开的罂粟花，轻风吹过飘来一阵阵香气。

早年青海也兴起过禁烟运动，马哈三见过许多大烟鬼，人不人鬼不鬼的。因为憎恨这些大烟花，他先纵马在地里跑了一趟，马似乎也被这香气熏得忘乎所以，在大烟花里疯狂地跑了起来。看到连长在地里跑，所有的战马都在大烟花地里跑起来，几个来回，大烟花地全踩平了。

马哈三害怕遭遇敌军，便召集骑兵一阵急行军。连部到了一个村庄，先隐藏在一条沟里，派一个侦察兵去侦察，发现村庄没有人。

马哈三望着被烧的村庄，怒火一点一点地生起来。到处是破败，村庄房顶上长满了草，好几家的大门都掉下来了，门扇平躺在大门口，院子里长满了野草。

马哈三安排了四个哨兵站在村子四角，利用土墙做了掩体，在主要道路上挖了深深的壕沟，并在村子的最高点安排了机枪手，这才命令大家在村子里驻扎下来。战马目标大，怕被鬼子飞机侦察到，就找了片树林把战马分散在树林里，茂密的树叶挡住了战马。

马哈三驻扎下来后，就想立刻纵马去攻击鬼子，马有路提出了反对意见。他说："现在日本鬼子有飞机，又有大炮，还有汽车，我们这样去目标大，在平原作战马会吃亏，不如我们白天休息，晚上偷袭！"

马哈三仔细一想，觉得马有路的话说得有理，不少骑兵也这样认为，马哈三就让大家休息，等待天黑。

到了傍晚，吃完饭后大家喂好马，扎紧马鞍，等着天色一点点地黑下去。

马哈三领了两拨人，沿着土路一阵急行军。训练过的战马以常步的行进速度前进着，不久远远地看到芮城上的灯火。

马哈三派了几个人把战马拉到深沟里藏起来，他们各自拿着枪往城墙下面走。马哈三的枪法准，一枪就把鬼子炮楼上的灯给打碎了，又开了一枪，一个鬼子从炮楼上栽下来，其他人的枪也呼呼呼地朝城头打了起来。城头上的鬼子慌了，连忙往暗处躲，站稳阵脚后又不知道敌人的方向，只好朝四面八方开枪，一时间三八大盖的声音压倒了骑兵的汉阳造。激烈的枪声让鬼子更加坚信外面的人是来攻城的，不敢大意，一个劲地往外打枪。

等鬼子的子弹消耗得差不多了，马哈三一个手势，大家朝深沟摸过去，拉出自己的战马，及时撤回到村庄。

白天马哈三让哨兵加强警戒，骑兵们睡觉休息，为防止白天做饭冒烟暴露目标，马哈三让炊事员在清晨或晚上做饭，中午不生烟火。

晚上马哈三派马有路领了另一队人马去骚扰芮城，一来二去搅得鬼子无法休息，白天也不敢大意。过了两天，旅长马秉忠又换了一连骑兵过来，马哈三们撤回到潼关。

因为害怕三旅会攻城，芮城的鬼子每天高吊吊桥，紧闭城门，只在下午开半扇门，从城里往外运垃圾和粪便，再把水和吃的运进城里。

偷袭了几回，马哈三连的骑兵觉得不过瘾，都说在晚上偷偷摸摸的打没见着鬼子，不解气，想白天去打一仗。

等到哈木宰的连过去后，芮城的鬼子已如惊弓之鸟，一到晚上就把探照灯开得雪亮，一见黑影就打枪，城墙上巡逻的人数也增多，彼此间的口令此起彼伏。

骑一师又接到新任务，离开了杨家湾，经过陕县、陕州、灵宝等地，逐渐往东走，到河南那边作战。一到河南，哈木宰觉得像是骑马走进了一个蒸笼，一个巨大无比的蒸笼。四周见不到山，只有平坦的地，偶尔见到一些树荫底下的村庄，骑在马上真心盼望着风吹过来。风终于来了，树摆起来了，可是这无尽的热风呼地一下就把人给蒸熟了。

走在这样的蒸笼里，汗像喷泉一样不停地冒出来，马气喘吁吁，马身也变成了火蒸笼，哈木宰的思路似乎也停了下来。想想青海的夏天，哈木宰觉得真热得受不了，总想钻到水里，不过与这里的热一比较，青海夏天不过是这里的春天而已。

扎西大张着鼻孔，呼吸艰难，似乎要把身体里的热量全部排出去。韩来臣一见水就伸手洗，顺便把水撩到脸上。这个滚烫的平原，什么东西都是热的。骑兵们每到一个地方，先找大树，把战马拉到树荫底下，宁愿人在大日头底下晒，也要让战马站在阴凉处。

终于等来了军饷，哈木宰拿着军饷到药店买药，药店里有专门灌马的药，有清热散、清肺散。哈木宰发现这清肺散药真好，给大白马灌后不久，大白马的毛就开始发亮。为了消夏，哈木宰按照军医的话用热水不断地清洗马鬃和马尾巴。

哈木宰病倒了！整天不想吃饭，不想说话，更不愿听到任何声音，浑身也没有劲，病一天比一天重，力气一天比一天少。躺在炕上，哈木宰觉得一个罩子罩在他头上，把他与外界的联系全切断了，他只想睡，一睡下就不想起来。

他梦见了父亲，父亲正笑眯眯地向他走来，说是有事情要出门去。又梦见了爷爷，赛力麦把儿子的小手放到他手上，软软的，捏一捏还能感受到小手的温度。

大草原向他飘来，他和扎西骑着马在草原上奔跑，也不知什么时候旁边突然多了一个人，一回头，竟然是卓玛，她朝他嫣然一笑，一加鞭就跑到前面去了。

这时他突然听到大白马的叫声，哈木宰缓缓睁开眼睛，身边围着韩来臣、扎西，还有哈比布和由赛尔阿訇，由赛尔阿訇手里拿着一本古兰经。

哈木宰说："我这是怎么了？"

扎西说："你睡了三天三夜。"

旁边站着一位中医，看了看哈木宰的脸，又把把脉，才缓缓地点点头，说："没事了！好好睡几天！"

韩来臣风趣地说："你再不醒来，由赛尔阿訇就要给你念亚辛章了，看来取命天仙给你走后门了！"

大家都笑了。

哈木宰说："我的大白马呢？"

扎西说："受热，病了！"

韩来臣说："只是受了点风热，你病了的第二天大白马也病了，还好军医石景堂给马放了血灌了药，没啥事了！"边说边瞅扎西。

扎西低下了头。

缓了两天，哈木宰好点了，能扶着墙慢慢走了，但他还是觉得腰里没力气，腿上使不出劲儿。他慢慢走到马房去看大白马，大白马一见他，大声叫起来，使劲把头伸过来，把哈木宰蹭得直摇晃。

过了两天，哈木宰发现班里少了两个人，一个是东峡老虎口的汉族兄弟，一个是良教乡的回族兄弟，一问才知道他们都去世了。

原来这病叫"打摆子"。一发病就会有时序地发冷、发热，一天发一次，也有隔天发一次的，隔天发一次的更严重。冷时从心里冷到全身，盖多少

折花战刀

被都没有用，一个小时后转为发热，大汗淋漓。时间一长人就面黄肌瘦，免疫力下降。

据说两个人都是得这种病去世的，还没有上战场就有两个兄弟走了，顿时让哈木宰感觉人活一世还不如一根草，可是草还留有根，人除了留下的善事外，什么都没有。

哈木宰突然想起他还欠这个去世的回族兄弟一块钱，顿时着急起来。由赛尔阿訇说："没关系，你把钱舍散给穷人就行了！"哈木宰把钱舍散给当地一户老乡才安稳下来。

从此之后，哈木宰一借钱就尽快还掉。战争年代，谁也不能保证第二天就能见到太阳。

13

掐指算算，哈木宰走了一年，赛力麦却感觉自己活了一辈子。

赛力麦托人给哈木宰写信，却只收到过一封报平安的信。

等庄稼长出一拃时，哈木宰的父亲急着去赶集。买了点东西，正要往家里走，突然来了一帮骑兵，他们一下马就挑年轻的抓。哈木宰的父亲躲闪不及，就被抓了起来。原来，大通煤窑归马步芳了，缺挖煤的苦力，到处抓煤兵，哈木宰父亲被抓成煤兵了。

铁匠爷到处打听，等打听到时，哈木宰的父亲已在煤窑里干了一个多月。

铁匠爷和全家人去看他，他刚从煤窑里钻出来，一身黑煤，张开嘴时，露出白瓷瓷的牙来。看着儿子拖着疲惫的身体走到跟前，铁匠爷心痛得想哭。怎么啥事都让他遇到了，先是两个孙子被抓上了战场，后来儿子又被抓到煤窑上了。青海人把吃粮人叫"死了还没埋"，把煤兵叫"埋了还没死"，想着想着铁匠爷觉得已失去了活下去的勇气。

哈木宰父亲一定是饿坏了，一见他们先问："有没有带馍馍？"

看着儿子连嘴都没擦，三口就把馒头吞了下去，铁匠爷老泪纵横："这不行，我得去找找马秉忠的父亲，找找关系去，我不能让你再下煤窑！"

第二天，铁匠爷去了趟后子河，找马秉忠的父亲，顺便打听哈木宰、马有路的消息。事也不凑巧，铁匠爷刚走到半路，车轮坏了，等他修好赶到花园台时，马秉忠的父亲有事出去了。

为不打扰马秉忠的家人，铁匠爷只好在马车上搭了布棚，睡在门外的马车上等。第三天晚上，天气阴沉沉的，到了半夜突然下起了大雨，雨水顺着布棚的小洞淌了进来，铁匠爷受了点风寒。

第四天，马秉忠的父亲终于回来了，看到铁匠爷正蜷缩在马车上，连忙叫人把铁匠爷叫进去。铁匠爷把儿子被抓当煤兵的事告诉了马秉忠的父亲，马秉忠的父亲说："这些人也太不像话了，家里已有了一个吃粮人，怎么还抓煤兵呀！老哥，你也要着急，算起来我和马矿务有点交情，我去向他求个情，或许能顶事！你先在我家等半天，我这就进西宁城给马矿务说情去！"

铁匠爷等在马秉忠家，呆了半天又不好意思，就坐在大门外看马秉忠的父亲从河州移过来的牡丹花。那些牡丹花真是俊极了，一层一层地往外开，引得无数蜜蜂在上面嗡嗡嗡地闹腾。

铁匠爷终于等来了马秉忠的父亲。马秉忠的父亲一见他就喊："好事，好事，马矿务给煤矿打电话了，明天就放人，你今晚安安心心地在这儿住一晚上！"

听到儿子的事有了着落，铁匠爷的心安稳下来，和马秉忠的父亲聊了半夜。也听到了哈木宰们驻扎在河南的消息。

天空刚露出一点鱼肚白，铁匠爷就心急火燎地驾着马车离开了花园台，直接回家，他到村口时日头已落山了。

马车的嘎吱声响了一庄子，铁匠爷隐隐地听到了哭声，他边走边想，这又是谁家的男人打媳妇，吵得村庄都不安稳。

离家越来越近，哭声也越来越大，铁匠爷的心不由得揪起来。

铁匠爷把车赶进家时，只见院子里站满了人，大家表情沉重，有人接过他手中的缰绳，把他引向北房。他冲进房门时，只见面柜底下已摆放了一个木床，木床上铺着一层毡，毡上铺了一层黄土，黄土上躺着一个黑不溜秋的人。

那是他的儿子！

哈木宰的奶奶一见到他，就揪住他的胡子哭喊："你这个老不死的，我让你去救儿子，你倒好，躲得远远的！"

铁匠爷浑身发抖，真是毛线细处断哩！铁匠爷一屁股坐在地上，回头说了一句："让家里人嫑哭，嫑让亡人惊恐！"

号哭声渐渐小了下来。

村里人这才说了情况。当时煤矿已接到了马矿务的电话，哈木宰的父亲正准备往回走，走到一条煤巷时，突然发生了冒顶，哈木宰的父亲埋在了煤堆中。

如果是一般的煤兵，煤窑上不会管，给点埋葬费就完事了。因为哈木宰的父亲是马矿务打过电话的，矿上的才叫人挖出了他，可挖出来时人已没了。

铁匠爷一夜之间头发白了一半。

早晨时，铁匠爷给儿子去上坟，牙长的一点路，他觉得走不动了，一路上休息了好几回。没有儿子，他的底气消失得干干净净的了。年轻时当他听到生了儿子后，觉得自己的力量不知从什么地方源源不断地涌出来，干什么都有力量，打铁时力气嘭嘭地往外冒。可如今儿子一走，他的心空落落的，一下子没有脊梁骨了。

想开点，还有孙子哈木宰呀。有人小声地提醒着。铁匠爷这才打起精神，可是想到哈木宰在战场上生死未卜，老人的心又一点点地凉了下来。现在他唯一能做的就是祈祷。

时间快得真是无法预料，转眼过了两个月。一天，哈木宰的母亲突然叫来了赛力麦和哈力麦。

哈木宰的母亲抱了抱两个孙子，又捏了捏他们的脸蛋说："这两天我胸闷，气憋得喘不过来，心跳得像打鼓！"

哈力麦一听急了："我给阿爷说给，叫个大夫看看！"说完就出去了。

哈木宰的母亲对赛力麦说："你嫁给哈木宰时间也长了，我一直把你当女儿看，我这个病恐怕是不好的病，这两天我一直梦见你父亲叫我去一个地方，那个地方修得真好。"

赛力麦说："阿妈你不要乱说，你会好的！"

哈木宰的母亲说："我知道自己的病，现在家里老的老小的小，哈力麦还不顶事，家里就全靠你了。这两天你把我所有的衣服洗得干干净净，如果哪一天我不行了，给我换身干干净净的衣裳，戴上我出嫁时的银耳坠、银簪子。如果我走了，你留下银簪子，银耳坠留给哈力麦，把我的那些干净衣服全送给没牙阿奶，她没儿没女的。你把你阿妈也接到我们家，我们女人一辈子不容易！你要等哈木宰回来……"

赛力麦用纱巾捂住了嘴。

大夫来了，给哈木宰的母亲把了脉，又看了看脸色，点了点头，给铁匠爷说："恐怕是心脏病，这两天你注意着点！"

大夫边说边摇了摇头。

话已说到这个份儿上了，铁匠爷只好到集上给儿媳妇买白布做卡凡。铁匠爷没敢把这话告诉老伴儿。

半个月后，哈木宰父亲新坟旁边又添了一座坟，那就是哈木宰的母亲的坟。直到此时，哈木宰都没得到一点消息。

14

1938 年 5 月 15 日，日军占领了徐州，日军土肥原贤二率第十四师团约 2 万人强渡了黄河，目的是阻止第一战区的援军增援徐州。这样第十四师团在陇海线附近形成了孤军深入之态势。蒋介石匆匆飞往郑州程潜第一战区指挥部，决定亲自指挥豫东战役。此时豫东中国军队有六个军 12 万人包围了土肥原贤二一个师团 2 万人，程潜积极进行作战部署，称"就是吃也能把土肥原贤二吃掉"。

1938 年 5 月 23 日，土肥原贤二开始突围，并把进攻的重点放在了兰封，蒋介石的嫡系部队桂永清所部全线溃退，兰封失守。守商丘的第八军黄杰所部又不战而逃。蒋介石的两支嫡系部队不听指挥，临阵脱逃，彻底打乱了程潜的战略部署，歼灭土肥原贤二的宝贵战机被葬送。

马彪师长于是派遣第二旅旅长马禄先过风陵渡，与罗奇师、刘汝明军、冯治安军、黄杰军之一部、沈克师、张占魁骑兵旅驻扎在平汉线以东，与各当面之日军保持接触，极力牵制着日军西犯。

马禄的二旅骑兵在开封以东，兰封、商丘一带，纵横驰骋于兰封战役。青海骑兵以快速的反应、精湛的骑术，来往追击日军。加上二旅的战马都是青海跑马，耐力好，速度快，像风一样出现，又像风一样消失，让日军防不胜防。兰封会战虽然失败了，可是马禄的骑二旅却在这场战役中大显身手，战绩显著，使西北铁骑的声名大振。

马禄正带领骑兵奋战之时，忽奉第八战区指挥部紧急电示，退守郑州以西待命。

1938年6月3日，土肥原贤二猛攻开封。1938年6月9日凌晨，蒋介石命令程潜在花园口掘黄河大堤以御日寇，花园口决口后，黄河水顺着贾鲁河迅速下泄。第二天黄河中上游普降暴雨，黄河水量猛增，花园口决口处被冲大，同时淤塞的赵口也被大水冲开。赵口和花园口两股水流汇合后，贾鲁河开始外溢，漫溢的河水冲断了陇海铁路，浩浩荡荡地向豫东南流去，淹没了中牟、尉氏、扶沟、西华、淮阳等地，又经颍河、西沺河注入蚌埠上游的淮河，淹没了淮河的堤岸，冲断了蚌埠附近的淮河铁路大桥。蚌埠向北经曹老集至宿县，也都成了一片汪洋。

黄河决堤给日军带来的重创不仅仅表现在占领区的缩小和部队减员上，更为深远的影响是日军预期的进攻路线被打破。中日双方沿着黄泛区边界开始了东西对峙，依赖机械化军事装备进攻陇海线和平汉线的日军被迫改变原来沿铁路线西进南下的战略，把部队从豫东尉氏、中牟、秣陵、通许、陈留、杞县等地向东撤退，转移、集结到以商丘、徐州为中心的豫皖苏交界地带。从郑州斜贯东南，穿越豫东大平原的新黄河就成为新的军事分界线，把日军阻隔在黄泛区的东面，一直相持到1944年日本发动打通大陆交通线的战役。

1938年夏天，因马禄二旅声名在外，国民党又从甘肃武威骑五军马步青部抽调了两个骑兵旅，与马禄原二旅合编为中央陆军骑兵暂编第二师，由马禄担任师长，归胡宗南指挥，驻防在陕北铜川一带。同时青海马步芳增补一个骑兵旅，以补马禄旅的空缺，称为暂编骑一师第三旅，旅长由孟全禄担任，副旅长由马夺魁担任。原马秉忠被编为第二旅，马元祥旅仍为第一旅。

1938 年，蒋介石电令马彪师与原驻咸阳地区的东北军骑兵第二军何柱国部（辖三、六师），出潼关到河南驻守郑州东北花园口，加强郑州东南尉氏、洧川、鄢陵、扶沟、西华一带黄泛区河防守备。暂编骑一师司令部先驻扎在许昌塔湾，后又驻扎在许昌五女店，归郑州第三集团军总司令孙桐萱指挥。

骑一师一团驻扎在扶沟一带，二团驻扎在商水，重点驻守周口。哈木宰部驻扎在新黄河边上的扶沟一带，把守着每一个渡口，驻守河防。河西这边是骑一师，河东那边是通许、太康地区两千多兵力的日伪军曹拾义部。

秋天到了，黄叶纷飞。按照伊历，1938 年封斋时间是阳历十月，骑一师中的穆斯林开始封斋，各班炊事员也开始忙碌起来。每天清晨邦克一念，哈木宰就早早爬起来，给炊事员帮忙。

河南也为酷热之地，斋封到下午 5 点钟左右时，口干舌燥，几乎让哈木宰虚脱。哈木宰们尽量少活动，努力地适应着河南的酷热天气。

一些汉族士兵怕受责备也跟着封斋，不吃不喝一直到傍晚。看着班里汉族士兵起皮的嘴角，哈木宰和韩来臣就去找旅长马秉忠，把这些情况反映给了他，还说了汉族士兵的顾虑。

马秉忠一听就说："部队里从来没有这样的规定，只是穆斯林封斋呀！我去给师部汇报一下去！"

后来命令下来了，汉族、藏族士兵一律不封斋，生活饮食照常。命令下来了，一些人松了一口气，可还是有人跟着封斋，看着这些人哈木宰不由地佩服起来。

11 月 11 日开斋，各班里竟然还分到了点羊肉，据说是从青海快马送过来的，这让好久没吃羊肉的青海骑兵们高兴极了。肉很少，也都有点异味了，但大家还是把每一根骨头吃得干干净净的，有的甚至还把骨头珍藏起来。

哈木宰对扎西开玩笑说："都说你们藏族吃肉吃得干净，看看，我吃的骨头干不干净！"

扎西说："有本事你留一点肉试试！"

哈木宰说："哪里有留的肉，这点肉都不够我塞牙缝呢！"末了，哈木宰还是把自己的一块肉捞给了扎西，扎西眼圈红了起来。

开斋节一过，十一月底，天气突然冷起来，大家纷纷拿出了皮袄，把皮袄放在日头底下晒，晒得满院子都是羊皮的味道。哈木宰翻看皮袄，检查着他的皮袄上有没有虱子，韩来臣神神秘秘地来到他跟前，看看四周无人，就说："知道不，那个瞎怂马元林叛逃了！"

"听说就在昨晚还杀了人！"正说着，部队就吹起了紧急集合号。

今天的气氛果然不一样，周围都有带枪的士兵把守，马彪师长气得脸都白了，他说："弟兄们！我们离开青海，到这里干什么来了？"

大家齐声回答："抗日！"

马彪师长说："有些人不一样，他们是想来当官的。就在昨天晚上，马元林这个驴日的跑了，听说河对面的二转子日伪军曹拾义要给他当个团长。跑就跑了，他还枪杀了二营营长马尚成、连长宗华林和四名传令兵，挟持三十二名士兵渡河叛变。这个驴日的是个二转子，就是下地狱的料，听我命令，谁要提着马元林的头，我重重有赏！解散！"

寒冷的空气正从北方飘过来，河南地界被一片冷气笼罩，新黄河上不时看到一两块冰块。

马元林的叛变，让骑一师遭遇了一次寒冬般的洗礼。骑一师的部队马上换防，一个连队驻扎一个村，分别驻扎在白马庙、尹郭、北槽、南槽、马立厢、韩四营、因果寨等八个沿河村寨。

哈木宰的连驻扎在最南面的村。黄河决口后，从渡口望去，对面一片

191

汪洋，看不到边际。

这天轮到扎西站岗，他紧张地盯着黑乎乎的渡口。寒风吹得树林哗啦啦响，从新黄河上吹来的风硬得能钻到屁股里，那寒风专往人骨头缝里钻。到后半夜时，寒冷加剧，连扎西都受不住了，悄悄地在渡口边点起一小堆火。手和脚刚暖和起来，就见对面天空升起了一颗红色信号弹，紧接着白马庙、韩四营等七个有渡口的村寨方向响起了激烈的枪声。

扎西连忙往渡口跑，跑到一半就看见另一名哨兵已倒在地上，黄河河面上漂着许多橡皮船，在夜色里模模糊糊看不清楚，一个接一个的黑影从橡皮船上下来，往村子方向摸过来。

扎西连忙鸣枪。全营立刻进入紧急状态，号兵吹起了集合号，一部分人去牵马，一部分人去拿枪，哈木宰当了副班长，跟在马班长身后。

这时曹拾义的部队已从八个村庄同时突破了防线。马班长下了命令："敌人靠近了再打！哪一个驴日的要逃跑，我的枪子儿不长眼！"

日伪军一个一个慢慢走过来，看到前方没有动静，就小跑起来。腾腾的脚步让新兵们的心狂跳不已，渐渐地日军戴头盔的模样出现在眼前，也并不像传说中的那样厉害。

哈木宰看到日伪军的帽子在月光下一闪一闪的。近了，近了，再几步似乎就能踩到哈木宰的头了。

马班长喊了一声："打！"

一时间枪声大作，日伪军倒下了一片。日军的作战能力就是强，马上卧倒在地，开始单兵作战。一部分伪军想溜，在日军的呵斥下乖乖地留下来进行正面攻击，一部分日伪军分成两队从左右两边包抄过来。

马班长对哈木宰说："我掩护，你带人吹冲锋号！"

马班长又说："机枪狠狠地打！"

哈木宰退到拉马的地方，号兵吹起了冲锋号，马一听到冲锋号，顿时精神起来，跟着拉马人来到阵地上。

机枪手骑到战马上，架起了机枪托架。哈木宰在后面等着第二声冲锋号，可是前面没动静了，紧接着有人把马班长抬过来，马班长已中弹牺牲了。

连长命令哈木宰担任班长。看着蜂涌而来的敌军，哈木宰让骑兵们后撤，退到一个开阔地，再建立一个阵地来吸引敌人。哈木宰领着一队骑兵进行迂回包抄，日伪军逐渐走到了开阔地。

哈木宰喊了一声："天堂之门开了！"喊罢抽出折花战刀，大白马纵身跳起来，后面的骑兵抽出战刀冲了过去。日伪军没想到骑兵会从身后攻来，腹背受敌，慌乱起来，这正中骑兵的下怀。

哈木宰的大白马跑得快，追到一个伪军时，哈木宰把折花战刀平举过去，对准那人的脖子，只听噗的一声，哈木宰立刻感觉到一股黏乎乎的东西溅到了他脸上，一阵无比的恶心从胃里泛上来。哈木宰挥过战刀之后，微微发抖，这是他第一次杀人，不由回头一看，那人的头还在地上打转转，那脸在月光下无比惨白。哈木宰感觉那头就从后面冷冷地看着他，没有表情，没有愤怒。

一轮冲锋过后，日伪军倒下了一大片。哈木宰身后突然响起了日军的机枪声，他回头一看，大批的日伪军正往渡口涌来。不少战马倒在机枪声中，哈木宰命令骑兵后撤。

这时白马庙、韩四营方向火光冲天，曹拾义部两千多人已偷渡抢占了八个村寨。

日伪军扬言"皇军"即将西进夺取洛阳。八个村寨一时告急，敌我兵力悬殊，一些骑兵还在用长矛追杀着日军，这在近身作战中非常有效，可是距离一远，劣势就出来了。

骑一师军部一片忙乱，马彪师长一边命令骑兵撤退，一边电告洛阳求援。听到消息，第一战区长官部立即派庞炳勋两个师开到郑州等地，准备堵击来犯敌军。

窗外寒风怒号，树枝乱动，马彪着急地等待着援军的到来。

"报告！两个师的援兵在离我们二百多里处停下了！"

"停下了？日奶奶，我这边急得要跳河，他停下做什么？电报催促！"

电报打了好几次，可那边毫无动静。

马彪师长急了："日奶奶，看样子是见死不救，有这么打仗的兵吗！"

"急电洛阳！"电报发了一遍又一遍，就是毫无动静，马彪师长气得摔了帽子："一帮囊怂软蛋，见死不救，求人不如求己！"立即叫来三个旅长开会。

窗外天气突变，寒风一阵紧似一阵，渐渐地天上扬起了雪籽，接着这雪籽变成了雪片，飘着飘着，雪片越来越大，整个村庄全罩在雪片当中。

马彪师长把庞炳勋的两个师停止不前的消息告诉了大家，大家纷纷骂了起来："这明摆着是专门整我们青海的骑兵，欺负我们是杂牌军，借日本人的手除掉我们，开到二百里处看我们骑一师的笑话！"大家七嘴八舌说了一堆。

马彪师长沉默下来，走到窗前，窗外的鹅毛大雪被风吹得到处都是，一片雪花慢悠悠地飞过来，飘进了木格子窗户。哨兵的白板皮袄上落满了雪花，一会儿时间哨兵变成了雪人。看着这雪人，马彪有了主意。

马彪师长说："求人不如求己，现在天气寒冷，扬风加雪，对日本人不利，对我们青海骑兵来说，这点寒冷算个球，不如豁出老命拼一把，毁了拉倒埋掉。"

听了这话，参谋长谢尔升觉得有理。大家纷纷发表意见，最后决定派两个旅收复八个村寨。

当下命令各班烧一锅生姜茶，让士兵们喝热、吃饱。

出发前，马彪师长又动员大家说："为国报效的时候到了，当烈士的时候到了！"

由赛尔阿訇走上前，念了一段古兰经，举起双手做了祈祷，这时两个旅的穆斯林都举起了手，一些汉族士兵也举起了手。

哈木宰双手间似乎冲过了千军万马，那呼呼的风声让他不知所措，那颗在月光下的头总在他眼前转来转去，他静下心来念道："真主啊，求你赐予我力量和勇气，求你让我避免邪恶的伤害！"

地上的雪已能印出人的脚印来，战马浑身冒着热气，兴奋地刨着地。

攻击的时间到了，哈木宰作为班长，冲在最前面。大白马与雪融为一体，远远看去，好像是哈木宰在空中飞翔，他身后的黑马连、红马连在茫茫的雪地里颜色分明，气势壮观。两个旅战马的蹄声像半空里响起的沉闷的雷声，这雷声般的马蹄声足以震破敌人的胆。

骑兵最怕阵地上的机枪，吃了几次亏后，哈木宰们也跟日军学了一招，实行枪骑兵，骑马走路，下马打枪。眼看快到因果寨了，哈木宰率先下马，叫几个人把马拉到一条沟里藏起来。哈木宰几个人先进村，摸到了鬼子的营房，营房外一个哨兵在风雪中瑟瑟发抖，哈木宰和韩来臣从侧面摸上去。韩来臣一把抱住哨兵，哈木宰的小藏刀已划过了哨兵的脖子，只听哨兵的气管呼噜噜乱响，鲜血浇了哈木宰一脸。

寒风横吹，雪花四飘，这样的天气，鬼子们蜷缩在房子里不出来，他们一点都没想到敌人会在这样的风雪天来进攻。听到外面的动静，屋里的几个鬼子，冲了出来，哈木宰和韩来臣往院子里扔了几个炸弹，只听轰的一声，里面传来了几声惨叫。

鬼子们又冲了出来，哈木宰命令士兵都往里扔炸弹，一会儿，其他人用机枪封住了大门，鬼子们只好爬过墙头向村外跑去。

看着鬼子们从屋子里跑出来往开阔地跑去，哈木宰暗自高兴，等他们跑了一段路，哈木宰才命令吹骑兵冲锋号。

嘀嘀哒嘀哒！那些藏在深沟里的战马一听到冲锋号，眼睛都亮了起来，拉马人连忙把马拉到士兵跟前，噜噜噜几下，骑兵们全上了马，列成了散兵线。左边第一匹马上是机枪手，他把机枪架在托架上，跑在最前面，看到日军趴在地上，先用机枪扫了一通，打乱了鬼子的阵形，然后其余的战马全都冲了上去。

河南的大平原一马平川，没有阻挡的东西，也没有庄稼。哈木宰的大白马在雪地上像长了翅膀一般飞跑，呼呼的风声在耳边响起，大雪片簌簌掠过去，有一片击中了哈木宰的眼睛，又马上融化了。哈木宰抽出了折花战刀，折花战刀在雪中发出耀眼的光芒，刀上的水纹在雪中扬起一道波来，那折花战刀上的龙形似乎更加明显起来。哈木宰的心思全在折花战刀上，平举起来，冲向身边的一个鬼子，只轻轻一划，那个鬼子就倒在地上。

哈木宰没有回头，大白马朝前面一个疯狂奔跑的鬼子奔去。这个鬼子五短身材很机灵，看到大白马，他蹲下身子拿出枪刺，等着大白马过来。哈木宰明白了他的意图，他想伤害大白马，顿时怒火中烧。大白马从左侧向鬼子冲去，这样鬼子慌了神，又急忙转身刺大白马，可是哈木宰身体顺势向左一倾，早一个"镫里藏身"贴近了鬼子，折花战刀准确地卸下了鬼子右半身，鬼子瘫倒在地上。

大白马越过了鬼子，几个伪军正抱着头蹲在地上瑟瑟发抖，哈木宰又让大白马往左迂回，再次折回到朝左前方逃跑的鬼子背后，又进行了一次冲锋。

扎西脱下右袖子，露出右手，右袖子在风中飘着，他噢噢地喊着冲向鬼子。其他人也学着扎西，噢噢地喊起来，这声音在雪地里此起彼伏，让日军胆战心惊。

扎西一会儿在马左面，一会儿在马的右面，一会儿弯下腰砍地上的鬼子，一会儿弓腰往前追。此时日伪军全乱了，往四面乱跑，清醒点的往渡口跑，有的躲在沟里不出来。

看到骑一师的骑兵来了，当地百姓也出来了，拿着木棒、榔头、铁锨参加了战斗，把那些鬼子杀得鬼哭狼嚎。

哈木宰突然在四处乱跑的伪军中看到了一个熟悉的身影，马元林！他立刻纵马一跃，向前追去。

哈木宰叫上韩来臣分头去追。马元林专挑战马不好走的路跑，一会儿在树林中，一会儿在沟里，一会儿又跳过小河，一直跑进了村里，转过一个弯，消失了。哈木宰两人让马小跑起来，边跑边注意着周围的动静。

叭！突然从一个草垛后面打过来一枪，打在了哈木宰的右耳上。大白马听到枪声，马上停下来卧倒在地，哈木宰感到一阵钻心的痛，动了动耳朵，结果抹了一脸血。哈木宰指指前面的草垛，示意韩来臣迂回到侧面来个前后夹击。韩来臣会意，从后面跑过去。哈木宰从前面打枪，吸引着马元林的火力，韩来臣从背后追上了马元林，把他逼到了开阔地。这会儿马元林真慌了，像个无头苍蝇拼命往渡口方向跑，边跑边扔枪。

哈木宰从马元林左边追上去，韩来臣从右面追了上去。

两人纵马把马元林夹在马中间，突然马元林抽出了刀，两人连忙分开。哈木宰先用折花战刀的刀背砍掉了马元林的刀，又与韩来臣两人伸出左右手，同时撕住马元林的衣服，往上一提，马元林就被提到空中，再一扔，马元林就结结实实地摔在地上，再也没有爬起来的力气了。

哈木宰和韩来臣下马把马元林绑起来，驮在哈木宰马上，往渡口方向跑去。跑着跑着哈木宰突然闻到一股臭味，回头一看，马元林尿湿了裤子，尿水正从裤口往下滴。

哈木宰说："驴日哈的，这会儿知道害怕了？跑就跑了，为啥要跑到日本人那边去，日本人是你的亲大大吗？你这个黑狗拉白屎——里外不一致的二转子！"

渡口方向早围满了骑兵，逃跑的日伪军拼命往橡皮船上挤，一半人边跑边被骑兵砍倒在地。骑兵痛恨吃里扒外的二转子，个个下刀狠，那些奔跑的伪军被骑兵像切菜瓜样切成两半，跑得快的已坐到了橡皮船上。

黄河改变了路线，却一点没有改变它的习性，河面上不时漂来冰块。那些冰块浮在水面上，往渡口处不断地聚集，堆在橡皮船下。朔风西吹，日伪军的橡皮船刚走了几步就被冰块堵塞停下了。橡皮船上的日伪军惊恐万分，不少人纷纷往黄河里跳，可谁能躲过这冰水混合物的袭击呢？一会儿工夫，河里全是日伪军，有的想抱住河面上的冰块，可刚抱住又沉下去，尚有一口气的脸色青白青白的，头发上都结了冰。

老乡恨死了这些人，也从家里拿出抓钩、三叉进行追杀。还用勾子类的东西往岸边捞日伪军的尸体，尸体在岸边堆了一大堆，一阵大风吹过，硬梆梆的像一堆冰冻鱼。

因果寨装备精良的日伪军竟然全被消灭了。骑一师趁胜追击，收复了白马庙、尹郭、北槽、南槽、马立厢、韩四营。

这场战斗结束了，骑一师第一次重新装备了武器，原来拿长矛的换成了三八大盖，还缴获了不少机枪。有人说："国军不给我们武器，日军会给我们，看来每只羊嘴底下还是有草的！"

马彪师长非常高兴，重重奖赏了哈木宰和韩来臣。

马元林被押到大家跟前，狼狈至极，右裤筒上的尿已冻成了冰块，边走边发出喳啦喳啦的声音，脸上泛着青白色，眼睛里满是绝望和羞愧。哈木宰不忍看他的脸。

马彪师长呸了一口说："囊怂一个，给我们青海人丢了大脸了！马旅长砍了他！为二营营长马尚成报仇！"

马秉忠走了过来，提着刀走到马元林跟前，停了一会儿，见马元林身子抖得像风中的树叶，马秉忠说："还不念清真言吗？不念我动刀了！"

马元林才如梦初醒，连忙小声地念起来，马秉忠刀快，只一下马元林的头就滚落在地上。

马彪说："跟着我马彪打仗，就得把死字顶头上，把生握手中。谁要是当囊怂，投降日本鬼子，我一个都不饶！出门在外，少给我们青海的乡亲们丢脸！"

大家一哄而散，哈木宰拉住了由赛尔阿訇和韩来臣。韩来臣知道哈木宰的意图后大骂道："他这种坏怂就应该千刀万剐，还给他祈祷？我连我的亲人们都没好好祈祷过，还给他祈祷？门都没有！"哈木宰说："我们毕竟一块儿来了，人殁了，但也不能让野狗吃了吧？埋体不进土，我们也有责任的！"说完找来两把铁锨，挖了一个直坑，又朝西边打了一个偏洞，喊着把马元林的尸体放下来。

马彪给洛阳战区发电报告捷，洛阳战区坚决不相信，怎么可能呢？刚刚电报告急，这会儿就告捷，这不是明摆着骗人嘛！这帮青海人真是蠢到极点了，哪有这么邀功的？杂牌军毕竟是杂牌军，邀功请赏也不分个时间，撒谎也不算算，骑一师绝对没有胜算。庞炳勋在前线二百里处停止不前，人家是精明的，换作他们，他们也会这样做。执行军部的命令，把部队调出去，但绝不会直接开到战场，这样既避免了不服从命令带来的麻烦，又可以保存自己的实力，同时又可以看着马步芳骑兵的实力一点点地被日军消耗掉。庞炳勋这一步棋下得真高明，不愧是正规军，出个兵都讲个策略。

洛阳战区的人怎么也不相信，凭马彪的几把汉阳造和鬼头大刀就能杀退二千多的曹拾义的日伪军。随后有人提议派人去检查，揭穿马彪的谎言，还可以趁机给这帮青海野人敲打敲打，让他们长长心眼，给马步芳脸上抹点黑！

洛阳战区马上派人来实地视察，当看到满地冻得高高堆起的日伪军的尸体时，大张的嘴半天都没合上，感慨万千："还真看不出，这帮青海人有两下子！"

这场战斗从开始到结束只用了大半天时间，骑一师伤亡只有二十七名。哈比布右胳膊受了伤，哈木宰的耳朵受了伤。骑一师受到洛阳战区的通令嘉奖。庞炳勋听到消息后，很不是滋味。

这天晚上，哈木宰一闭上眼睛，那颗青白脸的鬼子人头就朝他滚来，还有软绵绵地向后倒地的尸体。哈木宰睡不着，韩来臣也睡不着，哈木宰小声地说："我一闭上眼，眼前就是那个死人！"

韩来臣说："日奶奶，活人还怕个死人，洗个小净，念段经吧！"

做了礼拜念过经后，哈木宰的心才平静下来。

第二天早上，哈木宰突然听到营房外吵吵闹闹的，出去一看，只见外面全是当地老乡，手里拿着各种各样的食物，说是要犒劳青海的骑兵！

哈木宰看了看老百姓手中的食物，不禁黯然落泪，都是窝窝头，有的才拿着半个，估计是家里仅有的。黄河大决口后改道，造成大量的黄泛区，老百姓也不容易。

哈木宰命令全班人马："不准拿百姓的一点东西！"

可是骑兵们早已看到当地百姓的寒苦，他们每天都驻扎在新黄河边上，百姓的苦他们看得一清二楚。可是不拿东西百姓不答应，哈木宰没办法，只好收了窝窝头，又让炊事员拿出青海寄来的东西，作为礼物——送给了老百姓。

哈木宰说："今天我把丑话说在前头，我当一天班长，就不许你们拿老百姓的东西，你们记住你们也有家，也有父母亲！"

哈木宰拿了一块黑面窝窝头，他明白从今天开始他真正成为了一个有折花战刀的战士，一个抗日战士。

有人还给马彪师长送来了一把万民伞，上面写着"保境安民"。马彪满眼泪花，这可是他出征打仗以来，老百姓第一次送他礼物。想想过去，不禁感慨万分，觉得这次出征抗日，他来对了！

折花战刀

马彪的师部驻扎在周口。周口南郊藏岗坡有一个战时军用机场，有三架野马式战斗机负责这一带的空中防务，主要护卫美制C-47运输机的起降。

黄河决口之后，中牟、扶沟、西华、淮阳等地成为黄泛区，公路都被黄河泥沙淹没了，汽车无法上路。这虽然阻挡了日本鬼子的坦克和汽车，但也给国民党军队的运输带来巨大的麻烦，黄泛区的后勤补给就主要依靠空运。

1938年8月13日，周口南郊军用机场一片宁静，热浪袭击了整个军用机场，守卫机场的士兵正在阴凉处打着盹，突然天空中出现了三架日军轰炸机、四架零式战斗机。他们先空袭了周口，又俯冲到南郊机场轰炸扫射，腾空而起的浓烟弥漫在机场上空。

日军飞机不停地朝地面的守卫倾泻着子弹，机场守卫队在子弹的打击下四散而逃。

不一会儿，天空又出现了一架日军飞机，慢慢降落在南郊机场，原来是一架出了故障的日军飞机。此时的机场空空荡荡，没有一个守卫。日军飞行员看到机场没有守卫队，就大摇大摆地走下飞机，来到一架中国飞机跟前，从从容容地取下了副油箱，装到自己的飞机上，然后又从从容容地飞回了日军基地。后来这位日军飞行员被日军总部授予"孤胆英雄"称号。

这事传到马彪耳中，马彪师长再也按捺不住他的怒火："这帮驴日哈的囊怂守卫，眼睁睁地看着日本鬼子拿走了副油箱，你们是吃屎长大的吗！"

马彪马上以防区指挥官的身份，未经审判把守卫机场临阵脱逃的两名少将军官就地枪决。

枪决的是第一战区汤恩伯的部下，没有经过汤恩伯的同意，他这一口气难咽。汤恩伯是蒋介石的嫡系部队，而马彪的骑一师不过是青海马步芳的杂牌军，而且也不是正规军，只是暂编第一师，马彪这样随意枪决汤恩伯的部下，他坚决不干。

汤恩伯一怒之下，借防区需要，把这支只有少数机枪，带着汉阳造、鬼头大刀的骑一师派到距日军最前沿的河南项城、沈丘、界首一带，这里是与日军对峙的最前线，又与第五战区交叉。汤恩伯这么做，一来以泄心头之愤，二来想借日军之手除掉马步芳的这支精锐骑兵。

1939年2月，骑一师防线前移，直抵界首一带的黄泛区。

马彪师长打了这么多年的仗，从来没有这样窝囊过。他太清楚他的骑兵，从青海出发，只不过有三十多挺机枪，一千多支汉阳造，其余的全是大刀片，让机动性强的骑兵去打防御战，而装备精良的中央军躲在后方，这不是明摆着让骑一师送死、当炮灰吗？

话是这么说，可是人在屋檐下，不得不低头，在人家地盘上只能跟着人家走。

随后汤恩伯的小鞋一次又一次地套到骑一师的脚上，先是军饷一拖再拖。士兵们好长时间都没往家里寄过钱了，于是一封封家信就源源不断地

折花战刀

送到士兵手中，无非是要钱要东西之类的。

接着马吃的盐也短缺起来，打了无数份报告上去，回复都是抗战时期要克服困难之类的搪塞词。马的草料也短缺了，骑兵们的情绪一下失控起来，人可以忍，可是战马不能忍！马不吃草就会掉膘，一掉膘就跑不快，这样的战马一到战场上就是人死马伤。不少人纷纷到军需处找茬、吵架，把军需处长吵得头晕眼花，军需处没办法又去找马彪师长要东西。

1939年1月的黄泛区一片荒凉，混着泥沙的黄河水横行霸道，见沟填沟，见村淹村，见地淹地。几阵寒风吹过，不少地方冻成了冰，成了荒凉寂静的冰原，没有炊烟，没有村庄，没有生命。黄泛区虽阻止了日军进攻路线，可是一到冬季，整个黄泛区冻成了大冰块，这也给日军制造了天然的冰桥。为了防止日军趁机渡河，骑一师变被动为主动，寻找制高点并建立新据点。

哈木宰的任务是带几个人到黄泛区寻找并建立哨卡点，一行还有韩来臣、扎西，随行的还有一位副营长，只有这位副营长和他的传令兵骑着马。哈比布因负伤留在周口，哈木宰的大白马暂时留在周口。

此时的黄泛区非常危险，有积水的地方已冻成了冰，走在大冰原上，分不清下面是冰还是陆地。大家小心找着原先的路，可走着走着路消失了，眼前只剩下冰路。大家停了下来，谁也不知道冰的薄厚，谁也不能保证脚下就是陆地。

扎西说他有经验，走在最前面，哈木宰走在最后面。

大约走了二百米的样子，前面步行的士兵都过去了，可传令兵的马突然踩塌了冰层，连人带马掉进了冰窟窿，大家往冰窟窿方向跑去。

扎西大喊："别乱跑！趴在冰上！"

扎西朝冰窟窿慢慢趴过去，把三八大盖递给传令兵，传令兵抓住爬了上来。传令兵脸色铁青，冻得上下牙直打哆嗦，说话都不利索了，在冷风中一吹，衣服上直往下掉冰碴子。还是马厉害，竟然自行挣扎着爬上了冰岸，副营长就让传令兵带两匹马回去。

传令兵此时已冻得骑不上马，哈木宰几人帮着把他扶上了马，这时泡湿的马尾巴冻成了冰棒。传令兵走了，哈木宰望着远去的传令兵在寒风中直打摆，不知道他还能不能平安地回到营地。

大家每走一步，用枪跺跺前面的冰，终于见到了一条没有上冻的河。岸边还有一条船，可是没有船工，船上有两支木浆，两根长竹篙，河两边是冰岸。

大家小心地上了船，韩来臣说他在黄河上划过羊皮筏子，就用竹篙驾船，其他人划着浆。大家小心地坐着，一动都不敢动，顺河而下，还好没有遇到多大的困难。

顺着河走了一段路程，船突然停下了。哈木宰一看，原来船遇到了冰层，卡在上面，而河水全流进冰层下面。大家小心下了船跳上冰岸，想了想韩来臣又把竹篙带上了。

哈木宰举目四望，周围一片静寂，有的村庄全淹了，有的村庄只露出半个头，除此之外一片茫茫冰雪。脚下全是冰，谁也无法分辨脚下的深浅，谁也不知道脚下的冰能否承受他们的重量，那位打摆的传令兵仍在大家记忆中不停地发抖着。

副营长不想走在前面。哈木宰看看大家说：“我瘦，身子轻，我在前面探路！”

于是哈木宰的行李、枪、子弹、口粮分给了别人。正要迈步，韩来臣拉住了他，把竹篙送到哈木宰手里，又塞了一支木浆。

哈木宰右手拿木浆在冰面上边走边捣，左手抓着竹篙一头，另一头被韩来臣抓着。

走了一段路，韩来臣换了哈木宰。这样换了五六个人，终于到了目的地。

这是一个村庄，准确说应该是个村庄的屋顶。屋顶上的青瓦在冰里发着幽幽的青光，长长短短的烟囱像木头桩样竖立在冰面上。所有的大树此时在冰中变成了小树苗般，露出半个树头，一伸手就能折到树枝。

村庄被冻在冰里了，包括大门、草垛、鲜活的生命、炊烟都被冻在冰里，连各种声音都被冻在冰里面。

看着死寂的村庄，哈木宰掌起了双手。看过的死人多了，哈木宰渐渐有了个习惯，一遇到坟地或死人他总要掌个手做祈祷，韩来臣跟着他也养成了这习惯。

副营长选了一块高一点、有着青瓦的屋顶，收拾平整之后，砍了树枝在上面搭起帐房。村子全部被冻在冰下，什么材料都没有，幸好树头还在冰面上，随时都能砍点树枝用用。

大家把树枝厚厚地铺在地上，又铺上了军毯，在帐房门口生上一堆火。此时的白板板皮袄成了宝，大家都牢牢扎紧了裹在身上，可扎西还敞着怀，副营长让他用带子系上。

扎西说："呀，一到这里热死了，好久没见过冰，现在才见了，太像我们青海湖的冰了。我不冷，我们不怕冷，怕热！我们藏族娃娃们都光着脚在雪地里跑呢。"

韩来臣笑着说："人家是娃娃，是火蛋蛋儿，你是个冰罐罐，你的火气早被女人吸光了，还能和火蛋蛋儿比吗？"

扎西笑了笑。大家硬让扎西讲怎么被女人吸光火气的。

扎西说："我一晚上能干十几回！"

哈木宰笑了，韩来臣也笑了，不过大家都没说什么。倒是韩来臣主动讲了他怎么扛着梯子去约会的事，听得大家热火朝天，一时觉得这个冰的世界也很不错。

一片冰原，两顶帐篷，几个人。空旷的冰原让哈木宰感觉被世界遗忘了，好长时间他感觉不到自己来自何方，不知道自己还有个家，一切都恍然如梦，又找不到梦的痕迹。

这里很安静，没有枪声，没有痛苦，没有死亡，如果真留在这儿还真好。

每天留两个人在外面站哨，其余的人就去折树枝生火。火生在帐房门口，燃烧的时间长了，把冰面融下去一个坑，周围的冰在火的炙烤下滋滋作响。眼看着火越烧越小，都快沉到冰里去了，哈木宰们又从其他地方拾了些屋瓦填满了坑，在屋瓦上继续生火。

他们在这里得守到冰雪融化、日本鬼子的战车无法行走为止。掐指算算，还有好几十天呢，带的粮食不多，为了节省粮食，大家一天吃两顿，中午和早饭合成一顿。

一到晚上，不吹风还好，一吹风就是大风，把帐房的木柱子吹得像醉汉样摇摇晃晃，篷布被一股力量使劲撕扯着。风中还传来野狗的叫声，远远的，那么瘦弱，让人感觉它在冰原上跑不动了。韩来臣每天都在检查帐房的木橛子，一有松动就找石头钉牢。

百无聊赖的日子，哈木宰每天都在练刀。冰面上练刀别有一番味道，底盘先要稳，脚下打滑容易摔倒，摔了好几次后，哈木宰想了个办法——撒些土练。练了一阵，又觉得不过瘾，找些瓦片铺在冰面上，这瓦片在冰面上容易滑动，更有挑战性。最后哈木宰干脆连瓦片都不铺了，在光滑的冰面上把折花战刀舞得铺天盖地，密不透风。

韩来臣和扎西看着眼热起来，哈木宰一招一招教给他们刀法。扎西力量大，把刀挥得呼呼作响，练到高兴时，他还会脱光上衣，把自己练得浑身是汗。看着扎西这个样子，那位副营长不由抱着自己的肩膀怕冷似的哆嗦起来。

一天，哈木宰围着火拨弄着被烧热的瓦，突然他灵机一动，找来几个圆石头，扔进火堆里，烧了一段时间，拿出来放在冰上降降温，捧在手里就成了最好的焐手炉子。

其他人都学着哈木宰的样子，把石头烧热，放到被窝里，能暖和上好一阵子。寒冷使大家团结起来，副营长也放下了架子，不再打骂士兵。这个冰雪世界让哈木宰们远离了战争。

哈木宰还发现了冰的另一个好处，可以用来磨刀。坐在火中焙热的瓦片上，抽出折花战刀，找块干净的冰面，不停地磨。渐渐地折花战刀上的水纹竟然越来越亮，青钢是青钢，白铁是白铁，青白相间很是分明。再磨下去，那水纹竟然成了一条龙形，有角、有怒爪，还有利牙，最奇怪的是那怒爪竟然伸向了开刃的地方，而龙身子却紧紧靠在刀背上。

没想到用冰磨出的战刀竟然快到吹发即断，折花战刀是用铁和钢混合锻造而成，既有钢的坚硬，又有铁的柔劲，利而不折。

一天晚上哈木宰去起夜，他竟然听到了说话声。仔细一听，那声音竟然来自深深的冰块下面，一个男人和一个女人唠唠叨叨地说个不停。哈木宰抽出折花战刀，那声音竟然没有了。哈木宰觉得非常奇怪，连忙掌手做了个祈祷，那声音就消失得无影无踪。哈木宰坚信折花战刀已融入到他的灵魂深处。

在这里哈木宰不止一次地梦见父亲和母亲，他们总是微笑着说要外出，接着携手向远方走去。相同的梦让哈木宰苦恼不已，一天到晚心里空落落的。

每天平静、平淡的生活，让他们暂时忘记了不远的地方，他们的战友正在与日本鬼子进行殊死搏斗。

尽管有火，但睡到天亮时大家的脚都冻坏了，于是大家又想出了一个办法——打脚蹬。两个人挤到一块儿，一东一西，互相抱住对方的脚，这样早晨起来不至于太冷。可哈木宰每天起来总喊着要换个人，嫌对方的脚太臭，而对方也在嫌哈木宰的脚臭。

一天深夜，轮到哈木宰站岗，突然听到远处传来了呼救声，他下意识地抽出战刀，可那声音没有消失，反而更大了，远处似乎还能看到有人影晃动。

哈木宰挎上了折花战刀，压上子弹，拉上枪栓，带了几个人去看情况。只见树旁有一只小船靠在那里，船头一个人紧紧地抱着大树，船搁浅在冰层上，几个人在船上瑟瑟发抖，他们穿得破破烂烂的，一看就知道是黄泛区的难民。

哈木宰和几个人用长篙固定住船，把几个难民从船上救下来。

几个人的衣服湿透了，脸像橡皮一样没有一点表情，还领着一个小孩。哈木宰把他们叫到火堆边烤火，让他们把衣服烤干。看着干瘪下去的粮食袋子和副营长的脸色，哈木宰只给他们烧了一锅开水。

滚烫的开水化开了他们的心，几杯热水下肚后，几个人望着远处，放声大哭。副营长抱着枪死死守在粮食袋子旁边，沉默着。他们可能几天没吃饭了，那孩子的眼睛不停地在帐篷里搜索着，哈木宰一次次躲过那孩子的眼神，盯着火看，此时他羞得脸通红通红的。

烤干了衣服后，这几个难民又一次走进了黑暗中，哈木宰偷偷抓了一把豆子放在孩子手中，抱着枪久久地望着他们远去的方向。他脚下烧热的瓦片正一点一点地退却热量。

二月二，吃虫儿，黄泛区的冰开始融化。哈木宰们趁冰还未融化，就回到了原驻地。一个多月没见哈木宰，大白马一见他就活泼起来，又是蹭脖子又是挥尾巴，亲热得不得了。

哈木宰仔细地拣着马料袋中的石子，看到一颗颗洁白的大豆，突然想起二月二正是家里炒大豆的时候。那时哈木宰的奶奶包上头巾，锅里是从黄土山根扫的硝土，烧热后，把用水泡好的大豆放进锅里炒。他和哈力麦帮奶奶烧火，烧着烧着，大豆的香味就从那些硝土里冒出来了。

先是噗噗声，接着劈里啪啦的乱响起来，有的大豆还会蹦到梁上去，整个厨房尘土飞扬。哈木宰记得那年，一颗大豆蹦到了哈力麦的脸上，烫了一个泡。他说哈力麦变丑了，没人要她了，哈力麦为此哭了一天。最后奶奶给哈力麦多分了点大豆，才使哈力麦消停下来。

这一年多，骑一师随时都在转移，加上骑兵的机动性，哈木宰在马上一骑就是一天，走到哪儿住在哪儿，没有固定的驻扎地。

16

黄泛区形成之初，豫东地区一度成为政治真空地带。战局基本稳定后，日军大规模地往南、往东调离，留在豫东地区的日军兵力大量减少，开封、商丘、淮阳的日军也跟着削减。

随之豫东地区的各种势力借机发展，形成了多种势力交错杂陈的局面。当下，有日军占领者及其傀儡组织和伪军，有从事游击战的中国军队，还有其他各种背景复杂、立场摇摆不定的地方势力，这些力量左右着豫东地区的大局。

地方势力都是墙头草，哪边风大哪边倒，抗日部队来了，跟着打日本，日本兵来了又跟着当伪军，这些像鸡毛一样的地方势力渐渐地成为祸害一方的恶霸。

1939 年春天，骑一师二旅马秉忠部接替原国民党陆军第四十军庞炳勋部补充团守备河防时，团长交出了蒋介石给庞军长的密电：

该防区内守备河防辛青云部，希争取。否则，全歼。具报。

中正电

二旅旅长马秉忠接到此电后，立即向马彪师长作了汇报。

马彪师长听了情况后想了很久，这支辛青云部队势力背景错综复杂，在当地非同寻常。

辛青云原籍河南荥阳，曾在河南周口一带经商，三十多岁，人很精干，嗜好吸大烟。抗战初期该地驻周口专员刘某也是荥阳人，两人就以老乡和帮会关系，与郭昆山拉成一帮。

郭昆山是当地有名的大土匪，河南本地人，六十多岁，也喜欢抽几口大烟。他召集的部下全是当地地痞、地头蛇，人、马、枪支约有一千多。后来，刘专员要辛青云弃商从军，并说服郭昆山改邪归正，共同抗日。

辛青云和郭昆山接受了刘专员的意见，由刘专员呈报上级批准将其收编为豫东地区（淮阳、项城等县）抗日游击队，辛青云为正司令，郭昆山为副司令掌握实权。他们借抗日的名义哄骗收编了当地一些人和枪，还吸收了一些国民党溃散部队或被开除军籍的流亡人员，进一步壮大了实力。

然而这支部队依然匪性不改，是地地道道的大土匪，多年来在豫东、淮阳、项城一带无恶不作，危害百姓。他们专门干绑票、打黑枪等事，当地老百姓也经常向骑一师申冤告状。

抗日也得全盘考虑，庞炳勋都没敢对他怎样，可见他们的势力之大、背景之复杂。为慎重处理，马彪又派人视察全线防务，结果让马彪大吃一惊，从李埠口至槐店长七十华里的防线，辛青云和郭昆山驻扎的朱集正处于防线正中。这是通往黄泛区以北敌占区重要渡口之一，这段河面较其他地区狭窄，因而形成了军事守备上的重要关口。

辛青云和郭昆山为了扩大势力，充分利用这一渡口，说是驻防黄泛区守备河防渡口，但实际上包庇走私，公开卖渡。据骑兵侦察情报说，他们还有通敌的情况，名义上是抗日，实际上干着祸国殃民的事。

马彪师长最恨这种投敌的二转子，不打日军，却掉转枪口打自己人。听到消息时，马彪师长的第一反应是彻底端了他们的老窝，用骑兵的战刀砍烂这个里通日军的匪窝。但是蒋介石的密电也不能不考虑，于是他派人利用帮会的关系，与辛青云和郭昆山拉好关系。派出的人很快通过哥老会打通了关系，并让辛青云和郭昆山来见马彪师长和马秉忠旅长。

辛青云和郭昆山看到机会来了，提出要把他们的部队收编为正规军。马彪师长一听就答应了，并在收编后给辛青云授予了上校团长职务，可是辛青云并不满足这个上校团长，对外说："不给我旅长当，那我还是去当我的游击司令！"

双方又经过一番协商，如果辛青云能协同骑一师，渡河攻克日军占据的淮阳县城，马彪师长报请军委会，将辛青云部编为独立旅，由辛青云当少将旅长。

辛青云听到消息后高兴地接受了条件，双方准备渡河作战。

在渡河作战前，马彪师长还要宴请辛青云部大队长以上人员。地点设在离朱集三里的鸿楼。

宴请这天到了，哈木宰们接到命令，带领骑兵火速赶往鸿楼，至于什么任务没说。哈木宰一行快马加鞭，平原无什么阻挡，骑兵不用择路，很快就到了。

鸿楼一片欢天喜地，辛青云部的人三五成群，坐在桌上，等待着宴会的开始，不少人借这点时间赌了起来，厨师在另一边忙得热火朝天，准备着上菜。

说是部队，可与土匪没有两样，他们坐没有坐相，站没有站相，一些兵还不时朝做饭媳妇们挤眉弄眼，把那些媳妇们吓得不敢抬头。哈木宰就看不惯这种作法。

"全部架枪休息，宴会开始！"

这时辛青云部接受命令，所有大队长以上人员把枪架在一边休息。端

211

菜的一道菜一道菜地往桌上摆，不时有土匪捏了炊媳妇的屁股，传来一两声惊叫和土匪的哄笑声。

传令兵过来给哈木宰交待了一些事，哈木宰一听严肃起来。看到土匪们在这里海吃海喝，韩来臣忿忿不平："日奶奶，我们拼死拼活，还吃不上一顿饱饭，站在这里还得伺候这帮土匪吃喝！"哈木宰笑了笑。

随后哈木宰召集起几个人做了安排，一部分人守在辛青云部架枪的地方，一部分人等在外面骑上战马作战斗准备，号兵准备着吹冲锋号。

哈木宰和韩来臣几个人握紧了战刀，趁辛青云部大吃大喝，悄悄摸到架枪的地方，子弹上膛，战刀出鞘。

哈木宰着急地等着马秉忠的三声咳嗽。

一听到马秉忠的咳嗽，哈木宰们先是扑上去缴了辛青云部的枪，随后扎西等几个骑兵冲进大门，包围了辛青云部。

辛青云目瞪口呆，眼睁睁地看着骑一师把大队长以上的十三名官员绑了起来，由哈木宰们押到军法处。过了几天，这十三个人全部被枪决。其余人马改编的改编，遣返的遣返。辛青云部在鸿楼一顿饭吃掉了自己的大好江山。

当地老百姓奔走相告，把这个消息传到四方。骑一师的名声传到外面，不少人开始如坐针毡。

半夜时分，一座高楼大院的木门吱呀一声打开了，开门的响声显然惊到了开门人。等了半天，一个人小心翼翼地从半开的门缝里挤了出来，左右张望了一会儿，随后一辆马车从院子里拉了出来，伴随着急促的马蹄声消失在深夜的巷道里。

这人就是陈际九，当地响当当的土匪头子。他是淮阳人，三十来岁，有一支五百多人带枪的队伍。他在豫东一带也是经常拦路抢劫，坐地分赃，作恶多端。

听到辛青云部被解除武装后，陈际九惶惶不可终日。民间传说骑一师的战马都是能借着月光飞翔的神马，一夜之间能飞到任何地方。而且骑一师的骑兵都生吃羊肉，反穿羊皮，一次能吃一只羊的大家伙，手中的战刀能在黑夜里发光吼叫，在马上用战刀一指，对方的头就会自动在地上滴溜溜地打转。

尽管还不太相信这些，但骑一师打辛青云没费一枪一弹。辛青云那么精明居然都中计了，陈际九不能不对骑一师的作战能力刮目相看。他曾装成百姓见过马秉忠，高高大大，目光专注凶狠，一看就不是善茬。

骑兵的马蹄声会随时出现在他家门口，骑兵的战刀也会随时割掉他的脑袋。陈际九自知不是对手，权衡再三，三十六计走为上策，他一逃了之。从此陈际九东躲西藏，到处流窜，一年后被驻南阳国民党第五十一军捕获枪毙，为豫东老百姓除了一害，又为抗日部队搬掉了一块大石头。

一天，哈木宰的营又接到新任务。离他们营部几十里的地方有一个大汉奸，罪大恶极，因效忠日军有功而被委任为伪军"总队司令"官职。他们还聚集起四五百人，占了一个集镇，向当地老百姓要粮、要款，残害百姓，并要为他升官召开庆祝大会。

消息传来，哈木宰的营在向导的带领下，晚上出发，全营战马一律大步前进，抄近路出发。

急促的马蹄声在半夜里显得分外分明。黑乎乎的大树向后迅速退去，大家躲开了明晃晃的河流。很快哈木宰的大白马跑到了最前面，把韩来臣们的战马远远甩在后面。哈木宰放慢速度，让韩来臣们赶上来。

他们尽量绕开村庄，狗叫声会暴露他们的行踪。尽管如此，他们的身后还是传来了狗叫声。

其实哈木宰的担心是多余的，这方圆一百里，没有国民党军队，没有抗日军队，也没有八路军，这里是日军占据区。大汉奸以为这方圆百里都是他的地盘，想怎么干就怎么干，白天出来向老百姓要粮要钱，晚上回营房蒙头大睡。

213

半夜两点时，全营人马赶赴到了集镇，马蹄在石板铺成的街道上发出清脆的声音，马营长命令大家下马，把战马交给各班守马人。牵马人和马隐蔽在河沟里或树林里，等冲锋号。

哈木宰连负责抓捕大汉奸。在向导的带领下，扎西和哈比布用战刀砍翻了两个哨兵。扎西用力过猛，把哨兵的半个肩膀都给削下来了，肠子肚子的淌了一地。可是战刀却卡在骨头里，扎西只好一脚蹬着哨兵，用力一拔，才把战刀拔出来。

一回头，哈木宰们早已冲进了大汉奸的卧室。这个"总队司令"看着哈木宰们进来，还以为是在做梦，大张着嘴不说话，哈木宰用绳子捆绑时他才反应过来，一个劲儿地趴在地上磕头。

哈木宰让"总队司令"下命令："全体官兵不带武器，在前院集合！"他的秘书出去传达。各个连都做了详细的分工，一个连负责一个营房。

有的骑兵性急，还未等到命令，就先破门而入，火把照得屋内通明，伪军正在酣睡，大家就命令他们举起双手向外走。有的人要反抗，马上就有战刀落在头上。冒出来的血溅了旁边士兵一身，吓得那些士兵像筛子样抖起来，举手动作慢的或举得不高的也都挨了战刀见了血，伪军吓得大气都不敢出。

韩来臣带着撒拉语说："我们都是中国人是哩，只要悄悄地不反抗，跟我们去抗日，一个都不杀！"

哈木宰笑着说："你的话他们能听懂吗！"

韩来臣挥了挥手中的战刀说："这个，他们一定能听懂！"此时所有营房的伪军全赶到一块儿集中起来了。

这些俘虏还不知道哈木宰们有多少人马，真论人数，哈木宰们比他们少得多，如果这些伪军动作快，明白真相后哈木宰们就要吃大亏了。

为了彻底镇住这些人，一部分骑兵留下端着枪，提着战刀，还架起了骑一师的宝贝机枪，另一部分人去收缴伪军的武器。这次收获不错，收了

折花战刀

四百余支步枪，十余支短枪，最让人高兴的是还拥有了三挺轻机枪。

这次执行任务的骑兵只有二百多人，不好带这些缴来的武器，他们决定只带上短枪、轻机枪，步枪卸下枪栓，枪身让俘虏背。看到骑兵人少，有名俘虏突然跳起来，其余也跟着跳起来企图暴动，守卫就开枪射击，打死了三四十人，其余的面朝墙跪下举起双手，这些俘虏们才被镇住。

哈比布和几个人去街上找绳子，当地老乡痛恨这些汉奸队伍，拿来了许多绳子，把俘虏们一个一个往外拉，让每人背两支枪，双手绑到背后，连人带枪捆在一起，又用一根长绳把他们串起来。

号兵吹起了退却号，那边藏在沟里的马牵了过来，大家上了马。由于没有多余的马，只好把汉奸司令的双手捆上拴在马脖子上走。可这个汉奸司令肥头大耳走不动，跑几步就倒下，反复几次，最后干脆不起来了。时间一长，怕日军到来后骑兵无法脱身，营长一枪打死了汉奸司令，又当着俘虏的面把汉奸司令的头割下来装在竹筐里让俘虏们抬着回去。

从此之后，骑一师行动更迅速，更善于打突袭战、打遭遇战。日军被骑一师的威力所震慑，称骑一师为"马胡子军"，当地人亲切地称为"马回子军"。日军想扩大占领区，安设新据点，总是要遭到马回子军的突袭，难以实现。日军每次出动扫荡，抢掠财物时，总是由大批伪军陪伴，一遇到马回子军，日军或骑马或乘汽车跑得远远的，只留下伪军挨打。

17

万寨人听了一夜的水声，那怒吼的水声让所有的万寨人蜷缩在村子里不敢出去。有个胆大的揭开窗子往外一看，还没喊出个啊字，就被人堵上了嘴，各种各样的声音从水声中传来。

第二天，万寨人推门一看，发现自己的村庄已变成了一个孤岛，原先的山坡不见了，原先的道路被决口的黄河淹没了。此时万寨四面环水，河面宽窄不一，最窄处五六里，宽处九、十里，这是黄河决口之后唯一幸存的小村寨。万寨人抹抹眼泪，收拾工具，做起了小木船，每天在黄河上以打渔为生，一段时间没有风也没有雨，日子过得还倒滋润。

可是有一天，河面上突然出现了几只日军的橡皮船，远远地侦察着，又不敢靠近。万寨人知道肯定是淮阳的鬼子要渡河，恐慌在万寨再一次蔓延开来。

万寨正处在黄泛区中心，这点地理优势在河防守备战略上有着重要地位，因此日军想攻占万寨，让它成为渡河作战的航空母舰。同样万寨对于骑一师也有同样重要的作用。一旦它被日军攻破，骑一师将处于不利局面。

"万寨不能丢，守防战士与阵地共存亡！"马彪师长给二旅旅长马秉忠下了死命令，马秉忠又把这死命令下给第三团第二营营长李国勋[1]。

李国勋这位资本家的富少，参加骑一师后没有了富少的样子，与骑兵们一块儿训练，一块儿出战，皮肤晒得比士兵还士兵。他明白万寨对于骑兵师的重要性。

坚守阵地，就要打硬仗，就得拉下骑兵的架子，钻到地里挖战壕，打防御战，打歼灭战。挖战壕成了骑兵学习的第一关。

豫东大平原的春天来得早，草儿冒出了嫩芽，黄泛区冰雪融化，原先坚硬的地面现在变成一片泥滩。融化的泥水给守河防的骑一师带来不小的麻烦，踩进泥滩，一步一个脚印，走到最后鞋没有了，全留在泥里了。

骑惯了战马的骑兵们下了战马，拿起了铁锨。尽管大家都在青海干过活，可钻到土里挖战壕，思想上都有点想不通。

李国勋更绝："挖不出战壕，揭背花！"

命令一下，马哈三全连开挖河防阵地，一铁锨下去，全是泥水。只挖了两铁锨深，两边的泥就不断地往中间涌，只一会儿，泥水又填满了战壕，原先的战壕全消失了。

马哈三望着不断往下掉泥的战壕，狠狠地吐了一口唾沫，顺手把手中的铁锨扔到战壕里。

"日奶奶，一天到晚挖挖挖，挖半天塌半天，早上挖好，晚上全塌了，我们是骑兵，又不是步兵，日奶奶这仗打得真窝囊！"马哈三骂道。可牢骚归牢骚，战壕还得挖。

骂着骂着，马哈三连马有路都给骂上了："日奶奶，当初我让你跑，你却回来了，白费了我的一片好心！"

马有路也不接话。过去大家都是骑马飞奔，现在把马拴在马棚里，干起了步兵的活。这些骑兵一离开马，就六神无主，更别说挖战壕了。加上

217

①李国勋，湟源人，汉族，第一次攻打淮阳城时牺牲。

战壕不断地坍塌，大家一说就气。

夜晚，大家守在湿湿的战壕里，战壕浅，蹲下都不能保护全身，往深一挖，两边的泥水就坍塌，大家双脚粘满了泥，动一动脚指头就能挤出点水来。马哈三觉得脚底下湿得难受，就找块石头垫在脚下。

这一垫，让马哈三想起跟着尕司令马仲英打新疆长毛子的事。那时天太热，大家就用刀子挖地窝子，挖下一个深坑，上面铺上木头，再盖上土，长毛子的飞机来了也不怕。

马哈三突然灵机一动：如果在泥水中挖一个坑，再垫上木板，顶上再盖上木板，上面盖上厚厚的泥土，一个掩体就完成了。再挖个瞭望孔和射击孔，敌人想攻都攻不过来。

马哈三把这主意汇报给李国勋营长，李国勋觉得非常好，马上找人锯木板。木板铺在地上，脚下干爽了，木板也盖在头顶，并在上面盖了厚厚的土层，敌人的炸弹也没办法，而且还能从瞭望孔里清楚地看见对岸日军的一举一动。

如果要换防，把这些木板拆下来就可以了，继续用到其他阵地。这个法子推广到全师，国民党官员陪着苏联专家来检查时，说这是活动堡垒，受到苏联专家的高度赞扬。

马哈三的活动堡垒在黄泛区推行开来。

三团二营的换防情况，被日军发现，日军每天派一架飞机进入防守地区侦察。三团空防能力差，没有高射炮，只能眼睁睁地看着日机在头上盘旋，日机身上的太阳标志清清楚楚，而地面上却无可奈何。

马哈三骂道："绕来绕去的，像个苍蝇！"就让马有路托住机枪，马哈三朝飞机扫射起来，那日军飞机连忙拉升高度飞走了。

马哈三什么都不怕，这里日军的坦克进不来，就是有飞机，也不会在这么个地方下大功夫，唯一可能的就是日军通过水路偷袭。

全营只有几挺机枪和射程只有二百多米的汉阳造，没有大炮之类的重

折花战刀

型武器。营长李国勋想起了民间的土炮，就发动群众征用民间防守堡寨的大小土炮，让村寨编练抗日土炮队，组织了队长、炮手，严格挑选队员，不让一个汉奸混入。经过检查后，编成抗日土炮队，老百姓们自己造火药，又到处收集破铜烂铁做子弹。

经过几次实验，马哈三发现破铁锅砸碎后的铁渣最有威力。于是村里的大人娃娃们到处寻找破铁锅，找到了送到骑兵师来。

村民照样出河打鱼，让骑兵师能天天吃到新鲜的鱼。李国勋又组织了一个打渔队，组织了水性好的骑兵出船打鱼，借机侦察守卫，有时一天下来也能满足大家的需要。

这几天日军飞机侦查的次数多了起来，原来两天一次，现在一天两次。李国勋营长感觉日军可能要对万寨发动一次军事行动，就下达命令，增加防守哨兵，全营进入备战状态。

又一个清晨，河面上蒸腾着一片水汽，这些水汽不断地升向空中，万寨被弥漫的水汽包围着。河面上不时飞过几只乌鸦，穿透阵阵水汽，在水汽里留下飞翔的痕迹。万寨沉睡在一片宁静之中。

马有路值班当哨兵，他本来想在陕西时就逃回大部队，可是没人能证明他曾是红军，他的证明人早已牺牲在祁连山下，他回大部队的梦破灭了。当听说彭雪枫领导的新四军也在豫东抗日，他又有了新的梦想，又一次感觉到希望的重生。

他决定好了，回到大部队他先要把这名字改过来，他隐约记得他父亲好像姓陈，改个什么名字呢？陈石头，不好，太土！陈有才，有点狂。想来想去他觉得陈红军最好。

站在这泥坑里，马有路一天最美好的事情只有两件：一件是晚上有热水泡脚；一件就是想自己的美好未来，把日本鬼子打出去，实现共产主义。当然这些他只能在心里想一想，尽管现在是国共合作，但蒋介石还是没死心。马有路知道，骑一师在河南当地征兵时，据马哈三说队伍里已混进了国民党军统特务，稍有不慎就有落入危险的可能。

现在马有路唯一能做的只有等，等部队开到皖北，再找机会跑出去。

宽阔的河面上不时漂来一两根树枝，河水沉静，平静得只听见流水声，黄河淹没了一切，淹没了所有的声音，万寨就孤独在河中央。马有路感觉到了真正的孤独。马哈三曾跟着尕司令到过新疆，打过苏联人，他也知道点共产主义，而且马哈三最崇拜的尕司令听说已在苏联那边学开飞机。苏联是什么地方？是斯大林住的地方。马有路决定利用这个向马哈三宣传共产主义，可是每次聊起来，马哈三不表态也不反对，总是感觉马哈三只对战刀、战马感兴趣。一听到骑兵的战斗，马哈三的眉毛都飞扬起来，说到高兴时他常说："那个时节，我们挥着马刀与哥萨克对砍！"马有路就不高兴了，现在的哥萨克可不是白军，是真正的红色军队，你和红色军队对砍，那还了得！不过这些话马有路都藏在心里，现在马哈三是连长，而他马有路，只不过是个哨兵而已。

想到这里，马有路感到一种真正的孤独包围了他，就像这万寨四面的水，让人只能感觉到绝望。这个村庄也就二百多人，土地淹没了，道路淹没了，啥都没有了，大家就靠鱼虾活着。

马有路在胸口摸到了一个硬东西，掏出来一看，原来是儿子的长命锁。儿子，马有路这才想起他还有个儿子，还有个媳妇！这么长时间了，他似乎怎么努力都想不起哈力麦的形象，还有儿子的形象。他始终把这段婚姻当作是包办婚姻，这成为他心中的一个隐痛，在他的记忆里深深地藏了起来。

他拿着手里的长命锁，对着清晨的光，仔细地看着上面的纹路。银匠的手艺不错，每条纹路清晰整齐细致，可他却感觉不到一点儿子的气息和血脉。突然他做出了一件让他震惊的事，他把长命锁顺手丢进了河里。

丢完之后，他才清醒过来，连忙弯腰看向河里，可是什么都没有了。他又找了一根棍子，试着捅了捅，河水深不见底。

就在他抬起头时，突然看到河面上漂来了许多橡皮船，太阳旗在晨光里招摇着。

日本鬼子！大约有二十多只橡皮船。

马有路连忙鸣枪示警。一会儿工夫，全营人都守在阵地上。

"听我命令，土炮队没有命令不准开炮！"李营长下令。

马有路一回头，所有的村民都来了，一些孩子们拿着铁锅碎渣跟在后面，马有路的心热了一下。

马哈三的眼睛红透了，握着汉阳造，紧盯着河面上的橡皮船。日军是从黄河上游顺着周口北的白马河进入贾鲁河与黄泛区的汇合处，直接开到这里。天空又响起了马达声，一架敌机正飞抵万寨上空掩护橡皮船强渡黄河，攻占万寨。

飞机朝阵地一阵扫射，一个士兵头一歪趴在战壕里的泥坑里不动了。

马哈三把马有路叫了过来，让他托着机枪，等飞机俯冲过来。飞机又一次俯冲过来，马哈三对准敌机把子弹全扫上去，敌机一看，拉升了高度。这回它来硬的，干脆往阵地上扔炸弹，轰的一声，炸弹落在阵地前，溅起的泥水弄了马哈三一脸。

大家连忙钻进掩体，飞机炸了一阵，飞走了。看到万寨阵地上没有了动静，橡皮船分成三组划过来。大家紧张地等着李营长开炮的命令。

近了，近了，甚至都能看得见日军头盔反光在水汽里一闪一闪的。阵地上一片安静，日军胆子大了起来，他们划船的速度快起来，离阵地有二百米了。

李营长还在等，马哈三急得把汉阳造都捏出了水。马哈三不敢放枪，他知道日本鬼子的三八大盖射程是四百米，而他手中的汉阳造射程只有二百米，一超过这二百米，汉阳造的子弹就如同没头的苍蝇一样不知道方向。

二百米！一百米！七十米！

"开炮！"李营长大喊一声。

只听轰轰轰几声，地动山摇，马哈三的耳朵似乎被这巨大的声音震聋了，只看见马有路张着嘴巴说着什么。那些土炮里的铁渣朝鬼子们的头上打去。

马哈三瞄准了橡皮船上鬼子的机枪手，扣动了扳机，那个鬼子歪了一下头趴在橡皮船上。这时其他的大大小小的土炮也都一齐响了起来，因为装火药有个时间差，李营长分别给每座炮定了顺序、时间，这样土炮就能有序地攻击。

奇迹发生了！第一只橡皮船上的鬼子突然慌乱起来。仔细一看，原来铁锅渣打在橡皮船上，全是洞，河水就顺着洞流进橡皮船，橡皮船泄了气，沉了下去，船上的鬼子哇哇乱叫着沉入水中。

大家一看高兴得直拍手，那些土炮手们高兴极了，没想到土炮竟然有这么大的威力。土炮跟前装药的装药，装铁渣的装铁渣，点捻子的点捻子，大家严格按时间差放土炮。

马哈三也没闲着，日军飞机还不时扫射着阵地，马哈三和马有路托着机枪，朝飞机开火。战斗打了两个小时，土炮铁渣方向不定，日军二十只橡皮船全都打了洞，泄气沉没了，那一百多个鬼子兵全沉到河里了。飞机看到鬼子的橡皮船全沉了，就急急忙忙地飞走了。

这次战斗，马哈三们大获全胜，马哈三连只牺牲了三个人。战斗结束了，马有路叫了会水的撒拉族士兵，用绳子系住腰，下到河里，捞长命锁，忙了半天都没捞着，只好懊恼地回去。

李营长给马彪师长告捷，马彪又给第一战区司令卫立煌报捷。卫立煌特为嘉奖，说青海马回子军打得好，对二营全体官兵通信嘉奖，发来了许多慰劳品。

后来根据获得的日军情报，鬼子没有弄清二营的土炮是什么武器，也没有弄清用了什么战术，打得他们如此惨败，都说马胡子军大大的厉害。

在洛阳的第一战区司令长官卫立煌在这次战斗后指出：

什么是新式武器？凡是能打败日本鬼子，很快地把他们赶出中国的一切东西，都是新式武器！

从此抗日土炮队成为河防的重要武器。

18

1939 年 2 月自从马彪师长与汤恩伯闹翻之后，骑一师一直驻扎在与日军交战的前沿。

马彪师装备落后，军费严重不足，洛阳第一战区每月只拨五万元，其中包括军饷，还有军部给养、马粮，这些得让部队按照市价自行购买。可是通货膨胀像满天飞舞的鸟儿，追也追不上。今天军需处提一袋子钱购买东西，到明天就得提一袋半，难免有捉襟见肘的时候。军饷也不能按时足量发下去，只发八成，解释为"国难薪"，可是士兵一直私下里叫"怪难心"。都是从青海带出来的兵，马彪师长觉得对不起青海的父老乡亲们。

此时骑一师司令部驻扎在项城。项城位于河南省东南部，居黄河冲积平原南部、淮河主要支流沙颖河的中游，东连沈丘，北与淮阳隔河相望，南与平舆接壤，东南与安徽临泉毗临。

1939 年 8 月的项城酷热难耐，天上冒着热气，地上也冒着热气，这些热气蒸着河南项城的人们。傍晚时分，马彪师长坐上三轮摩托车往城里驶去。

马彪师长说："先去袁世凯故居吧！"摩托车很快到了袁世凯故居。故居位于项城市王明口镇袁寨村，虽然有点旧，但气势不减当年，据说占地有二百多亩，明清特色和传统风格的各式建筑在夕阳中颇显气势。让马彪师长印象最深的还是故居周围一千八百多米长、十米高的寨墙，还有六座炮楼和三道护城河。作为军事统帅，袁世凯在他故居的防卫上下了不少功夫。

走着走着，马彪师长说："去沙河！"

摩托车又朝沙河驶去，颠簸的路让马彪师长更显困顿。秘书不敢说话，静静陪着。车在沙河岸上慢慢停下。

此时沙河之水静静地向界首方向流去，不时能看见一两艘货船经过，发出一两声悲鸣。夕阳正在马彪师长头上一点一点地落下去，他的白发在夕阳里闪着奇异的金光。

马彪师长看看时间，缓缓地说："去李寨村清真寺！"

秘书清楚地记得，那次也是他陪着马彪师长去了李寨村，一进村子，发现整个村庄虽然破破烂烂，但巷道干净整洁，村民门上也看不到对联。

马彪师长与村民一谈，才知道这是个回族村落，他们看到的就是一座半途而废没有修好的清真寺。

马彪师长答应帮忙。

回到师部后，马彪号召营级以上军官自愿捐款，前前后后捐了一千两百块大洋。短短十四天后，李寨村的清真寺竣工了。

李寨村村民为了表达感激之情，推乡贤李新珍撰文、马永昶书丹，立了"李寨清真寺创建礼拜殿堂碑记"纪念暂编骑兵第一师的帮助。

摩托车到了村口，马彪让车停下，带着秘书走向清真寺，那块碑就立在寺内。看着碑，马彪师长突然想起那时他的大儿子也捐了款，那时他大儿子在骑一师特务营当营长，还是他动员大儿子捐的钱。

清真寺修出来了，他派大儿子去武汉培训，焦躁的大儿子却在武汉中暑身亡。急电一到，他赶过去见到的只是大儿子在白布下的埋体，悲痛的马彪师长亲自给大儿子洗了大净送走了他。

看着石碑上的文字，马彪师长的眼泪涌了出来：

甚哉矣！

真主之鸿慈诚广大而无纪极也，真主之鼓舞人心向善，实俾其发于不能自己也，夫天下事虽难者十之九，而易者十之一；畏其难而发者十之九，视其易而成者十之一。至若事本难而忽易，事发而终成，此尤于千百中求其一，而不可得者为藉口。得之然，非有大力者资助之、辅翼之。

马彪看到这里心有所动，便去澡堂洗了个小净，到礼拜殿礼了两拜，悄悄出了村子，等李寨村村民知道后再出来挽留时，马彪师长的摩托车已消失在远方。

1939年9月8日，马彪师长收到了洛阳第一战区长官部命令：

着马彪师派一个加强团兵力，渡黄河北袭淮阳县城日军，策应友军袭击开封附近之敌。

此时淮阳陷落已两年多。淮阳位于河南东部，是日军在鲁、豫、皖的战略要地，军事上有着无比重要的战略地位，淮阳城由城内的日军皇协军与伪军驻守。

只有战斗才能忘却伤痛，只有战斗才能抚平丧子之痛。马彪师长立刻着手准备新的战斗。

经过慎重考虑，他命令第二旅旅长马秉忠选编精干官兵出击。二旅顿时炸了锅，好多人都没和鬼子真刀实枪地干过，都想上战场拼一回。哈木宰所在的雷正鸿营、马哈三所在的李国勋营都在战斗序列。

提前几天，哈木宰给大白马喂了料，又开始磨折花战刀，边磨边与扎西说话。

扎西说："说实话，这次战斗，我还真有点害怕！具体怕什么也说不上来。"

哈木宰没吭声，还没战斗就说这样的话，有点不好。

扎西却自顾自地说起来："你知道我们藏族去世后灵魂将去哪里？六道轮回，转世。这辈子修了善果了，就能转好点，可是一参加军队我就再也不会转世了！"

哈木宰说："你胡说什么呀！"

扎西说："真的，我们的身体如果受到损伤，或者在战斗中死去的话，就只能进行土葬，可对我们来说只有天葬才能让灵魂飞升，土葬和水葬都不好。"

哈木宰说："那意思是你再也不能转世？"

扎西点点头，脸上充满了悲伤。

看着扎西悲伤的表情，哈木宰似乎又回到了决定他和扎西命运的那次赛马会。

而此时，草原没有了，鲜花没有了，草原上的那一切都随风而逝，迎接哈木宰和扎西的只有战争，只有呼啸而过的炮弹声。哈木宰被扎西脸上的悲伤感染了，也停下了磨刀，静静地望着扎西，折花战刀在夕阳里的磨刀石上闪着金光。

哈木宰说："灵魂的安顿可是大事，明天就要开战了，这里多一个人少一个人都没关系，干脆今天我给你凑点路费，今晚你先跑，跑回家去，找到卓玛，养一群羊，生一堆孩子，好好地过日子去。"

扎西的脸奇怪地扭了一下："家？哪来的家？啥都没有了！"

"还记得吗？草原上，你跑得那天晚上，卓玛给你什么礼物了？"扎西说。

哈木宰眼前立刻出现那轮草原的大月亮。可如今扎西和卓玛结了婚，能给扎西说他摸了卓玛的乳房吗？不能！

哈木宰说："什么也没给！"

扎西却说："卓玛可给了我一样东西！"

哈木宰说："什么东西？"

"鲜花长在卓玛的乳房上！"扎西一脸幸福。

哈木宰说："啊！"

扎西说："我一见到你就想说，可是又不敢说。可是，可是卓玛走了！"

哈木宰说："走了？她去哪儿了？"

扎西说："就在你走后的第二天，卓玛的父亲并没有兑现承诺把她嫁给我。卓玛很伤心，那天晚上，她约我在那片草原上见面，那天她穿得像朵漂亮的花，你真没见过这么漂亮的卓玛。她说，有朝一日，你能见到哈木宰顺便把这首歌送给他，还说这歌她也送给我，来生她宁愿做一朵草原上盛开的花。"

扎西唱起来了：

> 那一月，
>
> 我摇动所有的经筒，
>
> 不为超度，
>
> 只为触摸你的指尖；
>
> 那一年，
>
> 磕长头匍匐在山路，
>
> 不为觐见，
>
> 只为贴着你的温暖。

哈木宰想起来了，这歌卓玛曾给他唱过，如今一听，心里酸痛酸痛的。

哈木宰不说话了："来生做花，什么意思？"

扎西说："她去了祁连山的雪峰顶上，说哪一天如果我看到一只鹰朝雪峰山顶飞去的话，那正是她离开的时候，并让我带着写着她名字的纸条，到寺院找活佛！"

"第三天我果然看到一只鹰朝雪峰顶飞去，我连忙把纸条带到活佛那儿了！"

"活佛说什么了？"

折花战刀

"什么也没说，只是点了一盏灯！一盏最亮的灯！"扎西说，"活佛让我赶快跑，往东跑，我翻过大坂山，半路上遇见了一个熟人。熟人说卓玛找不见了，卓玛父亲满世界找我算账，要亲手把刀子插进我的心脏。我母亲已被折磨死了，我只能往东跑，结果被抓到军营里了！"

扎西一口气说完，长出了一口气。哈木宰此时什么也说不出来。

扎西说："你还没丢掉写着我名字的纸条吧！"

哈木宰掏了出来，时间长了，纸条上的字迹模糊不清。扎西跑了出去，一会儿又进来了，手里拿着一张写着他名字的纸条，放在哈木宰手中。

哈木宰望着扎西悲伤的脸说："你放心，如果你走了，我死也要把你的身体带回草原，让活佛念经天葬你！"

扎西笑了笑："身体残损后不能天葬的！"

哈木宰说："你不是给我讲过，格萨尔王曾给他牺牲的部下超度的事吗？身体残损了，高僧照样可以超度！"

扎西笑了："你知道得不少呀！"

哈木宰说："好了，好了，我们赶紧磨刀，准备出发吧！"

19

傍晚时分，部队开到了黄河岸边。夕阳正挂在天边，给黄河镀了一层金色，连那些混浊的泥沙也在夕阳的金黄中变得神圣起来。

每个战士面前放了一大块羊肉、一大碗菜，还有两个油饼，由赛尔阿訇念了虎嵩山阿訇的求祈词。

大家拉着战马，站在黄河边上，紧张地等着过黄河。河里停满了渔船和木船，随着波浪轻轻地摇动着，战马曾上过船，此时不再紧张，它们的眼瞳里映着夕阳的金光。

船经过万寨到达了黄河北岸的孔庄。孔庄是进攻淮阳的重要跳板，当晚二旅宿营在孔庄，据当地老乡说，这里离淮阳县城还有十五里路。

第二天清晨，孔庄在第一声鸟叫声中浅浅地睡着。九月，到处弥漫着成熟的味道，高粱甜丝丝的味道在九月的孔庄铺展开来，孔庄隐约在葱茏的树木中。不知是谁家的公鸡又雄壮十足地叫了一声，这让九月的孔庄顿时充满了生气。记得大阿訇说过，万物都有自己的祈祷方式，人只不过听不懂鸟叫声，如能听懂，那天刚亮时那鸟儿的叫声该拥有怎样的心情呢？尤其是经过漫长噩梦不断的黑夜，这种心情应该和人一样充满着喜悦和感激。

哈木宰找好了一块平坦的地方，帮着由赛尔阿訇铺好了拜毡，很快这里就会站满二旅的穆斯林战士。士兵们依次站在由赛尔阿訇后面，哈木宰站在最边上，顺手把折花战刀放在右边。哈木宰第一次鞠躬下去时，旁边的树枝挂落了他的白顶帽。战争时期礼拜可以分开做，哈木宰先做，马秉忠旅长、韩来臣、马哈三一拨人拿着枪守在周围，他们警惕地盯着四周。

四周宁静而安详，那些鸟叫声小了许多，只听到由赛尔阿訇略带点哭腔的阿拉伯语调，哈木宰似乎看到远方轰鸣的黄河正向他们扑来。

接着，由哈木宰们警戒，马秉忠旅长领拜，韩来臣、马哈三、哈比布们跟着在后面。刚礼了一拜，就听到从东方传来两声枪响，哈木宰们立刻拉上枪栓，一些汉族士兵又赶到礼拜的地方，保卫在周围。哈木宰抽出了折花战刀，他突然觉得折花战刀似乎又亮了起来，上面的龙纹隐隐发光，感觉一场恶战即将开始。

哈木宰急切地盯着礼拜中的马秉忠旅长，他高大肥胖的身体起起落落间似乎有点吃力，可他一点不慌张，依然专心地做着他的礼拜。跟他做礼拜的一些士兵有点慌乱，看到旅长丝毫没有停下的意思，又安静下来。枪声越来越近，三八大盖那特有的声音似乎就在耳边，侦察兵着急地等在哈木宰的后面，脸上的汗珠滚滚而下。

大家终于掌起了双手，可是这个祈祷时间太长了，哈木宰左边是枪，右边是折花战刀，举起双手祈祷。身后的枪声越来越近，哈木宰这会儿一点都不紧张，仿佛那枪声就应该像鸟叫声一样存在于东方。

晨礼终于做完了，只见肥胖的马秉忠一跃而起，喊了一声："各就各位，准备战斗！"

大家立刻向阵地奔去，汉族士兵们已经打退了日军的第一次冲锋，焦急地等待着哈木宰们，看着他们过来，大家又开始反击。号兵吹起了冲锋号，骑兵趁机从三面追击撤退的日军，把鬼子压退了一里路。

说实话，哈木宰觉得就作战能力来说，鬼子真的有一套，他们单兵作战能力很强，三四个鬼子马上就能布置一个小阵地。他们进攻也有一定的路数，一条斜线排开前进，最左边是机枪，这样的队形既能进攻也能撤退掩护，和伪军、土匪完全不是一个档次。

很快鬼子又建立了一个阵地，猛烈的火力压住了骑兵的进攻，一部分骑兵只好下马作战，和鬼子对射。鬼子依靠阵地死死地堵住了马秉忠的一个团。

日军的野炮不停地轰过来，看到无法推进，马秉忠命令哈木宰连和马哈三连再次迂回袭击。听到冲锋号，哈木宰跟着连长绕过树林，跑过一片田地，战马的背后扬起一阵尘土，他们很快就看到鬼子炮兵忙碌的背影。司号员又一次吹起了冲锋号，战马纷纷向鬼子炮兵阵地踏过去，鬼子没想到骑兵从后面砍杀过来，顿时乱了手脚。平时骑兵最怕炮兵，但如果一近身，炮兵就怕骑兵。哈木宰把一个鬼子砍倒在山坡上，接着又去追在平地里奔逃的鬼子。鬼子丢下大炮纷纷向后退去，没有了大炮的掩护，鬼子的阵地乱了，一团骑兵趁机攻杀上来一阵砍杀。鬼子腹背受敌，乱了阵脚纷纷向淮阳城里退去。

马秉忠带领骑兵向淮阳城步步推进。此时对抗的大部分是伪军，因此马秉忠们推进的速度很快，连追带杀打到淮阳县城下。

淮阳县城虽是个小县城，可护城河、城门一应俱全。攻城开始了，战马被拉到了隐蔽处，此时骑兵全变成了步兵，工兵营紧张地准备着攻城的梯子。经过侦察，发现西门防守力量薄弱，火力弱，马秉忠旅长决定东门佯攻，西门攻城。工兵们把梯子往东门上搭，一阵机枪，倒下了几个工兵，随后又派上去了几个。

西门那边是马哈三们进攻，哈木宰和韩来臣、扎西三个人跟着马哈三

折花战刀

进攻，哈木宰没打过攻城战。战斗前，马哈三就对他们说过，要想活命，跟着老兵跑，三个人就跟着马哈三跑。马哈三跑，他们也跟着跑，马哈三停下，他们也停下，发现马哈三在战场上似乎与子弹躲着玩。只一会儿工夫，马哈三就摸到西门城下，拉响了炸药包，轰隆一声，西门被炸开了。哈木宰们马上冲过去，边打边扔手榴弹，很快控制了西门，一直攻到西关。这场战役杀了一百多日军，缴获了大量的军用物资。

东门的日军又调集有生力量，向西关压过来，因为日军有坦克，骑一师损失很大，就向城外退去，在西门外建起阵地对峙。期间，二旅一个团又从西门攻进淮阳县城，打了个昏天黑地，最后还是被坦克压了出来，打了个三进三出。

9月10日，骑一师侦察兵传来消息，北面开封方向开来一百辆日军卡车，正接近淮阳县城。此时淮阳县城的鬼子早已得到消息，又组织伪军反攻出来。马秉忠旅长想趁日援军未到，打击下伪军的嚣张气焰。等伪军贴近后，组织大刀队把伪军砍了个遍，后面的鬼子看到后连忙又向城里跑。

日军的援军到了，二旅腹背受敌，处境艰难。此时哈木宰们杀红了眼，谁也不想离开战场。一阵秋风吹来，只见鬼子阵地上出现了几团黄烟，在风的吹动下，这团黄烟迅速向哈木宰们的阵地飘来。黄烟越来越浓，战马们就被黄烟笼罩着，只见骑兵和战马在黄烟中剧烈咳嗽。只几分钟，还没明白怎么回事，一百多匹战马就倒在黄烟里。马秉忠旅长急忙下令撤退，大白马在黄烟刚飘过来时，就连踢带跳，跑到上风口躲过了日军的毒气弹。此时二旅腹背受敌，被迫撤退，最后退到孔庄阵地。

日军的步兵、炮兵、坦克兵等各兵种正集结起来向骑一师孔庄主阵地袭来。

日军炮兵和主力驻扎在孔庄东北一带，向骑一师阵地进行了猛烈地炮击。这是骑一师与日军的第一次正面交锋，鬼子的炮击测量真厉害，一个机枪阵地扫射时间长了，马上就会有一发炮弹飞过来，准确炸了机枪。

可恶的是日军炮兵似乎知道骑一师骑兵的厉害，专门往骑一师的战马群中打炮，巨大的爆炸声让战马们惊慌失措，驮着骑兵到处乱跑，有的战马把骑兵掀翻在地，也有不少战马倒在弹片中。

　　马哈三大喊："骑兵散开阵形，隐蔽战马！"

　　战马立刻分散开来，被拉到安全地点，日军失去了目标，就专往骑兵阵地上打炮。

　　一时间孔庄阵地上弹片横飞，扬起的尘土落了骑兵一身。炮击结束后日军坦克攻上来了，二旅战壕挖得很宽也很深，日军坦克只好缓慢地寻找着突破口。哈木宰、韩来臣、扎西此时在战壕里用汉阳造打着跟在坦克后面的步兵。

　　打着打着，哈木宰的枪筒开始发烫发红，只好停下来，让枪口散一阵热。头顶一阵尖利的声音向哈木宰们冲过来，马哈三喊道："快趴下！"

　　只听轰一声，一颗炸弹在他们不远处爆炸，一块弹片击碎了前面的一块石头，擦出一道火星。

　　日军步兵密密麻麻地向孔庄阵地压过来，面前摆满了手榴弹，哈木宰杀红了眼，把一颗放在怀里，准备在最后的时候留给自己。

　　骑一师配备的汉阳造就是不行，打一会儿枪筒就发红发热，只能停一阵，打一阵。骑兵习惯了打遭遇战，还真不太适应打阵地防御战，战斗持续了五个小时。

　　看到情况危急，马秉忠旅长亲自上前线指挥，参谋长说："主将不宜上前线亲临战场。"马秉忠没听，在临近前线阵地十米处的一间草房里用望远镜观察。马秉忠旅长身高体胖，很快被日军发现，加上穿着军官服，日军火力向草房方向猛烈射击，一颗流弹击中了马秉忠左前胸。这时火力丝毫没有减弱，扑面而来的子弹密密地封住了草房的门，把所有人围困在草房里。

　　"快！挖墙！"有位士兵朝后墙上撒了一泡尿，三下五除二就在后墙上

折花战刀

挖了一个洞，从洞中把马秉忠拖了出来。

马秉忠旅长的呼吸越来越急促，口中开始念清真言。不一会儿脸色发青，神秘地微笑了一下，闭上了双眼。这一年马秉忠的父亲刚刚去世，马秉忠才二十九岁。

战斗中湟源人李国勋营长也壮烈牺牲，连长赵清心，排长郑成功、郑成仁兄弟相继阵亡。

大通东峡人车进椿营长身负重伤，仍然坚持战斗，战斗中因晕死过去，被误认为已去世，后来他竟然奇迹般地从牺牲的战友中掀起白布坐了起来，大家都说他是"不死人"。

哈木宰、马哈三听说马秉忠旅长牺牲后，都杀红了眼，专等日军靠近了打。阵地上骑兵们的清真言念得一阵比一阵紧，一阵比一阵声音大，连那些汉族士兵都受了感染，也跟着音调念了起来。

骑兵多次跳出战壕与日军拼战刀，骑一师的火器不行，可近身拼刀，日军拼不过身高体重占优势的骑兵。扎西的右胳膊受了伤，他往伤口上撒了把黄土，光着膀子噢噢喊着一次次扑向近身的鬼子。

日军被迫停止攻击两个小时。

阵地上枪炮声渐渐小了，哈木宰、马哈三、韩来臣将马秉忠旅长的埋体送过河，由于马秉忠旅长身高体胖，他们找了两扇门板用八个人才抬到南岸。

听到马秉忠旅长牺牲的消息，马彪师长命令韩有才营迅速抢占孔庄以北的村庄，马哈三、哈木宰连又奉命骑马跟随韩有才营向孔庄以北进攻。

大白马以冲刺的大跑步法向孔庄北面驰去，密密的青纱帐掩护着行进的骑兵。哈木宰听到大白马粗重的呼吸和通通的心跳声，他感觉到右手中的折花战刀仿佛长在了手上，风过刀锋时的冰凉感顺着刀神经传到他的手上，传到他的大脑，刀上的那条龙纹正在喘着气，暗暗地蓄积着力量。

渐渐地村庄就在眼前，大白马的速度减了下来，换成了轻盈的小常步，

235

在树林那儿转过弯，又以冲刺的大跑向村庄西侧平坦的开阔地奔去。哈木宰不知道大白马要做什么，身后的那些战马似乎都心照不宣地跟着大白马跑。

哈木宰觉得手中的折花战刀热了起来，刀锋不由自主地平举起来。就在这时，哈木宰突然看到前面一阵尘土飞扬，一百多匹日军战马出现在尘土里。

有人喊了一声："鬼子！"

两支骑兵没想到在这里遇上了，互相愣了一愣。两边的骑兵都没有下马，都想着在战马上拼上一拼。

韩有才说："列成散兵线，准备战斗！"鬼子军官也抽出战刀发出进攻的命令。

哈木宰死死盯着对面的日军，他们戴着头盔，雪白细长的战刀在空中冷冷发亮。就是这伙人刚刚杀了马秉忠旅长，哈木宰握紧了折花战刀，大白马不停地刨着地，白马连和黑马连这会儿汇成了一片。扎西脱光上衣，胸大肌在阳光下闪着青铜色的光。

冲锋号吹起来了，战马以冲刺的大跑向对方冲去，马哈三大喊一声："天堂的门开了！为马旅长报仇！"

马哈三本来声音就大，这么一喊，哈木宰也跟着喊起来，其余士兵跟着冲向日军骑兵。

哈木宰朝一个军官冲过去，一般骑兵都是从左路进攻，这样右手顺，哈木宰却冲到日军军官的右路，日军军官不得不别扭地转过身体来砍哈木宰。快要接近时，哈木宰突然把折花战刀从右手换到左手，哈木宰是个左撇子，折花战刀毫不犹豫地顺顺当当劈向日军左肩，再往回一抽，那个日军军官软绵绵地滑下马去。

这时哈木宰才真正感谢起大阿訇教的左右刀法，左撇子刀法让许多日军躲闪不及，倒在战马下。

相比之下，日军的东洋马比青海马高出一大截，日军的战刀也比骑一师的鬼头大刀长而轻。这样每次战马接近时，骑一师的骑兵总要费力地立着身去砍杀，战况对骑一师不利起来。

哈木宰突然看到扎西趴在马上，连忙架开旁边日军的战刀，向扎西奔过去。两匹马并排跑起来，哈木宰来了个"并马救援"，一个翻身跳到扎西马上，扶住扎西，只见鲜血不断地从扎西胸前渗出来，扎西脸色发白，大白马紧紧跟着护在一侧。哈木宰把扎西交到救援骑兵手中，又纵马杀回来，他连砍了两个鬼子，这时战场上骑一师已处于不利地位。

连长马长寿的战马被日军刺中，马长寿摔在地上躲着日军的战刀，大喊道："兄弟们，下马砍马腿！"

说完就用鬼头大刀朝旁边的日军战马砍去，砍中左前腿，马扑嗵一声把日军也摔下马来，马长寿趁机砍下了鬼子的头。

哈木宰、马哈三们也跳下马，大白马领着几匹战马向树林里钻进去。哈木宰用折花战刀锋利地砍着日军战马的脚筋，日军纷纷栽下马来，还未来得及爬起来，鬼头大刀早已砍了过来。

哈木宰们清理了战场，缴获了四十支三八大盖、五十多把日军战刀、五匹战马，还有多副鞍具。连长马长寿的膝盖被敌人砍掉了，在地上挪着。

只听哈木宰一声口哨，大白马领着其他战马奔过来，哈木宰把马长寿扶上马拉到后方。此时哈木宰低头着急地往简易的卫生所跑，一过去就听见扎西的战马不停地悲鸣着，用蹄子刨着地。哈木宰的心里一沉，走进院子里，满院子都是伤员。

扎西身上已盖上了白布。哈木宰抹了一把脸，天空中一只鹰正从头顶飞过，哈木宰举起双手，他要替扎西祈祷，他想造物主是所有人的，至仁至慈的，一定能听到他的祈祷！哈木宰整理扎西遗物时，找出了一串念珠，檀香木的，有一百零八颗，每颗都被扎西摸得锃亮锃亮的。哈木宰看着念珠，想着每天早晨晚上扎西虔诚念经的样子，一低头眼泪掉在念珠上。

下午三点，骑一师清理了战场，重新部署，准备着下一次的战斗。日军又从开封增援了大批的步兵、骑兵、炮兵、坦克兵。

骑一师装备、人员处于劣势，敌众我少。骑一师接到撤退命令，向孔庄西北白马河、贾鲁河汇合处的有利地带集结。

日军观察气球从高空看到骑一师骑兵向白马河、贾鲁河汇合处集结，便用猛烈的炮火轰击，飞机在空中不停扫射、轰炸。骑一师为减少伤亡，骑兵分散开来。由于周围一马平川没有掩体，骑兵人高马大目标明显，暴露在飞机攻击范围内，不少战马倒在炮火中。哈木宰学马哈三的样子，撕了衣服，塞住战马的耳朵。

马哈三追上哈木宰大声喊："快念清真言！"哈木宰一面跑，一面不停地念着。大白马在炮火中左右奔突，却始终找不到有效的隐藏地点。周围倒下的战马呛人的鲜血弥漫在周围，大白马闻到战马的血腥味后，突然昂首一叫，纵身往西边跑去。其他的战马也都跟着大白马跑了起来，前面出现了一片茂密的树林和青纱帐，大白马钻进了树林，可是飞机还是追了过来，哈木宰想今天可能就要死在这里了。

突然周口方向响起了密集的炮声，日军飞机纷纷往回飞。原来周口驻守友军骑十四旅和周口防空部队以重炮和高射炮还击，才挡住了日军的疯狂进攻。

哈木宰们又一次从死神手中逃脱。

下午五点，马彪师长看到骑一师兵力过少，又增援了一个步兵团，由第三旅第五团团长韩进禄率领，抢渡黄泛区，协助攻占孔庄东北处的日军主力和炮兵驻地，反攻随即打响。日军经几次反复激战，渐渐不支，最终放弃了炮兵阵地，韩进禄骑兵团占领并缴获了两门重炮。在抢运过程中，日军又施放大量毒气，并用小钢炮和轻重机枪火力反扑，炮兵阵地得而复失，骑兵团撤回原防守地。

下午六点，骑兵集结号又一次吹响，哈木宰连跟随雷正鸿营长纵马直奔前方，切断日军从开封到淮阳的增援线。哈木宰在马背上只啃了几口馍馍，便把馍塞进了褡裢。

大白马跑得满身是汗，哈木宰的双腿都被马汗打湿了，哈木宰脱下衣服只剩下衬衣，衬衣在风中飒飒作响。

哈木宰给韩来臣扔过去半个馍馍，韩来臣咬了一口，揣进怀里。

这时日头西斜了一点，烤死人的温度降了下来。前方的侦察兵打马跑过来，说前方村庄里有一队日军骑兵正在休息。

雷正鸿营长命令全营加速前进，侦察兵在前面带路。跑过几片树林，就看到村庄上空飘着的炊烟。大白马冲进村庄时日军还在休息，骑兵立刻分成三队进攻，哈木宰连从东面进攻，另外两队从北面和西面进攻。

屋檐下，一个满脸皱纹戴眼镜的日军正坐在地上喝水，他旁边还放着几本书。看到大白马冲过来，他平静地望着哈木宰，一只手里拿着一本书，旁边的杯子还冒着气。看到哈木宰冲过来，那个日军轻轻翻过一页书，那神态似乎与战争无关，他只是个旁观者。哈木宰握紧了折花战刀，目测着那日军脖子的位置，折花战刀就要挨到日军脖子上了，可那日军竟然一动也不动，只是轻轻闭上了眼。这一刻，哈木宰突然想起了父亲，折花战刀改变了方向，只擦过日军的书。大白马已越过日军，哈木宰回头，日军还坐在那里，表情依然平静，平静里带了点感激。

哈木宰像风一样向前冲，前面那些吃饭的日军乱成一团，有的正骑战马时被骑兵战刀劈成两半，滑落在马下，马拖着半截鬼子惊恐地跑来跑去。有的端着饭盒还没送到嘴边，骑兵的战刀就落到了头上。

一匹日军战马向哈木宰冲来，日光正刺过哈木宰的眼睛，在耀眼的光芒里一道黑影向他挥过来，他连忙用折花战刀一架，右手上一阵剧痛，日军战马擦身而过。

哈木宰低头一看，右手小拇指已没有了，血顺着战刀往下滴，流到了折花战刀刀刃上，一条血龙的模样显现出来。突然大白马往前纵身一跳，哈木宰躲过了来自身后的一刀。

哈木宰拉转马头，刚才的那位日军正在追砍马哈三。不用哈木宰用腿夹，大白马已径直向那位日军的左路冲去，哈木宰用左手把战刀平举起来，对准日军脖子，挨上脖子后，又迅速一划一抽，日军的头马上奎拉在脖子上，身子往前斜过去。

一些鬼子往开阔地跑，哈木宰们并没有追，等他们跑得丢了枪、丢了战刀时，再猛冲出去，一阵战刀乱飞，全砍倒了。

韩来臣数着砍死的日军，数来数去数了二百多，还缴获了五十多匹战马、九门骑炮、一百多支骑步枪。

就在这时，哈木宰看到了那个戴眼镜的老日军，他还是那个姿势，坐在地上，那几本书还在那儿摞着，只是身子歪斜过去，头歪在一边，手中的书被鲜血浸透了，眼镜的一片镜片碎了，空空的眼镜在血泥里卧着。

哈木宰觉得有什么东西在他心里撕裂了，他跳下大白马，拿起那日军看过的书，又轻轻盖在他的脸上。旁边那几本书上面都是曲里拐弯的字母，想了想，揣进怀里，交上去了。后来听说那是日文版的《三国演义》和《水浒传》。

天突然黑下来，疯狂的日军点燃了孔庄一带的大片村庄，大火照亮了西边天空，恼羞成怒的日军又用汽车灯和照明弹把整个阵地照得如同白天，孔庄的百姓在战火中东躲西藏。

星星在头顶依次亮起，哈木宰坐在阵地上等命令。凌晨时分，日军拉着尸体渐渐向淮阳城退去，孔庄那边的大火渐渐熄灭，在暗夜里发出微弱的血红色光芒。

哈木宰不停地念着清真言，他不知道子弹将会从哪个方向来，也不知道是哪一颗子弹会准确地取走他的性命。远处不知从什么地方传来一两声撕心裂肺的哭声，哈木宰甚至盼望能看到取他性命的那颗子弹的飞行轨迹，在空气中旋转旋转，一直旋转到他的头上，此时他觉得这世界其实就是一颗子弹而已。

凌晨五点，哈木宰接到命令，为避免日军飞机轰炸，团长韩进禄于拂晓前携伤病员、战利品撤退到黄河南岸，就地听候命令，二、三团团长李增荫率领骑兵继续在敌占区进行游击。

经过了十七个昼夜，李增荫的骑兵游击于淮阳县城西南的柘城、鹿邑、太康、杞县等地，与日军骑兵和汽车兵进行了多次战斗，双方都有伤亡。

战斗结束了，哈木宰们返回黄泛区南岸，集中在河南项城县水寨休整。据淮阳情报员的消息，日军支队铃木司令等一千多人被击毙，日军将尸体摆放在淮阳县城成城中学的中山堂内，分别火化，装入骨灰盒，做着"无言凯旋"的工作。

骑一师也先后阵亡两千多人，其中一千多官兵包括马秉忠旅长的遗体被运送至项城水寨。

9月的水寨一片肃杀之气，秋叶翻飞，叶叶飘零。哈木宰走在街道上，脚步沉重地踩过落叶。深秋未到，而天气却尽显深秋之景，庄稼蒙上了一层缟素之色，连天边的大雁都失去了欢快的叫声，一路悲鸣向南而去。

哈木宰、马哈三、韩来臣三个人走在秋天的水寨，两边是翻飞的黄叶，耳边传来惊心动魄的落叶碎裂声，他们往项城的各大布店走去。

这是项城最后一家布店，可在花花绿绿的布中唯独没有白布的踪影。

"老人家，还有白布吗？"经过这次恶战，哈木宰觉得他口中的称呼都变柔了。

"前面刚来过几个兵，白布全卖完了！"一个苍老的声音从柜台后面传过来。

哈木宰是给牺牲的穆斯林士兵们买白布做卡凡，一千多人，平均每人三尺白布，算下来有三千多尺，由各班分头购买。哈木宰揉了揉眼窝，一脚跨出了布店，眼前一片落叶准确地砸在他脸上，顿时他泪流满脸，这十几天积攒的眼泪在这一刻迸发出来。

241

"等一等！"一个苍老的声音从布店后面传过来。

哈木宰停了下来，老人拄着拐杖走出了柜台，手里捧着两副卡凡，哆哆嗦嗦地放到哈木宰的手里，说："拿去吧，孩子，给那些烈士用，这是我和老伴的！"

哈木宰三个人连忙道了赛俩目。

城里的回族都自发地来到水寨清真寺，有的人带来了热水工具、汤瓶、大盆，准备给穆斯林烈士们洗最后一次大净。

水寨清真寺的巷道里摆了一长溜炉子，炉子上摆满了大大小小的热水壶，水冒着腾腾热气。项城的回族都来了，大家戴着白帽，脸色肃穆，匆匆地把热水提进清真寺，又小心地把洗完的血水端到沙河里。

一位老人连续洗了一天，别人劝他休息，他只是抹泪摇头。傍晚时候，老人中暑晕了过去。

哈木宰也加入了洗大净的行列。看到曾经熟悉的兄弟的脸，他的大脑停滞了。兄弟们有的胳膊被砍断了，有的头没有了，有的四肢不全，还有的是几个人的四肢拼凑起来的。

另一个大院子里摆满了棺材，所有牺牲的汉族士兵们平静地躺在棺材里。哈木宰找到了扎西，他一改往日的幽默表情，平静地像一滩湖水，看着血水模糊的扎西，他专门找由赛尔阿訇问能不能也给扎西洗洗。

由赛尔阿訇说："能，为了大众牺牲的烈士，不管是什么民族，洗是合法的，哪怕他不是穆斯林！"

哈木宰认真地给扎西洗了三遍。哈木宰抽出扎西的小藏刀，拉出了他的右手，决定割下扎西的一个手指头，带到藏族的天葬台，让神鹰背着扎西的灵魂飞向高高的天空。

可是哈木宰试了几次，都下不了手。他痛苦地说："扎西原谅我，我真的无法下手，真的无法天葬你，真的无法让神鹰背着你前行！"

送葬的这一天是个主麻日，水寨清真寺里挤满了人，淮阳、项城、周口、沈丘等地的回族自发地来到这里。站完殡礼，项城的年轻人争先恐后地把埋体抬向墓地。

坟地在水寨清真寺南面一里地的地方，那里整整齐齐地挖好了坟墓。由赛尔阿訇念完古兰经，所有的坟坑同时下土。

马秉忠将军墓前立了石碑，由骑一师秘书长丁元杰撰书简历于碑后，碑面上书有"陆军骑兵暂编第一师第二旅少将旅长马秉忠之墓"。中央社记者对此进行了采访报道，各战区和后方报纸也报道了骑一师恶战日寇的壮举，美国各大媒体以此进行了宣传。为纪念骑兵师阵亡将士，国民政府在此建造了抗日英雄纪念碑。

营长李国勋已被万寨人厚葬于万寨，马彪师长要去搬坟，万寨百姓哭着不让搬，从此李国勋就安睡在万寨。

葬礼结束后，哈木宰和韩来臣骑着马找了家项城佛教寺庙，哈木宰把扎西的名字交给主持，又给了几块大洋。哈木宰想好了，先在这里让主持给扎西念往生经，等他回青海后再找个高僧超度。

哈木宰收到了一枚奖章，图案是中国地图上站着一名右手持枪高举的战士，右上方写着"民族至上"四个字。

这一天，乌云遮住了项城的太阳，酷热的夏天竟然有了难得的凉意，整个项城弥漫着一股呛人的血气，英雄的血气正笼罩在项城上空。

这一夜，扎西的枣骝马跳进了沙河；这一夜，城里的儿子娃娃们噌噌噌地长大了；这一夜，老人们看到许多穿白衣服的人骑着马飞上了天。

　　赛力麦明显地感到铁匠爷打铁的力气比原来小了，原来一只镰刀只打几下就行了，现在得打十几下。赛力麦在旁边打下手，先用小铁锤敲敲打打，后来赛力麦也能抡大锤了。

　　日子像马车一样快，转眼间哈木宰的父母去世快一年了。这一年里，赛力麦托人给哈木宰写了无数封信，可都没有回音。

　　这一天是集市，哈木宰的奶奶和赛力麦母亲看着赛力麦的儿子和哈力麦的儿子，铁匠爷、赛力麦和哈力麦赶着驴车去集市，驴车上装着镰刀、马掌之类的东西，这一趟集赶下来，能还掉一部分欠账。赛力麦喜欢赶集，主要是还能听到一些有关河南抗日的消息。

　　还是当年的那条土路，赛力麦想起了当年和哈木宰去看病的情景，这条路上哈木宰跟着马车跑的样子历历在目，可如今哈木宰一去两年不得音讯。不仅是哈木宰，哥哥马哈三、马有路都没了消息。

　　集市上有一个小广场，依旧人来人往，广场上还有许多人在演戏，一打听才知道是庆祝骑一师淮阳战斗告捷，赛力麦急忙拉着哈力麦走上去。

挤进去一看，社火队正在广场里表演，男人们擦脂抹粉，装扮成大姑娘，女人们穿男人的衣裳、腰里插着烟袋装成男人，唱的是《四季歌》：

> 清早眼皮跳呀，
>
> 喜鹊檐前叫，
>
> 原来是情郎哥的相片寄到了！
>
> 书已拆开，
>
> 相片露出来，
>
> 细看我的情郎哥红花胸前戴！
>
> 面带三分笑呀，
>
> 喜气挂眉梢，
>
> 原来是情郎哥前线立功劳！

赛力麦听着听着，不由抹起眼泪来。人家还记得往家里寄相片呢，可哈木宰呢，一根草棍都没往家里寄。

看完社火，铁匠爷又去看望老中医，顺便了解点河南抗日的情况。老中医一见他们来了，给他们倒了杯花茶。

老中医说："瘦了！"

铁匠爷说："拉家糊口，哪能不瘦？"

老中医说："儿孙满堂，还拉什么家，糊什么口！"

铁匠爷说："唉，再说啥哩，孙子刚上抗日前线，儿子当煤兵无常了，时间不长儿媳也跟走了！"老中医一听不说话了，起身给几个人添了回茶。

停了一会儿，老中医说："老人家，想开点，这阳世无非就是这样！"

铁匠爷说："哭也好笑也好，日子还要过，我手里的锤锤还不能停，家里几口子人就靠着这个锤锤吃喝！现在我什么都不想，只指望着孙子回来！今儿我就向你打听个河南抗日的情况，你识字多，消息又灵通，给我这个老阿爷宽个心！"

老中医说："有消息，前几天西宁城里还开了个骑兵师收复淮阳的庆祝大会，听说青海骑兵在淮阳杀了一千多鬼子。那边一提起马回子军，日本鬼子胆都没有了！"

铁匠爷说："我们骑兵，折了多少？"

老中医看了铁匠爷一眼："听说折了两千多人！"

"两千！"铁匠爷不说话了，赛力麦的心一下子揪了起来，怪不得一去两年，都没个信儿。赛力麦的心咚咚乱跳起来。

老中医说："想开些，生死有命，富贵在天！"

铁匠爷说："一切托靠真主吧！"

可赛力麦宁愿相信哈木宰没来信是因为找不到写信的人，或是找不到写信的纸。关于这点赛力麦清楚，比如说她要铰个鞋样儿，纸太难找了，幸亏母亲手里还有几张。赛力麦坚定地认为哈木宰找不到纸才不写信。

哈力麦是个娃娃性格，大小事儿不装心里。马有路走了，她也就恨了一段时间，她觉得马有路不疼她，也不爱她，儿子成了她唯一的寄托。

这天赛力麦去担水，见到了她最不想见的人，马六十三！这个马六十三也在马步芳军队当过几年兵，后来不知道啥原因一只眼睛瞎了，回了家。因为眼睛的原因，好久没娶到媳妇，一天到晚想着爬人家墙头偷人，曾被人家抓住打瘸了一条腿，可这人狗性不改，听说最近又跟着一帮土匪混，比原先坏了十几倍。

马六十三看到赛力麦来担水，走了几步又转回来在泉边停下，看到赛力麦把木桶放到泉水下，马六十三说："担水呀！"赛力麦没说话。

水桶满了，赛力麦伸手去提，马六十三蹲下身子伸手握住了赛力麦的手，赛力麦脸色发白，一屁股坐在泥地上，水桶里的水打湿了半个屁股，马六十三嘿嘿笑着把木桶提上去。

马六十三看着她惊恐的脸说了一首花儿：

牛毛俩缝下的花帐房，

下在个祁家的寺上；

这一个尕妹要心慌，

擦黑儿到你的炕上。

赛力麦又气又羞，说："我男人来了收拾你哩！"

马六十三说："你男人回不来了，听说打淮阳城死了两千人，你男人战场上早折了，如果活着，还不给你来个活信吗？"

赛力麦说："你才死了！"说完挑上担子走远了。马六十三看着赛力麦的背影说："再清的水搅哈稠哩，我看你能清到啥时候。"

听到这话，赛力麦的心被剜了一刀又一刀。现在公公婆婆无常了，爷爷奶奶也一天不如一天，如果哈木宰真回不来了，她和儿子不知道靠谁。回家后赛力麦把头捂在被子里狠狠地哭了一场，等哭够了一看，儿子站在地上望着她哭。

赛力麦抱起儿子，擦掉他脸蛋上的眼泪，又往儿子口袋里装了一把炒大豆，她觉得有了儿子就有了一切，就有了未来。

泉在村头，村子背靠山坡。马六十三每天躺在山坡上，看哈木宰家的院子，看赛力麦在院子里走来走去侍弄家务活。当看到赛力麦晒在院子的内衣时，马六十三的血在全身疯狂地窜来窜去。赛力麦文静、贤淑，那一扭一扭的腰身有一种说不出来的味道。这腰身、这步法让邻村的尕浪婆学一辈子都学不会。

马六十三的羊放在山坡上，一看到赛力麦挑上担子走出家门，马六十三就把羊赶向泉水边等赛力麦。看到马六十三在泉边，赛力麦掉头就往家里走。马六十三觉得更有兴致了，女人嘛，就那一层纸，戳破了什么都不是了。

这事赛力麦不敢给铁匠爷说，也不敢跟哈力麦讲，哈力麦没心没肺，口无遮拦，反而会闹出许多事来。她只把这事说给了自己的母亲，母亲一听，气了个头晕眼花，决定自己去找马六十三。

赛力麦的母亲对马六十三说："你甭纠缠赛力麦！"马六十三说："谁让你不把赛力麦嫁给我！"赛力麦的母亲说："你撒泡尿照照，你有娶赛力麦的脸吗？"

马六十三说："我娶不上，但我缠得上，你一个人睡惯了，男人的缠劲你还没尝试到吧！"

赛力麦的母亲说："再胡说我撕烂你的嘴，马哈三、哈木宰在时，你怎么连个屁都不敢放？一天夹着尾巴溜着走哩，这会儿还癞哈蟆过门槛——又蹲尻子又蹲脸，给鼻子上头。"

马六十三说："马哈三、哈木宰回不来了，他们在淮阳城里折在鬼子手上。我就是癞哈蟆，让你看看癞哈蟆怎么抱对！"边说边往跟前走。

赛力麦母亲气得脸色发青，一个巴掌甩过去了。马六十三说："记住，凭这一巴掌我认定要收拾你的女儿，这一巴掌我要还在你女儿身上！"赛力麦的母亲说："你迟早得报应！"马六十三说："我混了半辈子了，也不想混了，我还想早点得报应，可是我家门上报应就是不来，你说怎么办？"

赛力麦的母亲无言以对，只好陪赛力麦担水。差不多过了一个多月，母亲不可能每天都陪，赛力麦越来越难对付马六十三。

一天，赛力麦约马六十三在小树林里见面，马六十三高兴得不知道要干什么。他把发白的坎甲洗了洗，顺便把裤子也洗了晒在河岸上，而他赤身躺在阳光下。他觉得女人就是这样，装着装着就装不住了。

此时正是秋收时节，小树林里静悄悄的，一片金黄笼罩着。马六十三哼着花儿朝小树林走去，他不知道先做什么，先亲亲脸？再亲亲嘴？想到这里，马六十三不停地搓着手，搓出了一手黑汗。

赛力麦收拾得干干散散的，戴着绿盖头，坐在大树下的石头上。金黄的背景衬着绿盖头，让赛力麦有种说不出的韵味。马六十三觉得赛力麦确实是给人当媳妇的人，开始嫉妒哈木宰占了先。

马六十三伸手去拧赛力麦的脸蛋，被赛力麦一把打掉了。马六十三想，可能还得装一会儿，到时我看你还能装多久。

赛力麦说："你喜欢我吗？"

马六十三说："喜欢，喜欢到骨头缝缝、心尖尖了！"

赛力麦说："我不知道你是真心还是假意，你先帮我做一件事？"说完从怀里拿出一把刮皮刀来，那刮皮刀闪着清冽冽的光，逼得马六十三往后退。

马六十三一脸惊讶："杀人？杀铁匠爷？"

"不杀人，你跟着我做就行了！"说完噗哧一下把刀插到自己右腿上，血顺着裤子渗出来，"今天我洗过大净了！"赛力麦说。

虽说马六十三当了几年兵，可这样的场面他没见过，他见过狠人，但没见过用刀插自己的人。看着赛力麦平静的脸，马六十三的腿一点一点地软下去。

噗哧一声赛力麦又拔出刀来，刀尖上的血，一滴一滴往地下掉，掉在脚边的落叶上。

"轮到你了！"赛力麦的声音冷得让马六十三打颤。

"接着刀，是儿子娃娃了你接着！"赛力麦又把刀往前一送。

"接就接！"马六十三勉强接住了刀。可就是没法下手，看着赛力麦腿上的血汩汩往外冒，马六十三的手抖了起来，他觉得在这个女人面前自己什么都不是，这几十年他白活了。他看看刀子，一把扔在地上，转身出了小树林。

"没有金钢钻就不要揽瓷器活！"赛力麦又给他撂了一句话。马六十三顿时觉得他成了一个废人，他的金钢钻被赛力麦一刀废了。一片落叶都足够绊倒他，他跌跌撞撞不知道怎么走出了这个小树林。

看到马六十三走出了树林，赛力麦才大声朝后面喊："阿妈，阿妈！"

赛力麦的母亲从后面地里走出来，手里也拿着把刀子，看到赛力麦腿上的血：“他戳你了？我去喊人！”赛力麦的母亲大叫起来。

赛力麦说：“别喊，我自己戳的，快，我口袋里有药，撒上。对，就在那儿，还有一条布，缠上，再缠紧点！阿妈，我想睡觉！你扶我回去！”

赛力麦和母亲商量好了，对谁也不说这事。赛力麦回家对铁匠爷说是自己摔倒被树枝挂上了。

马六十三从此像阉了的公鸡一样，无精打采地走过村庄，村里人都说马六十三丢了魂，他也不与人搭话，在人群前匆匆地走过。

树叶一天比一天黄，渐渐有些发黑了，打镰刀的人们多了起来，哈木宰家的铁匠铺里人来人往，听着大雁一阵紧似一阵的叫声，赛力麦躺不住了，又挣扎着给铁匠爷打起下手来。不知不觉伤已好了。

一次淮阳战役，骑一师折了两千多人，还折了许多战马。马彪师长多次向汤恩伯请求补充兵力和武器，汤恩伯表面上说得天衣无缝，夸奖之类的话说了一背篓，却不提兵力和武器的话。

马彪师长进退维谷，如果日军再来一次进攻，骑一师就全完了。

根据侦察兵的可靠情报，这几天淮阳方向有大量日军集结。自淮阳战斗结束后，日军加强了开封和淮阳的联系，增援了许多兵力，加大了淮阳的防卫，对驻扎在项城的骑一师师部直接造成威胁。

一卡车一卡车的日军让马彪心神不定，他忧心忡忡，不时看着地图，量着距离。参谋长谢尔升走了进来，马彪对谢尔升说："来，看看地图，日军集结在淮阳，我们的兵力又得不到补充，汤恩伯隔岸观火，没安好心，也不管我们的死活，想看着我们马回子军在日军的大炮中消失！"

谢尔升半天没说话，马彪说："说说你的见解！"

谢尔升说："马师长，办法是有，但就是不好办！"

马彪师长一听着急地说："只要能救骑一师，砸锅卖铁都行！"

谢尔升说："与新四军联手抗日！"

马彪师长停了半晌才说："这，恐怕不行吧，让上面知道会吃不了兜着走。再说了，我们在河西走廊的事，人家也未必能帮我们！"

谢尔升说："现在是国共合作，大家枪口一致对外，我们联合新四军也没做错什么。周口这一带只有我们和新四军两家抗日队伍，汤恩伯对我们不管不顾，其用意很明显，就是让我们青海的骑一师慢慢消失在日军战刀下。"

马彪师长没再说话。

第二天谢尔升又被叫到师部去，马彪说："谢参谋长，这事你亲自着手联系，机密行事！"谢尔升点了点头。

在此之前，谢尔升在西华县认识了一位坚决主张抗日的好友，这位好友多次介绍谢尔升与新四军彭雪枫将军认识，但由于机会未到，只能作罢。

这次机会来了，谢尔升开始着手准备联系新四军。选择联络员成为谢尔升的头等大事，可现在在项城招了一部分士兵，进来的士兵似乎都在部队里干过，其政治背景都不可知，这事机密，得先找一个可靠之人。谢尔升知道骑一师里还有西路红军，他们与共产党近，想必不会出卖他，查来查去，终于查到马有路身上。

马有路听说参谋长叫他，有点紧张。马哈三说："你小心点，听说师部专门调查了你的身份，你办事放机灵点！"马有路惴惴不安地到了师部。

谢尔升一见他就说："你是红军？"马有路不知道该回答什么，说是不行，说不是也不行。谢尔升看到马有路有点紧张，说："坐下，坐下说！"

谢尔升把意图说了之后，马有路才放松起来。他千寻万寻，没想到今天竟然以这样的方式要去见娘家人，心里高兴极了，但又努力地把高兴劲儿压抑住，压抑得五官都有点扭曲变形。谢尔升关心地问："身体没事吧？"马有路说没事。

折花战刀

马有路把一份密信封在衣领里，化妆成老百姓，为以防万一，谢尔升又派马哈三一同去，两人匆匆往新四军根据地走去。

在向导的帮助下，马有路和马哈三把信顺利带到了新四军彭雪枫将军手中。马哈三终于见到了传说中的新四军，可看到的与他在青海所见的宣传不一样，新四军军纪严明，官兵关系融洽，并不像马步芳口中的那样共产共妻。

回来的路上，马哈三对马有路说："马主席说共产党一个个青面獠牙，可我看并不是这样呀？"

马有路说："这叫眼见为实，耳听为虚！"这次新四军之行，马有路和马哈三的关系又拉近了。

很快，新四军那边有了回应，彭雪枫将军为团结骑一师这支抗日力量，答应在抗日方面与骑一师合作，并与马彪师建立了共同抗日网络。

新四军给骑一师送来了一百匹平布做军装，马彪师也以十匹战马、十支步枪回送给新四军。两军在抗日时互通情报，联手抗战。

1939 年 10 月刚进入斋月，第一次淮阳战役结束不久，集结到淮阳的日军组成两个旅团，在飞机的掩护下向项城扑来，准备一举消灭骑一师，占领豫皖地区。

骑兵善长袭击，可是不善于打防御战。骑一师装备落后，全师只有六十六挺席式转盘机枪，十六挺马克沁机枪，与拥有坦克、飞机、大炮的日军相比，武器装备严重不足。另外，日军的单兵作战能力超强，而骑一师战略战术尚在摸索阶段，战场上五个国军打死一个鬼子都算是厉害的。

日军善于分兵合击，说来就来，仗着有飞机大炮坦克，日军只用了半天时间就从淮阳逼近了离项城最近的一个村庄。

尽管骑一师元气大伤，马彪师长还是立即命令一旅迎战。

哈木宰们出去迎战，整个队伍快速来到一个村庄，大家在村外下了马。少数人留在村外守马，哈木宰拿着枪随其他人往村庄跑，刚跑几步，前面日军的炮响了，一发炮弹落在哈木宰身后的开阔地上。只听轰隆一声，巨大的气流把哈木宰掀翻在地，四周硝烟弥漫，看不清东西南北。哈木宰突然看到前面的人往这边跑了过来，可没听到冲锋号和退却号，那些人慌里慌张地说日军从左面和右面包围了骑一师，一边说一边往回跑。哈木宰不相信，还要往前冲，被韩来臣拉住。由于不了解情况，大家全乱了，牵马人也乱了。

此时牵马人找骑马人，骑马人找牵马人，一时间搞得人心惶惶。哈木宰好不容易找到了大白马，却不能快速离开，前面有几匹战马被临时电话线绊倒在地。接着哈木宰的大白马也绊倒了，哈木宰被摔下马背。

日军的炮声一声紧似一声地在头顶响着，大白马跟着大部队跑了，哈木宰的一只鞋也掉了，只好光着脚往前跑。跑过一个墙根，他发现大白马在墙根下等着他，哈木宰的眼窝热了一下，立刻上马。哈木宰觉得沮丧极了，还没打仗就成了逃兵，这叫什么事！以后的经历中，这段逃跑最难忘，一想起来他就觉得羞愧。

这时已不见了大部队，只好顺着马蹄子印跑，大白马鼻子灵，很快就找到了大部队。

马彪师长急电彭雪枫将军支援，新四军的六千主力部队，从项城附近的袁楼出击，直插到日军后背，对日军形成了南北夹击之势。新四军的阵地战打得非常顽强，牵制了大量日军，给骑一师的反击赢得了充足的时间。

此时骑一师骑兵们突袭的优势发挥出来了，哈木宰连又奉命急进，从日军侧后袭击机枪阵地。日军忙于应付新四军的进攻，完全没有防备侧后会突然出现一支骑兵，等他们回过神时，战马已冲进阵地，雪亮的战刀向他们砍来。哈木宰觉得自己此时才真正像个骑手，折花战刀一会儿在左手，一会儿在右手，鬼子的好几个机枪手死在他的折花战刀下。因是斋月，回到部队时哈木宰才觉得累得躺在地上不想起来。好多战士开斋后都只吃几口饭，就匆匆休息去了。

折花战刀

这次项城保卫战中，新四军足智多谋，骑一师英勇善战，杀得鬼子横尸遍野。

日军指挥官田中一边指挥部队撤退，一边命令把无法拖走的日军尸体砍下一只胳膊带回。据情报员的消息，仅鬼子胳膊就装了五卡车。项城保卫战在新四军的支援下大获全胜，迫使日军死守淮阳城，不敢出来。

项城保卫战胜利了，可是责备电话随之打到了马彪司令部。蒋介石看到消息后气得大骂马彪，但国家危难之际，又得掌握分寸，通过电话不断告诫马彪谨防上当受骗，马彪师长崇蒋的心理淡了许多。

1940年3月，马彪决定派二旅二团马成汉率一个步兵团再次北渡黄河到达北岸，择有利地形构筑工事，袭击牵制淮阳的日军。

一旅、三旅二团和骑一师特务营在黄河北岸背靠黄河扎营。一些汉族士兵提议不能背水扎营，说是犯兵家大忌。可是骑兵师的部分长官被胜利冲昏了头脑，听不进一点意见。

特务营驻扎在东头，一团驻扎在中间，距特务营约一公里，由此向西约二公里处是二旅二团。一旅驻扎在万寨，与北岸阵地隔水相望，火力射程可以达到黄河北岸。

第一次淮阳战斗中，骑一师损失了很多战马，青海的战马又不能及时补充到位，这样哈比布编入了马成汉的步兵团，哈木宰、韩来臣在万寨留守。

哈比布随军挖了深战壕，为了阻止日军坦克进攻，还把战壕特意挖宽，在阵地前挖了陷阱，埋了大量的美式地雷。

地里的冬麦刚长出一拃，黄鹂鸟在庄稼上空不停地飞来飞去，阵地上一片宁静。初春的日头暖洋洋的，哈比布正站在战壕里望着前方，远处的村庄了无声息。经过鬼子的扫荡，村庄里的百姓们都跑光了，空留下孤零零的村庄在风中飘摇。

绿油油的冬麦在阳光下嫩得水汪汪的，这会儿循化老家的梨花也差不多开了，香气布满了家园，哈比布父亲可能正噘着嘴剪去多余的梨花，盼望多结果子。黄河边上的柳树也该长出了嫩叶，那颜色嫩得能掐出水来。哈比布靠着战壕，又稍稍换了个姿势，让自己充分沐浴在初春的阳光下。

下午两点，特务营那边突然响起激烈的枪声，原来日军机械化部队"胜利兵团"向东头的特务营发起了进攻，密集的炮火轰击着特务营阵地，打得特务营抬不起头。随后坦克、装甲车拉着大炮向特务营阵地步步逼近，顿时特务营阵地上烟雾弥漫。在大炮猛烈的轰击下，特务营的沟壕和工事被尽数摧毁，特务营被迫向黄河南面撤退。

坦克紧紧逼了上来，特务营的士兵被逼到了黄河沿上，一人高声喊道："弟兄们，天堂的门开在黄河上了，不愿死的投降去，想当烈士的跟我走！"那人喊完砸碎了步枪，向黄河岸边走去。这时，只见一个人举着步枪向日军坦克走去。

有人举起步枪瞄准了那个人："日奶奶，软面饼饼，丢死青海人的脸了！"咣！子弹打到了空中，有人举起了步枪，在大家鄙视的目光中，那人举着步枪慢慢接近了坦克。突然，那人手中多了一束手榴弹，像老鹰一样扑到坦克面前，转眼爬到坦克上，只听他喊了一声"真主至大！"轰然一声，坦克停在原地不动了。大家一看，个个手里拿着手榴弹冲向蜂拥而来的坦克，但不少人倒在机关枪下。特务营没有手榴弹的士兵手拉着手整齐地念着清真言并排走向黄河，顿时黄河上激起美丽的浪花。看着一百多人跳进了黄河，几个鬼子从坦克中走下来，对着黄河行了个长长的军礼。

日军占领特务营的阵地后，开始进攻一团阵地。日军充分发挥了武器装备的优势。

一阵尖厉的呼啸声向哈比布这边飞过来，旁边一位老兵喊道："卧倒！"

一股巨大的力量把哈比布推倒在战壕里，他顿时感觉到周围一片寂静。哈比布看到空中密密麻麻的石头样的炮弹不断落在自己的阵地上，有的兄弟们被炸上天，然后又落回地面，喷血的胳膊、大腿在空中横飞，爆炸的闪光真像循化老家的雷电。

真主呀！他哈比布还活着！哈比布试着动了下右手，又动了下左手，双手都有感觉。哈比布动了下双脚，擦掉眼睛里的土，这时才发现自己被一层厚厚的黄土埋了，不远处的战壕被炸塌了，已看不出战壕的样子。

腰里疼得要命，哈比布把手伸进去，拉出来时手上没有血，可还是疼。原来是一枚缴获的手雷，一上战场他想着就把这颗手雷带在身上，想着在最危险的时候留给自己，这样他还能清醒地念着清真言离开世界。

炮击结束了，只听得连长喊："活着的兄弟，起来，拼着老命进天堂！"

哈比布跳了起来，他前面放着汉阳造步枪，还有几枚手雷像家乡的苹果静静卧在前面！

日军的坦克攻上来了，坦克后跟着密密麻麻的日军。

密集的枪声响起来了，打在坦克上当当地响，可汉阳造根本挡不住坦克的进攻，坦克依旧大摇大摆地往前冲，汉阳造的枪管红了起来。

哈比布只好停下来，连长又喊道："打坦克后的鬼子！"坦克后面的鬼子像麦捆子一样倒下去。

可坦克霸道地朝士兵轧过来，哈比布趁机把一枚手雷扔到坦克车下，只听轰地一声，炸坏了坦克的履带，坦克不动了。

打了两个小时，子弹完了，连长下令全连向黄河边撤退。

黄河空空荡荡的，上面漂浮着战友的尸体，哈比布知道自己的大限到了。他稍稍有点后悔，后悔自己小时候没跟其他人学会游泳。

那时和他一样大的娃娃们在循化老家的黄河里像一条条鱼游来游去，而他面对深绿的黄河水总是发晕，同伴们都叫他软蛋。

每次小伙伴们下水，他就抱着衣服坐在岸边。爷爷曾划着羊皮筏子带他过黄河，他吓得连眼都不睁，父亲为此还打了他一顿。可哈比布一见黄河就害怕，一见像菠菜汤似的黄河水腿就发软，最后他父亲也就不管他了。

如今面对着黄河，面对着从老家循化流下来的黄河，哈比布突然明白

257

了阿訇嘴上常说的前定。他哈比布的前定就是黄河，小时他没游过黄河，而现在却在这样的时候面对着黄河。坦克离他不远了，哈比布在黄河边上洗了一个最快的小净，战友们的尸体轻轻漂过耳边。哈比布走向坦克，坦克机枪打断了他的腿，哈比布又向坦克爬过去，坦克稍稍停了一会儿，又加大速度向他轧过来。看到坦克轧过来后，哈比布把手雷扔了过去，手雷却没有响！坦克依然朝他轧过来，哈比布抽出战刀，拼命往坦克上砍，砍出了一道道火星，战刀刀刃卷了。哈比布左手抓住坦克的炮筒，突然他感觉坦克的速度快了起来，狠狠地把他一撞，顿时哈比布觉得自己像一条鱼一样扑进了黄河。

这边哈木宰们紧张地备马准备从万寨渡过黄河增援，可是渡口却被日军猛烈的火力封锁了，冲了几次都无法过去。哈木宰们只好隔着黄河往岸上射击，子弹打到日军坦克上，发出当当当的响声，这时只见三旅二团的战士们也念着清真言跳进了黄河。

骑一师留在北岸的战马散开来，日军把战马集中起来。一个高个子日军看着哈比布的战马高大英俊，就骑了上去，突然战马狂奔起来，朝黄河跑去。那位日军顿时吓白了脸，怎么也勒不住战马。一位日军朝哈比布的战马开了一枪，子弹打在后腿上，可战马还是一瘸一拐地朝黄河奔去。马背上的鬼子清醒了过来，抽出战刀，朝马屁股砍了一刀，可战马的速度并没有减下来，继续朝黄河跑过去。哈木宰在万寨看到哈比布的战马驮着一个日军向黄河跑来。

疯狂的鬼子挥起战刀朝马头使劲砍下去，顿时战马的头耷拉下来，可马身子纵身一跃，径直带着鬼子跳进了黄河。哈木宰和韩来臣在河对岸放声大哭。

那些日军看到战马把鬼子拖进了黄河，就命令机枪手朝骑一师的战马群扫射起来，一匹匹战马倒在血泊里。在万寨，眼睁睁地看着骑一师的战马们一匹匹地倒在枪林弹雨中，哈木宰们拿起汉阳造拼命朝对岸射击，有的挥着战刀大吼，有的号啕大哭。

战斗进行了六个小时，骑一师损失了两个团和一个特务营。

第二天早晨，日军退去。日头照红了黄河，战士们的尸体在红彤彤的日光中漂在河面上。马元祥旅长命令征集船只清理战场，附近老乡自发地开出了五十只小船打捞阵亡战士们的遗体。

哈木宰和韩来臣也在帮忙，突然他俩看到一具无头的马尸，紧接着又看到哈比布的尸体就在马旁边。哈木宰放声大哭，划船过去把哈比布的尸体捞上船，哈木宰又要把马尸往船上捞，被船家挡住了。

船家说："你让死马上船，船就有危险！"

哈木宰说："大不了一死！"

船家看着哈木宰发红的眼睛说："把马拖到对岸，再拉上岸。"哈木宰答应了。哈比布和其他回族烈士都洗了大净，穿上了白布，由赛尔阿訇站了殡礼，将他们埋在河边买的六亩地里，哈比布战马的坟就在他旁边。

这次宝塔之战，骑一师又牺牲了两千多人，一旅旅长马元祥的臂部受伤，伤员被分别送到了万寨和水寨的师部卫生队。

这次是骑一师出征以来的严重失利，骑一师在没有防御性武器，甚至没有迫击炮的情况下，凭着几挺轻机枪、汉阳造，挥着大刀苦苦撑了六个小时。此次战役骑一师武器装备处于劣势，又背水扎营，犯了兵家大忌，给骑一师带来灾难性的后果。

马彪师长几夜都没睡着，兵马缺失严重，更为麻烦的是与汤恩伯的失和。骑一师的给养严重短缺，下级士兵们好久没拿过军饷，长久下去难免出事。

正在这时，驻守在安徽界首县的三旅旅长孟全禄传来了急电，原来三旅在界首渡口查获了一批来自上海的走私船，正请示马彪师长如何处理。

安徽界首被称为"界首三镇"，有太和县界首镇、临泉县刘兴镇、河南沈丘县皂庙镇。这"界首三镇"处于安徽、河南两省的交界处，临近沙河，交通便利，商旅繁盛，成为国民党军队与日军争夺的焦点。

原先界首只是一个村镇集市，也就五千多人。抗战爆发后，大量难民涌入界首，一些实业家也不断地将资产、工厂转移到这里。时间不长，界首成了一个"人烟凑集、商业繁盛、戏院鳞比、烟馆林立，弹唱歌舞夜不息、花天酒地纸醉金迷，其繁华远超过蚌埠"的地方。

商业的畸形发展，使界首有了从未有过的繁华。

安徽省银行、河南农工银行、华侨银行、中国银行、通商银行、交通银行等金融机构都在这里设有分行。沙河流经界首，因此界首运输业的发展在抗战时期也尤为罕见。港口每日停靠着三千多艘木帆船，陆路又有大量的汽车运输，这里电报、电话直接通达全国十八个省市。

利用这里便利的交通，各大军阀纷纷走私货物、谋取财物，走私在这里成为司空见惯的事情。但孟全禄截获的却是第一、二战区司令长官卫立煌的走私船！

夕阳正在窗外缓缓落下，河南项城沐浴在夕阳的金色里，马彪的胡子在夕阳中闪闪发光。细细算来，骑一师从青海出发，到如今已有四个年头。从青海来了八千多人，现在牺牲了差不多三四千人，装备差、军饷低，出战还得看别人脸色，像风箱里的老鼠两头受气。

几年来的经历历历在目。当时在西华县骑一师遇到危险时，庞炳勋应付差事，在离战线二百多公里处停止不前，隔岸观火，如果不是骑一师将士奋力出击，骑一师早完了。

到了河南周口，汤恩伯又把善长机动作战的青海骑兵放在与日军作战的前沿，让装备落后的骑兵打防御战、阵地战，而他的精锐部队却躲在后面养精蓄锐。那次项城保卫战如果不是新四军出手相救，骑一师这个番号恐怕早已消失在日军的炮火之下。想到这里马彪狠狠地拍了下窗棂。

马彪觉得蒋介石也没什么了不起，原先的崇拜心理在蒋介石嫡系部队的打压下慢慢地消失，看着暗淡下去的夕阳，马彪顿时觉得世事无常，一种虚无感浮上心头。

放？还是不放？界首那边正等着消息，马彪左右为难。

八千子弟跟着他与日军奋战，两次淮阳之战，打掉了日军的威风，也传开了马胡子军的威名，可是三千多子弟战死在疆场。

想想那些为国战死的子弟，想想看人家脸色的现状，马彪下定了主意。"扣留六船货物，其余放行！"发完话，马彪坐在电话旁等着卫立煌的电话。

卫立煌没来电话，但派来了人。

一个副官！

副官一走进马彪师长的会客室，趾高气昂，一言不发。

"看茶！"马彪说。

茶是青海的三泡台碗子，里面放满了红枣、枸杞等东西，可副官看都没看一眼。

马彪怒火中烧，一个小小副官竟然在师长面前如此弄姿作态，可见作为杂牌军的骑一师在蒋介石嫡系部队中的地位也不过如此。

马彪一句话也不说，低头喝茶，房里一片寂静。

茶水添了三次了，马彪还是不说话。

副官忍不住了："马师长，那几船货，你通融通融！那是卫司令的！"

马彪听了，还是不说话，看看浅下去的碗子说："添茶！"

副官没办法，只好告辞。

这几船货物就充为骑一师的军饷。

营房里的骑兵们欢天喜地，甚至有人还敲起了脸盆，哈木宰第一次足额领到了军饷，高兴地把钱缝在衬衣里。

全师上下第一次有了笑声，那些阵亡士兵的钱全汇给家属了。

晚上哈木宰几人请了假，到项城街上买了点牛肉回来。韩来臣切肉，其他人找调料，哈木宰烧火，牛肉的香味飘荡在屋里。

大家好久没吃过煮牛肉，当牛肉在锅里冒着气泡时，就有人闻着香味到哈木宰营房来看情况，哈木宰把来人叫进来后，关死了门。

牛肉的香味在小屋里不断升腾，有人让哈木宰唱个宴席曲，哈木宰小声唱了起来：

> 养着一对尕肋巴牛，
>
> 架上铧儿犁地走。
>
> 走开时日头影儿没，
>
> 到地里鸡儿还没叫。
>
> 地里到了着转三转，
>
> 家里的婆娘送到了饭，
>
> 左手提的破篮篮，
>
> 右手里拿着个大砂罐。
>
> 耳朵背后垢痂串，
>
> 眼角屎迷住着路不见。

大家哈哈大笑起来，有人捣了一拳哈木宰，说这是唱他自己吧，哈木宰没接话，接着唱下去：

> 奶头出来着闪干电，
>
> 毛疙瘩背子里打毛蛋。

韩来臣说："再打给点雷，下给点雨！"

大家更乐了。有人说："你给你媳妇打雷下雨去！"

俗话说清水里养不成鱼。尝到了走私的甜头，马彪发现了一个为骑兵解决福利的好办法，他授意孟全禄和马夺魁包庇走私，并实际参与走私。

这些日子骑一师军饷发得最及时，有时候每个班竟然还发羊肉肋巴，可是过了哈木宰们的嘴瘾。

一天，骑一师中传来了一个惊人的消息：三旅旅长孟全禄和副旅长马夺魁被逮捕了。马彪师长立即派人打探消息，原来是被卫立煌逮捕的！

三旅旅长孟全禄和副旅长马夺魁被逮捕后，马彪师长知道自己已无法处置此事，就电告青海省主席马步芳，请其从中斡旋。

马步芳立刻致电卫立煌，把罪行推在了马夺魁身上，卫立煌好不容易等来了这个报仇机会，怎么能轻易放掉？也来了个先斩后奏，立即把马夺魁枪毙，孟全禄撤职查办。这个处理让马彪大为震惊，更使马步芳极为难堪。从此马步芳和卫立煌有了裂痕。

消息传到骑一师后，骑一师官兵大为伤感。

哈木宰们自发为马夺魁送葬，一路上大家都没说话。大家想着马夺魁旅长为大家谋福利的好处，没想到竟然在卫立煌手上离世了，大家恨起卫立煌来。

马彪师长心中无限凄凉。

第三部

自从马夺魁副旅长被枪毙以后，骑一师的福利没有了，军饷缩减，又不能按时发放，骑一师的士兵们情绪都不太高。

1940年5月，骑一师率部到豫西叶县和舞阳县休整。短暂的休整，让哈木宰觉得自己又活过来了，就和韩来臣到叶县大街上买东西。

走在大街上他们突然看到一家很特别的招牌，上面画着一把汤瓶，下面写着胡辣汤。哈木宰知道这是当地清真食品的标志，看看手里还有点钱，就走上前朝卖胡辣汤的人竖了一下食指，卖胡辣汤的一看就懂了，说："这是我们回民的信仰！"

哈木宰这才放心了，钱少，还不够买两碗，于是只买了一碗，推给了韩来臣，韩来臣吃了几口，又推给了哈木宰。卖胡辣汤的看不过说："都说吃粮人有钱，怎么你们这么困难？"

哈木宰尴尬地笑了笑，摇摇头。卖胡辣汤的又给他俩舀了一碗："吃吧，吃吧，你们马胡子军的名声能值好多碗胡辣汤呢！"哈木宰感动得不知说什么好，谢过了卖胡辣汤的，又给韩来臣碗里倒了点。

回到营房，有人递给哈木宰一封信。一封家信！哈木宰连忙拿着信去找马有路。马有路看完信，脸色都变了。使劲看了看哈木宰。

哈木宰说："婆婆妈妈的，信上到底说了什么事？"

马有路说："你父亲母亲去世了！"

"什么！"哈木宰大吃一惊，只觉得自己身后的什么东西从空中坍塌了，眼泪夺眶而出。

哈木宰这几年所有的委屈在这时爆发了，班里的人都静静地看着哈木宰，谁都没有劝，大家都知道，这时劝什么都没用，悲伤只能靠自己一点一点地消化。看着哈木宰哭够了，马哈三一把拉起蹲在地上的哈木宰。

马哈三说："起来，洗个小净，我们出去念段古兰经走！"

哈木宰、马有路、韩来臣、马哈三，还有几个回族士兵洗过小净，走出营房。

马哈三看看日头，日头正落在西边树上的鸟窝里，大家朝西跪下。哈木宰念了一段，哽咽地念不下去，马哈三接过来念，此时夕阳的余晖涂在所有人的脸上，大家一脸凝重。

这么多年离开家乡，家里到底发生了什么，大家都不知道。想家的情绪一时也都传染给了大家，韩来臣泪流满面，眼泪在夕阳中闪闪发亮。

既然收到家信，就得回信。哈木宰口述，马有路写回信，信上报了平安，说哈木宰、马有路、马哈三都很好，吃得胖胖的，一切都平安。可他没办法回答来信中提到的何时回家的问题。

大家沉默了，谁也不知道什么时候能回去，日本鬼子还在中国猖狂，还有一个原因大家心照不宣，就是每天都在子弹窝里滚，谁知道能不能回去？可问题还得回答，韩来臣出了主意："就说很快就能回来！"哈木宰认为这个回答不错，加了上去。

马有路写完信，想了想，又加上一句，封好信，交给师部捎回去。

哈木宰盼着这封信能平安到达。想到家里没有了父母，全家生活的重担就压在爷爷和赛力麦身上，哈木宰心里急得像猫抓。可青海远在天边，哈木宰又无能为力，只能每天在礼拜后为爷爷奶奶、赛力麦还有过世的父母祈祷平安。

时间过得真快，转眼就到了炎热的7月。骑一师移防到豫皖边界的临泉、沈丘。

为便于指挥，马步芳下令整编"暂编骑兵第一师"为"国民革命军陆军骑兵第八师"，师长仍是马彪，取消了原来旅和营的建制，旅改编成团，营改编成连，连改编成了排，每排的四个班没有变。

由于马彪师长与新四军联合抗战引起了蒋介石的不满，马步芳担心失去对骑一师的领导权，双方各自在人员变动上费了很大的心思。这次改编，骑八师上下进行了一次大换血，一旅旅长马元祥被马步芳调回了青海，带走了许多人。让有赤化嫌疑的军官退役，赞同新四军的一部分营长被撤了职，旅长降为团长，团长降为连长，连长降为排长。这样一来，哈木宰的小班长职务没有了。

为加强对骑八师的绝对领导，部队中又安排了政工人员编制，连内有政治指导员，排内有政工干事。借这次整编，蒋介石在骑八师内安插了许多军统和党务人员，骑八师的一举一动全暴露在国民党的眼中。

几次大战，人员损失惨重，骑八师从沈丘一带招募了二千多新兵，壮大了队伍。

战马减少得厉害，马步芳先后从青海补充了五百多匹。这些战马通过火车从青海运到河南，由于气候反差太大，战马分到各团以后，水土不服，好多病死了。这样不少骑兵没有了战马，被编为步兵。骑八师由原来的三个旅变为三个团，一团、二团是骑兵团，三团是步兵团，由湟源人李增荫任团长。

人员进行了大变动，每班都有人离开，整个班里死气沉沉。哈木宰正和韩来臣坐着闲聊，突然排长叫韩来臣出去一下。

韩来臣进门时脸色铁青，脚步啪啪直响，差点在门槛上摔了一跤。韩来臣狠狠地踢了几脚门槛，气得吹胡子瞪眼，又一句话也不说，开始埋头收拾起自己的行李。

哈木宰说："怎么了？"

韩来臣说："日奶奶，当了多少年的四条腿的骑兵，现在让我去当两条腿的步兵！"

哈木宰一听也急了，连忙去找排长求情。没想到排长也一脸无奈："没办法，我们的战马不够，就得从各班抽人换成步兵，本来你也是抽调的人，我求了情才没有抽你！"

哈木宰一听真没办法了，如果马秉忠旅长在的话，他还能去说说，现在上面都没人了，只好回来。

韩来臣看着哈木宰的脸说："天下没有不散的筵席，你我兄弟一场也算是有缘之人，今儿我去步兵团，不过是四条腿变成了两条腿，我韩来臣还是韩来臣，还是那个头割下到黄河里喝水的尕撒拉！"

哈木宰默默地帮韩来臣收拾行李。收拾妥当后，韩来臣说："你陪我出去吧！"

哈木宰跟着韩来臣来到马棚。韩来臣径直来到他的战马前，一把抱住马脖子，张着口，憋着气，呜咽着，一串串眼泪淌在马脖子上。战马通人性，不停地用脖子蹭着韩来臣，豆大的眼泪滚落下来。哈木宰眼圈一红走出了马棚。

马棚外的热浪一波一波地向哈木宰涌来，他突然想哭，可没有一点眼泪。从青海一直打到河南，物是人非，多少人都随风而去。安静的、打算攒钱寄回家的尕撒拉哈比布，那个跟他看月亮、等卓玛的扎西，还有父亲和母亲，他们都走了。哈木宰坐在马棚门口，马粪呛人的味道弥漫在热浪里，里面传来韩来臣压抑的哭声，树上的蝉叫声一声比一声重，整个世界笼罩在这巨大的蝉声里。

韩来臣走了，哈木宰没精打采的，也不知道和谁聊天。世事无常，真主造人先造死，他觉得人活着其实就是为死而来，现在谁也不知道自己将会死在哪里。可是对于哈木宰这些骑兵来说，命中注定有一颗子弹在一个角落静静地等着他，他也在朝这个角落慢慢走去。对属于他的那颗子弹，他很平静，只是等待着它的出现，可是他的大白马呢？大白马跟着他出生入死，他盼望大白马能好好地活下去。

生活好像被抽去了什么，一下子空洞起来，哈木宰主动要求去站夜哨。只有夜晚是属于他一个人的，那静静流淌的沙河，那庄稼迷人的香气，那夏夜不可名状的声音都能让哈木宰着迷地沉浸其中。

哈木宰发现了一个消夏的好方法：河南沈丘的老乡喂牲畜时，总会在槽边放一只大缸，大缸里灌满水，把草泡在水缸里，据说这种草不磨牲口的牙。

草可以泡在水里，人照样也可以泡在水里。哈木宰找了一个废弃不用的石槽，塞住石槽的水眼，里面倒上井水，一人放哨，一人泡水，等水泡热了，就再打几桶凉水倒进去。泡在石槽里数星星，确实是一种难得的享受。

当地招募的士兵多了，训练又跟不上，时间长了，槐坊店的老乡们开始反映骑八师士兵不守纪律，连长多次强调大家要严守军纪。

这一天，哈木宰刚回到营房，就听到营房外大吵大闹。原来是一个卖包子的老头追到了营房门上，说骑八师的一个兵吃了他的包子没给钱。

老头说得有根有据，牛占海团长就让老头一一指认。老头指认出一个士兵，这士兵和哈木宰一个班，团长连问了三次，老头说："就是他。"

牛团长非常生气，喊人把那士兵绑在柱子上，牛团长又大声喊道："拿刀来！"

那位士兵一看情况不对，大喊起来："团长，我冤枉！"

牛团长说:"我们会给你一个清白!"

刀拿来了,牛耳尖刀!

牛团长又喊道:"开膛验肚!"绑在柱子上的士兵顿时嚎啕大哭。

拿刀人的手也抖了起来,站了半天不敢下手。面对日本鬼子,他可以以迅雷不及掩耳之势,完完整整地取出他的心脏,可现在是同一条战壕里的兄弟,他真下不了这个手。

那个卖包子的老头没想到事情会这么严重,一个开膛验肚就是一条人命,他也吓坏了,扑嗵一声跪在地上:"我冤枉他了,他没吃我的包子,请长官饶了他吧!"

这时由赛尔阿訇也走了过来,看着这个情况,就对牛团长说:"真主是先疼慈后惩罚,牛团长,我求个情吧!"

牛团长想了想说:"既然这老人指认了你,你肯定有不对的地方,这死罪可免,但活罪不能逃,给我揭揭背花!一个人过来打一鞭子。"

大家没办法,每人过去打了一鞭子。哈木宰尝过揭背花的苦头,趁牛团长不注意,只轻轻地在空气中挥了一下,便把鞭子扔在地上。此后大家再也不敢随意往外跑了。

骑八师驻守在黄泛区南沿,西起小集、郑埠口,南至秣陵、和店,东至临泉、太和、皂庙一带。

中原大地时局混乱,日军、国民党、新四军、骑八师各路军马攻来攻去,地方政府形同虚设,不得不靠驻军维护着地方治安。

当地势力强大的土匪杆子不断地骚扰着地方百姓,先是土匪王老太血洗岳阁,后是鲁山匪首李发奎血洗五里屯。但土匪们唯独对骑八师驻扎的地方退避三舍,其中槐坊镇是回民聚居地,由于骑八师的驻扎没受土匪一点儿骚扰。

骑八师多次受沈丘县政府的求援,消灭了横行豫东的土匪团伙王老太、张四祯、张红善等人,还捣毁了地方上所有的烟馆、妓院。骑八师驻守时期成为豫东、皖北国统区社会治安最稳定的一个时期。

哈木宰见过牛团长惩罚当地不守教规的人。当地有一个回民绅士马二先生，是个地方光棍，整天与官场的人厮混在一起。

一天，马绅士赴宴，喝多了酒，在大街上指手划脚，胡言乱语，正碰上牛团长执行公务回来。一听说马绅士是个教门中人，就命哈木宰带了几个兵把马绅士捆起来，绑在清真寺北园的大槐树上，由阿訇主持抽了八十一鞭子。槐坊人见到绅士受了惩罚，一些烟鬼、酒徒、赌鬼吓得四处躲藏。

抗战到了最困难的时期，马彪师长接到上级命令，说骑八师打日本，战死了很多，而现在活着的人也很难回家，不论他们在家乡是否已有家小，都可以在当地娶妻生子，为他们留下一男半女继承香火。

马彪师长就与当地头人联系，给骑八师作媒。为此，骑八师的青海骑兵们都去看过当地的女子。可每次看媳妇，哈木宰、马哈三们都笑着回来。

还是韩来臣有福气。一次围剿土匪，韩来臣踢开一扇门时，发现一名女子被绑在柱子上，韩来臣救了那名女子，解开绳子让她跑，可那女子一看到韩来臣后就不愿意跑，跟在他后面不走。当时情况危急，把一个女子放在那里不安全，韩来臣请示了排长，把女子带回了骑八师。

回来一问，才知道那女子是上海人，叫李秋叶。1937年日军占领上海后，一家人全死在战火中，只她孤身一人逃到河南，到处流浪。

李秋叶一到军营，就给韩来臣洗衣服、缝衣服，韩来臣赶了几次她都不走。哈木宰、马哈三一有机会看见韩来臣就朝他吐舌头，每次都把他弄个大红脸。

韩来臣觉得李秋叶这女子很耐看，毕竟是水乡之女，细皮嫩肉的，性格也柔和，韩来臣开始有点喜欢她了。

一次，韩来臣到哈木宰这里讨主意，哈木宰说："你家乡不是有个撒拉姑娘吗？"

韩来臣红着脸说："我一没钱二没地，哪个撒拉姑娘等着我呀？"

哈木宰说："这么说，你前面说的全是假的？"

韩来臣竟害羞地低下了头，这让哈木宰乐坏了："我们知道你说大话吹大牛脸不红，没想到你韩来臣也有红脸的时候！"

韩来臣说："你给我个主意呀，人家女子是汉族，不合适！"

哈木宰说："让她随教，阿訇起个名字就行了！"

韩来臣和哈木宰就去找由赛尔阿訇，由赛尔阿訇说只要女子答应，完全可以。

这样，韩来臣的婚礼紧紧张张地办了起来，李秋叶起的经名叫索非亚，由赛尔阿訇又找了个当地回族女子给李秋叶教会了洗大、小净，以及一些回族的习惯。

由赛尔阿訇念了证婚词，这样韩来臣和李秋叶就结婚了。哈木宰从大街上买来了几个包子，算是办宴席。有人说宴席宴席，没有曲怎么成宴席呢？就说哈木宰应该唱个宴席曲。

马哈三笑着说："好好唱，小心韩来臣收拾你！"

哈木宰一头雾水："我唱宴席曲，他为什么要收拾我呀？"

马哈三说："他怕你唱得多，唱到天亮，人家就入不了洞房！"大家哈哈笑起来。

哈木宰说："我就要唱个鸡儿叫，急死这个韩来臣！"

> 二更里照明灯，
> 女婿娃进了个新房的门，
> 今晚夕尕妹是我的人。

> 三更里照明灯，
> 来了个听床的人，
> 盘古王出世留下的听床人。

刚唱到这里，马哈三说："今晚谁愿意跟我当韩来臣的听床人？"大家都举起了手，韩来臣委屈地说："你们都放过我吧！少听点，小心耳朵肿起来！"哈木宰也笑了。

四更里照明灯，

女婿娃睡着了，

我盼着女婿娃快点醒。

五更里天亮了，

小姑儿来问我，

结婚到底好不好？

嫂子年纪小，

尕嘴抿下笑，

妹呀，你到你的婆婆家，

才呀嘛才知道。

马哈三又问道："这个女婿娃醒了没有？可把我们急坏了！"大家就望着韩来臣笑。

新婚燕尔，大家觉得韩来臣变得比以前更有风度了，不过韩来臣白天打瞌睡的时间也多了。大家互相挤挤眼睛，相视一笑，韩来臣就急着找个借口逃出去了。

2

1940 年 8 月，豫东地区一片金黄，庄稼的香气笼罩着豫东大地，这香气熏得人晕晕乎乎的，也熏晕了那些无家可归的逃难者们。

马彪师长气乎乎地走过麦田，可这无边香气却一点没让他高兴起来。远处是一望无际的麦田，麦浪一波又一波涌过来，鸟儿们快乐地钻进庄稼地，这个时节是鸟儿们的天堂，它们不愁吃穿，而马彪却在为骑八师的吃穿发愁。

汤恩伯给骑八师送来了八百支德国造冲锋枪，按理说马彪应该高兴才对，但他一点也高兴不起来。这八百支冲锋枪不是白送，是有条件的，换走了骑八师从日军缴获的大炮、迫击炮、重机枪等重武器。拿到冲锋枪后士兵欢天喜地，以为拿到了宝贝，可是谁也没想到后果。

汤恩伯的这一手真是阴毒至极，骑八师没有德国造冲锋枪的子弹，这样一来，骑八师从日军手中缴获的子弹就无法用在德国式冲锋枪上，而骑八师的武器补给全掌握在汤恩伯手中，骑八师不得不看汤恩伯的脸色行事。

世界上最难的事是什么？就是一仆两主，给人当二奶奶，既要看男人脸色，还得看大奶奶的脸色。现在骑八师仍属第一战区序列，同时接受第五战区九十二军李仙洲指挥，还得接受青海马步芳的遥控，此时的骑八师其实说是四奶、五奶都差不多，被人揉搓得不成样子了。

汤恩伯的武器来了，任务也来了。8月骑八师奉命进驻涡河，接受涡河、蒙城、怀远一线的防卫守备任务。骑八师又一次被推到了与日军作战的最前沿。

不过身为骑士，就是来打仗的，不来打仗还能干什么。骑八师的士兵一听又能和鬼子拼战刀，都来了精气神，忘了军饷的事，每天的训练依然有声有色。一声令下，全师快马加鞭就到了驻防地。骑八师与二十一师侯镜如的部队协同作战，经常派出步兵、骑兵配合的小分队对宿县、固镇方面的日伪军进行偷袭，阻拢日军的活动和运输，多次炸毁了日军铁路线上的碉堡，日军开始把这一地区当作不安全地带，严加防守。

韩来臣的蜜月还没度完，就接到部队命令，说日军正在集结，准备大规模地对骑八师驻守的涡阳、蒙城进行扫荡。山雨欲来风满楼，大军压境，武器装备落后、处处受蒋介石嫡系部队牵制的骑八师再一次面临生死考验。

马彪师长加强了与侯镜如二十一师的沟通部署。虽为骑兵师，但还得抓紧修筑坚固的防御工事，为确保防御战的效果，马彪师长和参谋处长谢尔升随行协助检查。

此时，韩来臣所在的三团正防守在安徽蒙城县双涧集至怀远县龙亢镇之间的涡河之上。龙亢镇隶属于安徽省蚌埠市怀远县，地处怀远县西部，东距蚌埠市区60公里，西与蒙城县接壤，北临北淝河，涡河穿镇而过。

说起"龙亢"还有点来历，"角宿"之后的四颗星是"亢宿"，亢是龙的咽喉。龙亢镇位于河溜集和双涧集中间，涡河右岸河堤下，控水陆交通咽喉，是涡河北岸集市贸易的重镇。"龙亢"表明了龙亢镇军事、经济、交通的重要性。1940年7月，八路军第四纵队（后改编为新四军四师）也在龙亢设抗日民主政权淮上办事处（行署），下辖怀远、凤台、蒙城、宿南4个县，开辟了淮上抗日根据地。

经过侦察、分析，马彪师长命令三团团长李增荫把主力放在龙亢镇，后备兵力放在涡河南岸，以便相互策应增援。

骑八师师部驻扎在利辛县展沟集，韩来臣把李秋叶安顿在展沟集。李秋叶识字，经斡旋，安排李秋叶在展沟集当小学教员。

那天韩来臣上马前，李秋叶给韩来臣灌了水，他认认真真地洗了大净，跨上了战马。李秋叶抓住马缰绳不放，韩来臣只好跳下马，紧紧握了下李秋叶的手，上马后韩来臣没敢再回头。

韩来臣随团一到龙亢镇，便开始修防御工事，骑八师的工兵连也帮着构筑防御阵地。为防止蚌埠日军的进攻，他们又多修了一条防御阵地，挖了许多陷阱埋设了地雷。

除此之外，韩来臣的任务是站哨警戒，几天没见李秋叶，他心里就慌，常望着涡河发呆。韩来臣突然觉得身为战士，最好不结婚，结了婚就变得儿女情长。韩来臣眼前每时每刻总闪过李秋叶那两弯眉毛，不停地撩拨着他的心思，韩来臣猛然发现自己心里的儿子娃娃精神似乎少了许多。

又是八月十五中秋节，韩来臣约了几个人给李秋叶寄生活费。龙亢镇上人来人往，富人们手中提着西瓜、苹果、月饼，穷人们提着少得可怜的东西在大街上走过。大家都忙着蒸月饼过中秋节，韩来臣们走过一处集市口，只见十几个人正在广场上表演花鼓灯。

尽管活在鬼子枪炮的阴影下，但人们并没有活在忧郁里。人们似乎更愿意寻找快乐，里面的演员唱的唱、跳的跳，热火朝天的场面让韩来臣们不由站在人群外看了一会儿。

韩来臣见过青海的花儿会，却没见过淮北的花鼓灯，一看还真是热闹。女演员头上戴着花，左手拿手绢，右手拿扇子，称为"腊花"，男演员高高大大称为"鼓架子"。韩来臣觉得青海人直接，光唱花儿就能两情相悦，而淮北人非常含蓄，有舞蹈、有歌唱，还有锣鼓表演，他们表达的方式多得让人眼花缭乱。

待在龙亢镇时间长了，韩来臣也粗略知道了这花鼓灯的舞蹈很有讲究，比如"大花场"就有十几个人同时上场表演，是集体表演的情绪舞。第一个人称为"伞把子"，负责指挥全局，只要他一上场，高喝一声"唉"，就引出群舞演员。"鼓架子"和"腊花"联结转换各种图形，表演热烈、奔放的集体舞蹈，并穿插演员擅长的筋斗、扭、跳、翻、跌等姿势，真是八仙过海各显神通。走队形也有讲究，先跳"走四门"，再跳其他图形，如"五朵梅""蛇脱壳""两堵墙"等二十多种，看得韩来臣目不暇接。演到激烈高兴处时，众"鼓架子"伴着锣鼓节奏，吹起高亢悦耳的口哨。

不过韩来臣还是喜欢花鼓灯中的"小花场"，这是"鼓架子"和"腊花"双人或三人即兴表演的情节舞，有男女对唱，都是情来爱去，和青海花儿对唱差不多。

相比较而言，韩来臣喜欢"抢手绢"的情节，场中人把男女相互依恋的状态表演得淋漓尽致，尤其在表现男女情感依恋的细微动作时传神入微。韩来臣没结婚前觉得男女之间也无非是结婚生子，可结婚之后，他觉得并不那么简单，看看今天的花鼓灯表演，演得很到位，让人很过瘾，这个演员肯定结过婚，要不然他演不出分别时的那种依恋来。

看着戏，韩来臣想起了李秋叶，不知此时她正在干什么。正胡思乱想着，被同伴们拍了拍肩膀，他们离开了会场，走了很远，韩来臣还听见了锣鼓的铿锵之声。

走过小镇，还有表演淮北大鼓的，不过内容都变成了抗日。给李秋叶寄过钱后，韩来臣长出了一口气，走过飘满了月饼香气的大街，回到了营房。营房里多了一些月饼和水果，都是当地百姓给部队送的。

夜晚的空气中香气浓了起来，具体说不上是什么香味，只觉得在院子里越来越浓重，这时已经能看得见月亮的半个脸。韩来臣帮汉族士兵在院子里摆了一张桌子，桌子上放着月饼，还有一些水果。

一轮大月亮慢腾腾地爬上了树枝，涡河两岸顿时清亮起来。涡河像一条银带子蜿蜒着飘向远方，从龙亢镇中心方向传来了花鼓灯的锣声。

汉族士兵点起了香，有人给韩来臣解释中秋节，说八月十五是团圆之日，可是大家在外打仗，只能望月寄相思、祭月报平安了。

月亮升到空中后龙亢镇顿时沐浴在月光之中，小镇的棱角在明亮的月光中清清楚楚，那朦朦胧胧的阴影消减了龙亢镇白天里的繁杂，变成一个清纯的少女，在月光里婆娑。

有人让韩来臣唱个花儿。韩来臣伸出右手放在右耳上，唱了起来：

十五的月亮圆又圆，

一月里只圆上一天；

出门的阿哥委忘下，

我俩的恩情哈记下。

有人说这个花儿不够味道，再来个猛一点的。

月亮上来者光气儿散，

你弹上口弦者浪来；

大门上委来家里来，

花花的被儿里睡来。

有人说："韩来臣，你花花的被儿里睡过几次？"

韩来臣不像过去那样随口说了，淡淡地说："就那么几次！"

大家笑了。

夜间巡逻队来了，大家才爬上通炕休息。可是韩来臣睡不着，觉得今晚的月亮太大、太亮了，惹得人心烦意乱。

午夜时分，月亮稍稍偏了西。突然前方传来两声枪响，一时枪声大作。原来日军冈村宁次学了骑八师的偷袭战术，趁骑八师过中秋节，派出了六十军团及陇海沿线连城、固镇、任桥、西寺坡、宿县等地的各个连队和

折花战刀

两个伪军师，步兵、骑兵在大炮、坦克、飞机的掩护下，向涡河沿线进军。

很快，日军以半月形的阵势围住了龙亢镇，敌伪先头部队逼近了龙亢镇前沿阵地。韩来臣们紧急集合后开赴阵地。此时日军发射了红色信号弹，又发射了照明弹，阵地上顿时像升起了一枚太阳，日军的头盔在亮光中一闪一闪的。

日军还是老打法，先来个飞机扫射轰炸，骑八师阵地上顿时下了一场子弹冰雹。韩来臣躲在掩体里，朝天骂着："日奶奶，有种了下地跑两步走走，老子拧断你的翅膀！"

炮弹在阵地上掀起阵阵尘土，月光中飘出的乳白烟雾四处散开。韩来臣一边躲，一边观察着阵地。重炮停了，大家钻出掩体，顺着战壕又跑向各自的掩体。在机器的轰鸣声中，日军坦克冲了上来。

韩来臣急了，当当当地朝坦克扫了几枪，可是坦克安然无恙，气势更嚣张，来来回回地在阵地上反复冲击。

由于韩来臣这边的战壕挖得深且宽，坦克又调转方向，在西面寻找突破口。那些跟在坦克后面的伪军遭了殃，韩来臣们从掩体里一通机枪扫射，伪军倒下去一大片，打得步兵们趴在地上起不来。

这时，一辆坦克突然撕破右边防线攻了进来，逼到韩来臣的掩体跟前。韩来臣只好退到另一个战壕，和另一队人马两头夹击。机枪压倒了跳入战壕的鬼子的火力，几个手雷扔过去后，韩来臣们逼近了战壕里的鬼子。韩来臣脱了上衣，光着肩膀，抽出战刀，大喊一声就冲了上去。

其他人一看，也举着枪刺冲上去。战壕里顿时充满了喊杀声和惨叫声，骑八师左右阵地的机枪也适时响起来，压退了那些试图增援的日军。

韩来臣左手一把拽过一个伪军刺过来的枪刺，右手挥刀砍在伪军头上，血浇了韩来臣一身。战壕窄，挥不开战刀，韩来臣拼命地朝前刺，几个日军躲闪不及，倒在地上。战壕里的日军受到两面夹击，顿时挤作一团，挥不开枪刺，只能等着挨刀。

韩来臣们解决了战壕里的鬼子，这段战壕又回到了骑八师手中。大家赶紧布置机枪阵地，安排防守。韩来臣从战壕里抬出鬼子尸体堆在战壕前作掩体。

　　此时哈木宰们在马彪师长的带领下从双涧集向龙亢镇急行军。月光之下，大白马似乎长了翅膀，哈木宰似乎看到许多战马驮着月亮，在黑夜里飞翔。

　　龙亢镇危急！龙亢镇还有韩来臣！大白马似乎也知道哈木宰的想法，扬开四蹄在月光中飞腾。

　　哈木宰突然看到扎西骑着战马在前面奔跑！

　　哈木宰身体一激灵，差点喊出来，那一瞬间他也看到了哈比布、马秉忠，他们都在前面骑着马冲了过去。哈木宰擦完眼泪，他们都不见了，但是哈木宰坚信，他们就在前面，也跟哈木宰们并肩作战。

　　月亮渐渐偏西了，马彪师长有点着急，抽了几鞭子，马径直向龙亢镇方向急驰而去。

　　突然，哈木宰记起了大阿訇教他的刘介廉的《五更月》：

　　　　四更中，月正西，浊体怎能归真一？

　　　　炉里煅，火中淬，炼尽铅华存金汁。

　　　　修成万宝贮晶瓯，不染尘垢不染泥。

　　　　主人唤，莫敢违，全体归真上清虚。

　　哈木宰觉得这词非常符合此时此景，真是一月映万川，川川都有月。每次征战，每次上战马，哈木宰都要洗一次大净，谁也不知道真主把那一颗奔命的子弹安顿在哪个角落里，谁也不知道奔命天仙什么时候到来，骑八师的骑兵们只能提前准备着迎接属于自己的那一颗。

　　哈木宰这才知道大阿訇的厉害来。大阿訇和马哈三一样，曾跟着尕司令上新疆打过长毛子，和哥萨克对砍过，挨过飞机子弹，谁也没想到一个挥着战刀的骑兵突然变成了大阿訇。

渐渐地，听到了枪炮声，马队转向另一条道路，隔着涡河能看到对岸炮弹爆炸时的一明一灭。

哈木宰们在涡河对面静等着命令，战马们兴奋地刨着蹄子。

阵地上日军跟在坦克后面疯狂地进攻着阵地，韩来臣们在李增荫团长的指挥下反复拉锯式地争夺阵地，谁都知道这一刻阵地一陷落，结局不堪设想。

三团的人听到马彪师长率骑亲自临战，又打起了精神，继续在隐蔽工事里向日军扫射。

月亮偏西了，东方渐渐露出鱼肚白，隐隐地能看到日军钢盔反射的亮色。日军坦克成了骑八师阵地上横行霸道的恶魔，骑八师没有重炮，也没有反坦克炮，只能眼睁睁地看着日军坦克在阵地内肆无忌惮地横冲直撞。

轰的一声，一辆日军坦克被埋设的地雷炸毁，大家顿时来了精神。

韩来臣大吼一声："打！往死里打这一帮驴日的鬼子！"

坦克后面的鬼子都被打倒，日军不甘心，又在机枪的掩护下派工兵拿着探雷器寻找地雷，韩来臣们就在掩体里用机枪打工兵。

这时前方日军的太阳旗突然倒下，原来日军指挥官被打死在马下，日军出现了混乱。马彪师长命令："第二骑兵团过涡河，迂回攻打鬼子侧背！"

一过涡河，大白马快速跑起来，看着越来越近的日军，哈木宰大吼一声"真主至大"纵马冲过去，大白马用大步冲刺速度向日军冲去。老练的骑兵们都知道，这一百米是骑兵的生死线，如果这一百米内日军反应过来，机枪一响，骑兵就惨了。

左右两边骑兵的机枪响了起来，奔突的火舌压住了日军的机枪火力，为骑兵的冲刺赢得了时间。骑兵大喊着从侧背冲向日军，来不及跑到战壕里的日伪军便向开阔地四处乱跑起来，不少日军的脑袋被骑兵从后面砍掉。

韩来臣们一看来了增援部队，士气大振，立刻组织反攻，挥着战刀冲向日军。青海人嗓门大，气场足，加上扬起的尘土，鬼子弄不清楚到底有多少人马，更加慌乱，急忙夺路向蒙城方向溃退。

一团骑兵紧追不舍，两边骑兵的机枪突突突地向鬼子扫着仇恨的火舌，日军在阵地上慌乱地扔下四百多尸体。

这场战役日、伪军伤亡一千多人，骑八师第三团和工兵连伤亡五百多人。

看到骑兵追得紧，日军放了毒气，阵地上顿时飘起一阵黄烟，哈木宰立刻感到呼吸困难，及时勒住了大白马，号兵马上吹起退却号。

马彪师长看到日军向西北蒙城方向退却，急电告知候镜如二十一师进行堵击。候镜如二十一师立即派出一个加强团，调遣了炮兵、工兵连，埋伏在涡阳、蒙城之间西阳集附近的丘陵地带。

当天下午三四点时，日军果然出现在丘陵地带，被候镜如二十一师层层包围，双方立刻展开激烈厮杀。战斗进行了一个多小时，又歼灭日伪军约一个团，剩余日军又故伎重演，放毒气、放烟幕，分路经过南坪集等处向宿县、固镇、蚌埠等地退去。

这次战役，使皖北的日军再也不敢轻举妄动。为此，冈村宁次曾在日记中留下了"恶战马彪"的记录，"马回子军"的名声传到了敌占区，让日军一听就头痛。

折花战刀

284

3

赛力麦这天正帮着铁匠爷打马掌，儿子突然闯进铁匠铺，还没来及抱起来，就听一声喊叫，儿子抱着手哇哇大哭。赛力麦放下铁锤，抱起儿子，只见儿子右手被刚扔在地上的马掌烫了个水泡，铁匠爷回头骂哈木宰奶奶："你怎么看娃娃的，手烧了个大泡！"

哈木宰的奶奶颠着小脚跑了进来，一看烧伤了手，连忙向屋里跑去，拿出了冰片、蜂蜜、核桃，捣碎后敷在手上，又往孙子小嘴里放了一颗糖，孙子才消停下来。

这时，保长走进了铁匠铺，铁匠爷忙抬出一张凳子让保长坐下，又让赛力麦倒上一杯茶。保长才慢悠悠地拿出一封信来，说："好事，你们家哈木宰来信了！"

赛力麦顿时紧张起来，她看着保长手中皱皱巴巴的信封，猜测着信中的内容，不知道里面是好消息还是坏消息。昨天晚上她梦见自己淹在一片河水中，那河水清得能看得见河底的石头，那块石头上的青褐色她还记得

285

清清楚楚。

铁匠爷请保长念信，哈木宰奶奶和哈力麦都围了过来，信的开头是"阿爷、阿奶，我给你们带赛俩目问候着！"

铁匠爷的眼泪淌到了胡子上："感赞真主！我孙子还活着！"哈木宰的奶奶用大衣襟不停地擦着眼睛。信上报了平安，哈木宰、马有路、马哈三都很好，还说那边热，哈木宰晚上在石槽里泡水。

铁匠爷说："这瓜娃子，泡冰水身体受得了吗？"

信念到最后，保长看了看哈力麦，停下了。铁匠爷说："保长，你念完呀！"保长吞吞吐吐念不出来了。

铁匠爷说："你保长也是个干脆人，今天怎么也磨磨叽叽像个女人，是不是谁无常了？"赛力麦竖起了耳朵。保长凑近铁匠爷的耳朵说了几句话。

铁匠爷的脸青一阵儿白一阵儿，缓了一缓，铁匠爷才说："人各有志，强扭的瓜不甜，既然男人说出了口，这婚姻就坏了！保长你还是念出来吧！"哈木宰奶奶说："谁的婚姻坏了？"

保长念道："请转告我的妻子哈力麦，我回不来了，让她改嫁！"哈力麦问："改嫁是什么意思？"保长又开始吞吞吐吐。

铁匠爷说："马有路不要你了，让你再嫁人！"

哈力麦说："这个没情没义的畜牲，人不长尾巴难谋量，我在这里辛辛苦苦拉扯娃娃，他一拍尻子走人，干脆离了我，我这人活成抹布了！"

保长借故走了，哈力麦哭着向屋里跑去。赛力麦给牛添草去了，留下老两口在铁匠铺里叹气。铁匠爷说："事情已经这样了，战场上的事也不好说，今天活着，明天就不知道怎么样了。如果有可能把哈力麦再嫁出去，往后哈力麦的娃娃要吃亏哩！"

哈木宰奶奶说："胡说什么呀，什么叫今天活着，明天不知道怎么样了？"哈木宰奶奶又开始唠叨，铁匠爷走了出去。

赛力麦走进哈力麦的房子，只见哈力麦把头捂在被子里，身体一抽一抽的。这会儿赛力麦真不知道应该劝些什么，怎么说都觉得不合适。赛力麦理解哈力麦这会儿的心情。想当初，她听到哈木宰半夜里喊出那个藏族姑娘的名字时，震惊得脑子一片空白，想死的心都有了，觉得挺不过来了。想着想着，心里就乏得不想坐起来，顺势靠在墙上流起眼泪。

哈力麦哭了半天，慢慢坐起来，发现赛力麦也坐在旁边流泪，忍不住又哭起来。哈力麦说："我命怎么这么苦呀，刚结婚男人就跑了；儿子还没大，父母就无常了；刚得到男人的消息，男人却不要我了，你说我怎么活下去呀！"

哈木宰奶奶让赛力麦陪哈力麦睡，赛力麦陪哈力麦睡了一个多月，哈力麦的情绪才慢慢稳定下来。不过从此哈力麦一天比一天邋遢，穿衣打扮也不讲究，只随随便便地套上个外衣就出去了。

有一天，哈力麦突然收拾起自己来，对着镜子抹脂擦粉的，把头发梳了一遍又一遍，赛力麦见势稍微放心了点。不过赛力麦还是有点担心，哈力麦的变化太突然，一会儿风一会儿雨的，没有定数。

赛力麦发现哈力麦开始喜欢挑水，而且总在早晨出去挑，一挑就是半天。这天哈力麦又出去挑水，赛力麦因有事出去，老远看见马六十三竟然拉着哈力麦的手站在泉边。赛力麦怒火中烧，这个马六十三真不是人，现在竟然把脏爪伸向哈力麦。掐指头算算，马六十三都可以当哈力麦的父亲了。看到赛力麦，马六十三慌忙丢了手。赛力麦走到泉边，替哈力麦挑满了水，催促哈力麦回家。马六十三讪讪地拉着马走了，走了几步又回头看了看哈力麦，哈力麦也看了看马六十三。

赛力麦的头轰的一下变大了。回去路上，赛力麦小心地说："这个马六十三年龄很大了，可还是那么不稳当，见个女人就嬉皮笑脸的，以后你还是小心点！"

哈力麦的脸一红，低着头说："这个人很热心！"

赛力麦一急："什么热心？我看就是老无赖，老色鬼！"

哈力麦有点不高兴，不说话了，赛力麦不知道怎么劝，心里替哈力麦着急。一连几天，哈力麦都没把赛力麦的话当回事，依然早早出去挑水，一去就是半天，后来竟然跟着马六十三浪花儿会去了。

赛力麦觉得若不把这事说给铁匠爷及奶奶的话，早晚会出大事，可又不知该怎么说。这一天，赛力麦终于忍不住了，她说："奶奶，这两天哈力麦挑水挑得勤快！"哈木宰奶奶说："就是，原来也没有这么勤快过，真是日头从炕里出来了！"

赛力麦说："哈力麦挑水时间很长，每次挑水总会遇到那个马六十三。"哈木宰奶奶定定地望着赛力麦。

赛力麦说："这个马六十三人很不稳当！"

第二天早上，赛力麦刚给儿子洗过脸，就听见哈力麦在院子里摔脸盆，脸盆的响声响了一院子。随即骂声破空而来："真是卖面的见不得卖石灰的，你走你的阳关道，我过我的独木桥，我们井水不犯河水，狗拿耗子多管闲事，吃的馍馍不多管的闲事多！"

赛力麦气得眼前发黑，可又不能说什么，只好咬牙忍着。哈木宰奶奶肯定是骂了哈力麦，哈力麦把气撒到她头上了。窗外的哈力麦骂得一句比一句难听，赛力麦不断提醒自己不能动气，自己也是为哈力麦着想。哈力麦现在不过是被马六十三蒙蔽着，如果有一天哈力麦明白时她会后悔的。哈木宰奶奶进来后，哈力麦才住了口。

过了三天，马六十三竟然请人说媒来了！

媒人坐在炕头上连屁股都没挪下，就一根指头一根指头地数说起马六十三的好来。说他力气大，能干活，能下苦，哈木宰们不在，马六十三还能帮忙打下手。还说马六十三可以倒插门当上门女婿。

赛力麦见过脸皮厚的，可没有见过像马六十三这么厚的人，赛力麦一点都没客气："我们的哈力麦多少岁？马六十三多少岁？你让他当父亲还是当男人？"媒人闭了嘴。哈木宰奶奶也觉得不合适，没答应。从此哈力

折花战刀

麦每天指桑骂槐，刀子样的话戳得赛力麦透心寒，可想到哈力麦的未来，赛力麦决定干预到底。马六十三厚脸厚皮地进出于哈木宰家，每天都来帮铁匠爷打铁。他一来，赛力麦就转身出去。

俗话说，"咋清的水一搅稠哩"，这马六十三来哈木宰家次数多了，风言风语也就出来了，加上马六十三人不稳当，这件事闹了个满村风雨。

哈木宰奶奶和赛力麦坚决不同意这门亲事，她们不愿眼睁睁看着哈力麦往火坑里跳。一天，大家正在吃饭，哈力麦突然说："嫂子，今天我叫你一声嫂子，我没见过你这样当嫂子的，你是不是和马六十三有什么事？凭什么阻拦我们结婚？你还有哈木宰，我呢？我什么都没有！"

赛力麦气得脸色发青，她真想把马六十三骚扰她，她用刀吓走他的事说出来，可又担心别人不理解，一时急得脸发红。于是平静地说："我觉得你们不合适，马六十三都可以当你父亲了，人也不稳当，你还是考虑考虑！"

哈木宰奶奶说："就是，我看也不合适，比他好的人多的是！"

哈力麦说："看样子你们不同意，我现在有一个娃娃，又被人休了，我现在有什么资格挑三拣四？马六十三说他要像对待亲儿子一样对待我儿子。你们今天不答应，我明天卷行李到他家。"哈木宰奶奶气得手乱抖。

铁匠爷沉默了半天，说："丫头，你想好，你是过去活人的，苦是你的，甜也是你的！"

哈力麦说："我早想好了，马六十三对我很好，我一个大人难道会看错人吗？当初你们把我嫁给马有路时，我没反对，今天我要自己做一回主。"赛力麦难过地摇了摇头。

铁匠爷说："当初也有我们的错，既然你主意已定，明天就让马六十三请媒人定日子吧！"赛力麦还想说什么，可却说不出来，心里憋得慌。

哈力麦走得很坚决，请来阿訇念了经，带走了她的衣服，只留下哈木宰奶奶在屋里掉眼泪。赛力麦劝道："既然哈力麦答应了，谁还能挡得住呀？是好是坏就看哈力麦的命了！"哈力麦一走，赛力麦肩上的活多了起来，她常常忙得顾了头顾不了脚的。

哈力麦嫁过去后，一个月都没回过娘家。哈木宰奶奶就说："嫁出去的姑娘真是泼出去的水呀，我泼点水起码有点响声，可是我这姑娘一走一点响声都没有。"

又过了两个月，赛力麦去挑水，遇到了哈力麦。只见哈力麦的右脸上有一块淤青，看到赛力麦后哈力麦慌慌张张地用纱巾遮起来。

赛力麦说："最近娃娃好吗？你脸上怎么了？"

哈力麦支支吾吾地说："不小心撞门框上了，青了好几天了！"

赛力麦说："他打你了？"哈力麦正要说话，远远看到马六十三过来，急慌慌地挑起水桶就走，走路还一瘸一拐的。赛力麦不由得哭了，哈力麦真正是进了狼窝了！

赛力麦把这事说给了哈木宰奶奶，哈木宰奶奶一听连忙和铁匠爷及赛力麦去看望哈力麦。一走进马六十三家，铁匠爷倒吸了一口冷气，一辆破木大车在院子里散乱地堆着，房子上长满了草，铁匠爷说："房顶也该上点房泥了吧！"

马六十三迎了上来。哈力麦走到哪儿，马六十三跟到哪儿。一看那屋里，哈木宰奶奶眼泪不断。炕上只有一条毡，还是哈力麦带过去的，一床被子已看不出是棉絮还是被子，孙子蜷在破被下，哈木宰奶奶把孙子抱在怀里不停地亲着。

看到孙子右胳膊上有一道伤痕，青紫青紫的，哈木宰奶奶就问这伤是怎么回事，哈力麦看着马六十三不说话。马六十三说："这是他自己打鞭子玩，不小心打到胳膊上的！"赛力麦望着哈力麦，哈力麦躲着赛力麦，那躲闪的眼里没有了欢快，只剩下惊恐。

孙子醒过来了，一看到哈木宰奶奶就放声大哭："奶奶，我要回家，他打我！"哈力麦一听，过来捂住了孩子的嘴："胡说什么，谁打你了？是你自己不小心从山坡上摔下来的！"边说边偷看着马六十三。马六十三一脸无辜装作没听见。

赛力麦趁马六十三不在，就问哈力麦："他是不是打你们娘儿俩了？"哈力麦什么也不说，眼泪哗啦啦地淌了下来。哈力麦说："我后悔没听你的话！"

刚说了半句，哈力麦惊恐地闭上了嘴，原来马六十三走到跟前了，赛力麦看着马六十三低下头去。哈木宰奶奶坚持让哈力麦卷上衣服抱孙子回家。哈力麦却说："奶奶，我过得好，你就放心！"哈木宰奶奶说："你看看孙子，我能放心吗？"

马六十三说："我会好好照顾她娘儿俩的！"铁匠爷临走时塞给了哈力麦几块银元，哈力麦迅速地装进口袋里。

铁匠爷和奶奶回家后长吁短叹，一夜无话。

4

1940 年 10 月，秋意浓得惹人醉，驻扎在安徽利辛县展沟集的马彪师长和卫兵走在展沟集的大街上。

就在几天前，马彪又参加了一次葬礼。葬礼上他是主角，亲自热水，亲自给亡人洗大净，每摸到亡人冷冰冰的身体，他就抽搐一下。

亡人正是他的第二个儿子，也是最后的一个儿子，在部队当副官。可另一个副官在擦枪时，枪突然走火，子弹击中了心脏。

龙冈战役刚刚结束，马彪师长正忙着给骑八师战死的弟兄们送葬。噩耗传来，马彪师长热泪盈眶，真主带走了他最后的一个儿子。

马彪师长突然觉得自己老了，突然发现自己的胡子开始变白了。当年大儿子在特务营，去武汉受训，武汉的酷热夺走了他的命，那时他就觉得自己的心被狠狠地挖去了一块，这一次小儿子的死挖完了他的整个心。

现在想来，这么多年的风雨飘摇，不就是盼着两个儿子有个好点的前途。他出生入死，只想为两个儿子在马步芳前面挣点政治资本，好让他们不再像自己一样风雨飘摇。可现在什么都没有了，两个儿子走了，留他一个孤老头子在世上还能做什么呢？

命呀命！真是无法猜透的机密。

展沟集上人来人往，可马彪却感觉不到一点热气，仿佛自己活在飘渺的雾气中，周围全是冷烟一样的人影。都说真主的仁慈普撒到世界万物，可马彪却感觉不到一点点温暖，真主拿走了他生命中最重要的两根支柱，他的支柱在两个儿子的无常中倒塌。

这两天卫兵紧跟着马彪。近来有许多传言说马彪成为日军的眼中钉，甚至有敌特要对他搞一次暗杀。

展沟集上卖烫羊肉的正使劲吆喝着。展沟集的买卖人知道骑八师中大部分是穆斯林，他们喜欢吃羊肉，而且只吃阿訇宰的，就常请由赛尔阿訇宰羊。卫兵站在烫羊肉摊前，准备掏钱买点羊肉给师长补补身子，可马彪却像个木头一样走过了羊肉摊。

看着马彪有点佝偻的背影，卫兵轻叹了一声。

卫兵还是给马彪师长买了一块烫羊肉，烫羊肉旁边是一家卖烧饼的，烧饼高高地叠起来，冒着热腾腾的白气。卫兵看马彪一点都没有想要的意思。他想了想，又买了一张饼子，拿上饼子追上马彪朝前走去。

这时，一个商人突然朝马彪师长泼了一盆黑乎乎的东西。卫兵赶紧冲上去，马彪师长已变成一个血头血脸的人，站在那里好像懵了一样。仔细一看，原来是泼了盆血。

商人吓坏了，赶紧上前擦拭。卫兵看了一下商铺招牌，心里一沉，拔出枪问道："这是什么血？"

商人战战兢兢地说："猪血！"

"什么！"卫兵把枪口对准商人的脑袋，"你不知道面前的人是谁吗？马彪师长，回族！"

"哎哟我的妈呀！"因骑八师驻扎在这里，商人知道回族的忌讳，明白自己闯了大祸了，而且还是大名鼎鼎的马彪师长，跪在地上不停地磕头。

"算了，人家也是不小心！回去换身衣服！"马彪师长顺势挡了卫兵的枪。商人趴在地上目瞪口呆，看着马彪走远了，有人捅捅商人："你今天撞大运了！"

马彪师长回到营房，换了一身新衣服，把那套衣服洗净后送给了当地一户人家。马彪师长决定好好洗个大净，他一连洗了七次，最后让由赛尔阿訇陪着为死去的两个儿子念了几段古兰经。

心渐渐平静下来，马彪知道在皖北还有许多恶战等着他。儿子走了，说不定他也会跟着儿子走，马彪觉得人生就是一场悲凉。由赛尔阿訇说："人其实就是在悲凉中磨炼成长的，古代的先贤每天都盼望着生病，生病能让人清醒，让人知道未来。如果一天不生病，先贤们就会非常不安。"可他们是贤人，而马彪不是。

1940 年 11 月开斋节，皖北的天气一点一点冷了起来，落叶飘得到处都是，踩上去咔啦咔啦直响，田地里一片荒芜。天空飘起了小雨，阴冷阴冷的。

骑八师驻防到了蒙城，战区司令部仍把骑八师布防在前沿位置，三个团分别驻扎在板桥集、河溜集和王市集。

蒙城位于皖北中南部，南临江淮，自古以来为兵家逐鹿中原的必争之地。两千多年前，陈胜吴广起义在蒙城发起，为推翻秦朝的暴政写下了壮丽的篇章。元朝末年，蒙城人积极参加刘福通的红巾军起义。晚清时期，蒙城成为名震中外的捻军起义的发源地。如今这里又成为日军和国民党军队、新四军博弈的战场。

马彪师长在谢尔升的陪同下看了蒙城的布防后心事重重。蒙城地势平坦，境内只有几座孤立的小山丘，无险可依，若真和日军打起来，机动性强的骑八师处处险境。

几年里跟鬼子学了点经验，三团防守还算严密，他们都学了当年桂兵

折花战刀

在这里打阻击战的方法。桂兵在战壕里朝鬼子的方向挖了藏身洞，这样鬼子进攻时跳过战壕看不见人，可是桂兵却看得见。等他们撤退时，桂兵却从藏身洞里跳出来，杀日军个措手不及。

马彪师长还记得 1938 年号称"狼兵"的桂兵在这里打的那场著名的蒙城阻击战。1938 年 5 月 3 日，日本华中派遣军第三、九、十三师团在凤阳、临淮关、蚌埠怀远之间集结并开始攻击。这三个师团是日军甲种师团，都参加过南京大屠杀，是侵华日军的精锐师团，他们这次集结目的只有一个，就是设一个大包围圈彻底消灭徐州南线中国军队主力。

国民党四十八军一七三师一〇三三团在副师长周元、师参谋长梁家驹、团长凌云上的带领下赶到蒙城。经过激烈地战斗，整个蒙城阻击战一〇三三团损失官兵一千八百多名，只突围出四百多名将士。

那时，骑八师正好在淮阳作战，牺牲了一千五百多人，两地战场同样惨烈。

马彪师长和谢尔升参谋长视察完防务后，顺便去了漆园的庄子祠。庄子祠始建于宋元丰元年，由时任蒙城县令、秘书丞的王竞主持修建，并请唐宋八大家之一的苏轼撰写了《庄子祠堂记》。明朝天顺年间，原庄子祠被洪水淹没，明万历八年（公元 1580 年），时任知县吴一鸾于县城东关重建庄子祠。重建的庄子祠规模宏大，有逍遥堂、梦蝶楼、卷蓬、道舍和鱼池桥等建筑。崇祯五年（公元 1632 年）时任知县李时芳重修逍遥堂，始建五笑亭和观鱼台，并镌刻"庄周故里"匾立于祠堂前。

经过战火的侵袭，庄子祠五笑亭的一半已毁在战火中。

谢尔升给马彪师长讲了庄周梦蝶的故事，说庄子不知道是蝴蝶梦见了自己，还是自己梦见了蝴蝶。马彪师长笑了笑。

听到庄子为丧妻鼓盆而歌的故事时，马彪师长半天没说话。

谢尔升把话题引到防务上，马彪师长说："其实人活一世，草木一秋，走了也是一种解脱。像我们回民走了，就是要归主了，就是要回到原处了，这点上庄子的认识还真是厉害！"

1940 年 11 月 17 日，天空飘起了蒙蒙细雨，蒙城阵地迷蒙在细雨中。日军的滞空气球升在阵地上空，气球下吊着竹篮，竹篮里是手持高倍望远镜观测的日军。韩来臣憎恨这气球，可汉阳造射程达不到，又没有有效的防空武器，他们只能眼睁睁地看着气球上的日军不断地把阵地情况报告给日军。

下午，阵地上传来密集的枪声，日军独立十三旅团开始正面进攻。骑八师战马被安排到相对安全的地点，守马人全天候守着战马，听号令行事，其余人全部上了阵地。

遮天蔽日的炮弹像飞蝗一样落在阵地上，日军火炮轰击了几个小时，阵地上到处都是深坑，不少战士被埋在虚土里。

针对日军的坦克，骑八师三团学了桂兵在蒙城的打法，专门挖了乌龟坑。四周挖空，中间留一个土台子，这样日军坦克一过，上了土台子，只有履带转动，而坦克悬在土台子上一步都动不了。簸箕坑是下面挖大，口挖小，日军坦克一个跟头就栽进坑里不能动。果然，一辆坦克中计掉进了簸箕坑，其余坦克也在原地徘徊不敢前进。韩来臣们静静地等待着，等着鬼子们跳过战壕的那一刻。

看到阵地上没人，鬼子大胆跳过了战壕，突然发现身后不断有冷枪打过来，一时倒下了一批鬼子，韩来臣还拽下了一挺机枪。鬼子第一次攻击失败后发现了藏身洞的秘密，又开始用炮轰，骑八师的阵地差不多被轰了个遍。

鬼子第二轮攻击开始了，人数增加了，一部分鬼子从侧背进攻阵地，这样三团阵地受到严重威胁。哈木宰、马哈三骑兵连火速迂回对鬼子进行侧背攻击。

哈木宰们绕出村庄，迅速向进攻的鬼子侧背插过去。突然，前面村庄侧面响起了机枪声，中鬼子埋伏了！

打花战刀

有人大喊，有人落马。哈木宰喊道："快绕过去，绕过机枪！"

战马终于绕到了鬼子侧背，可空中的气球已发现了行进的马队，通知了鬼子，鬼子已对骑八师骑兵做好了准备。

当战马冲进百米时，鬼子的枪声响了，最前边的一个骑兵落下了马，但骑兵连还是插到了日军侧后。三团的步兵团即刻冲出阵地，向鬼子冲锋，鬼子腹背受敌，开始撤退。

鬼子步兵最害怕骑八师的战刀，看到骑兵冲过来来不及逃跑，不少人干脆躺在地上装死，这样骑兵战刀就砍不到躺在地上的日军，而骑兵的危险却不断加大。

"镫里藏身！"哈木宰又喊。弯下腰身子贴着地面跑，大白马既可以踩，折花战刀又能准确砍过鬼子肚皮。其他人也弯下腰砍起来，哈木宰拖着折花战刀一路杀过去，那些躺在地上的鬼子又慌忙跳起来往有树的地方跑去，三团阵地压力减少了。

日军在气球的指引下，炮弹准确地落在阵地上。战马在爆炸声中惊慌失措，四处乱跑，退却号及时吹了起来，骑兵绕到后方，分散在树林里。

形势一步步恶化起来，日军二十一师团又从南面开始进攻。据侦察兵消息，三面开始有了枪声，从由远而近的枪声判断，鬼子的部队正往这边攻过来。马彪师长清楚冈村宁次的"铁壁合围"战术：集中兵力四面包围，借坦克、汽车，不断缩小包围圈。骑八师有被包围的危险。

马彪师长立即急电附近的友军，可附近一〇五师、一三五师及骑二军不但不增援，还把部队后撤到太和、阜阳一带。

果然不出所料，这次日军在冈村宁次的指挥下，实行了"铁壁合围"战术。战斗进行到第六天，骑八师已经陷入重围。

马彪师长嘴上都出泡了，周围的友军就是见死不救，他大骂："抢老百姓时，一个个猛得像狮子，打鬼子了一个个怂得像脖子！日奶奶，这帮人都叫驴日坏了，鬼子来了夹着尾巴往后溜，怪不得被老百姓缴了械！"

此时韩来臣们坚守的阵地成为全局战斗的关键点，坚守到最后，骑八师才有可能成功突围；如果丢了，骑八师将在"铁壁合围"中销声匿迹。

马彪师长给三团下了死命令，拼死也要撑住，直到天堂之门向每位战士打开，守不住阵地，认烈士的身份进天堂。

韩来臣们拼了六天六夜，食物送不上来，饿了三天肚子。韩来臣每天早晨干脆举意封清斋，虽然斋月结束已十天了，但还可以还补以前缺的斋。到了晚上，韩来臣以尿开斋，他们没吃没喝已三天了。说来也怪，封了斋，身子顿时轻巧起来，力量还是不断地冒出来。

在炮火的轰击下，战壕已变成平地，韩来臣们就把鬼子尸体拉过来放在最前面当掩体，最后又不得不把战友的尸体放在鬼子尸体后面做掩体。子弹不多了，韩来臣们在尸体堆成的掩体里爬着找子弹，找手雷。

天黑时候，鬼子的进攻减弱了，当地老百姓送来了吃的，一口大饼让韩来臣热泪盈眶。这一晚上，阵地上竟然有了难得的平静，骑八师守阵地的将士们终于吃上了一顿热饭。

尸体堆成的战壕血流成河，韩来臣们就在血水中弯着腰来回走动。此时已闻不到呛人的血水味道，眼前只有进攻，进攻！韩来臣说："如果我无常了，把我的身体放在前面，替弟兄们挡子弹！"马彪师长又给阵地调了一部分机动骑兵。趁鬼子还未进攻，大家挖掩体加固战壕。

晚上，天阴沉沉的，雨后的南方阴冷之气从四面八方围拢而来，阵地上聚起一层烟雾，韩来臣的关节开始生疼生疼的。看看天空丝毫没有放晴的样子，韩来臣盼望着下大雨，这样鬼子的坦克就会受阻，我军还能爽爽快快地发挥骑八师战刀的威力，砍他个三七二十一。

哈木宰也调到战壕里来了，前方一片黑沉沉，黑得好像要跳出个什么东西来。韩来臣站在哈木宰旁边，哈木宰的鞋已湿漉漉的，一拔一声响，于是他把脚稍往旁边放了放，一脚踩下去，软绵绵的，弯腰一看，原来是个死鬼子，哈木宰和韩来臣把鬼子的尸体摆到战壕前。

折花战刀

前方一片死寂，鬼子那边悄无声息。

哈木宰说："小声唱个撒拉玉儿吧！《巴西古溜溜》。"韩来臣也没有推辞，压低声音唱起来：

哎——

正月里来是正月正，

韩二个领了五千兵，

一句两句的话你们听呀，

他不是想下得害呀，

是好心。

哎——

二月里来是二月二，

韩二个闹开了清水工，

清水庄子里打呀，

叮当鼓儿里响呀，

炮儿里响呀。

韩来臣先用撒拉语唱，大家没听懂，他又用汉语唱了一遍。韩来臣的声音很有味道，加上特有的撒拉语调，弟兄们不说话，听着玉儿，盯着前方。

有人一会儿站起来，一会儿蹲下，还有人靠着鬼子的尸体睡着了，有人建议哈木宰唱个宴席曲，哈木宰紧张地望着前方说："现在都什么时候了，还唱这个！"

马哈三说："杀人不就是头点地嘛！当年老毛子把我们围在新疆，天上飞机的子弹擀面杖粗，哗啦啦地朝地上射，坦克的铁链子往骑兵身上辗，哥萨克骑兵的砍刀可光认个肉身子，可我们身上都带着大净，怕个球哩！他们的坦克给我们开了天堂之门，砍到地上也要砍个老毛子的马腿，一个尕日本算个球，只知道用炮轰，有本事拼拼刺刀。"

马哈三说："我给大家唱个《高大人领兵》！"

马有喜连长说："高大人太苦了，唱出来长官会骂我们动摇军心！"

马哈三说："只有长官才动摇军心，青海的儿子娃娃没有动摇军心的！"

马哈三压低声音唱起了《面食对阵歌》：

　　锅盔子滩里造了反，

　　万样的五谷不安然，

　　馒头统兵打一仗，

　　舍了干粮将一员。

　　锟锅子上前挂了帅，

　　疙瘩子上前把本动，

　　油锅儿身骑黄骠马。

　　挂面长枪手中拿，

　　花花子听见事不好，

　　一蹦子跳到碗当中，

　　把馓子踏得乱咚咚。

　　麻花儿一旁里攒了劲，

　　蜜馓上戳下个大窟窿，

　　花卷一旁里不动身。

　　油香气得把脸红，

　　面片锅里点兵将，

　　长面锅里摆八阵，

　　旗花子锅里刀兵动，

　　拌汤忙得跑乱鹰。

　　炒面见不得大黄风，

　　把扁食气得挤眼睛，

　　若要我们的事太平，

　　等一个尔德节的大阿訇。

还没唱完，大家笑成了一团。大家突然想起了青海老家的吃食来，有人说手抓最好，有人说拌汤最好，有人说还是阿奶的长面饭最好，家乡的味道记忆全部激活了。

韩来臣说："我看还是我们青海的面片最吃劲，一顿吃上，几天都有力气！"他这么一说，大家肚子咕咕地响了起来。

天越来越黑，冷气一点点从战壕钻进身体，藏身洞里湿叽叽的。连长安排好哨兵，让其余人原地休息。哈木宰裹紧光板板皮袄靠在战壕上。

哈木宰看见父亲母亲来到了跟前，他哭着说："你们去哪里了？我找了好久都没找着，快坐下！"哈木宰父亲点了点头，把一把小藏刀塞到哈木宰手里，仔细一看是扎西送的那把刀，哈木宰的母亲又把大白马的缰绳放到哈木宰手里。他们指着前面说着什么，可是哈木宰一点也没听清。

轰的一声，哈木宰惊醒了，哨兵的枪也当当当地响了起来。

只见前面阵地上又来了一群日军，冲在最前面的是伪军。接着天空中升起了一枚照明弹，霎时阵地变得如同白昼，不远处那只大气球像个死人头一样又升了起来。

"隐蔽！"连长大喊一声。话还未落，只听一声呼啸声飞过，连长高高地飞了起来，又像小鸟一样轻轻落在前面。

日军的炮轰又开始了。大家躲进藏身洞里，等着坦克的进攻。

等了半天，坦克没来，却招来了飞机，飞机在空中疯狂地朝阵地扫射，打在尸体上砰砰乱响。飞机扫射过了，伪军才跳过战壕冲过来，他们看到战壕里没人就拼命往前冲。连长牺牲了，哈木宰暂时担任连长，哈木宰跳出藏身洞大喊一声："杀！"

伪军们吓得一哆嗦，只见身前身后的战壕里站出一群披着羊皮的人来，手里拿着战刀。伪军手还没挨到枪，半个身子却已分开滑到另一边了。

骑八师的骑兵最恨机枪，最喜欢贴身打。密集的人群鬼子不敢开枪，他们都知道三八大盖的威力，一枪出去能穿透几个人的身体。看到骑八师的战士抢起战刀，鬼子们的战斗欲也勾起来了，哇哇叫着冲上来。

哈木宰没想到，由赛尔阿訇平时领拜时安安静静、腼腼腆腆的，一上战场居然是一个使刀的好手。他左躲右闪，在鬼子中间如鱼得水，战刀却一点不含糊，刀刀见血，刀刀毙命。

一个鬼子挥起刺刀从后面朝由赛尔阿訇刺去，哈木宰连忙上前一刀下去，鬼子瘫软在由赛尔阿訇的身后，由赛尔阿訇朝他笑了笑。

杀了一阵，鬼子的侧背出现了骑八师的骑兵，鬼子纷纷退去，在不远处架起机枪，哈木宰看着一匹战马倒在地上，把骑兵压在马下，骑兵正在血泊里挣扎。哈木宰要往上冲，却被韩来臣拉住，刚蹲下，子弹横飞过来。

这已经是第七天了，三团阵地成了最后一道屏障，马彪师长电告友军，但无人应答。日军又开来了增援部队，侦察兵探知，三面已合围，西面的包围圈正在缩小。今晚是突围的最佳时机，可现在三团被牢牢困在阵地上，没有增援部队，马彪师长成了热锅上的蚂蚁。

谢尔升提醒马彪师长联系新四军，新四军军部就在蒙城。但马彪心里不得不有所顾虑，在项城保卫战中，因联合彭雪枫的新四军，马彪受到蒋介石的严厉斥责。最近局势紧张，蒋介石暗中指示各部队与新四军搞摩擦。好几次说是配合行动打日军，结果一去却发现是打新四军，连长就请示马彪，马彪沉吟半天下了命令："开枪不伤人，伤人不开枪！"那位连长也聪明，命令朝天开了一阵枪，骑八师和新四军各自离开。

但这事还是被上面知道了，电话中又是一顿恶批，让马彪师长心里很不是滋味。

谢尔升说："我们骑八师从青海来这里不容易，鬼子想置我们于死地，汤恩伯躲在一边看笑话，这时不联系新四军还联系谁？"

马彪师长陷入深思，最后让谢尔升联系。

半个小时后，马有路带来了消息，新四军愿意帮忙突围，时间定在晚上九点，以两颗红色信号弹为准，新四军从西面阻击敌人，骑八师从西面突围。

很快作战命令下达了，三团做最后的阻击拖住鬼子，一团、二团突围，撕开西面的口子，随后向利辛县撤退。

许多老兵都这样说："宁可守城十次，不可突围一次。"突围是个冒很大风险的军事行动，古今中外无数战例已充分证明这点。除了万不得已，除了敌人网开一面，守军自己冲出去，结局要么是大部被歼少部突围，要么是全军覆没。

老兵还有一个说法："只有你的技术过硬，应付能力过人，才能解决突围过程中遇到的一切难题，顺利突围。"突围中敌方围追堵截，千方百计置你于死地，那就要看你的应变能力是否过关，是否能逢凶化吉。

哈木宰们的任务就是阻击日军到最后一刻，说白了就是当烈士进天堂。有人让由赛尔阿訇撤退，由赛尔阿訇说："天堂之门就要开了，我还要给大家做最后的讨白！"

大家都哭了。

时间快到了，日军暂停了进攻，韩来臣说："我们唱个《穆斯林进行曲》吧！"这首曲子是由著名作曲家王洛宾于1939年谱写的，骑八师出征后在部队中广为传唱，流行于西北地区，又流传到全国穆斯林中。

> 我们是青年人，
> 中国的青年人。
> 青年要领导大众，
> 向前迈进。
> 我们爱教，
> 更爱祖国，
> 青年的穆斯林勇敢前进。
> 侵略者进攻把他打回去，
> 侵略者进攻大家起来拼。

用我们的热血发扬穆圣精神，

用我们的热血教训敌人。

我们是青年人，

中国的青年人，

青年要领导着大众向前进。

用我们的热血捍卫祖国，

青年的穆斯林勇敢前进。

　　大家都唱起来，这时鬼子的坦克声从远处传过来。由赛尔阿訇叫回族、撒拉族、东乡族的士兵都打了土净，朝西面跪下，他念了古兰经开端章。

　　念完后大家掌了手，西边天空升起了两颗红色信号弹，这是突围的信号，大家握紧了战刀，走向阵地。

　　日军的坦克轰鸣着冲过来，大家躲进藏身洞里，等坦克过后，又起身射击。西边新四军已开始攻击日军，枪声震天，骑八师骑兵向西边突围。

　　日军发觉了骑八师的突围行动后疯狂地向阵地上涌来，汉阳造的枪管红了，扔在旁边换一支再打，韩来臣们连续打退了日军的六次冲锋。

　　凌晨十二点，骑八师在新四军的帮助下，一团、二团突围成功，向利辛县展沟集方向退去，清点人数，只剩下三千多，马彪师长放声大哭。他明白，他在蒙城惨败，无颜再回青海，也无法向青海的父老乡亲们交待。

　　西边又亮起一颗绿色信号弹，三团驻守阵地的战士撤退时间到了。可蜂拥而上的日军围住了阵地，已有鬼子跳进了战壕。肉博开始了，哈木宰用折花战刀抵挡着左右刺来的刺刀。为节省时间、不耗费体力，哈木宰的刀法直截了当，力求一刀毙命。砍已不适宜，刺最有效，加上哈木宰的武术功底，近身的几个鬼子都倒在血泊中。连日的封斋渐渐使他有了力不从心的感觉，因用力过猛，身体失去重心，重重压在鬼子身上，折花战刀的把手又被鬼子的三八大盖挂住了，战刀取不出来。

　　鬼子借机翻身压住哈木宰，手中的折花战刀无法施展，哈木宰心急如

折花战刀

焚。眼看着鬼子把刺刀举到眼前，哈木宰万念俱灰，念起了清真言。这时他看到了父亲，他想起扎西送他的小藏刀就在左靴里。哈木宰用右胳膊死死挡住鬼子的军刺，血从右胳膊上淌下来，左手伸进靴子掏出藏刀，狠狠插进鬼子的后背，刺刀松了。

韩来臣正和三个鬼子拼刀，哈木宰连忙向韩来臣走去，走到半路，突然身子一震，中弹了，身体往前倒了下去。他看到韩来臣用刀劈开一个鬼子的头，但后面鬼子的刺刀插进了韩来臣的后背，韩来臣没有倒，他吼了一声，战刀朝另一个鬼子刺去，那个鬼子很快倒地。

哈木宰朝韩来臣爬去，前面的一个鬼子又刺进了韩来臣的前身，韩来臣大声念着清真言，一边用步枪插在地上，支撑着身体，一边举起战刀朝前挥舞。

哎——

三月又不是三月三，

苏阿訇到了白庄是，

……

韩来臣纵情地唱着，几个鬼子围了上来，举起的刺刀风一样穿透了他。韩来臣圆睁着眼，念着清真言，撑着步枪，半举着战刀站在阵地上。韩来臣的鲜血漫过了战刀上的"成功成义"四个字，又顺着血槽往地下淌去。清真言念得越来越低，韩来臣突然满脸笑容，看着前方，朝前面的鬼子挥起了战刀。

几个鬼子还在拼命地刺着韩来臣，一个日军军官走过来骂了一声："巴嘎！"

那几个鬼子连忙垂手而立，那个日军军官朝韩来臣的尸体行了一个军礼。哈木宰眼前发黑，跌入重重的黑暗里。

日军检查阵地，砍走战死日军的一只胳膊，活着的骑八师士兵也被日军补了一刀。哈木宰被一位弟兄的尸体压着，躲过了日军的这刀。

哈木宰感觉他的右手被什么东西咬着。"日奶奶，这帮野狗，我死了还不放过我！"这荒山野岭里有很多野狗，战争使这里横尸遍野，喂肥了野狗。可感觉又不像是野狗，哈木宰想转过头，可整个身子都动不了。

哈木宰眼前发黑，身体发沉，这是哪里？难道果真到了坟里了吗？腿痛得要命，哈木宰试着动了动左脚，左脚还能动，试了试右脚也能动。这会儿哈木宰知道自己至少不会成为一个瘸子了，又试着动动双手，都有感觉，就是胸口闷。一看，才发现一个弟兄压在身上，哈木宰推了推，弟兄已经没了气息。

这个弟兄哈木宰认识，也是从大通来的，当时是从大路上被抓来的，抓到军营后他说他还有个老母亲，一直哭，没想到今天牺牲在这里了。哈木宰难过极了。

突然，听到一阵低低的马叫，是大白马！

大白马闻到了哈木宰的气息，静静卧在哈木宰身边，一刻不停地咬哈木宰的右手。哈木宰突然想起那个有关父亲和母亲的梦，眼泪一下流了出来。

哈木宰推开身上的弟兄，慢慢动了动，他还不能确定周围有没有鬼子，挪一会，听一会，可四周一片死寂。

哈木宰朝韩来臣的方向看去，见韩来臣还站在那里。哈木宰心里一高兴，小声地喊道："韩来臣！韩来臣！"

可韩来臣没答应，哈木宰走到跟前，才发现韩来臣眼睛圆睁，战刀高举在头顶，身体已僵了。哈木宰使劲取出战刀，把韩来臣放平，念了一段亚辛章，又慢慢合上了韩来臣的眼睛。

这时，哈木宰感觉头晕眼花，一只手突然握住了哈木宰的脚，哈木宰一惊，抽出了折花战刀。原来是一个鬼子，哈木宰用脚踢了踢鬼子，鬼子的身体僵了，可手还在动。哈木宰头皮发麻，蹲下身子，才发现动的是鬼子身下的人。哈木宰一把推开鬼子，下面竟然是由赛尔阿訇！

哈木宰把由赛尔阿訇扶起来，由赛尔阿訇伤得并不重，哈木宰做了简

折花战刀

单的包扎。由赛尔阿訇问："怎么这么黑呀？这是坟坑吗？"哈木宰笑了："阿訇，这是现世！"

"真主呀！天堂的门又给我关上了，这烈士的品位我达不到了！"由赛尔阿訇突然哭起来。

由赛尔阿訇哽咽得全身都动了，哈木宰说："真主让你活，你得活着，你还得为那些战死的弟兄站殡礼呢？"

由赛尔阿訇看着那些横七竖八的弟兄们，又哭了，挣扎着打了土净。他把韩来臣头朝西摆在前面，又去拉牺牲的弟兄们。他拉了十几个人，实在没力气拉，坐在地上直喘气。哈木宰说："这么拉不行，鬼子就快到了！"由赛尔阿訇说："我俩退后，站在所有牺牲的弟兄后面也行！"

哈木宰说："不行，这样我们连鬼子都给站了殡礼了，不行！"

由赛尔阿訇说："他们也是被逼的，也是真主创造的，站吧！"

哈木宰说："等等，我就来！"说完走到韩来臣跟前，给韩来臣打了一个土净。

由赛尔阿訇叹了一口气："烈士的品级就是他为大众牺牲的血衣，不用洗大净，这血就是大净！"随后念了起来。

哈木宰似乎看到那些弟兄们披着血衣向他挥手，然后飞到空中慢慢远去。

站完殡礼正要走，脚又被人抓住了，一看是个被砍了右胳膊的鬼子，那鬼子流着泪呜哩哇啦地说着什么，最后又用手比划着自己的脖子，意思是帮他快点死。

哈木宰和由赛尔阿訇看了看，哈木宰拾了一只手枪，又用衣服厚厚地缠住手枪，对准鬼子的头，那鬼子笑了，脸上露出了感激。砰！手枪低沉的声音，被这黑夜的声音掩盖得无影无踪，鬼子不动了。

这时两人已没有力气爬上大白马，大白马顺从地卧在地上，两人骑到马上，大白马一跃而起。

哈木宰和由赛尔阿訇回头看了一眼阵地,阵地上一片死寂,黑夜盖住了一切,由赛尔阿訇说:"来于土,又归于土!"

大白马专门挑小路走,快到天亮时,大白马走近了一个村庄。村庄一片死寂,进不进村?大白马停下了,哈木宰和由赛尔阿訇犯了难。进去吧,怕有鬼子,不进吧,两人失血过多难免一死。

大白马突然停下了,它眼前站着一只大灰兔,那只大灰兔定定地望着哈木宰,哈木宰突然想起那年草原上遇到灰兔的事。

现在眼前站的不就是那只被活佛救的大灰兔吗?

只见大白马和大灰兔看了看,大灰兔掉头拐了个方向朝附近的丘陵跑去,大白马紧跟上去,他们进了一片树林。刚进树林,就看见从村庄里出来一队日军摩托车,太阳旗在风中呼啦啦地响,由赛尔阿訇说:"真主啊!"

哈木宰低头看大灰兔时,它已不见了。等了一会儿大白马顺着丘陵走下去。天亮时候,他们走近了一个村庄,远远看见了一座五孔桥。

"看,那是不是展沟集的五孔桥?"哈木宰捅捅由赛尔阿訇。

"就是,我们回到驻地了!"由赛尔阿訇仔细看了看,肯定地说。

大白马的步子加快了。一会儿时间,哈木宰和由赛尔阿訇就吃上了热腾腾的面片。

哈木宰突然想起韩来臣的新婚妻子李秋叶还在展沟集小学教学,听说她已有了身孕,这时告诉她韩来臣的事不合适。他叮嘱大家保守韩来臣牺牲的秘密,问起来就说驻扎到别处了。可一想又不妥,决定每月给她寄生活费,这样她才会相信。

当下大家就凑了几块大洋,捎带给她。

马哈三、马有路也突围出来了,哈木宰带着他俩一起到展沟集小学,一进校门,是一排整齐的白墙青砖瓦房。

折花战刀

大刀向鬼子们的头上砍去

全国的弟兄们

抗战的一天来到了

抗战的一天来到了

前面有东北的义勇军

后面有全国的老百姓

咱们工农军队勇敢前进

战胜全部敌人

把他们消灭　消灭　消灭

大刀向鬼子们的头上砍去——杀

　　"杀"字在校园回荡了许久，学生们唱完了《大刀进行曲》后，开始唱骑八师的军歌《满江红》：

可恨暴日，

侵东北，

怒发上冲，

我将士保家卫国，

誓师抗日，

铁蹄如云赴前方，

英雄健儿打东洋，

万家父老来欢送，最精神！

从此去，

立奇功，

雪国耻，

复平津，

催战马踏破富士山峰，

我武威扬，

震三岛，

保障和平祭亚东，

看那凯旋归故里，乐无穷！

哈木宰三个人站在教室门外，一只孤独的鸟儿正飞过天空，他的鼻子酸了起来。

下课了，孩子们在校园里跑来跑去，快乐得像燕子。望着这些孩子，哈木宰想起了自己的孩子，他是不是也这样在学校里念书呢？父母亲走了，家里只留下赛力麦和爷爷奶奶，或许孩子跟着家里人在地头呢。想到这里，哈木宰一阵心急，只要他能回去，一定要让孩子进学校念书。

遇到了一个老师模样的人，他们便上前打听。哈木宰问："这儿有没有一个叫索非亚的老师？"

那个老师一脸疑惑："索非亚？没听过这么奇怪的名字！"

马有路连忙说："叫李什么叶的老师，她丈夫是骑八师的！"

这位老师说："哦，你们找李秋叶老师，在那边！"

哈木宰想了想，决定一个人去给生活费，三个人去，李秋叶老师肯定会怀疑。

哈木宰拿着大洋走向李秋叶，她真是一个漂亮的南方女子，韩来臣真有眼光。李秋叶幸福地摸着微微凸起的肚子，阳光正温暖地照在她的手上。赛力麦当时怀孕时，哈木宰可没有这样认真地看过她，没想到怀孕的女子还真好看。看着哈木宰傻乎乎地望着她，李秋叶笑呵呵地望着哈木宰。

哈木宰一时不知道应该说什么，就把大洋往前一送。

"你这是干什么？"李秋叶一愣。

"韩大哥托我捎给你的。"哈木宰才反应过来。

"他人呢？"

"他，他还在蒙城呢！"

"把外面的兄弟叫上，喝口茶吧！"李秋叶说。

哈木宰连忙摆摆手，可是李秋叶慢悠悠地已在前面领路，哈木宰只好叫上马哈三和马有路一块进去。

　　李秋叶的房间收拾得很素净，正西墙上挂着一张阿拉伯文的书法，这是一笔连体的清真言。哈木宰记得这是他和韩来臣在沈丘时请当地的阿訇写的，没想到韩来臣竟然一直挂在墙上。被子上搭着的一条拜毡刺眼地扎着哈木宰的眼睛，哈木宰努力低头不去看任何东西。

　　李秋叶倒的是龙井，用了小杯。可想起韩来臣，哈木宰不想呆在这儿，一口喝完了茶，就向李秋叶告辞。马哈三和马有路也紧紧跟着出来。李秋叶站在门口送他们，哈木宰没有回头，马哈三和马有路也没有回头。一出小学，他们就到展沟集五孔桥边，河水缓缓地流向远方，三个人忍不住哭了一场。

　　蒙城之战骑八师损失严重，第五战区司令长官李宗仁对汤恩伯如此对待骑八师鸣不平，将事情原委电呈蒋介石。蒋介石下令把骑八师划给第五战区管辖，属何柱国的十五集团军指挥。何柱国遂把骑八师由前沿撤到阜阳，让部队进行休整，又在当地招募了两千汉族新兵。

5

借休整之时，哈木宰们去了趟蒙城阵地，清理了战场。哈木宰连夜把战死的弟兄送到了利辛县马店集，那儿有一块坟地。从此之后，由赛尔阿訇每天早晨都去那儿上坟。

展沟集的冬天到了，天空渐渐阴了下来，先是小雨，后来变成了小雪。展沟集在雪中缩头缩尾，鸟儿也缩着头在枝头等着天气放晴。卖烫羊肉的一边瞄着街上的行人一边烤手，烫羊肉的香气在小雪中热气腾腾地往上冒。

展沟集的早晨还是被一阵哭声惊醒了，哭喊的是一个女人，她带着三个孩子。

原来她们住在展沟区的陈大圩孜，在男人谢老六的带领下，一家四口推着独轮车从山东逃难到陈大圩孜，临时住在庄前南大塘旁的车屋里。

宋井孜集市为南北大街，商铺林立，酒家饭摊，浴池旅馆，过年热闹的味道弥漫在大街小巷。可谢老六身无分文，穷日子不穷年，为让家里人过个年，他只好站在宋井孜集市南边的柳树下，将从山东推过来唯一值钱

折花战刀

的独轮车卖掉了。谢老六把钱揣在怀里，买了五张水烙馍，自己吃了一张，余下四张揣在怀里带回了家。

当天深夜，车屋的门突然被人踢开，随着寒风钻进来三个当地的土匪，土匪逼着谢老六交出白天卖车的钱，一个土匪大喊："若不交钱，杀死你全家！"

谢老六磕了三个响头仍无济于事，三个土匪上前将钱从谢老六身上尽数搜去。谢老六紧紧抱住一个土匪不放，被另一个土匪一刀要了命，另外两个土匪一见出了人命，将谢老六的尸体扔到南面大塘里，逃之夭夭。

谢老六的女人带着三个儿子来展沟集老街口，大孩子扶着痛哭的母亲和两个小弟弟，高声喊着："父老乡亲们，我父亲昨晚被三个土匪杀死，抛尸大塘，请兵叔叔、兵伯伯们给我家报仇呀！"

这时集南头来了一帮候小庄人，他们是刚从颍上沙河渡口边的周捻孜连夜逃回来的小商贩。他们购买的山货和钱财也被一伙土匪在夜里抢了，几个人慌忙逃回来找驻扎展沟集的骑八师部队，请骑八师消灭土匪。

这两家子向街民诉说时，被骑八师的纠察队员碰到了，纠察队将谢家四口人和六个商贩带到当地区公所。由于案情重大，区长领着一行人来到骑八师师部张楼，当面向马彪师长说明情况。马彪师长一听大怒："特务二连、三连，到周捻剿匪，特务一连随谢家去陈大圩孜捉拿凶手！"

在商贩的带领下，二连、三连疾驰在展沟区，骑兵身后扬起一阵尘土，目标就是周捻西一片芦苇丛里的村庄。冬天的芦苇密密层层的，从外面看不到里面。特务连决定拉大圈逐步缩小包围区，战马一圈圈地缩小着范围，村里人不知道出了什么事，都在村口张望。随着包围圈的缩小，二连、三连捉到了二三十个嫌疑人。特务连将这二三十人押回展沟，马彪师长亲自审问，其中一半是良民，交保后释放，余下的土匪押到河边，被指认后斩首示众。

在保长的配合下，去陈大圩孜的一连将三名土匪押回了展沟，经过谢家四口指认，三名土匪全部承认了罪行。骑兵押着这三人在展沟集上游街示众，随后将其拉到文昌宫东面洼大路旁边枪决。

这次行动，使骑八师在展沟集一带名声大振，一些土匪吓破了胆，纷纷外出逃匿，一时间销声匿迹，形成了土匪不敢见骑八师，骑八师不愿有土匪的状况。展沟周围的土匪强盗，更不敢为非作歹。

这天，马彪师长收到了一份密电，说是要加强骑八师政工宣传。随后还下派了许多政工人员，马彪师长心里困惑不已。自1940年下半年以来，抗日战争进入艰苦的相持阶段，日本改变了战略，把军事进攻改变为以诱降为主，蒋介石开始消极抗日，积极反共，一再挑起反共摩擦。

1940年10月19日，蒋介石指使何应钦、白崇禧以国民政府军事委员会正、副参谋总长名义致电八路军朱德、彭德怀和新四军叶挺、项英，强令黄河以南的八路军、新四军于一个月内开赴黄河以北。11月9日，朱德、彭德怀、叶挺、项英复电何应钦、白崇禧，据理驳斥了国民党的无理要求，但为顾全大局，仍答应将皖南新四军部队开赴长江以北。而蒋介石对此不予理睬，仍按原定计划密令第三战区顾祝同、上官云相将江南新四军立即"解决"。

随后发生的事让马彪师长无所适从。马彪师长始终认为敌人就是日本鬼子，想当初他也是冲着打鬼子才从青海来到豫皖地带。四年里他带领的青海子弟已有三千多人战死沙场，每次危难之时总是新四军出手相助，项城保卫战、蒙城突围战，如果不是新四军出手，恐怕他马彪如今都不知身在何处。

但上司的命令不得不服从，政工宣传工作还得执行。

宣传工作是小范围进行的，明眼人都知道这些宣传员大多是军统，马彪师长也清楚。但身在异乡，为不招惹蒋介石，有些事只好睁一只眼闭一只眼。人都活到这把年纪了，两个儿子又无常了，除了每天的礼拜之外，他马彪活着的支柱还有什么呢？最初他对蒋介石还抱着幻想，可是升官之后又有什么呢？只有和鬼子真刀真枪地干才能使他心安。

各班的宣传如期进行。先讲政治形势，后说"新四军不抗日，不服从中央的命令""新四军破坏团结"之类的话。听到这些，哈木宰好几次想跳起来说话。大道理他不知道，可是"两虎相争""滴水之恩"的道理哈木宰知道，哈木宰只想问："项城、蒙城之战中谁帮了我们？"

这话足够让那个油头粉面的政工人员闭上臭嘴。哈木宰太烦这个油头粉面了，他有事没事尽打报告，一看到几个人凑到一起聊天，总喜欢挤进来听，班里屁大的事都要往上报。是骡子是马拉出来溜一溜就知道了，一到战场，他吓得脸色都变了。如果这个油头粉面被日军捉去，第一个叛变、第一个当伪军的肯定是他莫属了。

听着歪歪叽叽的话哈木宰还是忍了，他明白骑八师已经不是原来的骑八师了，原来情同手足的弟兄们大多战死沙场，当地招的这些兵中又有许多国民党特务，还有青海马步芳的密探。骑八师时时刻刻处在严密的监视下，尤其是出了骑八师和新四军合作抗日的事后，这种被监视的氛围更是笼罩着全师。

在蒙城，哈木宰曾到过新四军驻扎过的村庄，墙上全是团结抗日、拥政爱民的标语，一些传单上写着"三大纪律八项注意"。从内心里说，哈木宰是佩服新四军的，新四军和日军打起来个个都是拼命三郎。

早晨，哈木宰去河边遛马，此时河水清清的，已没有夏日那种深绿色。河水缓缓地向远方流去，河边小道上全是遛马的人，哈木宰试图避开这些人。

他只想安静一会儿，班里的变化让他不知道应该听谁的。就说这打日本鬼子吧，很明确的事，就是要打日本鬼子，可上面说什么曲线救国，连汪精卫都叛变了。可鬼子要多坏就有多坏，那次宝塔之战中，哈木宰从黄河河岸上亲眼看到日军把骑八师的俘虏倒吊在树上，下面放了一把火，隔着河都能听到兄弟的惨叫声。

哈木宰还记得小时候爷爷第一次打他，那也是爷爷最后一次打他。现在想来都惊心动魄，他们在巷道口发现了一处马蜂窝。在青海马蜂窝晒干之后是祛风除湿的药材。为挖这处马蜂窝，哈木宰在马蜂窝下点了一堆火，飞出来的蜜蜂的尕翅膀一烧就化，全掉到了火里。那些胖胖的马蜂在火中噼啪作响。

当天晚上，爷爷用木条抽他的屁股，奶奶看不过骂开了，爷爷才停下。

"我为什么打你？"

"挖了马蜂窝！"

"不对！你火烧马蜂，火刑只属于真主！"

现在想来，那情形历历在目。

"想媳妇了吧！"有人过来拍了一下哈木宰的肩膀。

原来是马哈三和马有路，马有路脸色铁青。哈木宰说："谁惹我妹夫了，我找他算账去！"

马有路别扭得涨红了脸："没有，只是气不顺！"

"一个兵娃子，好处你捞不上，军饷你也领不上，你气什么？"哈木宰说。

"我今天和政工宣传的人顶了嘴，他说我思想有问题。不打日本鬼子、窝里斗、打内战的人思想才有问题呢！"马有路说。

哈木宰说："你真这样说了？"

马有路说："嗯！"

哈木宰说："你这个没脑子，头被门夹了吗？等着关禁闭吧！"

哈木宰看看周围："骑八师不是原来的骑八师了，原来大家都是青海人，擀面杖装肠子——直来直去。现在情况不一样了，你没见那些搞政工的人是什么人，他们都是军统、中统的人，不要以为你想说什么就能说什么，这骑八师里有通天的人呢！"

马有路一听脸色都变了。

幸好也没关禁闭，不过马有路谨慎起来，他发现气氛确实和原来不一样了。

晚上，哈木宰接到命令，到一个村庄伏击鬼子。哈木宰刚到村庄，听到前面枪声大作，大家下马作战，打了一阵儿，仍听不到日军熟悉的三八大盖的声音，哈木宰有点纳闷。

过了一会儿，侦察兵过来说是新四军。新四军也发现是骑八师，两面停了攻击，哈木宰们马上撤回。哈木宰边走边郁闷，情报怎么这么不靠谱？自己人打起自己人来了。

马彪知道情况后更郁闷，摔了茶杯。原来他接到九十二军密电后才发布进攻命令。密电上只说是敌军，没想到是新四军！

马彪骂道："这个驴日的九十二军，竟然拿我去垫背！"

马彪对打新四军不打鬼子的行为很不满，但军令如山，他也不敢明着对抗，但总有人背后给骑八师下套。

一次，骑八师的工兵连钻到了新四军彭雪枫将军的埋伏圈里，被新四军全部活捉。彭雪枫知道是骑八师的工兵后，马上放了人。全师上下议论纷纷，尤其那些政工人员更是冷嘲热讽，说什么的都有。堂堂骑八师竟被人活捉了，听到消息后马彪面子上挂不住，也派两个营偷袭彭雪枫军营，也抓回了六十多个人和枪。

第二天早上，全骑八师都知道了这件事，对这六十个人和枪的处置议论纷纷。拥护蒋介石的政工人员像打了鸡血一样上窜下跳，惟恐天下不乱，他们提出全部扣下，上缴俘虏。而青海骑兵们一言不发，但他们沉默的态度依然能让人感觉到他们的存在。

为这事马有路和其他人还差点打起来。

马彪师长问了下谢尔升的意见，谢尔升说："我们骑八师和新四军都是抗日部队，发生点误会，不应该计较，现在既然抓来了他们的人和枪，也算出了气。来而不往非礼也，人家能把我们的人放回来，我们为何不把他们的人放回去呢！"

马彪师长没表态，过了几天就把六十个人和枪全部放回去了。

韩来臣牺牲后，师部停了韩来臣的军饷。哈木宰多次向军需处反映韩来臣妻子的情况，可军需处一句话就把他打发了，他们说："我们活人的军饷都发不起，死人总不能抢活人的吧！"

哈木宰非常生气："什么叫死人？什么叫死人！"后来还是几个人把哈木宰推出来了。

等了两个月，哈木宰、马哈三、马有路凑了点钱，抽时间去看李秋叶。

他们选在放学时间，三三两两的学生正往校外走，个别学生还在教室里打扫卫生。校园逐渐恢复了平静，李秋叶挺着大肚子准备做饭。看到他们进来，平静中有点慌张。

"韩来臣没回来吗？"李秋叶说。

"他，还在蒙城！让我们捎来生活费，他过几天就回来！"哈木宰的声音越来越小。

李秋叶多抓了几把面粉，说："你们韩哥最喜欢吃面片了！今天你们来，也是贵客临门。部队上大锅饭不好吃，今天我给你们做点面片！"哈木宰和马哈三互相看了看，又往锅里看。

李秋叶平静地说："自从我跟你们韩哥结婚后，我也成了穆斯林！"哈木宰望着床上的拜毡不好意思起来。

晚饭吃得极其安静，大家谁也不说话，只顾扒拉着自己碗里的面片。碗里是绿生生的葱花，白乎乎的面片，哈木宰被呛了好几次，他转过身去拼命地咳起来。

李秋叶起身添饭，马哈三说："我来，我来，我要从锅里拣点肉！"边说边站起来，毛手毛脚地给大家添了饭。吃完饭后，哈木宰和马哈三又要往外溜，被李秋叶叫住了。

"你们先别走，我有几句话要问。"李秋叶说。

哈木宰从头麻到脚了，他想跑，跑得远远的，可他又不敢，只好慢慢转过身，看了看马哈三。

折花战刀

李秋叶说："你哥他……他……他还好吗？"

哈木宰使劲点了点头："好着呢，要不怎么会按时给你寄生活费呀？对不对呀？"哈木宰朝马哈三挤挤眼睛。

"对对对！"马哈三连忙说。

李秋叶摸着大肚子说："还有一个多月就生了……"

哈木宰和马哈三是从学校跑出来的。马哈三说："你说错话了吧，明明是你捎来的，怎么说是寄来的？"哈木宰一听狠狠地拍了下腿，一脸懊恼。

马哈三说："唉，女人也真不容易呀，原先我到处找女人，也睡了好多，可在那些女人身上找不到女人的感觉！"

马有路说："这么说李秋叶是真女人？你干脆娶了她。"

哈木宰脸沉下来："胡说什么呀！"马有路自知说错了话，一声不吭地往部队走。

1941 年 1 月 6 日，新四军部队到达皖南泾县茂林地区时，发生了震惊中外的"皖南事变"，成为国民党第二次反共高峰。

当时骑八师在皖北，没有参与"皖南事变"，但是这一事件在骑八师战士心中产生了巨大的影响。骑八师的士兵们没有想到，原来都是一心抗日的部队，现在不仅成为陌路，甚至还要成为仇人。

哈木宰们盼望着有机会再打鬼子，可是形势并没有照他们想的那样发展。蒋介石任命顾祝同率十四万大军攻打新四军，汤恩伯调集了九个师共十二万大军，想用七倍的兵力，一举歼灭刚由彭雪枫部队改编而来的新四军四师。

于是国民党军李仙洲部九十二军一四二师四二五团（炮兵团）与骑八师一团对调兵种指挥，进行反共内战。骑八师的一个骑兵连调归炮兵团指挥，炮兵团的两门迫击炮由骑八师指挥，这样一来马哈三和马有路的连队就归到陈锐霆的炮兵团。

其实陈锐霆是个秘密共产党员，看到九十二军不断地进攻新四军，就提前给彭雪枫发急电，决定整个炮兵团提前起义。1945年4月上旬，新四军彭雪枫派侦察参谋罗会廉进入四二五团驻地，与团长陈锐霆商谈起义事宜。1941年4月17日，毛主席、朱总司令来电同意起义。当天陈锐霆召集营以上军官慷慨陈词："军人的责任是保家卫国，而今大敌当前，上面却让我们放着日本鬼子不打，去进攻刚刚打完'百团大战'的共产党，这如何对得起全国的父老乡亲？希望大家以民族大义为重，与八路军、新四军携手抗日，做一个真正的爱国军人……"

马有路听到陈团长的讲话，又惊又喜，马有路没想到他竟然这样容易地回到了新四军。在过去，他于陕西煞费苦心终未能如愿，如今陈锐霆的起义轻轻松松实现了他的梦想。

1941年4月19日，国民党九十二军一四二师四二五团在团长陈锐霆率领下，在怀远县褚集举行反内战起义。陈团长宣布起义后，部队里一片哗然，人们态度不一。这事来得太突然，团领导中只有陈锐霆是共产党员，而此时国民党军实力、装备、待遇都优于新四军，一营、三营临阵动摇，陈锐霆只带出了一千余人。

马有路的革命热情一天天高涨起来，他每天宣传新四军的革命道理，如鱼得水，做到了连长职务。

马哈三在新疆跟随尕司令时，对共产党有所了解。但他有点不适应，首先是生活关，马哈三离开骑八师后，吃饭成了大问题。回族不吃猪肉，也不吃没有经过阿訇宰的牛、羊、鸡肉。一块儿起义过来的回族骑兵们都遇到了这样的问题，能吃上清真食品成为他们最大的愿望。

马有路把这情况反映给领导，新四军里也注重民族团结，给他们开了一个清真灶，让他们自己做饭，马哈三们的心便安稳下来。

马哈三经历了许多事，直到现在他似乎终于看到了另一种不同的新生活，另一条新路。新四军严格的军纪、军风，刚烈不怕死的精神深深吸引着他。他和马有路一起搞宣传，很快成了全团的名人。

毕竟是从国民党部队起义过来的，新四军艰苦的生活让习惯了享受的军官们心生不满。一位军官想多吃多拿，可是被阻止，还受到了严厉的批评。

这位军官串连别人，怂恿其他人谋杀陈锐霆，拿着人头去领赏。渐渐就有十几个旧军官走到了一起，寻找下手的机会。

1941年4月30日午夜时分，马有路和马哈三正在站哨，从营房方向突然冲过来十几个人。有人朝马哈三、马有路这边开了枪，马哈三和马有路不明情况，朝天鸣枪，躲到隐蔽处，与那边对射起来。那边有人倒下了，另一伙人从后面围住了两人。

马哈三说："我掩护，你赶紧报信去！"马哈三引开那些军官，让马有路趁机跑了出去。

马哈三感觉他的胸部突然一震，身体不由地朝前倒下去，他明白中弹了。几个军官跑过来，把刺刀插进了马哈三的胸膛，马哈三念了几句清真言咽了气。

当时陈锐霆团长刚躺下不久，外面就传来杂乱的脚步声和枪声。他一出房门，两把闪着寒光的刺刀迎面刺来。他本能地用手拨开，左前方又刺来一刀，他再次敏捷地拨开。突然，白光一闪，两把刺刀同时从正面刺进了身体。陈锐霆挣扎着急速回房，刚一转身，背部又被刺了一刀。进房以后，陈锐霆勉强支撑着掩上门。他腹、背和两手受伤的部位都在流血，再也站不稳，倒在了地上。但此时的陈锐霆头脑异常清醒：对方肯定还要回来！于是，陈锐霆用双手沾上腹部的血，抹在脸上，并直挺挺地躺在地上。过了一会儿，果然进来四五个人，手持电筒在陈锐霆身上乱照一通。其中一个人说："他已经死了，赶快走吧！"临走时，有人又朝陈锐霆补了一枪，所幸子弹只是擦衣而过。

暴徒走后，陈锐霆不顾伤痛，立即组织人员控制部队，将准备砍他人头去邀功的十几个人抓获。陈锐霆的伤势很重，在他生命垂危的时候，党组织派来了最好的医生、护士，并潜入敌占区买来昂贵的西药，给他治好了重伤。刘少奇、邓子恢、陈毅、张云逸等先后前来探望。

马哈三牺牲了，起义过来的回族骑兵们给他站了殡礼，按照穆斯林的葬礼埋了他。马有路连忙给哈木宰写了一封信，告诉这一情况，并说自己在新四军里生活很好。

哈木宰一接到信，就让人给他念。当听到马哈三牺牲时，哈木宰失声痛哭。哈木宰想起半路上用绳子把马哈三摔下马的事，觉得很对不起他。其实马哈三是个真正的儿子娃娃，淮阳战中他只身飞马在鬼子马群中来回撕杀，回来后他的衣服被日军战刀划得不成样子，衣服下摆上还发现了三个弹孔。大家都说马哈三命大，马哈三说不是命大，而是命硬。

哈木宰洗了个小净，独自念了一段经。他觉得人生真是无常，今天好好说着话，晚上就不知道身在何方了，一种挫败感笼罩着哈木宰。

马有路连的起义给骑八师带来巨大的思想震荡。马彪师长震动最大，没想到他的士兵竟然也投到了新四军，他开始认真思考骑八师的出路。可骑八师这路走得艰难，说风就是雨，说雨就是风，世事变化太快。比如汪精卫之前是国民党要员，转身一变成了大汉奸。面对日军，马彪从未胆怯，可复杂的官场却让他无所适从。

念信人竟然把马有路的信交给了政工队，这下哈木宰有麻烦了，他们说哈木宰有通共嫌疑，哈木宰有口难辩，被关了一天禁闭。

禁闭室是个大仓库，空荡荡的。哈木宰望着窗外，自由是什么？他觉得自由就是禁闭室外的那片蓝天，自由就是禁闭室外长着的那朵花。当第一缕阳光、第一滴水渗进根时，花儿自由呼吸着空气、汲取着营养，在风中、在阳光下摇着，享受着自由。

面对斗争激烈的政治形势，马彪师长开始疏于军纪整治，骑八师的军纪有所下降，就有士兵借了百姓的东西不还，还有些士兵看到百姓家里养的鸡鸭，就偷去吃。

一天，哈木宰、由赛尔阿訇还有几个当地招来的兵去执行命令，走到一个村庄时，没发现敌情。正要往回走，突然一个士兵悄悄地向另外几个士兵招了招手，那几个兵找了个借口走了。

哈木宰和由赛尔阿訇也跟了过去，只听一间屋里传来被人捂住嘴的哭声。哈木宰和由赛尔阿訇赶紧去敲门，门从里面反扣上了。从外面砸又怕破坏百姓的财产，两人只好等着。过了一会儿，那几个兵提着裤子走了出来，见到哈木宰和由赛尔阿訇，有人还指指屋里说："快进去，有好事！"

哈木宰和由赛尔阿訇进屋一看，发现两个姑娘光着身子躺在炕上哭。哈木宰和由赛尔阿訇说："快穿上衣服！"转身追了出去。哈木宰吼住了那几个兵："这一帮驴日的，有本事了打鬼子去，在这里欺负起老百姓来了，你们还是骑八师的兵吗？你们没有母亲，没有姐姐妹子吗？"哈木宰还狠狠地踢了他们一脚。

哈木宰实在咽不下这口气，把这事告诉了军法处的马处长，马处长把这事又告诉了马彪师长，可是马彪师长却视而不见。

骑八师正在沸腾之中，拥蒋和反蒋的士兵各拉了一帮人明争暗斗，政工人员成天搞宣传、打小报告，只要捏了对方的小辫子，就打小报告整对方。

6

自从哈木宰的父母亲去世后，铁匠爷就让赛力麦母亲搬过来一块儿住，说是能互相照应。好在铁匠爷、哈木宰奶奶都是通情达理之人，一家人也没有什么隔隔层层，日子过得风平浪静。只是哈力麦很少回娘家，就算回娘家屁股刚挨到炕沿上，就要急吼吼地回去，从来不提马六十三。哈力麦身上不时出现的伤疤让哈木宰奶奶伤心不已，她说："要是哈木宰在，给马六十三十个胆他也不敢欺负哈力麦！"说着说着又开始骂马有路。铁匠爷说："骂吧，骂吧，反正骂不死人，你总不能把人家绑回来吧！"

几场雨后，庄稼噌噌地往上蹿，地里的野草也疯了似的长，很快超过了小麦。这几天铁匠爷感冒了，暂时不打铁，哈木宰奶奶在家看娃娃，赛力麦和母亲到地里拔草。

赛力麦家的庄稼地在一个斜坡上，小麦长得及腰高，拔草得弯下腰从这头拔到那头，再从那头拔到这头，一趟草拔下来得腰酸背痛好几天。

一趟过来后赛力麦劝母亲休息会儿。几只山雀飞在蓝天下，它们一会儿上，一会儿下。看着看着，赛力麦的眼泪就下来了，怕母亲看见又赶紧擦掉了。

山那边是一片草坡，草坡上有一个十来岁的娃娃在放羊，放着放着，娃娃唱起了花儿：

> 月亮上来了锅盖大，
>
> 亮明星上来了碗大；
>
> 新维的花儿扯心大，
>
> 半上午没喝个早茶。

赛力麦难为情地看着母亲，母亲笑着说："这娃娃还没长全，就想开媳妇了！"但是那些花儿一首又一首地砸过来：

> 黄河的浪头翻三翻，
>
> 眼看着遇上了渡船；
>
> 把阿哥送到黄河沿，
>
> 拔走了尕妹的心肝。

"谁家的娃娃，这么没大没小的！"赛力麦的母亲笑了笑，望着赛力麦说："舌头长在人家的嘴上，难道你还堵上吗？"

赛力麦没再抬头，默默地弯下腰继续拔起草来。

"叭"，一根野草从半腰给拔断了，赛力麦气乎乎地把半根草扔在田坎上。

> 尕马儿骑上枪背上，
>
> 西口外摆了个战场；
>
> 想起妹子哭一场，
>
> 路远着辨不清地方。

赛力麦努力把腰弯下去，此刻她真想钻进地里，长成一根麦子，在这高高的山坡上，吹着风儿，照着日头，什么也不想，什么也不用想。

> 阳山里打枪阴山里响，
>
> 枪子儿落在个地上；

白日里牵你晚夕里想，

清眼泪把面拌上。

……

远处是一片青油油的麦田，麦穗忧伤地在风中摇晃。

夕阳下山的时候，赛力麦和母亲各背着一捆青草回家，后背上的草穗子拉在地上，桑嘟嘟地响了一路。

一回到家，竟然看到了哈力麦。哈力麦一见赛力麦，抱着哭了起来，引得哈木宰奶奶也跟着哭起来。晚上哈力麦和赛力麦一起睡下了。

赛力麦看到哈力麦儿子胳膊上有几处淤青，就问怎么回事。哈力麦再也控制不住眼泪："我真后悔没听你的话，他真不是个人！五岁的娃娃他都敢下手，打得娃娃不敢到他跟前，更不用说打我了。除了打我，他……他……他……"哈力麦羞得不敢说了。

"他怎么了？"赛力麦说。

"他不是人，是畜牲，他……他竟然叫来他的狗屁朋友，让我……让我卖肉。唉！怎么说出口呀，真正是个畜牲。马六十三今晚又叫来了几个男人，我就跑回家了！我迟早会无常在他手里！"哈力麦说。

"别胡说！"赛力麦一把捂住哈力麦的嘴。

"真的，他什么事干不出来呀！"哈力麦说。

"要不，就离了吧，这样也不是个办法！"赛力麦说。

"我不敢离，马六十三说如果哪一天我走了，他先砍了我儿子，再砍爷爷奶奶。他还说，哈木宰上了战场再也回不来了，我们家没男人，谁也不能把他怎么样！"哈力麦说。

说着说着，突然听到有人在砸门，哈力麦说："来了，这畜牲来了！"边说边往被窝里钻。铁匠爷和哈木宰奶奶惊醒了，点上清油灯开了门。只见门口站着四个人，每人手里拿着一把明晃晃的马刀，为首的正是马六十三。铁匠爷说："你深更半夜的喊什么？"马六十三气势汹汹地说："我来要人！"

铁匠爷说："你打我孙女，我还没跟你算账，你倒欺负到我头上来了！"

马六十三说："实话实说吧，你听过大庄马家遭人抢的事吧，那就是我们干的。现在是乱世知道不？乱世出英雄哩。现在这个庄子我说了算。老不死的，今天我给你个面子，让哈力麦乖乖跟我走，我什么话也不说，你还是我的丈人爷爷，我还是你的孙女婿。你不让她跟我走，手里的马刀就是你对头！"

铁匠爷气坏了，随手拿起门闩打过去。马六十三一把抓住门闩，扔到了地上。只见哈力麦穿好衣服走了出来。

哈力麦说："你放过我爷爷奶奶，我跟你走，把孩子放在这里，行不？"

铁匠爷说："人做事要想个后路，你不要把事做绝了，等哈木宰回来再收拾你！"

马六十三哈哈笑起来："恐怕没这个机会了吧，哈木宰上了战场，今天不死明天死，明天不死后天死。他回不来了，你见过从青海出去抗日的哪一个兵回来了？回来的都是当官的！"

哈力麦说："阿爷，今晚让我走吧，儿子我就放这儿了！"

马六十三说："打出来的媳妇，揉出来的面！"

哈力麦说："我跟你走，不过走之前，我得洗个大净！"

马六十三："懒驴上磨屎尿多，女人家就是事多！"哈力麦洗得很快，一会儿就出来了。赛力麦送她出来，哈力麦对赛力麦说："儿子我就交给你了！"

赛力麦盯着马六十三看，马六十三说："女人要是长一双你这样的眼睛可不好！"

哈力麦给爷爷、奶奶、赛力麦、赛力麦的母亲都说了赛俩目。

哈力麦走后，赛力麦母亲说道："今天这丫头神色不对呀，不会出什么事吧！"赛力麦说："睡吧！"

清晨时，邻居来到哈木宰家，把哈木宰家的木门拍得山响，来人气喘吁吁地说："出大事了，快！快！哈力麦被马六十三打无常了，马六十三跑了！"

铁匠爷一听，惊得坐在地上："我的真主呀，这不是剜我的心吗？"哈木宰奶奶要去，铁匠爷没让去。铁匠爷一进马六十三家，吓了一跳，满地都是血，哈力麦手里拿着一把刀，躺在地上一动不动。

面柜下扔着一团血糊糊的东西，用脚一踢，吓了一跳，竟然是男人胯下的东西，铁匠爷的眼泪一下子涌了上来。

全村的人都知道了，铁匠爷要把哈力麦的尸体往家里抬，大家都说就在这里洗大净吧，铁匠爷说："我嫌脏！"

哈力麦被抬到了家里，洗大净的是赛力麦和赛力麦的母亲。哈木宰奶奶想洗，大家怕出什么意外，没让她洗。

从右到左，从上到下，赛力麦的母亲边念边抹眼泪。赛力麦在旁边提汤瓶倒水。哈力麦全身伤痕累累，每洗一个伤痕，赛力麦的心就哆嗦一下。别的妇女都说："这丫头真不知道是怎么咽气的！"

赛力麦有点恨自己当初没把刀子插进马六十三的心脏，要不也不会有今天的悲剧。哈木宰奶奶哭晕了好几回，全村的老人们都说活了一辈子没见过庄子上出过这么大的事，太惨了！

葬礼结束了，铁匠爷在坟前念了亚辛章。赛力麦从此一起拉扯哈力麦的儿子和自己的儿子。铁匠爷一气一惊之后，身体慢慢不行了，原来打个镰刀就是说个话的工夫，现在得休息上好几回才行。

大件东西铁匠爷已拿不下来了，这样，铁匠铺里的小活如马钉子、马掌、镰刀什么的就由赛力麦完成。赛力麦累得要死，一到炕上就睡死过去。每次快受不了时，赛力麦要么心里喊着哈木宰的名字，要么去洗个小净礼拜。

赛力麦的胳膊渐渐粗起来，一桶水都能随意地提起来，挥起大铁锤来一点都不含糊，村里人都说一个赛力麦能顶三个孬媳妇。

折花战刀

铁匠爷腰里掖着把河州刀，一天到晚都在打听马六十三的下落。大家都说马六十三跑了，当土匪去了，铁匠爷说："男人的根都没有了，他还当什么土匪，土匪是他当的吗？"

　　闲着没事的时候，铁匠爷要么去上坟念经，要么坐在马六十三家门口的大石头上等马六十三。他相信马六十三会回来的，他腰里的刀子迟早会落在他身上。

　　日军攻陷武汉之后，立即向中原地区进行了大扫荡，企图打通平汉线，清除鲁、苏、豫、皖原野上的国军力量。此时骑八师又从展沟集出发到蒙城。

　　出发前，哈木宰叫上由赛尔阿訇去看望李秋叶。李秋叶的孩子已经一岁了，哈木宰和由赛尔阿訇去时，李秋叶正在奶孩子，一只大奶子在阳光下丰满充盈。李秋叶看到他们进来，转过身去。

　　哈木宰说部队要走了，要到蒙城去。

　　哈木宰说："嫂子，我们要走了，你保重！"说罢把从大街上买来的银锁放到李秋叶的手中。

　　李秋叶的眼圈红了，说："等等，我给你韩哥捎件东西！"由赛尔阿訇望了一眼哈木宰也没说什么。哈木宰的眼泪涌到鼻子处又生生地咽了下去。

　　李秋叶说："昨晚我梦见他了，他说他的鞋破得不行了！"说完递过来一双布鞋，针脚很大，比起赛力麦的手艺差多了。哈木宰没想到一个上海女人竟然也学会了做布鞋。李秋叶又递过来三双袜子，说是给哈木宰们的。

哈木宰出来，向李秋叶行了个军礼。

"如果不合脚，就舍散给穷人们穿吧，我再做一双合适的！"李秋叶眼圈一红，连忙转过身去。

由赛尔阿訇一出来就说："你怎么不把真相告诉她呀！"

哈木宰说："那时她正怀孕，怎么告诉她！现在有了孩子更不好说了。"

由赛尔阿訇说："人各有命，一个上海汉族姑娘跟了撒拉族随了穆斯林，这也难为她了！还是找时间告诉她真相，不能耽误她的婚姻！经上说，有能提得起一汤瓶水的身体，婚姻就是天命！守寡对穆斯林来说不适宜。"

骑八师师部驻扎在安徽蒙城县立仓镇陆瓦房村的陆将军府，清末由陕西督军陆建章所建。1938年日军进攻时，陆建章府部分建筑被焚毁，前房和后厅仅存十四间。

哈木宰的连驻扎在离蒙城不远的河溜镇，他抽空为韩来臣上了一回坟。回来后，在街头遇见了一个道士模样的人，看他穿得破破烂烂的，就把那双布鞋送给了他。

那个道人也不道谢，瞪眼看了半天哈木宰的脸，说："向西走，西面是你的主贵之地！"哈木宰听了半天没听懂，便告别道人走了。

炎热的夏季又来了，火热的日头炙烤着大地，青海骑兵热辣辣的噩梦也开始了。但夏季路边的庄稼形成密密的青纱帐，战士们可以埋伏，可以躲藏，青纱帐像盾牌一样保护着骑兵们。

骑八师获得情报，日军一个排将对怀远河溜镇进行武力侦查，得到情报之后，哈木宰的排就飞速迎敌。

和哈木宰一同去的还有大通东峡姓牛的汉族士兵，人们都叫他牛大个。自从马哈三、马有路投奔新四军后，除了由赛尔阿訇外，哈木宰知心知肺的朋友没有了。哈木宰因为马有路的事受到了牵连，可他毫不在意。有人劝哈木宰，说他是回族，又是青海人，找找马彪师长，一定会升官的。可是哈木宰始终认死理，铁匠爷曾给他说过一句话："官前马后少绕达。"

哈木宰是当官最不积极的人。

也正是这个时候，他认识了牛大个，他们既是一个班又是大通老乡。牛大个人直，没心眼，哈木宰就和他关系铁了起来。

骑兵从河溜镇往日军必经的葛巷村飞奔，两边的青纱帐在他们身后快速延伸。哈木宰喜欢无拘无束地奔跑，只有掠过耳边的风才能让他心安，只有奔跑才能让他平静。

骑八师一般不在村庄附近伏击，怕日军报复村庄，老百姓受苦。哈木宰的排绕过葛巷村，往前跑了半里地。这里道路狭窄，是日军必经之路。

伏击地到了，两边茂密的青纱帐让哈木宰莫名兴奋起来，骑兵选了又高又密的地方，在路左侧埋伏了一路兵作为主攻手。哈木宰们埋伏在路右后侧，战斗打响后，负责切断日军的后路。

青纱帐里静悄悄的，战马们安安静静，不打响鼻，连呼吸都轻了起来。日头直直射在青纱帐里，地上的热气往上走，此时的青纱帐像大蒸笼蒸着骑兵们，汗水不停地从哈木宰背上往下淌，淌到屁股后湿湿漉漉的，分成两股又往大腿上淌。青纱帐里舞动的蚊子一次次准确地扑到人脸上，心安理得地吮吸着鲜血，可谁都不敢动。

前面传来了鸟叫声，这是站哨的信号。鬼子快到了！哈木宰盯着公路。一阵马蹄声传进了青纱帐，光听听马蹄声，哈木宰就知道过来的都是好马。一匹匹毛色发亮、肌肉饱满的日本战马从青纱帐的缝隙里依次进入哈木宰的视线，鬼子的刺刀在阳光下一闪一闪。

待鬼子行进到伏击圈纵深处，哈木宰小时候放羊练的口哨今天可真派上用场了。随着哈木宰的一声长口哨，左前方的轻机枪响了起来，几个鬼子从马上栽了下来，其余鬼子骑兵迅速向路右侧跑去，企图隔路顽抗。

哈木宰和牛大个们迅速骑马从右侧冲出青纱帐，杀向鬼子的侧背、后背。前有伏兵，后有堵兵，鬼子的阵脚开始乱了起来。

离鬼子的骑兵还有五十米，这是骑兵进攻的最佳距离。左前方伏兵停止了射击，也骑战马冲了出来。鬼子来不及列队，哈木宰们已挥着战刀冲到前面。哈木宰右手拿折花战刀，朝一个军官奔去，哈木宰往鬼子战马的左侧跑，鬼子扭过身子来砍哈木宰。快接近时，折花战刀换到了左手，哈木宰作了一个往下砍的动作，那个军官连忙架刀阻挡，露出了前胸的空档，哈木宰顺势把折花战刀变为平刺，扑的一声刺进了鬼子的前胸，继而快速抽刀，以免折花战刀卡在鬼子身上。

一个大个子鬼子从后面追上了哈木宰，牛大个大喊："小心后面！"

话还未说完，大个子鬼子的战刀已追了过来，哈木宰出了一身冷汗，顺势向右弯下腰，来了一个"镫里藏身"。大个子鬼子以为哈木宰中枪摔下了马，放松了警惕，继续放马过去，没想到噌地一声，哈木宰又翻身起来，折花战刀准确地朝大个子鬼子露出的后背砍去。

加上大白马奔跑的惯性，一刀下去，大个子鬼子的半个肩膀滑到了一边，大个子鬼子"啊"了一声摔到马左侧。

牛大个因用力过猛，战刀不仅卡在了鬼子身上，还把牛大个也拖下了战马，在马群中左闪右躲。他手里没有战刀，急得团团转。哈木宰掉转马头向牛大个跑去，哈木宰身子左倾，一把拉住牛大个，他迅速抓住马鞍翻身上马。

哈木宰把牛大个放到安全地点，又折了回来，鬼子已向怀远方向跑了。鬼子死伤十多个人，而哈木宰全排只损失了牛大个的战马。哈木宰排受到了表扬，随后哈木宰因形势需要被调到蒙城的双涧集。

日军为打通平汉线下了大功夫，不断扫荡中原地区，扬言要消灭"马回子军"、东北军骑二军、九十二军、四十军、地方团队及游击部队，并从平汉线上策化——清除。

鬼子为了迷惑骑八师，先是扬言再次由宿县进攻涡阳和蒙城。蒙城之战给骑八师带来巨大的阴影，为报蒙城之仇，全师上下加强了防务工作。骑八师主力部队驻守在涡河沿岸的涡阳、蒙城、河溜、双涧集一带。

为以防万一，马彪师长又带参谋长谢尔升率轻骑到河溜一带视察布置防务，孟全禄副师长也带骑兵去涡阳、蒙城、双涧集布置防线。

早晨的雾气在骑八师师部陆瓦房村升腾，树木在雾气中颇有些仙风道骨的味道，骑八师参谋长马仁推开木门，走出师部，潮湿的水气扑鼻而来，他刚要走进左边的小树林，传令兵突然跑了过来。

马仁说："慌什么？"

传令兵说："得到确切情报，鬼子已从怀远、凤台向我军师部陆瓦房急进！"

"什么？不是说要扫荡涡阳、蒙城吗？"马仁边说边往师部跑。

原来鬼子玩了个声东击西的花招，扬言要攻涡阳、蒙城，实际上是要把刀子插进骑八师的心脏——陆瓦房，端掉师部后再慢慢收拾骑八师。为不暴露目标，日军驻蚌埠司令官冈村铃木四郎采用夜间急行军、分兵合进的战术，统率怀远、凤台、老田庵的日伪军共两千多人，已经在拂晓前出发，经过刘隆集、潘家集向西北方向急进。这一带河道密布，北有涡河，南有芡河和芡淮新河，陆瓦房村就处在这一狭长的区域之中。

马仁参谋长急出了一身冷汗，马彪师长和参谋长谢尔升已到河溜集视察布防，孟全禄副师长和上校参谋长去了蒙城、涡阳、双涧集布防，离这里还有半天的路程，就是赶到，人困马乏，免不了成为强弩之末。骑八师师部只有少数机动部队，抵挡不了两千多日军的进攻。万幸的是，附近友军九十二军对日军进行了侧袭堵击，延缓了日军的进军速度。马仁看看时间，估计日军差不多已到河溜集，不禁为马彪师长的安全担心起来。

马仁参谋长急电马彪师长："凤台、怀远之日伪军于拂晓出发，向我陆瓦房方向急进，颖河以北友军九十二军傅立平师的两个团由副师长刘真岑和牛参谋长分别指挥，对西犯之敌侧袭堵截，步步尾追。"

正在河溜集布防的马彪师长接到急电，顿时出了一身冷汗。情报的失误，给骑八师师部带来了预想不到的危险。

此时鬼子呈楔子形的阵形向陆瓦房推进，其来势异常凶猛。骑八师虽长于机动作战，打偷袭、遭遇战是好手，可武器装备差，不长于打防御战。在涡河以南、茨河以北这么狭小的地带打防御战，马彪师长心里真没底。

马彪师长决定：命令龙亢以东、涡河南岸的后备兵力准备作战，采取堵击、侧袭、尾追的游击战术；命令孟全禄率领蒙城后备兵力向陆瓦房进军，增援师部机动部队；命令师部及时转移家眷及机要图纸档案。

马仁参谋长立即命令营长霍世奎在靠近东孙沟河的陆家庄阻击日军，派副官张国祥转移家眷及机要图纸档案到阜阳。

急电一发，天空已下起细雨，马彪师长刚伸了伸懒腰，就听到外面枪声大作，日军的先头部队已到达河溜阵地。

伪军弯腰攻上来时，牛大个正站在战壕里压子弹，连长命令大家等敌军靠近后再打。尽管先前已打过好几次恶战，但这次情况紧急，牛大个的战马战死了，他就留在河溜当步兵。

一米，两米，伪军越来越近，牛大个有点紧张，从骑兵换成步兵的他还不适应，两千多日伪军聚集在河溜这么狭小的区域，远远看去密密麻麻，黑压压一片。

牛大个旁边是个大通回族士兵，他摊开两手，嘴里念了几句，抹了脸，拿起汉阳造紧张地盯着前方。牛大个也摸了摸胸前用红布包着的三角形护身符。据说里面有五色粮食，是家里人从大通广惠寺活佛那儿请来的，开过光的。

此时牛大个想起了与哈木宰的一次聊天，牛大个说："谁也不知道自己将死在哪里。命就像口袋里的钱，往往在你最不经意的时候，从口袋的破洞里就丢了，你永远也不知道什么时候这个洞因为什么原因破掉。"哈木宰说："这个比方打得好，命就像风，来无踪去无影。"所以牛大个理解哈木宰每次上战马前都要洗大净的习惯，这和牛大个每次打仗前都要摸一摸护身符一样。

只听连长一声打字，子弹流星似的向日伪军飞去，日伪军中马上倒下了一片，没打中的伪军趴在地上装死。其实伪军心里也有负担，能躲就躲，能应付就应付，他们也不愿为鬼子拼命，所以战斗力最弱，很快退了下去。

伪军攻了几次都没攻上来，日军司令官冈村铃木四郎急了，决定先炮轰阵地，随后派日军尖兵班攻了上来。

连长："骑八师，上刺刀！"

牛大个知道最后的时刻到了，顿时杀声震天。一个鬼子端着刺刀向牛大个直刺过来，牛大个用枪狠狠地挡了过去，力量太猛使牛大个整个人摔倒的同时也压倒了那个鬼子。鬼子的枪被压在身下，急得到处乱抓，牛大个也拿不出枪刺，就用随身的铁水壶砸着鬼子的头，砸了好一阵，身下的鬼子才瘫软下去。

日军的三次冲锋都被压下去了，大家松了一口气。

这时，只见骑八师的左翼阵地乱了起来。原来左翼阵地的三团团长胆小如鼠，指挥无方，竟然不战而退。这一下骑八师的整个防线打乱了，接着日军从左翼攻破防线，骑八师全线溃退。

马彪师长破口大骂："这驴日的三团，竟然关键时刻拉后腿！"整个阻击阵线乱了，马彪师长的指挥所也乱了套。参谋长谢尔升见情况危急，让马彪师长先撤退，再把部队后撤十公里，集结队伍组织阻击。

谢尔升说："马师长你带传令兵先走，我在后面掩护。"

马彪师长说："也只能这样了，保重！"随后跟着部队后撤十公里。

此时谢尔升身边只有三个人，日军的尖刀班已冲了上来，离谢尔升只有三四十步。谢尔升回头一看，他的参谋臂上也负了伤，谢尔升对参谋说："你立即后撤，我掩护！"

谢尔升左右两把盒子枪连续射击，四个鬼子倒了下去，一个鬼子受了重伤大声惨叫着。传令兵已骑马跑了，可谢尔升的战马还拴在一棵树上，他连忙用指挥刀砍断缰绳，骑马而跑。

身后日军的枪声像放鞭炮一样响起来，战马跑得快，一会儿谢尔升就把日军甩在了后面。

此时九十二军傅立平师的两个团在副师长刘真岑和牛参谋长的带领下，对日军实行了侧袭、堵击，步步尾追。马彪师长后撤十公里后，重新布置兵力对日军进行了尾追侧袭。日军的后路已被九十二军和马彪师堵上了，就拼命往西急进。

此时陆瓦房村严阵以待，村里的百姓已被转移了出去，张国祥副官带着家眷和机要图纸档案撤去。

陆瓦房村一片寂静。

营长霍世奎把堵击阵地布置在陆瓦房村前面的陆家庄，陆家庄靠近东孙沟河，日军进攻陆瓦房村得要先过东孙沟河。霍世奎专门在东孙沟河桥这一边架起了机枪。

日军很快就到了陆家庄的东孙沟河，此时通信连还正在撤退。

日军在陆家庄与骑八师接上火后，司令官冈村铃木四郎才明白他已进入了涡河和茨河这条狭长的口袋里，前有堵兵，后有追兵，真正被封在河流做成的口袋里了。日军这才慌了神，冈村铃木四郎下了突围的死命令。

日军火力突然加强，霍世奎马上感觉到日军的威力。十几门迫击炮对准霍世奎阵地轰，炮弹密密麻麻地打过来，不少士兵倒在迫击炮弹下。升腾的硝烟笼罩在阵地上空，有些战壕已被炸塌，变得扭扭曲曲的。

安置在东孙沟桥的机枪阵地压住了日军一次又一次的冲锋，机枪手都换了三个人。由于没及时变换阵地，迫击炮瞄准了东孙沟桥的机枪阵地，"嗵"的一下，来自湟源的两个机枪手飞到了空中。

日军顺着桥冲过来，霍世奎又命令三挺机枪对准桥面打，打一会儿换一个角度，打一会儿再换个角度，这样日军的迫击炮就无法瞄准机枪阵地。

日军又连着打了三次冲锋，骑八师阵地上牺牲的士兵倒在战壕里，第二道防线里还没有咽气的机枪手不停地念着清真言。

霍世奎现在最怕的是日军从其他地方渡河，再采取分兵推进战术，这个阵地就保不住了。真是怕啥来啥，果然左面出现了日军，显然是从左面村子里的桥上过来的。左面的日军机枪火力压住了霍世奎扫射桥面的机枪阵地，形势危急，霍世奎架起重机枪，亲自扫射。

这时孟全禄副师长率领的蒙城附近的后备部队赶到了陆瓦房，哈木宰们马上进入阵地阻击日军。堵击部队一看援兵已到，顿时斗志倍增，越战越勇，日军一挫再挫。

日军看无法突围，便戴上防毒面具开始使用毒气弹。这时雨越下越大，没有风，日军的毒气弹未能实施成功，后面尾追的国军部队又赶了上来，日军只好向蒙城方向溃逃。

哈木宰没见过这么大的雨，整个蒙城全部笼罩在雨水之中。哈木宰连在雨中追击，不时与日军阻击部队交火。雨水顺着哈木宰的头往下流，他眼前浮现着韩来臣拄着步枪立在阵地挥舞战刀的样子。哈木宰甩甩头上的水，骑着大白马跟着部队向前追去。

突然看到一队鬼子向村庄里奔去，哈木宰握紧了战刀，向前冲去，他身后大通和湟源的骑兵也飞快地跟了上来。一旦鬼子进村，占据有利地形，骑八师骑兵的优势马上就会变为劣势。

大白马越跑越快，最后的那个鬼子很快倒在哈木宰的折花战刀之下，后面的骑兵都像水一样冲了过去。一次冲锋过后，七八个鬼子全倒在泥水中，血水在雨中散开。

雨越来越大，前后左右都是雨，哈木宰发现他们被一支日军骑兵紧紧咬住了，跑了几次都没能跑出去，于是列成散兵线等待着对方冲锋。

看头盔是鬼子，而且人数比哈木宰们多。

哈木宰慢慢举平了折花战刀，他又一次看到折花战刀上的龙纹，在血水和雨水的浸泡下，那龙纹竟然鲜红透亮起来。哈木宰用手轻轻抹过战刀上的龙纹，似乎摸到了那粗糙的龙鳞。此时的折花战刀有着和他一样的温

折花战刀

度，和他一样的心跳。哈木宰知道又一次生命的较量即将开始，战刀上的血水和着雨水往下流，滴在大白马身上。

"真主至大！"哈木宰念了起来。大白马在冲锋号中跑了起来，雨水打湿了双方的视线，双方只能根据马的响鼻声来判断敌方位置。

哈木宰喊了一声："镫里藏身！"大家心领神会，泥水向两边飞溅开来，能听得见鬼子战马的呼吸声，哈木宰悄然翻身下去，鬼子远远感觉对方掉下去了。正在纳闷时，哈木宰的折花战刀已逼到眼前，鬼子们纷纷落马。

但形势随后严峻了起来，日军骑兵比哈木宰们多，又打照明弹。哈木宰发现被包围了，于是拼命向东面突围，突然听到另一队骑兵的喊杀声传了过来，鬼子们纷纷向西方逃去。原来是马彪师长的追击部队过来了，哈木宰这一连又跟随马彪师长追到蒙城。

日军没料到在蒙城又受到了驻守涡阳的候镜如师的猛烈堵击，双方在雨中展开苦斗。候镜如师的装备比骑八师好，他们的阵地压力小。没打多长时间，日军就向蒙城西面的小涧集逃去，从那里渡过涡河，奔到南坪集向宿县退去。

当晚雨水成河，遍地泥水，日军穿着笨重的大皮靴，拖泥带水，行路艰难，不少人只好脱掉皮靴扔在路边，还有的把枪扔在路边。哈木宰们一路追到小涧集，路上砍杀了许多掉队的鬼子，结束了追击。

归途中，马彪师长手握战刀，大声谈笑。哈木宰捡了一双皮靴，还是真牛皮的，哈木宰擦了擦泥水，塞进了马褡裢里，他要把这双皮靴带给爷爷。

此时骑八师师部里一片惊慌，师部已与马彪师长失去了联系，孟副师长和马仁参谋长派人分头找马彪。

参谋长谢尔升傍晚时回到家里，妻子冯树华脱下他衣服时吃了一惊，连忙叫谢尔升过来。他一看也吃了一惊，只见衣服上有七个子弹洞，而谢尔升身上只有三处子弹擦伤，冯树华笑着说："这就是吉人自有天相吧！"

第二天早晨，马彪师长骑着战马，横挎战刀，他身后的骑兵们带着战利品满载而归。马彪师长看到谢尔升也安全回队，非常高兴，说："谢参谋长一身是胆，好！好！"

这次堵击战，日军死伤惨重，骑八师获得了日军武器弹药及军用物资，又一次补充了装备。但霍世奎营伤亡很重，营长霍世奎负伤不下火线，坚守阵地、视死如归的精神受到上级的奖励。李仙洲、傅立平等前来慰问、祝贺。随后马彪师长撤了原三团团长职务，让谢尔升担任三团团长。

8

麦子出穗了，赛力麦和母亲拔了一大堆草。赛力麦把拔来的草晒干，把牛喂得结结实实的，每天能挤五斤多牛奶。这头牛成了家里的宝贝，哈力麦的儿子和赛力麦的儿子靠这头牛吃得结结实实的。

过了哈力麦百天的海亭①，阿訇们吃完油香走了，留下赛力麦收拾。哈木宰奶奶弯腰洗碗，洗着洗着，一屁股坐到了地上。

接着，她的左手不能动了，舌根也开始僵硬起来，说话时像吃了个烫洋芋，一点不清楚。铁匠爷和赛力麦把哈木宰奶奶抬进北房，老中医把了半天脉，走出了屋子。老中医对铁匠爷说："铁匠爷，这个病要不了命，可是会要了你的命！阿奶可能一辈子就在炕上了！"

铁匠爷说："福来挡不住，祸来躲不过，我的命硬，啥事没遇过呀？这是我前半辈子欠她的！"

---

①海亭：阿拉伯语，古兰经章节之意。念海亭，泛指穆斯林诵读古兰经纪念亡人的仪式。

哈木宰奶奶瘫痪在炕上，铁匠爷去铁匠铺的次数少了，一有时间就帮哈木宰奶奶翻翻身，擦擦身，接个大小便。

铁匠爷岁数大了，赛力麦怕铁匠爷也出什么意外，什么也不让铁匠爷做。每天早上，赛力麦早早起来，先到哈木宰奶奶炕前，换下尿湿的被子，晒到院子里。再炖一壶茶，给哈木宰奶奶喂上几口，把一块大青石递给她做土净，哈木宰奶奶就躺着做礼拜。阿訇说了，身体有病，点头可以代替鞠躬磕头。

赛力麦边看哈木宰奶奶礼拜边掉泪，这么好的人怎么瘫痪了，而让那个杀人犯马六十三逍遥法外呢？铁匠爷劝着赛力麦："人是猜不透命运的安排的，你经历着你应该经历的事，等你闭眼时才会知道这些事的价值！"

想想也是，赛力麦拉着风箱，风箱的"吧嗒，吧嗒"声从厨房里传出来。过了烧一壶茶的时间，洋芋的香味从厨房里飘出来，弥漫在院子里，两个儿子眯着眼嚷着要吃洋芋。

哈木宰奶奶喜欢喝茶，但喝完茶后小便多，经常把裤子尿得水叽叽的。最后哈木宰奶奶干脆不喝茶。刚开始赛力麦不明白哈木宰奶奶为何不喝茶，便用勺子喂，可她紧闭着嘴，别人喝茶时，哈木宰奶奶在旁边舔舔已干成痂的嘴皮。

赛力麦说："奶奶，你是怕麻烦吧！"哈木宰奶奶眼泪下来了。

赛力麦拿过茶水喂了几口："还有我哩，我给你缝个布垫子！"

赛力麦给哈木宰奶奶缝了两个厚厚的黑布垫子，晚上垫一个，白天垫一个，干爽多了。为避免得褥疮，赛力麦又缝了一个装满油菜籽的小袋子给哈木宰奶奶垫。

赛力麦白天去拔草，铁匠爷守着哈木宰奶奶，到了晚上，赛力麦回家做饭，累成了骨头架子。

这两天不知怎么了，铁匠爷一出门就不回来，赛力麦每次看到铁匠爷蹲在马六十三家门口的大石头上，望着远方。叫了好几声，铁匠爷才从梦中惊醒似的回家。赛力麦心里很不是滋味，又不好劝什么。

每当赛力麦给哈木宰奶奶翻身时，哈木宰奶奶总会哭上一阵："真主啊，怎么还不收我，让我瘫痪坐了炕，给孙子们添大麻烦了！"引得赛力麦也哭起来。赛力麦一哭，两个儿子也跟着哭。赛力麦蹲下身子哄他们，擦掉他们的眼泪。

哈力麦的儿子总是跟赛力麦要妈妈，赛力麦就说他妈妈去了远方，等他长大了，就能找到妈妈。一阵鸡飞狗跳之后，赛力麦的晚饭才能端到炕桌上来。洗完锅，赛力麦去挤奶，牛已被奶涨得哞哞直叫。赛力麦满腹心事，今天保长到他们家了，说是要给前线抗日将士捐牛皮。原来是捐战马，后来草原上得了马瘟、牛瘟，马步芳提出捐牛皮，全村定了十几户，哈木宰家也列在其中。

赛力麦向保长求情："我们家没有牛皮，只有一头牛，能不能不捐？"

保长笑着说："这是马主席的命令，你敢不听！"

赛力麦连忙说："不是这个意思，我的意思是我们家里已出了三个抗日的兵，能不能不交牛皮呀？我们家确实没牛皮，只有一头牛。"

保长说："交，一定得交，把牛宰了，不就有牛皮了？马主席自己还给蒋委员长捐了五百匹马呢！要不交也可以，不过……"保长望着赛力麦笑，把赛力麦望得低下头去。

保长说："这个问题还得向县太爷请示，实在有困难，你晚上来找我！"赛力麦当然知道保长的心思，她不愿去也不能去。

晚上赛力麦走到牛圈里，给牛添了一把草，又给牛刷了刷毛，牛粪的香味在牛圈里散开。赛力麦仔细地想了想那些捐牛皮人家的名单，突然发现这些捐牛皮的全是家里没男人的，王寡妇、王麻子、大马家，都是男人不在家，要么去世了，要么当煤兵，要么进金场给人淘金当沙娃，而她的男人却是上前线抗日去了。没想到村里已经不把她的哈木宰算在男人的行列里了，赛力麦忍不住哭起来，边哭边骂哈木宰："你这个没良心的，屁股一拍骑马走了，活不见信，死不见尸，你这没良心的！"

第二天，保长带人来拉牛了，赛力麦不让拉，保长就指示人把牛拉走。赛力麦拽住牛缰绳不放，保长一生气，就打了几马棒："上粮纳草不怕官，孝道父母不怕天，这是老规矩，到你头上难道就变了吗？"派人把赛力麦抓到了区公所，关了起来。

铁匠爷急得直拔指头，赛力麦一抓，这家算是彻底完了。铁匠爷只好一家一家地求情让大家保赛力麦："庄员乡亲们，我铁匠爷一辈子没求过人，今天算是跟大家求情，保一保我的孙媳妇！"

第二天全村人去了区公所求情，说哈木宰家给抗日前线送了三个人，到今天还没有回来，也算是抗日有功家庭。

最后大阿訇给了保长几块大洋，保长才答应放人。赛力麦回了家，一回到家就给奶奶擦洗，边擦洗边哭。

村庄里这几天到处说着日军飞机轰炸西宁的事。

那天正是 1941 年 6 月 23 日，西宁城沐浴在阳光下，人们急急忙忙地赶着集。快到十一点时，突然空中飞来二十一架飞机，有人指着天空大喊："看，天上那么大的鸟！"

人们没见过飞机就昂着头看稀奇，全然不管敲起的警钟。过了一会儿这些"铁鸟"们开始"拉屎"了。可这些黑乎乎的"屎"一落到地上就爆炸。

日军在城关、韵家口、乐家湾等处投弹二百三十多枚，其中燃烧弹三十余枚，遇难群众有一百六十多户，炸毁房屋五百二十余间，炸死市民四十三人，重伤十二人，轻伤十六人。

给西宁送煤的大通卖煤娃们活灵活现地讲着日本飞机轰炸西宁城时的情景，有人还讲到人们怎样到树林里躲飞机的情况，讲着讲着就骂几声驴日的日本人。

挨了日军飞机的轰炸，人们有空没空总要看看天空，看那些铁鸟们会不会又来，人们对警报也敏感起来。

只到此时，村庄里的人们似乎才想起来，哈木宰家有三个人出去打日本鬼子去了，村里人觉得有点愧疚，遂对哈木宰一家客气起来。

这一天，天气晴朗，只见远处密密麻麻地飞来了一群黑乎乎的东西，村里有人突然敲起了破脸盆，边敲边喊："日本人的飞机要来炸庄子了！"

这一喊不要紧，大家都从家里跑了出来，又不知往哪儿跑。有人往山上跑，说飞机飞不上来，于是满庄子的人都疯狂地往山上跑了起来。

铁匠爷抱着哈力麦的儿子，赛力麦的母亲抱着赛力麦的儿子，赛力麦就去背哈木宰奶奶。人一瘫痪身体奇重，还是那种死沉死沉的重。赛力麦来不及给奶奶穿裤子，顺手给奶奶裹了一条布单子，又从后面打了个死结，试了几次都没背起来。

哈木宰奶奶说："丫头，今天我看到我的口唤了，勾命天仙朝我家门口看了一下，你放下我，让日本鬼子的飞机炸了我，这样就不用拖累你们了！"

赛力麦一听急了："什么拖累不拖累的，只有活着才是不拖累！"

赛力麦背不动，就用双手抱起了哈木宰奶奶，害怕她滑下来，又用一个布单子绾了个结，一头套在哈木宰奶奶的腰上，一头套在自己的脖子上，一抱一提，赛力麦出了家门。

跑到半山腰，铁匠爷找来两根木棒，木棒上用绳子拴成渔网状，做成了一个简易的担架。赛力麦把奶奶放到担架上，铁匠爷在前面抬，赛力麦在后面跑，赛力麦的母亲前面抱着一个，后面背着一个往山上跑去。

几个人气喘吁吁地爬上了山顶，村庄就在脚底下，望望天空，哪里有什么飞机呀？只不过是一群乌鸦在空中盘旋。

大家骂着那个敲脸盆的人，慢慢腾腾地下山了。折腾了一天，哈木宰奶奶着了凉，感冒了。先是发烧，后来渐渐地不想吃饭了。

这天，哈木宰的一个堂兄结婚，铁匠爷非要让赛力麦去贺喜。

铁匠爷说："这两天你辛苦了，也去散散心！"

赛力麦说："奶奶没人管，还是您去？"

铁匠爷说："你奶奶我管，两孩子还有你母亲呢！"

赛力麦拗不过，就准备礼行，打开奶奶的小柜时里面空空荡荡的，只在柜子角落找到半包茯茶，盐匣里的盐也不多了，赛力麦这才想起家里好久没有钱补充点茶和盐了，一时觉得鼻子发酸。但礼行还得给人家，哪怕家里揭不开锅也得拿，人们常说"大处不大丢人哩，小处不小受穷哩"。这礼行关系到家里的面子。赛力麦只好锯了点茶，用红纸包上，又包了一小包青盐，盐匣里就见底了。

堂兄家很热闹，堂屋里的小柜上摆满了大大小小的茶包，人来人往。当看到满柜的大茶包时，赛力麦一脸愧疚，手足无措，她使劲地用大衣襟遮住她的小茶包，可是小茶包还是探头探脑、不明事理地露出来。她涨红着脸，飞快地把小茶包塞在那些茶包堆里。然而还是能看出来，它确实太小了，赛力麦的茶包是这些茶包里最小的，她的眼角闪过一丝泪光。

赛力麦不好意思留在堂屋，就到茶房里帮忙炖茶。沙家爸正在大大小小的砂罐里炖茶，他的拿手好戏就是给人家炖茶。砂罐里的水在沙家爸的精心伺候下，依次打着哈欠、伸着懒腰苏醒过来，吵着闹着。照沙家爸的说法，水烧成泛出牡丹花样的水花时，是放茶叶的最佳时机。只一会儿工夫，茶叶就在砂罐中上下翻腾，茶香扑鼻而来，弥漫在清冷的空气中。整个茶棚茶香弥漫，沙家爸就消失在氤氲的茶气里。

一看到赛力麦进了茶房，赛力麦的婶子也跟了进去，她仔细地看着赛力麦抓盐、抓茶叶的每一个动作。被盯得时间长了，赛力麦突然意识到自己成了婶子的监视对象，真是把她亲戚一样地款待着、贼一样地防着，赛力麦感到一种屈辱在心中。

她冲出茶房要走，却被婶子拉住胳膊，赛力麦只好留下来，闲着没事，又去厨房帮忙洗碗。

西边日头越来越酽，越来越红，天渐渐变黑了，整个村子沉静了下来。

折花战刀

赛力麦堂兄家的油灯亮起来了，唱宴席曲的都来了。堂屋炕上笑声不断，宴席曲把式们喝着热茶，开始唱宴席曲。

大家听着笑着，都望着新女婿。赛力麦突然想起了和哈木宰结婚时的情景。

随后又唱起了《没奈何》：

> 一更里哟，没奈何，
>
> 月亮上来照着床，
>
> 床儿上，铺红毡，
>
> 衣裳哈齐裁上，
>
> 纽带齐籫上，
>
> 我的出门人，
>
> 你回来时，穿哩么穿衣裳，
>
> 不回来时，闲衣裳闲箱里放。

> 二更里哟，没奈何，
>
> 月亮上来照着床，
>
> 床儿上，铺红毡，
>
> 盖哩么盖花被。
>
> 我的出门人，
>
> 不回来时，半面被风吹着啦啦啦摆。

> 三更里哟，没奈何，
>
> 月亮上来照着院，
>
> 前花园，后花亭，
>
> 有一棵紫丁花树。
>
> 风吹着，树摆着，
>
> 金叶儿沙啦啦响。

睡梦里梦见时，

出门人的马叉子响，

惊醒来，你没有，

睡梦颠倒把人哄……

炕上有几个媳妇开始抹眼泪了，赛力麦觉得这支宴席曲是专门唱给她的。

四月里到了四月八，

高大人吩咐要骑马，

一天走路百七八，

戈壁滩上渴死马。

五月里到了五端阳，

哈密城儿里办口粮，

这一次口粮没办上，

苦苦菜芽儿当口粮……

赛力麦挤在妇女当中，双手抱着腿，头顶在膝盖上，她的膝盖已湿了一大片。

瞒不得的大老爷，

大老爷你大马上高台稳坐，

我在地上惆怅短气泪淋淋，

我问你这个妇道人，妇道人：

你马前头，马后头，

亏枉三声者啥事情？

瞒不得的大老爷，

我有妇人没男儿，活寡妇当差。

我问你这个妇道人，妇道人：

你有妇人没男儿，你男儿哪里去了？

瞒不得的大老爷，
我男儿给唐王征东征西拔兵者去。
我问你这个妇道人，妇道人：
你男儿给唐王征东征西的多少年？

瞒不得的大老爷，大老爷，
我男儿征东征西的十八年。
我问你这个妇道人，妇道人：
你男儿当兵十八年没有来个信？

瞒不得的大老爷，大老爷，
人不来书信，树叶儿能当柴？
我问你这个妇道人，妇道人：
你无依无靠怎么过你的穷光阴？
……

这晚赛力麦回到家里，搂着儿子哭了一夜。第二天半边脸都是青的，原来是枕头掉色，染青了脸。从此之后赛力麦就再不往人前去了。

哈木宰奶奶的病一天一天重起来，看着自己病重了，她却露出了难得的笑容。

9

早晨，哈木宰坐在涡河边上，日头还没升起，涡河东边慢慢腾起一片蓝色的雾霭，涡河两岸一片荒凉。经过日军的大扫荡，出现了大量无人区，许多村庄人去屋空。

破旧的村庄在蓝色的背景里空灵通透，只有这会儿的涡河才平静安详，河里有一只小木船，船上一个老人正下网捉鱼。战争改变了两岸，也改变了人们的作息。老人趁着早晨宁静的时刻，一边小心张望着涡河两岸，一边匆匆下网，寻找着自家一天的食物。日头老高时，涡河上就会冷不丁地开来一两只日军橡皮船，到那时别说网鱼，就是逃命都来不及。

哈木宰的大白马在堤坝下低头吃草，清晨的蓝色给大白马蒙上一层神秘。出征五六年了，每到危险之时，他总是靠大白马逢凶化吉，分别时赛力麦对着大白马的表情也让哈木宰记忆犹新。马哈三的威胁、提亲、结婚，一切都那么自然，中间没有一点坎坷，似乎是一口气就办完了。婚后自然是平淡。在枪林弹雨里钻过之后，哈木宰才突然发现，马哈三其实是一个非常优秀的哥哥，他适合给一切弱女子当哥哥，可就是不适合当丈夫。

想想真是奇怪，越是想念一个人，这个人的面容长相就越模糊。现在赛力麦的脸在哈木宰心里就是这样，她的眉毛，她的眼睛，她的微带麻子的脸，她的嘴唇，都一一变淡、变模糊了，成了一个模糊的存在。

哈木宰拿起一块石头往河里一扔，"嗵"的一声，溅起了一团水花，他觉得自己就像这块石头，一旦被扔出去就再也回不到岸上。

远远地看见牛大个往这边跑来，边跑边喊："好事！好事！"

哈木宰说："啥好事？要让我们回家吗？"

"不是，比这还好！"牛大个说，"你要当连长！"

"连长？我不相信。"哈木宰摇摇头。

"真的，你真要当连长了。"牛大个说。

哈木宰看着牛大个真诚的脸，相信牛大个不会说谎。都说人心不古，初到中原，大家想怎么说就怎么说，可现在骑八师部队里兵源复杂，说话更得小心，一不小心落入政工队手里的话，麻烦就大了。

听到牛大个的话，哈木宰也高兴起来。骑八师连长的权力可大着呢，差不多能管一二百号人呢。别的不说，光军饷就能按时发放，而且还比排长多得多。这样，他就能省下一部分给家里和韩来臣的媳妇，而且连长还可以请假回家。

哈木宰兴冲冲地回到营房，不少人围拢过来，拉着他的手，说什么话的都有。哈木宰顿时感觉到头晕眼花，原来权力的感觉就是让人陶醉，人人不当官，当官都一般。

哈木宰耐心地等着营长来宣布结果，还说好到时请大家吃怀远的石榴。哈木宰等啊等，一直等到天黑，营长终于来了。营长先让哈木宰收拾行李，哈木宰连忙收拾起来，牛大个也在旁边帮起忙，这时一些人在旁边冷眼看着哈木宰笑。

营长说："哈木宰！"

351

哈木宰说："到！"

营长说："从今天起，哈木宰不再担任排长职务，排长由二等兵李文山担任，哈木宰担任一连二班班长。"哈木宰一听懵了，其他人一脸幸灾乐祸。哈木宰真没搞清发生了什么事，不但没升成连长，反而降成了班长，当下牵着大白马走了。

一进二班，哈木宰不愿再多说话，关于他职务升降的原因，后来他也慢慢知道了一些。马彪师长兼任何柱国骑兵第二军副军长，听说要升官担任六十四军军长之职，师部里面意见不一致，明争暗斗，军统、中统、马步芳以及各级长官各怀心思。

先前哈木宰与旅长马秉忠有点亲戚关系，马秉忠经常在马彪师长面前提起哈木宰，就被一些人惦记上了。此时哈木宰夹在门缝里，成了几派斗争的牺牲品，不明不白地降了职。其中哈木宰降职最重要的一条理由就是与叛逃到新四军的马哈三和马有路有亲戚关系，哈木宰也没有如实说明马有路西路红军的身份，通共的黑锅就由他背上了。

这天由赛尔阿訇来找哈木宰，看着哈木宰没精打采的样子，把哈木宰带到涡河边上，指着涡河说："多少年前这河就这样淌着，现在还这样淌，可它再也回不到源头上。"说完又捡了一块石头，高高地扔起来，那石头飞过树梢，落在远处。

由赛尔阿訇说："看懂了吗？"哈木宰摇摇头。

由赛尔阿訇说："再高的石头，总会落到地面；再大的官，也总会到当百姓的一天。现世不过是我们的过店，为大众牺牲是儿子娃娃的奖赏！"哈木宰想想也是，心里坦然了许多。

安徽怀远县城夹在荆山和涂山之间，涡河、茨河和淮河包围着怀远县城，既有山险，又有河险，凭借依山傍水的地理优势，怀远成为兵家必争之地。

怀远县临近日军大本营——蚌埠，那里建有伪政权，是日军扫荡的桥

折花战刀

头堡和重要据点，成为骑八师抗战的一颗肉中刺、眼中钉。后来日军步步为营，在离怀远县城不远的老河湾又设了一个据点，时刻威胁着骑八师的前沿阵地。马彪师长考虑再三，决定抽精兵强将拔掉大河湾这颗毒牙。

哈木宰也在抽调的行列之中。吃过早饭，哈木宰们准备出发，回族、撒拉等穆斯林士兵洗大净，汉族士兵表情肃穆地在外面等。等哈木宰们一出来，大家立刻骑马向大河湾奔去。

中间是大道，两边是青纱帐，甜丝丝的玉米味儿从两边飘过来。玉米拖着长胡子俨然以老者自居，再过几天，这玉米就会一个个饱满起来，那时又是一个丰收年。

靠近村庄的地方还能看到弯弯曲曲的石榴树结满了石榴，红彤彤的，像灯笼一样照红了树干。可这会儿大家都紧张地望着天空和前面，因为大白天骑着高头大马执行出击任务是一种冒险，马对爆炸声特别敏感，容易受惊吓而失控，飞机和大炮成为战马的克星。

一过大庙村，再跑上几马鞭的路程就到了大河湾。在一树的石榴中，渐渐能看到大河湾的炮楼，一面太阳旗在阳光下耷拉着。哈木宰们找到一片树林，把马集中起来，由几个守马人看着，其他人顺着河沟往炮楼摸去。

还没到炮楼，鬼子的机枪就响了起来，随后鬼子又从炮楼上扔下几颗手雷，几声轰炸，惊动了后面的战马，守马人拼命控制住了战马。

哈木宰们只有一挺机枪，便对准炮楼的射击口把子弹通通打出去，压住了鬼子的机枪火力。可鬼子有三挺机枪，火力上骑八师明显处于劣势。没有攻城的重武器，汉阳造只能算一两声鞭炮而已，对炮楼造不成丝毫威胁。

突然东边天空出现了四架日本飞机，呜呜地叫着向大河湾这边飞来，只一眨眼的功夫，炸弹就落下来了。机关枪嗒嗒嗒地从天而降，扑扑的子弹打出一阵阵尘土来，打倒了哈木宰身边的一棵树。指挥官连忙发出撤退命令，吹起了退却号，守马人立刻把马拉过来，大家上马撤退。

骑兵的行动在飞机上看得一清二楚，飞机跟着马队跑，不停地朝马队扫射、扔炸弹，已有三匹战马倒在血泊里，那三位骑兵蹲在战马旁起不来。哈木宰几个拼了命把那三个骑兵拉到战马上，飞机照样傲慢地跟着马队攻击。

"下马！放马！"哈木宰喊了一声，跳下大白马，又抽了大白马一马鞭，大白马就朝飞机相反的方向跑去，其他马也纷纷向四下里乱跑起来，这样飞机就没有了固定的目标。哈木宰们全部卧倒在地，日军飞机失去了目标，空中转了几圈朝蚌埠方向飞去。

马都跑了，哈木宰们就往回走，他们避开大路，在路边的青纱帐里穿行。走到罗新庄时，远远看到一排鬼子骑兵跑过来，哈木宰们埋伏在路边。一阵枪响过后，几匹鬼子的战马倒在地上，其余鬼子无心恋战，匆匆而逃。

哈木宰们无功而返，又散失了战马，受到了批评。哈木宰一肚子火："骑兵的长处是偷袭，打遭遇战，大白天去攻炮楼，这不是肉包子打狗吗？"连长一听不高兴了："日奶奶，你能，你能怎么当不了连长？"

哈木宰据理力争，情况还是反映了上去。三团团长谢尔升认为哈木宰说得在理，决定再搞一次夜晚偷袭，一来可以避免汉奸告密，二来可以避免日军飞机，三来可以发挥骑兵长距离偷袭的优势。

第二天早晨，哈木宰正用细磨石磨着折花战刀，营房外突然响起了一阵马蹄声。哈木宰一听乐了，他能听得出大白马的蹄声，出去一看果然是大白马，浑身冒着热气，其他的马也跟着跑回来了。

哈木宰不让马吃东西，拉着大白马出去遛。连长看到所有的马都回来了，就没再说什么，紧张地准备着晚上的偷袭行动。

月亮在哈木宰头顶一跳一跳的，在夜晚的青纱帐上面漂浮不定。玉米的白色不时从墨绿色的长叶子中泛出点点白光，可又害羞似的稍一露头便又缩回墨绿色中。夜晚给了骑兵坚固的盔甲，夜晚属于骑兵，夜晚属于青海的儿子娃娃们。

涡河在他们旁边时隐时现，为避免马蹄声惊动鬼子和汉奸，哈木宰建

折花战刀

议用破布包上马蹄子，悄无声息的马队像黑色的精灵穿行在涡河边上。哈木宰贪婪地闻着月亮的香味，腰里的折花战刀似乎也享受着月光浴，不时舒适地换个姿势，安静得像个婴儿。

像做梦一样，村庄一个接一个在眼前闪过，马队路过的那些村庄在月亮底下静静蹲着，在黑夜里治疗着白天战争带来的创伤。

黑黢黢的炮楼就在眼前。

哈木宰们决定不用枪，他们带来了几捆集束手榴弹，打算趁鬼子休息时扔进炮楼。几个人摸到炮楼下，站哨的鬼子正从炮楼上往下尿尿，发出长长的响声。

哈木宰们蹲在炮楼底下，抬头一看，枪眼很高，踮起脚都够不着，哈木宰急得直拔头发。牛大个说："搭人梯吧，小时候没偷过人家的李子吗？来！你踩我肩上！"说完便蹲下来，哈木宰把手榴弹挂在脖子上，踩在牛大个的肩膀上。牛大个慢慢站起来，哈木宰两手也扶着碉堡慢慢爬起来。他很快看到了炮楼上的射击口，里面黑乎乎的，还能听到鬼子的呼噜声。

哈木宰给下面发出信号，拉响引信，把集束手榴弹塞进射击口。哈木宰跳下来，几个人迅速往深沟里跑，刚跑到一半，身后就传来天崩地裂的爆炸声。回头一看，半个炮楼没有了，满是鬼子的惨叫声。另一队人马带战刀和枪冲进炮楼，一阵砍杀，鬼子全完了，还缴获了三挺机枪。

退却号吹了起来，今天的司号兵精神气儿很足，把退却号吹得悠悠扬扬的，一些马听了不知所以然。连长骂道："你吹花儿着吗？"司号兵摸了摸头说："我给你们吹个尕妹妹的大门上浪三浪！"随后还真吹了个曲里拐弯的，大家边笑边往大路上飞奔而去。

大河湾这颗毒牙终于拔了，鬼子没敢再在大河湾修炮楼。端掉大河湾据点，给进攻怀远县城扫清了障碍，马彪师长决定袭击怀远县城。

马彪师长召集三个团长及参谋长开会，商量攻打怀远县城。刚升为一团团长的冶有禄说："把骑八师部队开上去，把驴日的鬼子统统杀光，让鬼子看看我们青海人不是唬大的！"

三团团长谢尔升说：“这次攻打怀远县城，我们没有优势，没有攻城武器，不能像上次淮阳之战把阵地设在靠河的死地。”

副师长卢广伟[①]说：“我同意谢团长的意见，不能强攻，只能智取，攻城不是骑兵的强项！”

孟全禄副师长说：“攻城不成，守城更不成，日军蚌埠就在涂山脚下，我们干脆来个偷袭，在鬼子眼皮子底下给鬼子的眼里撒一把辣椒面儿，压一压鬼子的威风！”

部署完毕后，天已黑了，几个人走出马彪师长的屋子。明月在山，大家赏了会儿月亮各自回去。

第二天，三团雷正鸿营长开始选人，基本以偷袭大河湾据点的人为主，选了五十多个人，又选了一部分当地士兵。拉来了一堆当地老百姓的衣服，又让他们选衣服。哈木宰选了一件大裆裤，一件褂子，一根扁担，两个竹筐，哈木宰还以为要去哪里挑货：“这是干什么呀？”

连长说：“你问我我问谁去？”

哈木宰这才觉得自己嘴贱，骑八师的风格是行动任务从不给下级士兵说，只有到目的地才说，而且有时莫名其妙地到一个地方呆上一阵就回营，这样的好处是不泄密，但也会造成无谓的牺牲。

傍晚时候，哈木宰按要求穿好衣服骑着马在另一处营地集合。哈木宰看着牛大个大笑不已，只见牛大个扣错了一个扣子，一个大襟长，一个大襟短，裤子又长，只好把裤腿卷起来。

吃完饭后每人发了一把手枪，一把匕首，一枚手雷。哈木宰把扎西给

356

---

①卢广伟(1903~1944)，满族，国民党陆军少将，辽宁凤城人，东北讲武堂毕业，后在东北军任职。1928年任陆军第一〇五师骑兵团团长。1937年"七七事变"后，参加淞沪会战，后升任骑兵第八师第三一五旅少将旅长。1941年9月27日升任骑兵第八师副师长兼政治部主任。1944年日军大举进犯中原时，奉命在颍上狙击日军，在激战时中弹牺牲。

的小藏刀塞进了裤腰。月亮快升起来了，哈木宰等人在由赛尔阿訇的带领下礼了宵礼，在营房院子里原地休息。有人过来给大家教了几句怀远方言。

"可管经——行不行"，"手捏子——手帕"，"手袱子——毛巾"，"黄子——东西"，"啥黄子——什么东西"，"将才——刚才"，"日摆人——摆弄人"，"朗朗——洗一洗"。

大家学得别别扭扭的，哈木宰只学会了三句："手捏子——手帕""将才——刚才""日摆人——摆弄人"。他是这样记的：手里捏子手帕，这个"将才"和青海话一模一样，日摆人很快就学会了。

雷正鸿一看大家学得不行，皱起了眉头，幸好还有安徽当地士兵，于是一个安徽人、两个青海人搭配开来，这样一旦有事情就会有个照应。

月亮升到高空时，大家给每匹战马马蹄包上布，向怀远县城奔去。因为拔掉了大河湾的据点，马队行进速度很快，很快就看到了荆山的全貌。荆山和涂山隔着淮河相望，两山在月光下显出浓淡的层次来，有些地方深黑，有些地方浅灰，中间明亮的带子就是涡河和淮河。

怀远县城和涂山隔了一条淮河，涂山位于蚌埠市西郊，淮河南岸，主峰海拔 338 米，看上去很不起眼。

现在鬼子的炮楼位于荆山脚下，连年的战火使涂山失了颜色，成为鬼子的前沿阵地。

离怀远县还有一里地，哈木宰们下马就地休息，战马全集中起来等着天亮。

涂山顶上露出了一丝亮光，这丝亮光变成亮道，又变成了亮块。怀远县的轮廓在这亮块中逐渐明晰起来，城墙上拉着电网，炮楼上的鬼子不停地走动，鬼子的钢盔闪着点蓝光。

哈木宰们接到命令，九点时跟随赶集的老百姓进城，然后扑上城楼砍杀守城人，破坏日军物资库。可哈木宰心里没底，就他们这五十个人进城完成任务，也真有点悬。

日头照在涡河上，河面上一片金光灿烂，来来往往的船多了起来，多数集中在渡口上，等着城门开启进城赶集，不少船上还生起了炊烟。

哈木宰们分散到等待进城的百姓中间，在涡河岸边等着人多拥挤的时间再进城。这时他突然看见一艘船上一个人像由赛尔阿訇，仔细一看果然是他，再看看周围的船，发现了许多穿便装的骑八师的人，哈木宰望着由赛尔阿訇笑了。

进城的百姓越来越多，雷正鸿营长下了命令，哈木宰和牛大个挑着空筐跟着安徽的兵走到城门跟前。

"站住！干啥的？"看到哈木宰身高体壮，一个伪军拦住了他。哈木宰一惊，回答吧，怕听出他的青海口音；不回答吧，又过不了关。哈木宰就指着口"啊啊"起来。

"老总辛苦，他是个哑巴，进城帮我挑点黄子（东西）！"那个安徽兵说。

"啥黄子？"伪军问道。

"石榴！"安徽兵回答道。安徽兵趁机塞了一块大洋，那个伪军一看是当地口音，挑的都是空筐，就让他们进了城。

哈木宰们一进城先上城楼观察，然后找鬼子的物资库。等摸清地点后，五十个人各作了安排，定好时间，分配好任务，点火的点火，杀鬼子的杀鬼子，最后约定在城门口见。

人越来越多，进城的、出城的都挤成了一团，守城的伪军一看人多，便放松了警惕。这怀远县城依山傍水，电网四纵，蚌埠就在眼前，谁敢冒这个险来进攻怀远呢？

哈木宰和牛大个及其他五人的任务是进城后先杀守城门的鬼子，再见机行事，信号是一声长哨。

长哨响起来了，哈木宰和牛大个靠近守城鬼子，哈木宰用藏刀朝守兵的脖子一抹，那守兵软绵绵地倒了下去。不出几分钟，哈木宰一行人解决了守城门的三个人，随后骑八师其余化装的士兵也涌进城门，冲上城楼，砍杀了城楼上的八个鬼子和伪军。城外渔船上的骑八师也开始准备起来，警惕地看着蚌埠方向。

哈木宰们到达指定地点，发现鬼子还在营房内睡大觉，七个鬼子还未来及反抗就被活捉了。哈木宰们捆绑好这七个鬼子后将其押出了怀远城门，雷正鸿营长早已骑着马等在城外。

突然城内火光冲天，不时传来巨大的爆炸声，哈木宰知道骑八师的人已点着了鬼子的物资库。七个鬼子像褡裢一样搭在每匹马的马背上，马上有负责押运的骑兵，老百姓们自动让出一条道，哈木宰们打马向河溜镇奔去。为了防止日军飞机，大家分成几路撤退，城里的骑兵趁着混乱也退了出来。

守城的鬼子急忙关了城门，涡河渔船上的骑八师向城楼上的鬼子开枪射击。打了一个多小时，从涡河北大桥方面传来枪声。原来，天还没亮马彪师长就亲率特务连和冶有禄的一团早早埋伏在涡河北大桥一带，阻击从蚌埠开来的鬼子。

把俘虏交给其他人后，哈木宰又骑马带折花战刀返了回来，直奔到涡河北大桥一带。鬼子骑兵、步兵联合作战，双方在涡河桥北打起了拉锯战。

骑八师的火力压制住了鬼子骑兵，但鬼子骑兵又迂回到骑八师的右翼。右翼防线受到了冲击，哈木宰和几个特务连的骑兵马上向右翼冲杀过去，几个来回，各有伤亡。

这时从蚌埠方向飞来了一架日军飞机，不断往骑八师阵地投弹轰炸，一团团长冶有禄中弹，伤势严重。此时涡河渔船上的骑八师趁机从河中向鬼子骑兵扫射，压住了鬼子的攻势。

一会儿，鬼子的坦克也从蚌埠开进了阵地，马彪师长一看冶团长受了重伤，日军又出动了飞机和坦克，再打下去骑八师就要吃亏，便下令撤退，渔船上的骑八师阻击断后。

当队伍撤到大庙子时，冶有禄团长说要下马休息，哈木宰们围了上去，只见冶有禄团长的脸色开始发白，哈木宰摸摸冶团长的脚，脚尖发凉，凉气又顺着大腿慢慢往上走。哈木宰马上念起了亚辛章，旁边有人提醒冶团长念清真言，冶团长在念诵里闭上了眼。

马彪师长一言不发，整个骑八师安静地在路上奔跑。

这次怀远之战，虽没有大量歼灭鬼子，却破坏了日军在怀远的物资库，也意外地活捉了七个鬼子俘虏，其中就有铃木征四郎。这是骑八师活捉鬼子最多的一次，因为鬼子一到战场，只要受伤不能撤退，鬼子就会先砍只胳膊，然后打死用火焚烧，所以活的俘虏少之又少。

10

怀远的鬼子胆都给震破了，好长时间都不敢出来活动，更别说扫荡了。马彪师长屡立战功，声望一天天高了起来。

汤恩伯苦于部队无人，打算成立骑八军，除了骑八师的三个团外，还要扩编，让马彪任骑八军军长，一时间传言四起。

骑八师中的各派势力斗争此时水深火热。亲马步芳一派的认为骑八师的一半士兵是河南、安徽籍，马彪师长现已是何柱国骑二军副军长，有可能成为汤恩伯拟扩编的骑八军军长，也有可能是六十四军军长，这两种结果都会给马步芳带来巨大的损失，骑八师可能永远回不了青海，而成为汤恩伯、蒋介石的嫡系部队。亲汤恩伯的认为骑八师骁勇善战，虽然武器落后，但硬是靠大刀铁片砍出了马回子军的威名，在豫皖一带盛名在望，其严明的军纪远不是汤恩伯军队所能比的，如果成立骑八军，这支部队将成为汤恩伯的急先锋。

马彪师长也想借这点机会扩大骑八师的威望，顺便用先进武器装备骑八师，增强骑八师的战斗力，杀更多的鬼子。骑八师形势顿时复杂起来，

361

矛盾层出不穷，为防万一，三团团长谢尔升还组建了一支四十多人的手枪团。

汤恩伯向蒋介石报请将骑八师扩编为陆军骑兵第八军，马彪为军长，编制三个师，原骑八师加上驻陕西耀县的马禄师，再拨编一个步兵师，编成完整的骑八军。马彪焦急地等待着骑八军成立的这一天，到那时骑八师就能走得更远。

这天，马彪师长梦见了自己去世的两个儿子，他们还是老样子，大儿子穿着骑八师特务连的服装，二儿子一脸调皮，他们围着马彪不停地说着什么，可马彪一句也没听懂，只听懂了最后一句，大儿子说："阿达，你怎么还不回呀？"

醒来后，马彪师长怅然若失，叫来由赛尔阿訇解梦，由赛尔阿訇说："梦做得清楚吗？"

马彪师长说："清楚得很！"

由赛尔阿訇说："亡人不会说假话的！"

马彪师长听了个糊里糊涂，让传令兵给自己泡了一壶茶，放了桂圆、红枣、枸杞，加了一点冰糖。一口下去，顿时让马彪师长想起了青海。

这时他接到了蒋介石的来电，传令兵大声念道："马彪师长，调任军委会中将参议，遗缺由二九八旅旅长马步康升任。"

马彪师长一听，一阵凉气从后背传到了脚下，手里的三泡台碗子盖掉到桌上，滚到地上碎了。

多少年，明升暗降的事马彪师长见得多了，没想到今天突然落到自己头上了。突然之间，他觉得自己的头发正一根一根地变白，他一下子变老了。这究竟是怎么回事呢？

很快马彪师长想到了侄儿马步芳——现在侄儿马步芳风头正旺，他气走了胞兄马步青，吞占了骑五军，又逼走了叔叔马麟，自己当上了青海王。

侄儿马步芳的手段，更让他清醒地看到了侄儿的另一副嘴脸。马彪师长跟随马步芳父子三十多年，到北京打八国联军，追随慈禧护驾到西安，他镇守河西；现在又到河南替马步芳抗日争功劳，没想到竟然落到这样的下场。

下属们也都吃惊不已，但大家都清楚，一定是有人给马步芳告密，给他马彪点了眼药水，才让马步芳匆匆忙忙临阵换将。面对悲愤的马彪师长，大家不知怎么劝，只能说些好话："这也是好事，抗战无期，年老退休，师长一职也没有被外人掌管，花算是落到花园里了！"

果然是有人给马步芳写了一封密信，将马彪师长告到了马步芳那里。密信上说："如今马彪已有野心，他想脱离青海，现在骑八师所补的兵源多半是来自豫皖和陕西地区，大有摆脱青海的迹象。如今他虽官居骑八师师长，并兼任何柱国骑二军副军长，可他的野心和真正目的是想当六十四军军长。"

青海省主席马步芳坐不住了，他担心骑八师的兵权落到有野心的马彪手里，怕骑八师落到汤恩伯手里，更怕骑八师落入新四军手中。他急忙从青海坐飞机到重庆，到何应钦部长官邸活动。在何应钦的活动下，马步芳向蒋介石当面报告："我骑八师师长马彪，眼睛也不好使了，因年迈申请退休，拟由马步康去皖北接替马彪骑八师师长一职。"

蒋介石问道："马师长今年高寿？"

马步芳赶紧说："他今年差不多七十了！"

蒋介石熟悉马彪，马回子军在豫皖地区威名大震，汤恩伯也常在他耳边提起，但让蒋介石特别不爽的是马彪的骑八师竟然与新四军有来往，还互送礼品。为此，蒋介石曾拍过桌子骂过娘。想到这些，蒋介石沉吟一会儿答应了。

这时马彪师长突然想起自己的那个梦，暗暗想起由赛尔阿訇的话来。他找由赛尔阿訇谈心，由赛尔阿訇说："石头扔得再高，终有一落；人再好，总有一个归落。最后看落在好处还是坏处！"

骑八师换将的大局已定，三天之后骑八师驻洛阳办事处来电："子庄师长马步康及随员二十余人到洛阳，明日起程赴皖，敬请派员迎接为盼。"当时骑八师正在整训，就派中校参谋吴乾元等一行人迎接，迎接到西马店回来后，着手准备送旧迎新的事务。

马步康师长见了马彪师长说了一个赛俩目，马彪师长勉强回了赛俩目。

马步康和马步芳是堂兄弟，马步康称马彪为伯伯。看到马彪师长难受的样子，马步康心里也有几分愧疚，觉得自己作为晚辈确实不好意思。两人坐着低头喝着茶，其他部下看到两人不说话，更不敢说话。

马彪师长此时万分悲愤，觉得自己在战马上打了一辈子，就这样落下来了。俗话说脱毛的凤凰不如鸡，他心里确实憋得难受。

匆忙中马彪师长的茶杯盖掉到地上打碎了，在安静的屋子里这一声"巨响"，敲着每一个人的耳膜。部下谁也不敢动，这个时候是最微妙的，面对新老师长做什么、说什么都不合适。

"来人，给马师长换个好茶杯！"马步康说。

"不必了！"马彪师长跟跟跄跄地站起来说道。一回到营房，马彪师长立刻整装到临泉去见汤恩伯，说要到重庆见蒋委员长告状。

几天之后，骑八师接到蒋介石的电文，召马彪师长赴渝面见。马彪师长准备了好多话要给蒋介石说。一见面蒋介石便说："你眼睛并不坏嘛，精神蛮好的！"

马彪师长一惊，果然是侄儿马步芳使的坏，马彪师长说："我是个军人，我从青海来这里，不把鬼子赶走，我誓不退休。请委座发给我一支枪，我愿意随远征军出征。"

蒋介石高兴地说："这是军人本色！"于是奖赏给马彪国币十万元，命令马彪仍返回临泉："汤恩伯会安置你的。"事后，蒋介石分别电示胡宗南和汤恩伯妥善安置马彪师长。

马彪师长满怀希望回到临泉，他将重新组建一支属于自己的骑兵，重新在皖北平原挥舞不屈的战刀。回到汤恩伯师部驻扎的临泉后，汤恩伯仍以骑八军番号让马彪筹编。骑兵不成问题，然而战马是骑兵的灵魂，好战马是骑兵的翅膀，马彪筹编遇到的第一个难题就是战马。

马彪师长想到蒙古购马，可蒙古已沦陷，也买不到北口马。他又派人去青海购马，派去的人员走了一个多月，算算天数也差不多该回来了，马彪就在临泉着急地等待着消息。

等待的这些时间，马彪师长闲了下来，除了做礼拜，唯一的爱好就是挎着战刀骑着青战马沿着泉河纵马飞驰，一直跑到战马浑身冒汗。传令兵的马跑得快要累死，马彪师长才跳下马，边遛马边走。泉河从他身边静静流过，他在这条泉河边迎来日头，又在泉河边送走日头。早晨泉河的日头带着雾气升起来，晚上又带着晚霞落下去。

他再也听不到骑兵那激昂的冲锋号，听不到战马出征时的嘶鸣，马彪师长觉得自己被关在这泉河边，日子就是守兵。

这天马彪师长正在泉河边遛马，突然听说去青海购马的人回来了，马彪跳上汗还没干透的战马即刻回到营地。一见购马人就急冲冲地说："马呢？多少匹马？带我去看看！"

购马人不敢看马彪的脸："师长，马没买成！"

马彪师长说："不是带钱了吗？青海有那么多马场！"

购马人说："马主席说了，他派人去问了，说这些年每年给骑八师捐战马一千多匹，共捐了六千匹马。战马少了，而且玉树、果洛草原上正闹瘟疫，死了很多马……"马彪师长哦了一声，不再说话。

购马人说："马师长，要不我到甘南去看看，那边草场也大，那里的战马很有耐力。"

马彪师长的眼睛亮了一下："又得辛苦你一趟了！"购马人走了，这么多年的马上生涯，马彪师长对马了然于胸。

相比较而言，他还是喜欢大通马，大通马史称"青海骢"，又叫"浩门马"。"青海骢"的传说马彪师长从小已听过无数遍了，至今他还能记得清清楚楚。很远很远的时候，青海湖中突然出现了一条龙，到冬天之后，青海湖冰面四合，当地人就把母马放到青海湖中的海心山上。春天到来后，那些母马都怀孕了，生下的马就是龙种，能日行千里，因此叫"青海骢"。骑八师的战马全是大通马，跑来是风，跑去也是风。

大通马看样子是买不成了，马彪师长对甘南抱着很大的希望。玛曲草原广阔无垠，那里是中国三大名马之河曲马的天堂。

在焦急的等待中，一个月又过去了，购马人没回来，却传来了一个惊人的消息，说是购马人在甘南被人捉到青海关押起来了。

马彪师长什么都明白了，侄儿马步芳就是不让他再在战马上挥动他的战刀，让他死了骑兵梦。他把这个消息告诉汤恩伯，汤恩伯摇摇头说："子香（马步芳字）呀，子香，怎么这么办事？"

汤恩伯只好在当地征购了四五百匹土产马，拼凑成一个骑兵团，称为"骑兵纵队"，隶属于总部。

看看当地的马，与大通马、河曲马相比简直就是天上地下，没跑几步先气喘吁吁，马彪师长根本看不上眼。时间一长，因马步芳的阻挠无法解决战马的问题，筹编骑八军最终成了一个幻想。

汤恩伯又委任马彪为漯河市警备司令，此时马彪师长明白自己已成为"碾完场的碌碡""殁了阿娘的姑父"，没用了，这些职务不过是个虚名，挂在那里而已。

一个雨天，一个人，一匹马，马彪师长只身来到了蒙城。蒙城庄子的漆园在雨水里静默，庄子的蝴蝶在日军的炮弹中灰飞烟灭。马彪师长转身向当年骑八师惨败的阵地纵马而去，还未到那里，硝烟的气息已向他直冲过来，他鼻子一酸，跳下马背。

骑八师突围时的阵地就在眼前，那日军炮弹轰炸后的痕迹仍触目惊心。很快马彪师长找到了骑八师死伤最惨重的阵地，朝西跪下，念起了古兰经。

马彪师长动身了，这是他向蒙城最后的告别，这里埋着青海烈士们的英魂。他还活着，可他从青海带来的骑兵们却再也回不去了。打了这么多年仗，马彪流了三次泪，一次是大儿子去世，一次是二儿子去世，再一次就是蒙城之泪。他想起了新四军在项城、蒙城之围中出手相救，还想起了在河西走廊围剿西路红军的事，他觉得确实欠下了共产党许多人情。

马彪师长骑着马独自走在蒙城的小道上，当年他从西宁小峡口带着八千青海子弟出发，大家夹道欢送，场面如此壮观，而如今他只身一人寂寥而去。

回去，回哪里？哪里是家乡？

青海吗？马彪十万个不想回去。当年楚霸王带江东子弟过江，他无颜回江东，自刎在江边。他马彪带了八千青海子弟，可如今魂归何方？他无颜面对青海乡亲，更不愿面对利用了他一生的侄儿马步芳。

此时他只想休息，只想找一个地方安安静静地活着，做做礼拜，喝喝茶。由赛尔阿訇说得好，再高的石头最终是要落的，他的命就是这样，从青海高高地落到西安。

路口上怎么那么多骑兵？

那些骑兵慢慢围了上来。原来是骑八师的老部下，马彪师长又一次落泪了。哈木宰也在其中，一行人在雨中送马彪师长，谁也没说话，无休无止的雨水从皖北的天空劈头盖脸地倒下来。

第四部

这些年来哈木宰在皖北骑着战马打来打去，在他印象中南方是水做的，北方是土做的。在青海任何一条小溪都可以叫河，如果按青海的标准来说，皖北全是河，密密麻麻的河网住了南方大地。而北方全是土，厚厚的黄土盖住了山山谷谷。

比如说这展沟集，往东跑上三马鞭的时间就到了西淝河，往北跑一马鞭的时间也是一条河，这不叫河，而叫沟，苏沟。往南跑上两马鞭的时间就到了茅沟、南大沟，虽说是沟，但人掉进去后只能看见漂在河面上的帽子。

骑八师师部又驻扎到了安徽利辛县展沟集，这段时间，骑八师归第五战区指挥，属骑兵第二军所辖，受骑二军军长廖运泽调遣。

师部仍然驻扎在张楼，政治部驻扎在西北乡第三区区长王子琦家的大院内，师部医院驻扎在西海孜，步兵大连驻扎在黄海孜，特务连驻扎在苏桥口，工兵连驻扎在王庄孜，八大处分别驻扎在王老庄、李桥口、张拐弯、郑庄孜、蔡楼（军法处驻地）、王楼、苏郢、万庄。哈木宰暂时驻扎在展沟集区公所所在地。

夏天炎热，哈木宰最先考虑的是大白马。在村庄驻扎，他先用玉米秆搭成窝棚，战马就不会受热。青海马也像青海人一样，在凉爽的高原呆惯了，不太适应炎热的平原。他初到平原，觉得到处都热，连地里冒出来的气都是热的，轰轰地蒸着人。若骑在战马上，战马的热量、日头的热量能把人蒸熟。时间长了，战马也慢慢适应了，加上平原充足的氧气，跑在路上都没感觉到累。

又到了遛马时间，哈木宰拉着马直往东走，一直到了西淝河边。到河岸上的大道还得绕过一块麦地，麦子快到了收割时间，可是地里硬是被人踩出了一条道，哈木宰正犹豫着走不走这条小道。

"好狗不挡路，让开！"一位骑兵拉着匹枣骝马从后面过来了。

哈木宰把马往边上拉，看那穿戴估计是个校级军官。哈木宰朝他的背影唾了一口，正要骂，牛大个在旁边劝道："别惹他，他是八大处的人，叫李冰杰，军部赵处长是他亲姑老表，这个人吃喝嫖赌样样占全了！"

"狗仗人势！"哈木宰说。

牛大个拉着马也要走踩出的小道。"没看见吗？这是庄稼，养命的庄稼呀！"哈木宰拉住了牛大个。

两人绕过麦田，走上西淝河岸上了堤坝，日头正慢慢往河里落，那红红的脸蛋在水里映出整整一河的红光来，大白马跟在哈木宰后面走进这片红光。此时西淝河沉静地往东流去，一直流到淮河。

堤坝上出现了三个人，形容猥琐，一看就知道不是赌鬼就是烟鬼。这三个人凑到李冰杰的枣骝马前，不时说说笑笑，有时还压低了声音说着什么。

只见他们在前面停下了，其中一个人竟然从怀里拿出一只活鸡来，鸡在那人手里还扇着翅膀，蹬着腿。李冰杰用军刺一刀割断了鸡脖子，把鸡头扔到西淝河里，几个人匆匆走下堤坝，在麦地边烧起鸡来。牛大个和哈木宰走也不是，不走也不是，想了想还是硬着头皮往前走了过去。

看到他们过来，其中一个人便要藏鸡，李冰杰说："不用管他们！"

一会儿李冰杰叫他们也来吃鸡，哈木宰不吃。

哈木宰连忙摆摆手，朝前走去。李冰杰说："真是不识抬举！"

哈木宰和牛大个拉着马继续朝前走，日头已全跳进西沏河了，洗涤着它一天的劳累和尘土，西边晚霞的颜色一点一点地褪去，那一抹粉红慢慢变成深红，又慢慢变成暗红。

哈木宰摸摸马背，汗已干了，给大白马饮了水，与牛大个两人向展沟集走去。中间路过了展沟小学，只见校园栏杆上拴着一匹枣骝马，隐隐听到争吵声，还有女人隐隐的哭声。

哈木宰把马交给牛大个，走进展沟小学。来展沟的时间不长，哈木宰没领到军饷，所以还没到李秋叶那儿去，今天顺便去看看。

哈木宰刚到窗前，就听到一个人说："撒拉能摸你的奶，为啥我不能摸？再说了，你本来就是一个汉民嘛，还装什么装！"

"我男人在蒙城，小心他回来收拾你们！"李秋叶的声音！

另一个男人说："你男人？就那个韩撒拉，他早就死在蒙城了，你还等他，还不如等我们呢！"

哈木宰一听，气得头发都立起来了，一脚踢开门冲了进去，只见李冰杰几个人正把李秋叶围在墙角，李秋叶的儿子在炕上哭得死去活来。

哈木宰唰的一声抽出折花战刀，扑了上去。其中一个大烟鬼仗着李冰杰，拿起一把凳子砸过来，哈木宰顺手一抓，战刀就插在那人的大腿上。

"杀人啦，骑八师杀人啦！"那人杀猪一样喊起来。

哈木宰说："你们记住，这是我的女人，谁要是动她一指头，今天战刀砍腿，明天砍头！"

李冰杰一行人见势不妙，连忙跑了出去，"你等着！"李冰杰边跑边对哈木宰说。牛大个也冲进来了，被李冰杰一行人撞了个满怀。

李秋叶把儿子抱在怀里，给儿子喂奶，儿子不哭了。

李秋叶盯着哈木宰的眼睛："大兄弟，你说实话，韩来臣是不是走了？"

哈木宰低着头："别听他们胡说，好好的呢！"

李秋叶说："我要的是实话！你好好看看我的儿子再说话！"

哈木宰的眼泪就下来了，抱着头蹲在地上。

李秋叶说："其实我早就知道了，怪不得这些天总有些骑八师的人来骚扰我！"

李秋叶一边看着孩子，眼泪却顺着脸淌下来，淌到乳头上，孩子一吃味道不对，抬头看看母亲，也跟着哭起来。"我的命怎么这么苦呀，辛辛苦苦从上海逃到这里，找到了韩来臣，却没想到他丢下我走了。"李秋叶哭诉着。

李秋叶说："大兄弟，这个孩子身上有穆斯林的血液，韩来臣走了，我希望你能当他的干爹！他叫韩驼泉。"

哈木宰的脸一下子涨红了，韩驼泉似乎听懂了什么似的，也望着哈木宰。那直直的鼻梁、深深的眼窝、棱角分明的脸形，分明就是第二个韩来臣。哈木宰突然想起了身中三十二刀还挂着步枪朝前挥着战刀的韩来臣，以及他临死时嘴角神秘的微笑。

哈木宰点了点头，想从怀里摸点东西送给韩驼泉。摸来摸去，只摸到几块银元，就把它放到韩驼泉的怀里，说："给干儿子打个项圈吧！"

哈木宰抱过了韩驼泉，一种温暖向哈木宰袭来。他离开青海时赛力麦还大着肚子，后来他从信上才知道赛力麦给他生了个儿子，这一刻哈木宰产生了把自己的儿子和韩驼泉一起抱在怀里的想法。

哈木宰想好了，等韩驼泉长大后一定要带他去循化，给他讲他父亲韩来臣的事，给他说他父亲韩来臣是个伟大的英雄，是位了不起的撒拉族抗日英雄。

李秋叶说："韩来臣曾给我许过一个诺言，他说青海循化是个好地方，他回去时要带我去看循化的黄河，给我看撒拉族神奇的白骆驼石，还要带

折花战刀

孩子去见他奶奶。我已做好这个准备，等着抗战胜利，可没想到他先走了，我不知道怎么办了。"说着说着，李秋叶的眼圈红了起来。

哈木宰最见不得女人的眼泪，他见过一些女人，这些女人一有苦，扯着嗓子一哭就好了，心里的难心事全发泄出来了，该做什么就去做什么。可李秋叶不一样，她从来不哭，哈木宰倒盼望着她痛痛快快地哭一场，至少也能发泄一下忧郁的心情。

李秋叶说："你是韩驼泉的干爹，你回去时能不能也带我回青海，让韩驼泉见见他的奶奶？"

哈木宰说："胜利后，我一定带你们回去！"

李秋叶又说："现在我没人可依靠了，你说我是你的女人，从现在起，我能不能借你的名义保护我娘俩儿？刚才你也看见了，孤儿寡母不容易呀！"

"我说错了，我说你是我兄弟的女人！"哈木宰的脸涨得通红。

牛大个在旁边说："不就是个借口吗，也不是真的，我看也可以，她们娘俩儿也不容易，借我们骑八师的名义，别人也少欺负她们！"

"你胡说什么，这是我兄弟的女人！"哈木宰恶狠狠地说。

"对，这是你兄弟的女人，你更应该保护她！"牛大个说。

"好吧！我说不过你！"哈木宰说。

哈木宰和牛大个回去了，牛大个对哈木宰说："这两天你注意着点，我听说新师长马步康要整军风！"

哈木宰说："我没做错什么，不怕！"

牛大个说："我知道你没错，可是不要给别人落下把柄，有人已经把那天送马彪师长的士兵名单送到上面了！"

哈木宰说："送个人有什么？这帮驴日的，人家高升时一个个拍马屁舔尻子，人家落难了一个个落井下石。高升时不巴结，落难时去看看，这是我的本色。"

牛大个说："小声点，人家新师长刚上来，又不知人家是什么情况，多吃馍馍少说话，没错。"

两人走出了学校，走过学校围墙，身后传来李秋叶长长的哭声。

这一晚上礼拜时，哈木宰做错了好几次。

第二天天刚亮，哈木宰和牛大个正在西滟河岸边遛马，远远地看到过来一队骑兵，走到跟前才发现是军法处的，他们一看到哈木宰就围了上来，绑住了哈木宰。

军法处的说："有人告你调戏民女，打伤无辜百姓。"

哈木宰说："我调戏了谁？又打伤了谁？"

军法处的说："有人证，你去了就知道！"

哈木宰被绑到了蔡楼军法处，一看那个大腿上扎着白纱布的大烟鬼，就知道是因为昨晚的事，他旁边的李冰杰望着他。

哈木宰气不打一处来，可现在人家有人证，李冰杰又有赵处长撑腰，就没有哈木宰说话的份儿。

哈木宰点子也确实背，最近骑八师因马彪师长的事，整个军队军心不稳，军纪一天天败坏起来，老百姓经常到军法处来告状，马步康决定抓一个典型整治军纪军风。

哈木宰抱着一棵树，双手被绑住了，膝盖处又用绳子绑在树上，嘴里咬着一条毛巾并在后脑勺处系上，脖子让绳子揽在树上以防用头撞树，军法处的从树上砍下了一堆手指粗的柳条，让在座的每人去抽。

哈木宰知道，这就是骑八师著名的"揭背花"，算过来这是第二次了，第一次打得轻，哈木宰好了伤疤忘了痛。

376

但那次对逃兵的揭背花让哈木宰终生难忘。那次是在河南项城，抓了两个逃兵，团长要枪毙，几个营长苦苦求情，团长才答应免死罪，但一定要揭背花。

那天对两个逃兵也是这样的绑法，团长命令班长以上的军官全部集合，让每个人都要打，集中起来共有七八十个人，哈木宰当时也是班长，也在这一行列。

那两个逃兵认为不过是皮外伤而已。

打一下，背上就出现一道红印，柳条打断了再换第二个人打，打的次数多了，那两个逃兵的背上没有了红印，变成了一片红。刚开始时打一下，逃兵的身子就动一下，后来慢慢不动弹了，后背由红变青，由青变紫，慢慢地又肿了起来，局部开始溃烂。

哈木宰闻到一股臭味，原来两个逃兵的大小便失禁，一阵又一阵的臭气熏着在场的每个人。逃兵被打晕了，两条腿跟着软了下去，可是身体却由两个胳膊吊着，由脖子上的手巾和腿上的绳子兜着。

柳条交到了哈木宰手中，哈木宰悄悄看了下团长，趁他不注意，只在空中挥了一下就扔到地上，这时大家还没打完，执行营长又向团长求情，团长才走了。

后来听说这两个逃兵还是死了，大家就私下议论，都说还不如不求情，给一颗子弹"砰"的一声什么都不知道了。

而现在哈木宰正面临着这种危险，他一次又一次祈祷着，让他体体面面地牺牲在鬼子手里，而不是死在自己人手里的柳条下。

第一条下去了，哈木宰身上立刻起了一道红印，哈木宰咬住了牙。第二条又下去了，哈木宰拧了下身子。

这时只听到外面吵吵闹闹的，哈木宰听到是李秋叶的声音："冤枉呀！马处长！"

事情的真相搞清楚了，哈木宰被放下来了，但还是挨了好几下，背上留下了几道青印。

马处长不好对李冰杰说什么，处理李冰杰又有碍于赵处长的情面，这事被压了下来，只是把那个大烟鬼绑起来狠狠地打了一顿赶回了家，

哈木宰从此对李秋叶心存感激，哈木宰说："那天要不是你，我就没

命了！"

李秋叶说："你是韩驼泉的干爹，你走了，谁管韩驼泉呀？"话还未说完，李秋叶眼圈又红了起来。

从此，哈木宰往李秋叶那儿去的次数多了，到那儿和韩驼泉玩一会儿，坐一会儿就走了，大家都知道哈木宰是李秋叶儿子的干爹，也都不敢去惹李秋叶。

有一天，李秋叶突然问了哈木宰一个问题："你知道柳下惠是谁吗？柳下惠就是这展沟人。"

哈木宰不知道，就去问一个当地人，那个人给他讲了一个故事："有一次柳下惠出远门，夜里住在都城门外，天气非常寒冷，忽然有一个女人前来投宿，穿得很单薄，柳下惠怕她冻死，就让她躺在自己怀中，用衣服遮盖住她，一直到天亮也没有什么越礼的行为。这个人叫柳下惠，姓展，名获，字禽。"

哈木宰没再给李秋叶解释过柳下惠的意思。

2

治军方面，新任师长马步康确实有一套，他认为军民关系是骑八师的根。骑八师从青海不远千里来到这里就得靠当地百姓。骑八师不能学汤恩伯的军队，走到哪儿，祸害哪儿的百姓，以致当地百姓对汤恩伯军有一种说法："宁叫鬼子烧杀，不让十三军驻扎。"后来汤恩伯的十三军在溃退之中被当地百姓消灭了。

在此之前，马步康和副师长兼任政治部主任卢广伟一有机会就到八大处驻扎的那几个村庄转，和当地百姓聊天，拉个小凳子一坐就是半天，了解骑八师的军风军纪。这一聊，骑八师的问题就一一露出了水面。

马步康和卢广伟研究后，制订了一套学习措施。卢广伟开办学习班，对团、连、排级军官进行先期轮训，进行思想教育和政治学习，提出了四不许：不许殴打和欺压平民百姓，不许动群众一草一木，不许奸淫、调戏妇女，不许与土匪为伍。

说简单点就是："杀人者、奸污者、偷盗者，杀无赦！"

渐渐地哈木宰也感觉到骑八师的变化，遛马时再也没人敢踩庄稼抄近路了。骑八师还成立了一个抗日宣传队，为群众演出，大唱革命歌曲，还出钱办了四个地方剧团，为当地百姓唱泗州戏、四平调、梆子戏等。

李秋叶因为会唱歌被选进了抗日宣传队，每天在群众中间演出。

展沟集百姓盼望的农历二月十五日展沟古庙大会快到了。听说骑八师要出钱给展沟百姓办一次"九曲黄河灯阵"，人们每天都在关注着灯阵的布展。这是项大工程，骑八师抽调了许多骑兵给艺人打下手帮忙，其中就有哈木宰，哈木宰一天比一天忙，抬东西、粘灯、栽桩，忙得不亦乐乎。

九曲黄河灯阵是"展禽故里"展沟镇的民间艺术奇葩，流传了几百年。据当地老百姓说，九曲黄河灯阵源于殷商时期，依据《封神演义》中的黄河阵不断演绎而成。哈木宰边帮艺人干活，边听艺人说《封神榜》，听得津津有味。大家拼命赶时间布阵展灯。艺人们先在两亩见方的场地上按一米五左右等距离用白石灰点出 361 个白点，在白点上打高一米左右的竹竿桩做灯托。所有桩子横竖成行、对角成行，方阵中央竖起一根十二米高的天灯杆来作点将台。

一个用秫秸捆扎而成的四四方方的小城出现在哈木宰面前，它坐北朝南，灯阵外廓为正方形，内里分三行，每行三个小正方形，共九个，故称"九宫八卦阵"。阵形每边埋十九根边柱，成为高出地面的木桩，柱与柱之间还有巷道。沿走向顺序用秫秸扎成篱笆墙，避免人们横串巷道。边柱的每一顶端安放一个油碗，内盛豆油，用棉絮搓成灯芯子，放灯时点燃照亮。灯阵周围均用苇席扎缚成一米六高的围墙。灯阵前面设两门，右边为正门即入口，左边为反门即出口，进出口处扎一座大型牌坊松门。

二月十五终于到了，展沟的百姓喜气洋洋，整个会场人来人往。

李秋叶抱着韩驼泉走这个九曲黄河灯阵，韩驼泉非要让哈木宰抱着，哈木宰没办法，只好抱着绕了一圈又一圈。

而展沟的老百姓扶老携幼，从正门进入，循序行进，中途不停也没有

折花战刀

折回。九曲十八阵共有九十六处长短不等的拐弯，在阵中，身边灯火摇曳，五光十色，蜿蜒曲折，连绵不断，似游天宫，如履银河。哈木宰边走边感叹，还是南方人心细，让他们这些只见过春节社火的骑八师开了一次眼界、见了一回世面。

李秋叶跟着宣传队看骑八师组织的官兵在街上踩高跷。牛大个因为老家大通东峡，每年都会耍社火，他走得最顺当，哈木宰就不行，一上高跷，就掉下来，最后只好退出了队伍。

这是骑八师和展沟百姓最热闹的一次军民联欢，它让人们暂时忘却了战争的阴影，骑八师在展沟百姓心目中的形象一天天好起来。

这一天李冰杰又和当地烟鬼、赌徒混在一起，他们聚到一块儿海吃山喝了一阵。李冰杰觉得还不过瘾，几个人又偷偷钻进大烟馆抽了几口大烟，顿时觉得自己成了顶天立地的人，一抬脚可以跨过大山大河，一挥手可以打碎天地。

他们出了烟馆，准备去赌场碰碰运气，突然看见一个姓黄的姑娘正在集市上买了东西准备回家。看着如花似玉的姑娘，李冰杰们跟了好长的路，最后干脆来了个天不怕地不怕，掏出手枪，逼着姑娘到了南花园一间舍屋里，糟蹋了姑娘。

姑娘自始至终咒骂着李冰杰一伙人，骂得李冰杰心头火起，就让他的狐朋狗友把姑娘吊在门口的一棵枣树上，用马鞭抽打。

李冰杰边打边威胁："今天的事到此为止，如果你去告官，我杀你全家！"

姑娘忍痛披头散发地跑到区公所卢广伟主任的政治部，可是卢广伟到八大处巡查去了，姑娘又跑到张楼骑八师师部告状。

马步康师长一听，气得摔了帽子，说："这个驴日的，不是人，给我缉拿归案！"卢广伟也刚从八大处巡查回来，听说此事后，一向文质彬彬的卢广伟再也忍不住了："一定要严查！一定要严办！"

经军法处调查，这段时间李冰杰吃喝嫖赌样样俱全，而且还查出他在案发之前，竟胆大包天偷了一位副官的二十响手枪，用这手枪换钱吸大烟。证据确凿，军法处立即上报骑二军廖运泽军长。

第二天召集了骑八师官兵和展沟百姓在广场召开公判大会。卢广伟宣判："经查，我师八大处校级军官李冰杰，案发前曾偷窃枪支，参与赌博，烟馆吸毒并率人轮奸黄氏之女，行为恶劣，违犯军纪，不杀难以平民愤。此案重大，呈报军部，经廖运泽军长批准，师军法处下令，将骑八师的败类李冰杰判处死刑，由骑八师执法队行刑，一干从犯拉去陪斩，验明正身，就地枪决，立即执行。"

宣判后，李冰杰的老表赵处长上台向马步康师长、卢广伟副师长磕头跪求，请求从轻发落，可马步康看都没看他一眼。

此后军法处的执法队把李冰杰拉到展沟南大沟枪毙，展沟的老百姓全部出来了，见李冰杰被枪毙，无不拍手称快。李冰杰的老表只好花了两块银元，将李冰杰的尸体就地掩埋。

事后，哈木宰们聊起这事常说："人亏人，天不亏人，不是不报，时候没到！"

这天早晨，马副官出操回来，发现手枪丢了，急忙将此事报告了马师长。事后有人告诉马副官，说是孟全禄副师长的干儿子赵小玉曾进过他屋。

原来这赵小玉是一个连级干部，天资聪明却不走正道，自从认下孟副师长当干爹后更加不守军规，专横跋扈，仗势欺人，经常与张楼的地痞流氓张景财勾搭在一起。张景财由于赌博欠下一屁股账，便心生诡计，起了邪念，偷了一匹毛驴脱手后返回，把卖毛驴的钱给了赵小玉，赵小玉偷了手枪给了张景财，张景财拿到枪后参加土匪去了。

经过审讯，赵小玉供认不讳。最后他又强调自己是孟副师长的干儿子，谁也不能把他怎么样。

可孟全禄副师长奉马步康师长的命令，领了几个兵回青海领战马去了。赵小玉的救命稻草没有了，经批准后赵小玉也被枪决在张楼桥南沟。

经这两次整治军风，消除了当地百姓对骑八师的成见，骑八师在展沟深得民心。

一队队大雁往南飞，又到了秋收之时。马步康师长命令全军帮各自驻扎的村庄百姓搞秋收。经历过花园口决口，又经历过日本鬼子的扫荡，展沟百姓的日子过得紧巴巴的。马步康害怕士兵秋收吃了百姓的饭，给他们造成负担，便下了死命令："到百姓家帮忙，只准喝水，不准吃饭！"

哈木宰和牛大个帮张老三家割田，他俩都是割田好手，一天割一亩地不在话下。这边天太热，只割了一会儿，浑身上下就泡在汗水里了。张家老人给两人拿来了馒头，可两人不肯吃，只喝着茶。

张老三生气了："你们帮我干活，不吃馒头，你们这是看不起我！"

哈木宰说："我们只敢喝水，不敢吃馒头，要不部队上要揭背花打我们！"张老三只好说："改天我请你们吃饭！"

一阵风吹过，麦田里一波一波地涌起麦浪，麦田边过来了一位穿红衣服的女子，牛大个笑着捅捅哈木宰："快看，那个女人真漂亮！"

哈木宰一看，便捅了牛大个一拳，原来是李秋叶提着篮子抱着韩驼泉走过来了。李秋叶取出篮子里的东西：两个馒头，还有两个煮鸡蛋。牛大个就望着哈木宰笑。

哈木宰说："笑什么呀，没见过吗？"

牛大个说："眼泪我见过，倒是没见过眼泪往眼窝里淌的！"哈木宰把馒头和鸡蛋放回篮子，李秋叶的脸色涨红起来。

"怎么，你们嫌我的东西脏呀！"李秋叶说。

哈木宰连忙说："不是！不是！这是我们的军规，只准喝水，不准吃饭！要不我们得揭背花！"

李秋叶说："什么破军规！你俩吃，我站着放哨。不吃，我就说你们吃了我的东西！"李秋叶站起来看着四周，哈木宰两人没办法，只好三下五除二地消灭了馒头和鸡蛋，说实话，真香！吃完后胳膊上都有力气了。

李秋叶满意地提着篮子走了。

牛大个说："当个干爹真好，还有人送饭送水。对了，你们可以娶两个媳妇，你干脆把李秋叶也娶上。"

哈木宰抬手就是一拳，说："不要胡说，她是我弟兄的媳妇！"

牛大个说："吃了人家的嘴软，拿了人家的手短，欠了李秋叶的，我看你怎么收场！"

3

哈木宰奶奶不吃不喝已经三天了，病一天重似一天。

铁匠爷守在哈木宰奶奶旁边，他一脸平静，面对着一块儿过了几十年的老伴，他只有沉默。他太理解老伴，她一辈子争强好胜，拼了老命死要面子，没想到老了老了，却变成一个躺在炕上拉屎拉尿的人，而且一躺就是两年，这让老伴儿难受死了。

铁匠爷一做完礼拜，就祈祷老伴得个好无常，不受病痛的折磨，平静地归于主，可是真主的事谁能说得准呢？

这一天，哈木宰奶奶的精神好了起来，她吃了半碗馍馍，又让赛力麦扶起来靠着被子坐了一会儿。看赛力麦出去了，哈木宰奶奶对铁匠爷说："老阿爷，我可能给你当不了伴了，我感觉不好，我先走了，我坟旁你给自己留一个坟，这样后世里我们不孤单。我走后，你可能要受点苦了。让哈木宰回来后给我上个坟，你也不要再守在马六十三的门口，那是真主决定的，不是人决定的。"

铁匠爷哽咽着："先别说这样的话，真主的口唤还没到呢！"铁匠爷摸了摸哈木宰奶奶的脉，半天没说话。

第二天，铁匠爷叫来赛力麦和赛力麦的母亲，让她们帮忙好好地给哈木宰奶奶洗个大净。

洗完大净后，又换上了干净衣裳，赛力麦母亲悄悄地对赛力麦说："阿奶可能要走了，你看脸色土沉沉的，也就是两天的时间。"

第三天时，哈木宰奶奶向赛力麦要了一口水，说："哈木宰怎么还不回来呀？我见不上我的孙子了。"一句话惹得大家都哭了，过了一会儿，哈木宰奶奶念着清真言咽了气。

哈木宰家里老的老，小的小，没有个男人出头露脸办葬礼。可是村子里的青年人全部出动了，打坟、站殡礼，一样都没缺，体体面面地把哈木宰奶奶葬礼办完了。

这一天，铁匠爷刚从坟上回来，突然遇到了同哈木宰一块儿去抗日的马振海，马振海抓住了铁匠爷的手，说了一个赛俩目。

铁匠爷说："你回来了，我孙子哈木宰回来了没有？"

马振海说："哈木宰还没回来，他好着呢，你家的大白马也好着呢！"

铁匠爷说："赞美真主！"

马振海说："我这次因为跟孟副师长领战马才回来，过两天就走，你有什么话要给哈木宰说吗？"

铁匠爷想了半天说："就说大家都好着，对了，你别给哈木宰说哈力麦和他奶奶去世的事，就说我们活得好好的，粮食也够吃。"

马振海沉吟了半天："不知有句话当不当说。"

铁匠爷说："你说，你说！"

马振海说："马哈三和马有路跑到新四军那边去了，听说马哈三在暴动中被人砍死了！"

铁匠爷说："出了这么大的事？这算不算逃兵呀？会不会捉住枪毙呀？

打花战刀

会不会到我家来要人呀？唉，这真让人难心死了！"

马振海说："人都跑了，还能抓住呀，听说马有路到那边还当了官。您老人家放心，不是还有哈木宰吗？"铁匠爷还想问点什么，可马振海说有事，匆匆忙忙走了。

铁匠爷把这些事告诉了赛力麦和赛力麦的母亲，赛力麦和赛力麦的母亲哭了一夜。第二天，她们烙了一些油香到清真寺里舍散给小孩子们。紧紧张张地给哈木宰准备了一些东西，拿到了马振海家，可马振海一大早就走了。

赛力麦临出门时，马振海媳妇叫住了她，想了半天又让赛力麦走了，赛力麦不知马振海媳妇想说什么，就回了家。

哈木宰奶奶去世后，赛力麦的负担小了点，赛力麦母亲专门操心孩子和铁匠爷，赛力麦操心着自家的庄稼。

这天，赛力麦到地里拔点草喂牛，路上遇到了马振海媳妇，马振海媳妇说："听说你男人在那边好得很呢！"

赛力麦说："阿爷都给我们说了！"马振海媳妇看看赛力麦的脸，想说又不敢说，最后终于咬了牙说："我也是个女人，这话我知道不应该说，可我是个直脾气，话堵在我心里，我急的不行，还是给你说了吧！"

赛力麦一头雾水："嫂子，你说！"

马振海媳妇说："我男人说，你男人在那边找了个外地女人，那边大家都传遍了。"

赛力麦晃了一下，世界在她眼前轰隆一声塌了下来。

马振海媳妇看赛力麦脸色不对："不过眼见为实，耳听为虚，出门当兵吃粮的男人嘛，哪一个猫不偷吃呀？想开点。"

赛力麦不知道自己是怎么回家的，她真想一头跳下石崖，让自己在空中高高飞去，可一想到哈木宰年迈的爷爷、自己的母亲、两个孩子，还有教规，赛力麦就把这事埋在了心里。

晚上等大家都睡着了，赛力麦把头捂进被子里哭，突然一只粗糙的手摸到她脸上，是母亲！她还醒着。她说："我早知道了！"赛力麦再也忍不住了，又不敢大声哭，就枕着母亲的手尽情地哭了一夜。

赛力麦母亲只淡淡地说了一句："摞到高处的石头总会落的，别太在意，舌头底下压死人哩，只不过是别人的议论嘛！"从此，赛力麦又多了一份苦涩心事。

铁匠爷还是一如既往地守在马六十三家门口的大石头上，他相信马六十三一定会回来，他一定能报孙女的仇，他铁匠爷的孙女不能就这样不明不白地走，哪怕马六十三死了，也要抽他几个耳光。

铁匠爷在马六十三家的大石头上把他的这一生想了一遍又一遍。他从一个嘴上没毛的孩子变成了满脸青钢色胡子的青年，最后又变成一把花白胡子的老头，人说老就老了，像下坡的车，拉都拉不住。

回头看看埋着老伴的坟地，坟地酣睡在日头下，尕拉鸡儿不时咕咕地叫几声，又突然扑噜噜地飞起来，没飞多远，又落下去，惊得草丛里的虫子猛然停止了歌唱。但虫子们都是急性子，憋不住了，又喊烂嗓子叫烂肺。

他想，睡在这里也是件幸福的事。他是从什么时候喜欢上这个坟地的呢？他似乎想不起来了，但这怎么可能忘了呢？人也怪，越是重大的事，就越容易忘记。他还是想起来了，正是从他儿子、儿媳妇去世开始，一直到老伴儿去世，他才喜欢上这坟地的。

算过来这儿成了他的后花园，要花有花，要草有草，要树有树，还有鸟儿的歌唱，还可以看到许多小生命来来去去，匆匆忙忙。他老伴儿就睡在这儿，睡了好长时间。他也想了一个办法，在老伴儿坟旁壅起一座坟堆，这是属于他的。

只有走进坟地，铁匠爷的心才能平静下来，他可以想很多的事，想有老伴儿时幸福的过去，想自己将来的去世，也常想睡在这平静的坟地里，但这是真主的事，他没办法，也不能找办法。天怕秋来寒，人怕老来难。

折花战刀

活着的确需要靠勇气，尤其像他这样没了老伴儿的人，需要更大的勇气。他感谢这坟地，这些念想让他在这阳世上苦苦挣扎了几年。

坐在马六十三家门口的大石头上，他一抬头就能望见那片向阳的坟地，日头正温暖地照在那块坟地上。当小村还在沉睡，日头从山上摇摇晃晃地爬上来时，老伴总是第一个看见阳光，又最后一个送走阳光，他就有点羡慕睡在那坟地里的老伴了。

好久以来他都看习惯了，不看看，他会心慌。坟地还是老样子，一闭上眼，他就能说出坟地上的事，比如老伴儿坟旁的那棵小树上拴着一只羊，眯着眼，卧在草丛里，在它尾巴旁边，开着几朵蓝莹莹的左扭根花，旁边还站着几根柴胡，随风摇啊摇的。

当又一天的日头照常升起，铁匠爷又坐在马六十三家门口的大石头上，日头越来越高。迷迷糊糊中他看到几个人赶着一辆马车走了过来，马车竟然停在了马六十三家门口。

几个人正从车上往下抬一个人，铁匠爷站了起来，往车里看了一眼，竟然是马六十三！铁匠爷说："我的真主啊，这是马六十三吗？"只见他半个脸都肿了，右脸上一道吓人的刀疤，那刀疤深得能见到白瓷瓷的骨头，好像菜瓜上砍了一刀，歪歪斜斜的，左胳膊可能断了，耷拉在一边。

村里人说："就是马六十三，他抢东西时，被人家抓住了，打了一夜，最后扔到路边，被我们发现，给你拉过来了！"

一个年轻人说："铁匠爷，你不是等马六十三吗？他来了，也快断气了，没力气了！君子报仇十年都不晚！"

铁匠爷说："断气了？"铁匠爷终于等到了这一天，马六十三终于出现了。

铁匠爷握紧了手杖，使劲往地上捣，捣出了几个深窝窝。他此刻可以顺顺当当地把刀子从手杖里抽出来，为了做这把手杖刀，他瞒了每个人。

打好手杖刀后，他试了好几次，总是在夜里试刀。最初练刀时，总没有感觉，已经不比以前了，他觉得他的力气被人偷了，一夜之间偷得光光的。

可再老的刀子也是把刀子，铁匠爷慢慢琢磨怎样在短时间内把全身力气用在刀子上，让刀子顺顺当当地砍过肉体，刺进软肉里。在无数个夜里，他想象着刀划过马六十三身体时软软的感觉。

真主跟他开了玩笑，给他送来了一个半死不活的马六十三！而且是马上断气的马六十三！

看着快要断气的马六十三，铁匠爷手足无措，两只手紧紧握住手杖，又松开，握住又松开。

大家看着铁匠爷，都知道铁匠爷每天在大石头上等马六十三，也盼着马六十三能死在铁匠爷手中。欠债还钱，杀人偿命，他们也都准备着随时制服马六十三，帮铁匠爷一把。

铁匠爷说："唉，快抬进去，面朝西方。那个谁，你去我家拿古兰经去，马六十三可能熬不过今晚。"

大家不情愿地简简单单地给马六十三洗了洗。看到马六十三内裤破得不成样子，羞体都出来了，铁匠爷给马六十三换了一件自己的新内裤。

铁匠爷的手杖刀就放在马六十三身旁。

半夜时分，马六十三醒过来了。看到铁匠爷，马六十三哽咽着说："阿爷，我把哈力麦亏哈了，你给我个口唤！"

铁匠爷沉默了半天说："我给你口唤，你向真主忏悔吧！"

马六十三说了几句，开始咽气了，铁匠爷在耳边给他提念清真言，可是马六十三总念不全，铁匠爷就一遍又一遍地重复。

凌晨三点，马六十三死了。

第二天，大家看在铁匠爷的面子上，给他洗了大净，站了殡礼，铁匠爷再也不去马六十三家的大石头上了。

4

远处的乌云在天空翻滚着，向展沟方向涌来，哈木宰正忙着收庄稼。

乌云在哈木宰的头顶一层一层地堆积起来，越堆越厚，越堆越黑，天空里的闪电一道快似一道。横贯天空的闪电似乎要把展沟的天空劈成两半，北面的云开始向南面横扑过来。

哈木宰见势撒腿就跑，跑到营房时，雨就从天空砸下来，先是雨点，后来变成雨条，最后变成雨道。地上积起了水，只一眨眼的工夫院里的水便争先恐后地向排水沟扑去。

展沟集东面的西淝河暴涨，发出惊心动魄的轰轰声，南面的大沟和茅沟里的水也不甘示弱，拼命向西淝河里扑，北面的苏沟一改往日的文静，张牙舞爪，气势汹汹地向西淝河汹涌而去。

从上游方向扑来的西淝河洪水一浪一浪地汇聚到展沟东湾的老龙涡，此时的展沟集三面被洪水包围。

情况紧急，骑八师马步康师长和政治部主任卢广伟命令骑八师兵分三路抗洪救灾。骑兵一团奔向茅沟、南大沟，骑兵二团奔向北面苏沟，步兵三团则在集东密切注意着西淝河，注意着西淝河里来往的船只，全力保护展沟百姓和过往船只。马步康师长一行则和官兵一道日夜检查三条沟河堤坝。

暴雨下到第三天时，乌云才慢慢散去，天空绽放出笑脸，此时展沟集北面的泰山宫由于受到洪水的不停冲刷，东西两侧的厢房全部倒塌。展沟中心小学就在这座寺里，中心小学成为一片废墟，幸好没有人伤亡。此时李秋叶已调到骑八师政治部宣传队里，母子平安。

展沟集受了这次水灾之后，民穷财尽。因泰山宫内东西厢房的倒塌，展沟中心小学无力复课，教师们也一筹莫展；灾后展沟的老百姓忙于补秋种；骑八师的官兵们拼命加固苏沟、茅沟。那些学生们停课在家，成天到处乱跑。这可急坏了王校长，他连夜去凤台、区公所，可是国难当头，加上日本鬼子的大扫荡，资金缺口很大，到处困难。

王校长又找到骑八师政治部主任卢广伟，卢广伟一向重视教育，就把这事报告给马步康师长，马步康师长在全师召开了捐款捐物动员大会。会上，马步康、卢广伟先捐了银元，其他官兵也都倾力相助，一时竟也凑起了不少钱。

卢广伟负责小学学校的修建，启用了人力物力，拉砖运瓦。在倒塌的废墟上，骑八师部队和当地百姓日夜劳动。终于在孟秋之前，一溜九间坐东朝西的砖瓦教室立在原来的废墟上。骑八师官兵修复了泰山宫的东西厢房，马步康师长和卢广伟出资购置了一百二十张新课桌，九月一日这天，学生朗朗的读书声在焕然一新的校园里回荡。

学校开学了，条件艰苦，一些老师又走了，学校缺了很多老师。卢广伟主任将自己刚从北京大学毕业来看望他的大儿子卢大修派到展沟中心小学当义务教员，还从骑八师中抽出一批初中文化的官兵，轮流到学校任教员。马步康和卢广伟还抽时间到学校作形势报告，要求教员授之以新法。

折花战刀

洪灾过后必有瘟疫。这几天哈木宰的大白马开始腹泻，治了几次都治不好，眼看膘快掉完了。哈木宰急得拔指头，他自己到处打听，可是总找不到医生。

一天李秋叶突然来找哈木宰。李秋叶说："我找到一个兽医，医术高明，就在展沟集北头，叫侯敏公！"

哈木宰一听，拉着大白马跟着李秋叶找侯敏公，大白马拉了几天肚子，脚底不稳，哈木宰只好走一阵缓一阵，牙长的路竟然走了大半天。

李秋叶说："这几天你也没来看看你的干儿子！"

哈木宰说："这两天忙死了，堵水坝、修学校什么的！"

李秋叶说："我给你缝了件衣服，你看合不合身。"边说边把衣服递给哈木宰，哈木宰的脸一下红了，他连忙左右看了一下，发现由赛尔阿訇正迎面过来。哈木宰连忙把衣服塞到马褡裢下。

李秋叶不高兴了，说："你那么一塞，衣服会皱的，一件衣服而已，看把你紧张的。"哈木宰拉着大白马在前面走，李秋叶跟在后面走。

这个兽医还真厉害，骑八师的病马都在他那儿看。大家一看哈木宰和李秋叶过来，都望着哈木宰笑。他的脸更红了，从看病到抓药哈木宰没抬起过头来。

回来时，李秋叶没跟哈木宰一块儿走，她先走了。大家就朝哈木宰开玩笑："怎么，这个干爹当得还不行呀！干妈扔下干爹跑了！"

哈木宰说："胡说什么呀，那是韩来臣的媳妇！"一提起韩来臣，大家顿时不说话了。

大白马终于治好了，哈木宰刻意去集上买了点豌豆，又用石头砸碎，放到马槽里，怕其他马抢，大白马受欺负，就捧到马料袋里，给大白马套上。看着大白马咯嘣咯嘣咬得香，哈木宰心里的一块石头才落了地。

可能是吃错了什么，过了两天，哈木宰也开始上吐下泻，一天往厕所里跑好几趟，渐渐脸色发白，腰酸得直不起身来，躺倒在炕上。

李秋叶好几天没见到哈木宰，以为他在生她的气，后来才听说他拉肚子下不了床，就拿着几副中药过来看哈木宰。李秋叶一看到炕上的哈木宰就说："大白马站起来了，你又躺下了，我就是个操心的命呀！"说完就到炊事班去熬药去了。一会儿端了一碗药过来，逼着哈木宰喝下，又在哈木宰身边坐了一会儿。

李秋叶说："你是我儿子的干爹，将来我儿子得靠你了，你可不能倒下。"

周围的战友们哧哧哧地笑了起来，又把哈木宰弄了个大红脸。看着哈木宰手足无措的样子，李秋叶笑了笑，嘱咐了药的吃法，走了。

战友们就学着说："你是我儿子的干爹，将来我得靠你了，你可不能倒下。"

哈木宰脸沉下来说："胡说，那是我兄弟韩来臣的媳妇！"大家各自走开了。这药还真管用，只吃了一副，就不拉肚子了，两天就能走路了。

一打听，原来是展沟李桥口边小李庄的李雅白中医，后来马步康师长也得了这种病，还是李雅白治好的。看他医术高明，就被高薪聘为骑八师专职医生。

此时展沟集洪水刚过，街道上一片狼藉，到处是洪水冲过的痕迹，李雅白就说瘟疫是由于洪水的原因。马步康就让全军抓卫生，组织骑八师官兵打扫卫生。张楼是骑八师师部所在地，马步康把张楼的卫生搞得干干净净，当地老百姓，个个都竖起了大拇指头。

展沟集上的卢主任也不甘示弱，安排士兵打扫卫生，哈木宰一天到晚扛个扫帚、铁锨到处扫地、铲垃圾，忙得头晕眼花，每条街道打扫得如同镜面。

展沟的宋井孜又迎来了一个晴朗的天气，孙桥北岸两边是红高粱，中间是长长的过道，茂密的高粱像两道屏障立在公路两旁。

远处传来了吱吱咕咕的响声，路上走来了二十几个人，他们推着独轮车，车上装着盐。他们从阜南县来，将这批食盐运往宿县、池村、河溜、龙亢一带支援抗日。这二十几个人边走边说笑，有人还说了个寡妇的故事，一伙人就放肆地笑起来，笑声惊飞了两边的鸟。

突然一声枪响，大路东西两边的高粱地里跳出来七八十个拿枪的土匪，团团围住了这支盐车队，大家都吓呆了。有些人想动，但马上遭到殴打。

土匪围住每个人，把大家的货物、盘缠洗劫一空，拉盐车的车夫一看情况不对，连忙丢弃盐车逃命。二十几辆支援抗日的盐车被打劫一空。

有人向当地保长宋孝悌告了这件事，为慎重起见，宋孝悌连忙骑着驴出发朝东北方向走，一直走到骑八师张楼报信，把支援抗日盐车被劫一事详详细细告诉了师长马步康。

师长马步康一听，勃然大怒，骂道："日奶奶，竟然有人在我骑八师的防区打黑枪，来人！传特务连紧急集合。"

紧急集合号一吹，特务连连人带马站在师长面前，骑兵三件宝，战马、步枪、战刀样样不少。马步康命令特务连长马亮带队前去剿匪，特务连兵分三路，在宋保长的带领下，向土匪经常杀人越货的地方奔去，急促的马蹄扬起了一路尘土。

土匪们正推着盐车向他们的土匪窝——老狼窝走去。土匪头子叫宋郎，因心狠手辣，人们就叫他老狼。在当地，老狼臭名远扬，坏事都做尽了，当地老百姓就说："什么时候有一支打狼的枪呀？"

看着装得高高的盐车，土匪们兴高采烈，有人还唱起了小调。经过宋井孜时，老狼看看时间不早了，喊了一声："大家进店，吃好喝好！"土匪们欢呼一声，钻进几个饭馆里，要了菜，要了酒，满满摆了一大桌，还没开吃，有人就提议喝酒，几杯下肚，土匪们大声划起拳来。

集东突然跑来一个土匪哨兵，跑得慌慌张张，一进门差点摔在地上，他大声喊道："大当家的，不——不——不好了，我们已经被马回子军的马探给盯上了，弟兄们快跑呀！"

听到马回子军已经到了，土匪们个个心惊肉跳，扔下筷子朝门外跑，有的还丢了枪，重新回店来拿，有的分不清东南西北，被老狼踢得嗷嗷乱叫。

土匪们缓过神来，兔子一样向老狼窝逃去。

老狼选的地方很有讲究，老狼窝周围全是密密麻麻的高粱，中间搭了两间茅草大庵棚，一口土井，一间灶房，还有一处水塘。老狼窝南面有茅沟，东面、西面、北面的自然沟形成了一个井字形。他们白天睡大觉，到了晚上通过水路出没于周围村庄打劫做案。

这次负责侦察老狼窝的是一个姓李的班长，他带了三位骑兵，过了宋井孜通往宋老荒的一座木桥。

老狼窝被密密层层的高粱包围着，周围高粱有几十亩，要想找到土匪的藏身之处确实是难上加难。高粱地里一片死寂，找不到准确方位，而土匪随时可以从高粱地里打出冷枪，看着这地形，怪不得老狼自夸他的老狼窝易守难攻，这高高密密的高粱就是他们的堡垒。

李班长从木桥向东沿着茅沟进行侦察。白马驮着李班长来到了赵家坝，此处地形复杂，一看就是埋伏的好地方，为安全起见，李班长让三位骑兵在堤坝下面走。

他知道自己今天不当个活靶子的话，是引不出土匪来的。白马不紧不慢地在堤坝上往东走着，人高马大，在密密的高粱地中白马很显眼。很快李班长就被隐藏在高粱地中的一个土匪暗哨发现了，这个土匪暗哨发现只有李班长一匹马、一个人后，欣喜若狂，想到机会终于来了，这可是个立功的好机会，杀了人就可以夺马夺枪。

暗哨把枪对准李班长，扣动扳机，可枪打偏了，没打着李班长。土匪暗哨没想到，骑八师的战马都是经过了特殊训练的，一听到枪声，李班长的战马双耳一动，卧倒在地，挽救了主人的性命。

枪声立即暴露了土匪的藏身之处，正在宋井孜北观察匪情的马连长听到枪声后，命令全连骑兵风一样奔向枪响的地方，锁定目标，将整个老狼窝团团围住。

战马精神抖擞，不停地原地踏着碎步，而高粱地里一片寂静。

马连长让骑兵喊话："宋郎，你听着，兔子不吃窝边草，可你不但吃了三王，占据了老荒，如今又打劫了抗日盐车。只要你率部下缴械投降，争取宽大处理，你们还有出路。若有反抗，我骑八师就踏平老狼窝，杀尽狼窝里所有的豺狼！"

那骑兵喊了半天，里面竟然一点动静都没有。

李班长又率领三个马探冲进高粱中间唯一的一条路进行侦察。突然李班长发现了朝他开枪的土匪暗哨在那里露了一下头，他便顺手一枪，击倒了那个土匪暗哨，可那一枪并未击中土匪要害。

李班长正要下马去摘那土匪的枪，土匪在那里装死，看到机会又来了，举枪向李班长开了一枪，李班长中弹倒在了陪伴他多年的白马背上，鲜血染红了白马的前腿。机警的白马很快将李班长的遗体驮出了高粱地，三个马探见情况不明，也退出了高粱地。

看到白马驮出了已牺牲的李班长，顿时激怒了特务连的士兵。马连长一声令下："踏平高粱，为李班长报仇！"

全连战马全部跑了起来，顺着包围圈转圈，用马蹄将高粱秆一根根踩倒踏平，包围圈一点一点地缩小。

不一会儿，战马接近了那个已负伤的土匪暗哨，一个骑兵马探用战刀压倒土匪，另两个人把土匪绑好驮往展沟。

战马踩平的面积越来越大，已能隐隐看到中间的大庵棚，而那些土匪还在抵抗，他们等着天黑利用水路进行突围。

马连长明白了土匪的企图，喊了一声："吹冲锋号！"

军号吹响了，战马一听冲锋号吹响，双耳竖起，精神大振，特务连的手枪、步枪、机枪不停地扫射，将眼前的高粱地全部扫平，只留下中间的大庵棚。

"扔手雷！"马连长又下了命令，骑兵们将从鬼子手中缴获的手雷扔向大庵棚，轰轰声此起彼伏，大庵棚着火了，把棚里棚外的土匪烧得嗷嗷乱叫。

又一轮手雷扔了过去，包括老狼在内的土匪全部被炸死了，庵棚里外到处是土匪横七竖八的残肢，满地流淌的鲜血把中间那口水塘染红了。特务连收集了土匪的枪支，又割下了所有土匪的头，带回了展沟。

第二天骑八师砍下了那个土匪暗哨的头祭奠李班长，随后骑八师的官兵把土匪的头用铁丝麻绳串起来，挂到西淝河五孔大桥东西两边的柳树上，杀一儆百。

可是老百姓都说："这样做太吓人了，许多娃娃们吓坏了，而且一到下午就有了气味了！"卢广伟主任听说后就下令把土匪头埋掉了。

折花战刀

又到了中秋节，展沟集的百姓一片忙乱，有果树的人家忙着摘果子，没有的也从自家的地里摘点土特产，在院子里摆一张桌子供月亮。

骑八师的汉族士兵开始准备月饼、水果过中秋，之前展沟的百姓们给骑八师送来了许多好吃的。抗日时期正是老百姓困难之时，骑八师坚决不要百姓的东西，可是百姓们总把东西放在营房门口，一问谁也不清楚是谁放的。老百姓们说骑八师给他们演戏，给他们看九曲黄河灯阵，这点心意骑八师得接受。

回族士兵们也跟着沾光，吃点果子解解馋。

因为韩驼泉要看枪，哈木宰只好通过由赛尔阿訇说情，让宣传队李秋叶娘俩儿也到哈木宰班里一块儿过中秋。

月亮升起来了，只一会儿时间就爬到树梢上，笑眯眯地坐在树梢上望着展沟。这时汉族士兵表情严肃起来，摆上月饼和西瓜，点上香，对着月亮磕起头来。

哈木宰静静地望着他们起起伏伏的身子，月光洒在他们的身上，想起此时他们的家人也在祭月，哈木宰心情沉闷起来。

祭完月后，哈木宰挑了一个最大的苹果给了韩驼泉。有人就让哈木宰唱个花儿，哈木宰就唱了起来：

日本鬼子造反了，

他变成野滩的鬼了；

山高路远着回不了，

尸骨儿化成灰了。

阿哥们从军着抗日哩，

横枪匹马地过哩；

打垮日本了回家哩，

尕妹俩一处儿坐哩。

大家都不说话，静静望着月亮越升越高。

时间不早了，韩驼泉在李秋叶怀里睡着了，李秋叶站起来说："我要走了，哈木宰你送送我吧！"

大家都说："哈木宰去送送，大黑天的不安全。"哈木宰扭扭捏捏地站起来送李秋叶出去了。

空气里飘来了高粱的香味，混和着说不清、道不明的味道。哈木宰在前面走，李秋叶在后面走，渐渐地李秋叶跟不上了，李秋叶说："你抱会儿韩驼泉吧！"

哈木宰抱过韩驼泉，往前走去，两边是无边无际的高粱，两人的影子投在这条路上，他们身后是大大的圆月亮。

李秋叶说："要是一直这么走下去多好呀，没有痛苦，没有炮火！"说着说着就挽住了哈木宰的胳膊。

哈木宰哆嗦了一下，突然想起那个有大圆月亮的夜晚，他和扎西，还有卓玛坐在草原上。也就在那个晚上，卓玛送给了他最宝贵的礼物。可现在扎西已去，他身上还带着写着扎西名字的纸条，还没有送到佛寺，卓玛也走进雪山，不知去向，再后来连韩来臣也走了。

哈木宰重新抱了抱韩驼泉，借机挣脱了李秋叶的手。此时韩驼泉的脸在月光下十分惹人喜爱，胖嘟嘟的小嘴，直直的鼻梁，哈木宰轻轻地亲了韩驼泉一下。此时哈木宰心里已举了意，不管将来发生什么，他一定要把韩驼泉抚养成人，不改姓也不改名。李秋叶看到这里，眼光化成了水，在哈木宰身上绕来绕去，又不自觉地把手放在哈木宰的胳膊上，哈木宰没有躲避。这一刻，他明确了自己和李秋叶的距离，嫂子，对，就是嫂子！

李秋叶说："要不你娶了我？！我怕，我怕再一次失去你！"

哈木宰说："我家里还有媳妇，怎么娶你？你是我嫂子，是韩来臣的媳妇！"

李秋叶说："我怕你嫌弃韩驼泉，我怕没人照顾韩驼泉！"

哈木宰说："你放心，有我一口饭，就有韩驼泉的一口饭，他是韩大哥的儿子，也是我的儿子！"

李秋叶顿时泪流满面："唉！不是我想要你，我是怕你憋坏了身子！"

哈木宰没说话，两边是黑黑的高粱地，高粱的香味正疯狂地冲向哈木宰和李秋叶。

再转一个弯就到了宣传队，李秋叶接过孩子，突然说："你说过要带我回去看骆驼泉的，不许撒谎！"

哈木宰重重地点了点头："一定！"

哈木宰回去了，大家说笑："这么快，也不多陪陪干妈！"

哈木宰说："又开始胡说了！那是我的嫂子！"

又一个人说："哥哥走了个好的，嫂子就是我的！"

"啪！"一声，哈木宰把小藏刀插在桌子上，"韩老哥走了才多少天，你们就这样说！"其他人一看，知道说错了话，就纷纷睡下了。

时间过得真快，转眼就到了1943年孟秋之时。

全国的抗日形势发生了变化，又一个斋月结束了。开斋节过后，骑八师奉命离开展沟集，换防到西马店驻扎。消息一出，展沟集的人们每天谈论的就是骑八师的换防，骑八师驻防时期，土匪都躲得远远的，骑八师一走，情况就很难说了。

一些人到张楼说情，不让骑八师走，可是军令如山，谁都不能违抗。

李秋叶属于骑八师聘请人员，骑八师一走，宣传队解散了。李秋叶又重新回到展沟小学教书，这让李秋叶感到她回青海的事又一次变为泡影，她唱的歌没有了往日的欢乐，鼓舞人心的歌曲也被她唱得悲伤绝望。

骑八师临走的前一天，李秋叶准备了一桌菜，给哈木宰送行。

送行嘛，就得做丰盛一点，李秋叶把自己的一点首饰典当出去，早早去了集市。展沟集被日头镀上一层金黄，李秋叶在集市上买了点鸡蛋，她还想买点羊肉，走到羊肉摊前，又怕羊肉不是骑八师阿訇宰的，犹豫了半天没买。走了半天，在一个渔翁面前停了下来，鱼是刚从西淝河捕的，身上还闪着光泽，带着西淝河特有的腥味。渔翁摆的鱼不多，她挑过来挑过去地让渔翁生气了，看在她是小学老师的面子上，渔翁没有发作。李秋叶知道哈木宰喜欢吃面，又做了面条。

望望窗外，日头还高着呢，剩下的时间她就耐心地准备做饭。准备了大半天，怕鱼不新鲜又把鱼泡在水中，看时间差不多了，才开始收拾鱼，等待着哈木宰的到来。

李秋叶先剪掉鱼的尾巴、鳍，又剪开了鱼的肚子，里面是一堆黑乎乎的内脏，这让她不知道该先从哪儿开始。说实话，收拾鱼还是韩来臣在行，韩来臣在时常说他们青海湖的湟鱼十年才长一斤，吃起来那个香呀！韩来臣那夸张的神态让喜欢吃鱼的李秋叶想马上飞到青海。李秋叶叹了一口气，望望窗外，日头快落山了，给窗外的椿树洒了一身的金粉。

李秋叶有点焦急，她今天已请过哈木宰了，他该不会忘了吧？可转念一想，哈木宰今天可能正在准备东西，光收拾东西也得一天。

李秋叶收拾鱼的时候，不小心把手给弄破了，丝丝鲜血渗了出来。外面渐渐黑了下来，西汜河的水声在渐渐加深的黑色中越来越清晰，可是哈木宰还没来。

韩驼泉喊饿，李秋叶就哄他，说再等等干爹。

实在等不住了，韩驼泉大哭起来，李秋叶心烦意燥，就骂道："吃吃吃，一天光知道吃！"看着韩驼泉哭得喘不过气来，李秋叶也忍不住哭了起来，给韩驼泉吃了点东西，哄他睡着了。

月亮升成一人高了，还不见哈木宰的影子，李秋叶叹了一口气。今天哈木宰不来了，她失落起来，自己热脸贴了个人家的冷屁股，乱想了一阵，觉得这个夜确实太长，洗了个小净，做完礼拜后，李秋叶做出了一个决定。

第二天，日头挂在东边树梢上时，骑八师的部队动身了，他们要开到西马店。队伍从师部张楼一直排到了展沟集东关，远远望去，骑兵骑着战马，背着枪，挎着战刀，一个个威风凛凛，那一股股的精气神从战马的眼睛里一个劲儿地往外冒，再加上青海的撒拉族、回族士兵的高鼻梁，让一些大姑娘们看直了眼。据说这次换防还真跟走了几个大姑娘，结了好几对好姻缘。现场不少年轻小伙子也被这种气氛感染，参加了队伍。

哈木宰骑着大白马，看着两边的人群，望了半天，却看不到李秋叶母子俩。部队今天走，她们不可能不知道。在哈木宰看来，展沟的百姓似乎全到了，就差她俩了。哈木宰望了一阵，失望地梳理着马鬃毛等着出发，大白马不时回回头。

队伍在五孔桥前停下了，往前看去，远远能看见五孔桥上站着区长王子琦和王校长。

看到师长马步康、政治部主任卢广伟登上五孔大桥后，区长王子琦和王校长就揭开了旁边石碑上的黄绸子，这时大家才注意到五孔桥上南北立了两块碑。

那两座石碑底座高一尺，碑高两米，这是展沟百姓给师长马步康、政治部主任卢广伟立的功德碑。

一通是《赞马氏步康师长功德碑》，上面刻道：

文州西北，柳下之乡。青骑八师，号称回帮。民国庚辰，马彪崇蒋……步康上任，驻扎展张；枪决李、赵，军威大扬；筹建庠序，宣传演唱。癸未庚申，土匪猖狂；八师出击，动用机枪。实施包围，秫稞战场；血溅狼窝，土匪杀光。士农资助，竖碑工商；爱民如子，唯有步康。

师长马步康看完此碑，声泪俱下，他知道这里的习惯，一般是不会给人轻易树碑立传的，他马步康自从到皖北，也没看见过老百姓给汤恩伯的军队立过碑。他是回族，鞠躬对于他不适宜，因为只在礼拜当中可以鞠躬，他就对着老百姓行了一个长长的军礼。

北面石碑是《颂卢氏广伟主任功德碑》，碑文上刻道：

皖山峨峨，淝水泱泱；卢公之德，山高水长。

这简单的几个字，让这位东北满族硬汉热泪盈眶，卢广伟取下眼镜，不停地擦着眼睛，向老百姓深深地鞠了三个躬。

"开拔！"马步康一声令下，骑八师缓缓地向西马店走去。这时，最后面的队伍乱了起来，师长马步康皱了皱眉头。

只见从后面拖来一个背着儿子、抱着大包小包的妇女，哈木宰不看便罢，一看吓了一跳，原来是李秋叶。

她一直跟着部队走，特务连的人以为是日军探子，就抓到马步康师长跟前来了。哈木宰为李秋叶捏了一把汗，他知道李秋叶是追着他来的，他这时真不知道怎么帮她。

当马步康问到情况时，李秋叶说："我男人是骑八师的人，我也算是骑八师的人，如今他牺牲了，可我还是骑八师的人！"说完哭了起来。

马步康便追问了情况，可是师部的人都不知道有个韩来臣。这时哈木宰纵马上前，说了韩来臣的情况，还说到了韩来臣在蒙城牺牲的情景，说韩来臣牺牲时身上被刺了三十二刀，可是他一手拄着枪，一手还挥着战刀。

马步康听了说："命令卫生队，留下这个女人！"

李秋叶哭了起来，哈木宰说："哭什么，还不谢谢马师长！"

这时马步康已远去了，李秋叶骑在哈木宰的大白马上抱着儿子向西马店方向走去。

6

1944 年 4 月的一天，阳光笼罩着利辛县西马店镇，当初骑八师从展沟换防到这里，其中一个原因就是马步康师长认为这个名字里有个马字，好听。

经过死缠硬磨，加上李秋叶有文化，李秋叶终于如愿被安排到师部医院当护士。在那里，李秋叶见到了战争的另一面，一天到晚泡在血水里，有些战士能救活，有些战士救不活，她的心在痛苦中煎熬，话慢慢少了起来。

哈木宰所在的一团离师部不远，这样，他随时都能回到医院看韩驼泉。见到哈木宰，韩驼泉就喊着要骑马。哈木宰抱韩驼泉一上马，大白马就在路上飞快地跑起来。李秋叶还没来及说慢点，大白马就消失在尘土里了。

韩驼泉才四岁，可他和别的小孩不一样，当地的小孩一骑上马要么吓得哇哇大哭，要么紧闭着双眼一动不动。韩驼泉骑在马上却能随着马的起伏调整身体，杏子样的大眼睛望着前面，那样子、那姿势像极了韩来臣。哈木宰把韩驼泉揽在怀里，觉得这孩子不一般，长大后又是一个儿子娃娃。

回来时李秋叶做好了面片,哈木宰吃饱后向驻地纵马而去。经过一个镇,哈木宰买了一把木头刀,等下次带给韩驼泉。

一回到驻地,发现大家正在收拾行李,连长一见到哈木宰就骂道:"快点收拾,今晚我们就开拔!"

哈木宰问道:"我们到哪儿去?"

连长说:"日奶奶,多嘴多舌的,你问师长去!"

哈木宰收拾好东西,想了想,把木头刀也塞进了马褡裢,等路过师部时捎给李秋叶。

可是一点机会都没给哈木宰,他们一团和二团骑兵在马步康师长、卢广伟主任的带领下,向展沟方向奔去。

跑了一阵,哈木宰望望前面的人,又望望后面的人,不由笑了。前面的人衣服干干净净,后面的人一个个灰头土脸,战马扬起的土罩了后面战士一脸。哈木宰和牛大个开了个玩笑,说他是"土老鼠",牛大个几句话回了过来。

1944 年,世界反法西斯战争欧洲战场形势发生了转折性变化,德国希特勒失去了往日的嚣张,几次重大战役受挫,美英在欧洲开辟了第二战场,德意军队处于防守局面,日军在太平洋战场上与美军交锋连连失利而元气大伤。日军迅速改变了战略,提出"以战养战"的方针,企图以中国的人力、物力来支撑太平洋和远东战场。

1944 年 4 月,为了打通交通线,日军提出了打通大陆交通线的"1 号作战计划[①]",其中豫中会战是该计划的一部分,日方称该阶段为"京汉作战"或"河南会战"。日军华北方面军司令官冈村宁次亲自指挥 14.8 万日军,动用坦克、装甲车 691 辆,击溃了中国第一战区蒋鼎文、汤恩伯部八个集团军约 30 万人,占领了河南大部,攻占了河南洛阳,又重占该线水陆码头的据点——漯河。

---

① 1 号做战计划:中方称豫湘桂会战。

此时哈木宰不知道，一份密电让他们即将面临一场恶战。

紧急电报发到了苏豫皖边区总部：

连日来发现敌人从徐州等地调集兵力，正在寿县、正阳关地区集结。

军区司令部经过综合判断，认为当下敌人的主攻方向可能由颖上县指向阜阳。日军即将发起进攻，这让驻守阜阳的廖运泽改变部署，放弃涡河防线，集中主力于阜阳附近地区，全力保卫阜阳。

为保卫阜阳，苏豫皖边区总部调马步康骑八师赴颖上县一带，归属廖运泽麾下，作侧翼掩护，保卫阜阳。

自然，哈木宰们不知道这些情况，他们只要跟着连长走就是了，到时才会明白各自的任务。

从连长不带笑意的脸上大家看出这次出战的严峻，大家都抽空请人写好了遗书，缝在衣服里。

天渐渐黑了，可是部队却没有休息的迹象，借着傍晚的余光，大家奔驰在大路上。哈木宰已习惯了走夜路，他喜欢走夜路，白天有日军飞机，骑着马在大路上跑就是找死。

路两边的庄稼长到了齐腰高，在渐渐变浓的夜色里散发着特有的清香，夜以它的宁静庇护着骑八师。马的呼吸、人的呼吸在夜色中无限放大。有些汉族士兵困得实在撑不住了，刚点上一支烟，马上就有人低声责骂："想找飞机炸呀！"

哈木宰开始对眼前的环境渐渐熟悉起来，那不是展沟的五孔桥吗？原来部队已开到了展沟集，哈木宰们盼望着能稍稍休息下，可大部队根本没停下来，大白马被骑八师的战马裹挟着往前奔去。从这一年开始，哈木宰明显感觉到大白马的体力有些跟不上了，也难怪，大白马一出征就是七年，一匹马能有几个七年？对人而言就是过了中年开始步入老年了。

部队一直向南。

天亮的时候到了颖上县的陈桥镇，哈木宰终于等来了休息的命令。一接到命令，哈木宰安排好做饭人员后，便找了条小路遛起大白马来，一直遛到马身上的汗干了，再找块干爽的地，让大白马舒舒服服地打几个滚，这样才把马料袋套到大白马头上。

看着烧火士兵的火皮袋用得不利索，哈木宰就接过来用。火皮袋是用熟羊皮做的，做成一个袋子状，一头开口，一头安上铁管子，一抖一压，聚起的风就从铁管子里吹到火中。哈木宰抖了一下，可是风还是小，出得不利索，仔细一看，发现一处地方破了，从那个洞里漏气，就找了点麻绳把破洞扎紧。

等大家吃过饭，渐渐看见了一条银色的带子在前面闪闪发光，连长说这就是沙河（颖河）。沙河从北往南缓缓流去，河上的船都朝北走，大家匆匆渡过了沙河。

到了五里井时，风从南方吹来，哈木宰渐渐感到战争的气息笼罩在他们的头上，路边的电线杆横七竖八地被砍倒在地，廖运泽的特务团边砍电线杆边撤退。

看到特务团跑得乱七八糟，哈木宰哼了一声，用鄙视的目光看着特务团撤回县城。有人忍不住骂了起来："驴日的，拿的军饷比我们多，穿的军装比我们好，拿的枪比我们的先进，跑起来比我们的战马还快！"

再往前走，特务团的人越来越多，几乎是扛着枪拼命往回跑，连长着急起来，再这么走下去，非遇到鬼子不可。

可是命令照常执行，骑八师继续朝南开进。

哈木宰们不知道，这其实是廖运泽的一计。日军六十五师团在太田米雄的率领下，出动了空军、步兵、骑兵五千余人，分别从寿县和凤台出发，先占领了正阳关，又攻陷了杨湖镇，接着向颖上县进攻。看到一路上被砍倒的电线杆，日军误以为是廖军节节败退，骄狂至极，其担任左翼掩护的骑兵部队便等不及长驱直入，尾追廖军特务团不放。

骑八师一团骑兵往南走，特务团向北撤，特务团中不时有人向骑八师敬着军礼。

八里湖像一面镜子出现在哈木宰们的右前方，左边是沉静的沙河，哈木宰深深地吸了口气，空气里传来一股泥腥味。快到了东十八里铺村，突然马探拼命跑回来，说前面发现了鬼子骑兵。

战斗中战马目标大，日军骑兵每次作战都先下马集结，把马拉到安全地带，骑兵再集结作战。卢广伟副师长熟悉日军的这一战术，于是命令骑八师趁日军刚下马尚未集结，向日军发起突然袭击。

嘀嘀哒嘀哒！哈木宰正左右张望，就听到前面冲锋号吹了起来。

大白马的双耳竖了起来，哈木宰抽出折花战刀大喊了一声："天堂之门开了！"

班里的其他士兵也喊了起来，骑兵像风一样列成散兵线向鬼子冲去。此时整个团的骑兵都飞了起来，马队后面的尘土飘起了一人高。鬼子没想到骑八师这么快就冲过来了，有的刚下马，还没来得及取枪，就看到一道道战刀的冷光挥了过来。

哈木宰的大白马冲在最前面，哈木宰左手挥着折花战刀，朝奔跑的鬼子追上去。第一轮冲击过后，一些鬼子倒在血泊里，骑兵们又拉转马头进行第二次冲击。

哈木宰突然看见几个鬼子抬着机枪正往旁边的一个小土墙处跑。如果鬼子在土墙后形成机枪阵地，骑八师的战马将直接暴露在机枪的扫射范围内，后果不堪设想。哈木宰挥着折花战刀向提机枪的鬼子冲去，只见一个鬼子突然卧倒在地，架起了机枪，哈木宰大吃一惊，他和大白马就在鬼子机枪的扫射范围之内。

大白马长嘶一声，哈木宰想拉转方向都来不及了，只能硬着头皮往前冲。距离在一点一点地靠近，哈木宰心里祈祷着，他都能看到那鬼子的机枪子弹带了。

大白马跳了起来，一纵身跨过了小土墙，前腿踩在鬼子的身上，鬼子身上发出叭叭的骨折声。哈木宰把身子弯下去，来了一个镫里藏身，折花战刀准确地划过鬼子的脖子，血溅了旁边鬼子一身。旁边那鬼子连忙站起身来往树林里跑，哈木宰右手抬起汉阳造，一枪过去打倒了鬼子，又冲过去，补了一刀。

等哈木宰回转马头时，看见四名鬼子骑兵往这边冲过来。

看到哈木宰只有一匹马，四匹日军战马列成散兵阵向哈木宰冲过来，四把日军战刀闪着冷光向哈木宰一步步逼近。哈木宰看到左边的两匹马中间出现了空档，大白马可以从那两匹马中间穿过去，避开另两个人的战刀。

大白马知道哈木宰的意图，哈木宰把枪挂在马鞍上，左手握着折花战刀，右手握着扎西的小藏刀。

四把战刀明晃晃地向哈木宰挥过来了，快近身时，哈木宰把双腿一收，平展展地趴在马背上，这样躲过了左右两侧的战刀，左手里的折花战刀砍过了左边鬼子的脖子，小藏刀把右边日军的战马从脖子一直划到屁股上，那战马跑了几步摔倒在地，另外两个鬼子一看连忙打马拼命向南逃去。

那些未来得及上马的鬼子，就在田地里乱跑起来，这正是骑兵所盼望的，只要不跑到土墙后、树林中、石头后、河沟里，骑兵只需用腿夹夹马肚子就能追上去，战刀轻轻一挥，鬼子的头就轻轻地落下。

也就是战马几个来回的时间，二百多个日军骑兵来不及还击，成了骑八师的刀下之鬼。死里逃生者仅十余骑，骑八师几乎没有伤亡。骑八师首占告捷，为保卫阜阳立下了头功。

日军的大炮是用马驮的，马匹被击毙后，火炮只能靠人拉着走，狼狈不堪。为了防止日军的报复行动，骑八师一团、阜阳县三个自卫中队在五里井到项圩孜一带抓紧修筑工事布防，哈木宰班驻守在左翼。

为防止日军汽艇从沙河上进攻，卢广伟副师长又派士兵沿沙河征集大小民用船只，牛大个被派去征用船只。

听到骑八师要征船，沙河上的渔民开出了自家的木船，大家在船上堆起了沙袋。当初在淮阳万寨，骑八师的土炮队打得日军汽艇葬身鱼腹，卢广伟又从当地找了许多门土炮安在船上，船下锚停在张泊渡，密切地注视着沙河上的动静。

大家终于吃了一顿热饭，战马隐藏在五里井村庄里，士兵们跳进战壕准备着战斗。

天慢慢黑了下来，哈木宰盯着前方。前面一片宁静，星星样的荧火虫在空中上下飞舞，沙河在战壕旁边哗啦啦地向东流去，哈木宰旁边那个帮忙修工事的男人还没有离去，他紧张地盯着前面。

哈木宰说："你回家去吧，天黑了！"

那男人说："我没有家了，还回什么家！鬼子骑兵把我家糟蹋了，家里人全死了。"边说边抹起眼泪来，"鬼子糟蹋了我媳妇，又朝她肚子上刺了好几刀，她肚里还有几个月的孩子呀。鬼子不是人，是畜牲！他们连我七十岁的老母亲都没放过！"

哈木宰拍了拍那男人的后背，这几年哈木宰见过许多血淋淋的场面，他不知道该怎样安慰这个男人。星星在高高的天上冷冷地眨巴着眼睛，旁边的男人终于熬不住了，坐在战壕里打起盹儿来，他手里抱着一把锄头，似乎在做什么噩梦，时不时猛地抖一抖肩膀。对于遭受了如此灾难的人来说，除了睡眠还有什么可以安慰心灵创伤的呢？哈木宰望着可怜的他，轻轻地叹了一口气。

夜色像墨汁一样一层一层地浓起来，沙河不紧不慢地向东南流去……战壕里有人提议唱个花儿，有人就小声唱开了：

毛毛雨儿里抓蚂蚱，

我看你蹦哩么跳哩？

抓住个尕手着问实话，

我看你哭哩么笑哩！

"小声点，小声点！"有人说。

大家压低了声音笑，有人问唱花儿的人："你抓住人家的尕手，问了个啥实话？"唱花儿的小伙儿也就十七八岁的样子，老老实实地说："我还没抓过丫头的手哩，问啥实话哩！"大家呵呵呵地笑了一战壕。

看看前面还是一片死寂，那些黑暗的地方向人展示着它可怕的一面，说不定真会跳出个鬼子来。

经过一夜的煎熬，东方亮起了鱼肚白，左边沙河的轮廓明晰起来，村庄在炊烟里依次醒来。从五里井村能看到沙河对面的村庄，淡淡的雾霭在村庄上空飘起，村庄一片宁静，偶尔能听到一两声野狗的叫声，鸟儿兴奋的叫声填补着村庄大片大片的空白。

不久，这宁静的天空被轰鸣的马达声搅碎了，三架飞机突然出现在骑八师阵地上空，在飞机和数门大炮的掩护下，日军向廖运泽所率部队发动了猛烈进攻，廖运泽的前锋部队边战边退。

日军害怕重遭骑八师袭击，加强了左右两翼兵力。这时驻守在阵地右翼的阜阳县三个自卫中队贪生怕死，在中队长的带领下临阵脱逃，顿时廖军右翼空虚，日军乘机集中兵力包围了五里井村的骑八师。

炸弹在阵地上不断落下，掀起的尘土快要把哈木宰掩埋了，飞机过后又是炮轰，大地在炮声中颤抖，日军的冲锋开始了。算算这已是日军的第三次冲锋，但进攻没有丝毫减弱的迹象。

四面三八大盖像炒豆子一样响个不停，哈木宰们陷入了日军的包围。哈木宰旁边的那个男人还没有走，他说他要打几个日本人报仇，手里的锄头握得紧紧的，哪儿的战壕被炸，他就跑过去帮忙修理。

哈木宰教那男人扔手雷，当日军又一次冲锋上来时，男人扔出的手雷炸死了几个日军，他高兴地跳了起来。哈木宰还没来及拉那个人，他已中弹，血流了一身，说着："娘，媳妇，儿子，我替你们报仇了！"哈木宰看着男人变形的脸，难过极了。

子弹不多了，卢广伟副师长急电向廖运泽求援，廖运泽命令已撤到颖

413

上县尤家花园的特务团火速回师参战，又派一个预备团紧急驰援。

当特务团和预备队到来时，日军兵力顿时被分散，哈木宰们从左翼突破包围撤出阵地。日军的攻势越来越强，坦克压过了战壕，压过了骑兵的尸体，骑八师只好撤退到颖上县城。

退到颖上县城后，骑八师立刻构筑工事。骑八师师部又命令冶有禄团增援两个连，协助一团团长马受天固守县城。城门被摞起的沙袋堵死了，城墙上又加了一层厚厚的沙袋，沙袋上放了许多手雷。

日军包围了颖上县城，城下都是日军，走在最前面的是伪军，后面跟着穿皇军服的鬼子。轰的一声，一片瓦片飞到离哈木宰不远的砖墙上，打掉了大青砖的半个角，哈木宰望着大青砖吐了一下舌头。

第一发炮弹落下后，日军的炮弹密密麻麻地跟过来，半边城楼都被炸坏了，城里的许多民房起了火。日军的飞机像苍蝇一样在空中飞来飞去，在县城上空不停扫射，不停轰炸。

哈木宰突然发现城里有道白光闪过，有人拿着镜子在城里走来走去，每次闪光过后，那儿马上就有飞机来投弹轰炸，炸的都是守城将士的工事。哈木宰说这一定是汉奸所为，派人一查果不其然，于是连抓了好几个汉奸。

飞机投了一阵弹后走了，大炮的轰鸣声还没有停下来，颖上县城在日军的炮弹中不停地颤抖。炮击停了，守在城头的士兵们屏住呼吸，静静地等着日军攻城。日军看到城楼上一个人都没有，以为守城士兵都弃城逃跑了，于是大胆地抬着梯子走到城门前架起了梯子，噔噔噔，几个鬼子顺着梯子爬上来。看到鬼子登到一半，马受天团长下了命令："扔手雷！"

手雷在半空中轰然作响，那些爬到一半的鬼子瞬间被炸下了梯子，梯子也被炸得歪歪扭扭。接着又是一阵机枪扫射，鬼子急忙往回跑，跑了一百多米才停下来，散开构筑简易工事。看到冲锋受阻，日军又开始疯狂炮轰。炮弹全落在城楼上，把城楼炸得瓦片飞进，几个机枪手牺牲了，哈木宰赶紧躲进掩体。日军飞机还在到处轰炸，气得骑八师的战士用步枪朝天空打，有人劝："省点子弹留给鬼子吧！"

炮轰结束后，鬼子又抬梯子攻城，哈木宰们就专门打抬梯子的鬼子，打了一阵没人再敢抬梯子。鬼子又逼伪军抬，可走到一半连梯子带人又摔在地上。鬼子发现哈木宰的位置后，用几门迫击炮朝哈木宰的位置打来，幸好第一发炮弹落到了后面，哈木宰往两边跑，边打边移动位置。

县城守了两天两夜，日军见攻城困难，便不再动用步兵，直接用大炮和飞机轰炸，把小小的颖上县炸得东一片火，西一片火。城内的大部分工事都被破坏了，骑八师的士兵和战马无处隐蔽。几匹战马跑出来后倒在日军飞机的扫射中，前门被日军战车撞开了缺口，南边一处城墙也被炸塌。

师部命令骑八师放弃县城，撤到五里湖边的尤家花园村庄，加紧构筑工事，阻击日军。哈木宰们是在傍晚撤退的，当地一位老人拉着哈木宰的手不放，说："你们走了，我们怎么办？"哈木宰难过地低下了头。

7

颖上尤家花园在颖上县城西面，离县城五里路，它紧靠着五里湖畔，湖光山色，到处一派宜人之景。

可如今这里处处是战争的硝烟、死亡的影子。骑八师一到尤家花园村庄附近，立即根据地形构筑工事，挖战壕、摆鹿角，在各个路口设置了机枪阵地。

大平原上日军的机动部队行进速度很快，下午日军就攻到了尤家花园村子里，飞机扫射轰炸、炮轰，一连的防线很快被攻破。二连展开迂回攻击，但日军强大的机枪火力很快压退了二连的进攻。

哈木宰们只好退到附近的上洲子村，进村构筑简易工事，把临近路口的院墙掏出枪眼，在对面土墙上也掏出了枪眼，这样形成交叉火力网。

中午时分，天空出现了两架飞机，嗡嗡嗡地飞过来，开始俯冲攻击，机关枪朝骑八师阵地不停地扫射，飞机任意降低高度投弹轰炸，骑八师的部分战马只好藏在村民的屋子里。

折花战刀

哈木宰守在屋子里，从枪眼往外观察。突然听到一声巨响，屋外一阵混乱，原来一颗炸弹落在院中，一匹枣骝马突然受惊跑出了院子。飞机一看，追着马扫射，那匹枣骝马刚跑出村口就倒在地上，后背上被打了几个枪眼，不停地往外冒血，屋子里的战士们气得咬牙切齿。

日军飞机欺负骑八师没有防空武器，拼命拉低高度，向跑出战马的院子不断地投弹。一团团长马受天气得脸都歪了，他拿起一挺轻机枪，蹭蹭蹭地爬上了一棵大柳树，躲在树荫里，等待着飞机再次压低高度。

飞机又一次压低高度开始新一轮的俯冲射击。嗒嗒嗒！马受天的机枪朝着飞机一阵扫射，飞机没飞多远，机尾冒起了烟，不一会儿在田家庵一带坠落。日军飞行员被迫跳伞，六名鬼子全部被当地百姓杀死。另一架飞机见状急忙飞走了。

尤家花园里的日军出现在上洲子村口，马受天在大柳树上指挥作战。几个日军走进了机枪火力网，情急之下扔下两具尸体连忙往回跑，这时哈木宰们听到骑兵冲锋号后从侧后追了上去，砍翻了好几个。但追到尤家花园时突然遭遇日军机枪，两匹战马倒在枪口下，骑兵又调转方向开始进攻。

一连机枪手马上展开还击，压住了日军火力，但随后日军的一挺机枪又响了起来，两挺机枪压得骑八师战士抬不起头，扑扑扑的尘土迷住了机枪手的眼睛。一部分人就地开挖工事，哈木宰连散开之后把马安顿好立即回到阵地上，看着冒火的机枪，一时想不出办法来。扔手雷？太远扔不到。

看着满地的石头，哈木宰突然想到了小时候放羊的"抛索"。哈木宰撕了布，做成了一个简单的抛索，绳子一头固定在右手上，一头是活动的，把手雷放在布里，使劲一挥一扔，手雷在日军机枪不远的地方爆炸了，压住了火力。青海骑兵个个都是打抛索的好手，其他人一看这办法还真管用，纷纷做起了抛索。抛起的手雷密密麻麻地扔到日军机枪阵地上，日军的机枪顿时哑了。一连进攻，二连掩护，最终压住了鬼子的进攻。

417

由赛尔阿訇也找了棵最高的柳树，扛了一挺机枪爬上去，又让人往树上送了一箱子弹。

尤家花园里的日军凭借着坚固的围墙，压制着骑八师的火力。由赛尔阿訇站在高处，对院里的日军一目了然，他对准围墙后的日军一通扫射。墙外的一连趁机攻了进去，二连也从南门攻进去，双方在村子里展开了激烈的巷战。由赛尔阿訇为避免被日军发现，只是间隔性的扫射，日军又不知道子弹从何处打来，死了好多人。

战斗持续到傍晚时分，日军士气大挫，只好退回到颍上县城。哈木宰们抓紧时间清理战场，转移伤员。牛大个腿上中了一枪，血把裤筒都弄湿了。

当地老百姓给骑八师带来了吃的、喝的，有的人拿着大饼，有的人提着米饭。妇女们给伤员们喂水、喂饭，还给骑八师的战士们送来了鞋袜。

尤家花园的管家把各个仓库的钥匙交给骑八师的军需人员，让骑八师尽量取尽量用，但骑八师又一次次地被命令。这里的百姓困难，不能给他们添负担，千万不能要百姓的东西。骑八师便以送来的东西吃不了为由，委婉地拒绝了，只是喝点水。可是老百姓不答应："你们吃不了，毁了也不给鬼子吃！"

一位老人提着个篮子，篮子里面有一个小饼子，老人的孙子嘴含着手指头，一个劲儿地盯着篮子看。老人把小饼子送给哈木宰，哈木宰不收。可是老人站着不肯离开，孙子又盯着哈木宰手中的饼子看，那直勾勾的眼神看得哈木宰心疼。

哈木宰接过饼子，掰了一小块放进嘴里："好香呀，谢谢老人家！"转而把剩下的饼子全部塞进了老人孙子的手里。孙子连忙咬了一口，老人在孙子头上拍了一巴掌："这是给骑八师的，你倒好，自己吃上了！"哈木宰连忙劝住老人，老人才往回走。

这一夜，尤家花园竟然获得了难得的宁静。黑夜盖住了尤家花园白天

折花战刀

的惨烈，展显出它迷人的一面，月光下，亭台楼阁，假山石阶，梅花盆景，显出层层叠叠的层次来。

第二天拂晓，日军以加倍的兵力反攻尤家花园，很快攻破了尤家花园的东北角。由赛尔阿訇在树上用机枪扫射时，被日军发现，一挺机枪就朝树上扫射过来，由赛尔阿訇从柳树上掉了下来。等哈木宰跑过去时，由赛尔阿訇躺在地上，捂着左腿，还好没伤着骨头，哈木宰撕了布条简单地为他包扎了一下。

日军还是用迫击炮轰开了尤家花园的东南角，东面的防线全撕开了，一股日军涌了进来。一连士兵赶紧往缺口扔手雷，炸死了好几个鬼子，鬼子才慢慢退去，大家又用沙袋堵上了口子。

此时，卢广伟副师长在四十里铺的指挥部里着急万分，骑八师没有飞机、坦克，又没有防空防坦克武器，这两天的战斗让他感觉骑八师处处被动、处处挨打。他想改变战略，白天飞机横行霸道，轰炸骑八师，可是晚上飞机看不见，双方能公平地打一仗。卢广伟决定采取白天休息、晚上进攻的战术。

命令一下，骑八师撤退到西三十里铺一带。哈木宰们骑着马向西三十里铺方向跑去，想起那位老人给他的饼子，哈木宰觉得羞愧万分，刚拿了人家的东西，这会儿又灰溜溜地跑了。

哈木宰一回头，整个骑八师战士们满脸疲惫，牛大个躺在后面的板车上，压低声音呻吟着，最后一辆车上拉着阵亡的战士，他们安静地躺在白布下面。哈木宰鼻子一酸，把马一打，跑到队伍前面去了。

天刚亮，哈木宰们赶到了西三十里铺，骑八师士兵迅速分散到村庄，留下了暗哨，开始构筑简易工事，战马拉进了院子。没有马棚，大家就用玉米秆在院子里搭起了马棚，这样日军飞机不易发现。

哈木宰把牛大个拉到临时卫生所，几个卫生员戴着口罩围了上来。牛大个的伤在大腿根，他见周围都是女护士，就不让她们动。一位护士说："都伤成这样了，还差什么！"

哈木宰帮忙脱了右裤筒，只见内裤的裆全烂成条了，几只大虱子在布条上荡秋千，哈木宰想笑又不敢笑。哈木宰用裤筒护住牛大个的裆部，医生们开始处理伤口，牛大个忍不住低低地哼了一声。

有个护士拉了拉哈木宰，哈木宰就跟着她出去。一出门，阳光刺得他睁不开眼，那位护士把口罩取下来，原来是李秋叶！

哈木宰说："韩驼泉呢，你怎么扔下他跑这儿来了！"

李秋叶说："放在西马店了，我们跟着师部到这里的！"

哈木宰说："他能吃上饭吗？"

李秋叶说："放心吧！我把他托给了马连长的媳妇！"

哈木宰说："没事了赶紧回去，这里太危险了，不是你们女人呆的地方！"李秋叶笑了笑。

哈木宰还想说几句话，可是觉得这儿不是说话的地方，想找个地方安静会儿。哈木宰推开另一扇门，只见里面静悄悄的，全是阵亡的骑八师将士。

哈木宰最怕看到熟悉的脸，可还是让他见到了，与他同村的马振海，右腿和身体只连着一点皮，半个脸全被齐齐地切掉了，露出白瓷瓷的骨头，李秋叶一看赶快出去了。

哈木宰难过起来，把双手举起来，为这些阵亡将士们祈祷着。

把牛大个扶到房间后，哈木宰又累又困，倒在炕上睡了过去。

夜幕终于降临了，哈木宰们吃完饭，准备战马，日军已从尤家花园推进到西十八里铺，听说在尤家花园杀了许多百姓，说他们资助了骑八师。一个老人还被绑在树上，削了鼻、割了耳、剜了眼睛，最后还剥了皮。哈木宰突然担心是不是那个给他饼子的老人，便狠狠地朝大树猛击了一拳。

骑兵分两路向西十八里铺跑去，相比于白天，哈木宰在夜晚更能找到战斗的感觉。大白马似乎也喜欢在夜晚奔跑，跑起来沉稳有力。黑夜是骑兵最好的衣服，它能遮挡一切，挡住日军的飞机，挡住日军的汽车。

折花战刀

记得哈木宰刚从西马店出发时，军需处让他把大白马换成刚送来的黑马，哈木宰没答应。军需处的说："尕娃，让你换马是给你换命换血着！"哈木宰一听就要发作，被牛大个拉了出来。大白马还没老，抗战胜利后，哈木宰还要骑着它回青海呢。

村子在前面静悄悄的，大家下了马，绕开日军的工事，从侧面进了村，其余人分开进攻。日军的哨兵已被战刀解决了，营房里的日军还在沉睡。

哈木宰和几个人进攻一处院子，他踩在别人的肩膀上，爬上了院墙，只见院子里一个日军正在门口打盹儿。哈木宰嘴里叼着小藏刀轻轻跳了下去，摸到那个日军跟前，顺着脖子一划，那日军哼都没哼就倒下了。

哈木宰出去把门打开，大家冲了进来，每人手里一个手雷，等着哈木宰踢开门。

咣的一脚，只见连门框都掉了下来，大家把手雷往屋里一扔，里面轰轰响了几下，接着传来惨叫声，大家对着门一通扫射之后又进去检查。

这时，村子其他地方也响起激烈的手雷声，还夹杂着机枪声和鬼子的惨叫声。战斗进行到一半时，尤家花园方向突然响起了汽车马达声，马探说颖上县城的日军出动了。

马受天团长立即决定退出十八里铺，在半路上伏击，并通知三十里铺的其他人员撤到六十里铺。大家架好机枪，准备好了手雷，远远地就看到两道雪亮雪亮的车灯朝这里射过来。那车灯一会儿向左一会儿向右，后面的部队边走边向两边用机枪扫射。马团长说："大家趴好了，汽车走近了再扔手雷！"

只见十八里铺的鬼子也跑出来和颖上县城的鬼子汇合到一块儿朝这边攻来。

汽车终于过来了，明晃晃的灯像两把刀子射向前方，哈木宰担心战马被鬼子发现，于是让战马全部卧倒在地，这样日军打着灯也看不到了。

"打！"

大家的手雷准确地扔到了汽车上，几声轰炸，汽车瘫在路上。这时响起了激烈的枪声，骑八师的机枪手打一阵换一个地方，鬼子无法用迫击炮压制骑八师的机枪阵地，只好趴在路上和骑八师对射。一道道火线在周围窜来窜去，鬼子很快爬到路的另一边了，隔着路对射起来。马受天团长让一部分人用火力压倒对方，自己带着哈木宰们绕过青纱帐，到鬼子的侧背，鬼子发现被前后夹击，于是又匆匆往路上撤退。

冲锋号吹起来了。

哈木宰们骑上战马在路上追击鬼子，几天来一直被鬼子飞机追着打的窝囊气这会儿该好好出一通了，习惯了夜晚偷袭，眼睛就是利索。鬼子的惨叫声接连不断地响起来，似乎能听到风中呼呼的战刀声，哈木宰左手挥着战刀，感觉砍人从来没有这样利索过。

鬼子朝颍上县城退去。

5月5日清晨，被激怒的日军再次集结了二千五百多人，采取分兵多路向前推进的战术，进攻骑八师在六十里铺的阵地。骑八师一团在左翼，二团在右翼，两个团以河为天险，构筑了阵地。

日军的先头部队是伪军，伪军的战斗力弱，几次冲锋都被哈木宰们的机枪压了下去。

哈木宰记得他们的战斗是从凌晨开始的，这会儿日头已挂到半空，可日军丝毫没有退却的迹象。哈木宰觉得天空黑了一下，只见三架飞机正掠过日头向他们的阵地飞来，机关枪的子弹嗖嗖嗖地飞下来，炸弹丢了一阵地，飞机向四十里铺方向飞去。

四十里铺村有骑八师的临时指挥所，村庄周围被茂密的椿树一层一层地包围着，村庄隐藏在大树之下。骑八师的临时指挥所设在当地地主的大院里，战马拴在东院，卢广伟主任住在西院。

卢广伟走出了西院，焦急地听着六十里铺方向传来的枪炮声。院里的椿树在阳光下闪着翠绿的色泽，一串串白绿色的花垂吊下来，在地上洒出斑斑驳驳的光影。

几天的正面交锋，骑八师损失惨重。阜阳外围只有骑八师和骑二军补充团，如果援兵再不到来，骑八师将陷入危险境地。这时指挥所里的电话突然响起来，卢广伟走进指挥所，原来一团的右翼被日军撕开了一道口子，二团那边压力逐渐加大。卢广伟边接电话，边看军用地图。

这时，他突然听到一阵飞机马达声，三架飞机飞到四十里铺的村庄上空，飞机时而升空扔弹，时而降低高度扫射。飞机从屋顶上掠过，把大椿树的叶子掀得哗啦啦响。

卢广伟全神贯注地指挥着战役，警卫员催促着撤退："卢主任，马在外面，我去把马牵到屋里来。"卢广伟说："你不能去，我去！"说完一把推开警卫员，冲了出去。

日军飞机又俯冲下来，扔了几颗炸弹，只听轰的一声，警卫员连忙跑出去，卢广伟已倒在血泊中，脚、腰、胸部和头上都受了重伤。

马步康立即下达命令，派人护送卢广伟向西马店转移，路上，卢广伟因失血过多牺牲了。

六十里铺这边的战斗更加激烈，日军大炮简直要掀翻骑八师的阵地。哈木宰旁边是由赛尔阿訇，一发炮打过来，由赛尔阿訇倒在血泊中，连长命令哈木宰把由赛尔阿訇扶到临时卫生所。

幸好援兵暂编十四师赶到，打退了日军的进攻。

当哈木宰背着由赛尔阿訇走进卫生所时，李秋叶大吃一惊，只见哈木宰全身上下全是血。他们连忙把由赛尔阿訇扶到由几个木凳子搭起来的台子上，卫生所没有多少药，不少伤员直接放在地上，在地上呻吟着。

看到这种情况，哈木宰急了，拼命地摇着一个医生的衣领："你们是医生，快救救由赛尔阿訇！"

那医生指了指空空的药瓶，无奈地摇摇头。哈木宰大怒："日奶奶，老子们在前线拼命，你们在这里吃闲饭！"

轰！一颗炸弹直接投进了临时卫生所，李秋叶一下子扑到哈木宰身上，哈木宰只听到一声巨响，就被李秋叶牢牢压在地上。

硝烟散去，满屋子的呻吟声。

哈木宰推开李秋叶，只见她双目紧闭。哈木宰连忙把她抱起来，感觉右手上湿湿的，全是血！哈木宰使劲摇着李秋叶，半天，李秋叶才睁开眼睛说："我儿子！"

哈木宰说："在西马店里，好好的呢！"李秋叶看了看一动不动的由赛尔阿訇，笑了笑："阿訇睡过去了，我一直盼着你娶我，现在你想娶我，阿訇也没办法给我们念证婚词了！"

哈木宰紧紧抱着李秋叶，说："韩驼泉你放心，我会带到青海循化去！"李秋叶挣扎了一下，把哈木宰的手放到自己的胸上。李秋叶的声音低了下去，哈木宰给李秋叶念起清真言，李秋叶也跟着喃喃地念着，身子越来越软。

"外面的天真黑呀。"哈木宰说。

身后的由赛尔阿訇再也没有回答。

折花战刀

　　1944 年 5 月 7 日，援兵十四师第三团和骑八师同日军激战于五十里铺一带。二连逆袭，短兵相接，抗日官兵奋勇异常，日军死伤惨重，副指挥官被击毙，歼敌九百余人。三团和骑八师乘胜追击，10 日下午收复颍城，12 日收复杨湖镇，颍上全境光复。

　　为严肃军纪，廖运泽一方面命令将三个临阵脱逃的自卫队队长就地正法。另一方面，对英勇杀敌、不畏牺牲的骑八师进行表彰。廖运泽来到骑八师，面对沉浸在一片悲痛之中的全师官兵、面对老泪纵横的马师长，忍不住潜然泪下。

　　骑八师退到临泉休整，随后划归第五战区指挥。

　　在平汉线上国军节节败退之际，骑八师阜阳保卫战的胜利大大鼓舞了人心，各大报纸均在头版头条的显著位置报导了这一胜利消息。阜阳保卫战的胜利，迫使日军龟缩在津浦一线的据点里，无力再对皖北、皖西采取大规模的军事行动。从此，皖北驻军变被动为主动，不时出动打击敌人。

雨还是没来由地下了起来，西马店沉浸在一片雨色朦胧之中。哈木宰早早洗过大净，又给韩驼泉洗了大净，把小白帽戴在韩驼泉头上，看了看，又调整了一下。

椿树在雨中沙沙作响，大白马低着头往前走，韩驼泉骑在大白马上，雨落在他的头上，哈木宰把衣服撑起来苫在他头上。看到骑八师的战士们都没有穿雨衣，韩驼泉就把苫在头上的衣服取下来搭在马背上，哈木宰又给他苫上，可韩驼泉还是取下来，说："他们都没穿，我也不穿！"

哈木宰叹了一口气，队伍已走到西沘河桥上，西沘河沉静地向东流去。汉族战士们戴着白纸花，抬着棺材，回族、撒拉、东乡的战士们一律戴着白帽，抬着用白布裹起来的尸体。

雨中有人唱起了骑八师的军歌：

可恨暴日，侵东北，怒发上冲，我将士保家卫国，誓师抗日，铁蹄如云赴前方，英雄健儿打东洋，万家父老来欢送，最精神！

后面的人接了上来：

从此去，立奇功，雪国耻，复平津，催战马踏破富士山峰，我武威扬，震三岛，保障和平祭亚东，看那凯旋归故里，乐无穷！

再往前便到了南马庄地界，路窄了起来，一路泥泞，哈木宰的鞋不时地陷在泥里。亡人奔土如奔金，速度一点也不能慢，哈木宰干脆把鞋挂在大白马上，抬着由赛尔阿訇的尸体匆忙赶路。

南马庄的椿树在雨水中翠绿如滴，老人小孩们站在路边，一些人还加入到抬烈士的行列。

师长马步康在这里买下了一亩半地，修建了骑八师烈士陵园，称"骑八师西马店烈士陵园"。墓地周围砌了一圈青砖墙，东西各开了一个一丈高的辕门，辕门被老百姓用苍松翠柏扎成了青松门，每个坟墓前放了一块青砖，青砖上刻着将士的名字。

坟园南北两边各立了一块纪念碑，北面是"陆军骑兵第八师抗战殉职

折花战刀

烈士墓碑记",左下角刻着"中华民国三十三年三月二十九日",碑文介绍了骑八师烈士英勇抗战的事迹。南面纪念碑上刻着骑二军军长何柱国的亲笔挽联,上联是"青山埋忠骨",下联是"碧血化长虹"。

卢广伟副师长的墓在另一边,墓碑底座全用四方石块砌成,碑文:"国民党骑八师政治部主任卢广伟之墓"。

马步康主持了仪式,先埋葬了汉族士兵,后埋葬了回族、撒拉士兵。李秋叶被马连长的媳妇洗了大净,用白布包裹着。

烈士们的遗体被抬到各自的墓穴前,哈木宰先埋了由赛尔阿訇,又去埋李秋叶。韩驼泉这时才明白母亲再也不能回来了,就抱住尸体不让埋。哈木宰说:"听话,我们都会这样被埋进坟墓里的!"

韩驼泉说:"你骗我!"

哈木宰咬了咬牙,把李秋叶的埋体递给墓穴里的人,韩驼泉咬住了哈木宰的手,一阵钻心的痛向哈木宰袭来。

韩驼泉吐出一嘴血水。

哈木宰把韩驼泉领到军营里。军营里纪律严明,不好带孩子,这让哈木宰为难了好久。好在二连马连长的媳妇没有生养孩子,她非常喜欢韩驼泉,只要哈木宰一有任务,韩驼泉就放在马连长家里,哈木宰不用担心他的生活。

秋收时间又到了,日军开始出来抢粮,骑八师经常出去偷袭。

月亮早早等在东边,路两边的庄稼鼓足了劲大声地喧哗着,等待着镰刀的到来。那些鸟儿们闹腾了一天,偶尔在窝里啾啾地说一两句梦话。在它们的梦里,高粱耷拉着头,在周围晃来晃去。

今晚的月亮有点特别,传说中的吴刚似乎就要功成名就,砍完桂花树,从月亮中走出来。

望着这月亮,哈木宰深深吸了一口气,庄稼的香味让他想起青海老家,或许这会儿赛力麦已在睡梦中了。他突然想回家,心里泛起的全是惆怅。

正想着，突然前面响起了激烈的枪声。在机枪的扫射中，有些人掉下了马，中了埋伏了。

"快撤！"

哈木宰调转马头就跑，突然他的右腿一酸一麻一沉。不好，中弹了！大白马疯狂地跑了起来。哈木宰看到一股黑黑的东西正从他的腿上往下淌，他迅速撕下半截布条，使劲绑住右腿。

风在耳边呼呼而过，哈木宰看不到战友的马，也听不到马叫声。今晚的大白马有点特别，跑得和往常不一样，奔跑中有股邪劲儿。哈木宰想勒住大白马，可怎么也勒不住，只好由着大白马跑。

突然大白马前腿一软，扑腾一下跪在地上，哈木宰听到了一声清脆的骨头折断的声音。

哈木宰跳下马，只见大白马肚子上有一个小洞，黑血正从洞里往外冒。哈木宰连忙拿了点布，塞住小洞，可黑血还是源源不断地从布上渗出来。马的左腿上满是血，甚至鼻孔里都有了一些血沫。

大白马看到吃惊的哈木宰，动了动前腿，想努力地站起来，可前腿刚一抬起，就又重重跪倒在地上。大白马不时瞅着哈木宰，眼里满是悲伤，豆大的眼泪不断滚落下来。

大白马蹬着后腿，像是在摆脱什么东西似的，一阵又一阵的抽搐从后身涌到前身。哈木宰看到周围亮起了绿莹莹的灯，那不是灯，是野狗！吃人肉吃肥的野狗！哈木宰拿出枪，朝着绿光打去，一声惨叫，那些绿光消失了。

看着大白马抽搐，哈木宰的心揪到一起了，他不知道该干什么，他的大白马不行了。人在临终时还能念念清真言送送，可是大白马呢？它也是英雄，它救了哈木宰的命。

哈木宰抱着大白马的头，小声地念起了清真言，他想真主是不会怪罪他的。大白马似乎安静了下来，依依不舍的眼光不时落在哈木宰的枪上。

折花战刀

哈木宰惊恐地躲着大白马的眼光。

大白马全身又抽搐起来，巨大的痛苦正从四面八方向它涌过来，大白马的后腿拼命向后伸，眼睛里出现了更多的哀伤。哈木宰实在看不下去了，如果是牛，哈木宰一刀就能让它入定，可这是马，这是大白马！背了他这么多年的大白马！

大白马又一次翻腾开来，肚子上的洞里冒出的血渐渐少了。

哈木宰哆哆嗦嗦拿起了枪，大白马一看到枪，露出欣喜的表情，同时又有一丝不舍。哈木宰念着清真言，用左手去捂大白马的眼睛，可手还没挨到眼睛，大白马就自己闭上了。

砰！一声枪响，哈木宰觉得自己的心正往一个无边无际的黑暗里落了下去。

大白马安静了下来。

周围那些绿莹莹的光又闪起来了，大白马浓烈的鲜血，让那些闪着绿光的眼睛疯狂起来。哈木宰恶心到极点了，他拿起折花战刀疯狂地朝那些绿莹莹的眼睛砍去。

坑在哈木宰的折花战刀下一点一点地深了起来，每挖一阵，哈木宰就用枪打一次绿光。"快好了，大白马！"哈木宰边说边挖，"再深一点，再深一点，不能让这些吃人肉的狗沾你的身体！"

望望头顶，已够深了。"这些吃人肉的野狗没能力挖开你的墓！"

哈木宰爬上坑，只见一只野狗正咬着大白马的后腿，哈木宰的折花战刀一挥，将那恶狗斩为两半。它上半身还在地上乱刨乱爬，一阵如雨乱刀之后，狗不动了。

哈木宰慢慢地拖着马的后腿往坑边走，可大白马太沉了，怎么也拖不动。哈木宰砍了一根木棒，一点一点地往坑边撬，大白马沉重的身体在地上拖出深深的痕迹。

再半米就到坑边了，哈木宰擦了擦汗水，回头看看月亮，月亮很黑。

小时候爷爷说过前面的路黑得像火石，现在想来，这火石不就是煤吗！

这会儿月亮不正黑得像煤吗？

大白马轻轻地落到坑底，竟然没发出一点响声。哈木宰一看，大白马头朝西，身体刚好能平平展展地在坑底舒展开来。八年来，大白马跟着他出生入死，应该好好休息了。

大白马睡着了，睡得没有一点声息，哈木宰把土一点一点推下坑去。

他身后的野狗们正抢食着同类的尸体。

东方的第一道亮光照在哈木宰的折花战刀上，折花战刀竟然有一点金黄色，那条龙在金色中隐隐约约，那锋利的爪子似乎收敛了光芒。哈木宰坐在地上，身后是高高的土堆，他一抬头，眼泪不由地滚落下来。

前面是骑八师西马店烈士陵园！

9

　　"你看，那个男的，对，就那个男的，跳得多好看！"哈木宰给韩驼泉指着花鼓灯队伍里的人。

　　"干阿达，那个女的跳得更好看！"韩驼泉说。

　　"抗战胜利了！"一帮人边喊边舞着三色龙冲过来，龙嘴里还喷着火星。韩驼泉骑在哈木宰脖子上，揪着哈木宰的耳朵朝舞龙的方向看。这会儿凤台县人山人海，人们在欢迎骑八师经过凤台县。

　　在集团军副总司令陈大庆的统一指挥下，骑八师同何柱国骑二军受命向徐州进发，去接受日军投降。

　　哈木宰的大白马死了，军需处又给哈木宰配了一匹黑马。可是哈木宰死活不要，他说自己骑了一辈子马，再也不想骑任何马了。

　　这下把连长惹毛了，连长说："这个驴日的，狗肉上不了台板，把你往大炕上让，你偏往牛圈里跑，你干脆鸡蛋走路，从我们骑兵连里滚出去！"

　　哈木宰收拾好行李，领着韩驼泉，头也没回地走出了骑兵连，倒把连长弄了个大红脸。哈木宰自己到师部，要求去谢尔升的第三步兵团。

抗日后期，战马奇缺，师部巴不得有这样的人出现，就立刻批准哈木宰到了三团二连。

在凤台县休整了一天后，骑八师就向安徽亳州开去。哈木宰的右腿瘸了，领着韩驼泉走得有点慢。大家都知道韩驼泉就是那个被刺了三十二刀还挥着战刀的"撒拉"的儿子，走到哪儿都把韩驼泉驮在马上。

一路上大家兴高采烈，一个乐都的问："这尕日本打出去了，蒋委员长会给我们奖什么呢？"

一个说："我听说到徐州后，每个人发两百大洋、一匹马！"

另一个说："两百大洋！我的孙子都够吃了！"

"媳妇都没着落，还孙子呢！"旁边一阵哄笑。

一个人说："我也没想这两百大洋，我只想回家，给我们发够拖欠的军饷就行了！今天的肝子比明天的肉香，谁知道明天会怎样呢？"

哈木宰什么也没说，现在回家成了他最大的心愿，抗战八年，连人带马都没了，还提什么大洋。

三天之后，骑八师经过了徐州。徐州大街上人山人海，人们挥舞着手中的彩旗，人群中不时有人高喊着："向抗日英雄致敬！"

哈木宰此时感到一点温暖，还有一种莫名的高兴，这样热烈的欢迎场面，那两百大洋估计不会成问题。再说了，徐州也是日本的大本营，里面有许多日本工厂和商店，随便拿一点就能顶好几个两百大洋。

这两百大洋用来做什么呢？想来想去，哈木宰决定回去先经营爷爷的铁匠铺，每天打点镰刀，打点刀子，种点庄稼安安静静地过日子，这两百大洋给孩子们留下来上学。

很快，哈木宰发现骑八师行军方向不对，不是要在徐州接受胜利果实吗？怎么部队往城外开呢？

连长说："这帮驴日的，让我们到九里山上的日本军营休整待命。"

哈木宰还盼望着驻守徐州，盼望着发两百大洋，给韩驼泉和儿子再买点玩具便回家去。可部队却直接开出了徐州，这让哈木宰无比失望。在九里山休整了好几天，大家着急地等着两百大洋，可是没一点消息！

后来连长才说："从这帮驴日的手中你还能拿到点钱？你们这是癞蛤蟆想吃天鹅肉，雀儿吃大豆嘴里不来的话。不要说两百大洋，就是两块大洋都是竹篮子打水一场空，你画了大饼子自己吃去吧！我听说九十二军军长李仙洲要让我们掩护进入山东的官员。这是让我们去跟八路军打，自己人打自己人呢！快喝点凉水醒醒你们浆糊一样的脑子吧！今天我是看在乡亲的面子上说这话，出了这门，这话就不是我说的！"

连长一席话给大家彻彻底底泼了一桶凉水，从头凉到了脚。大家纷纷议论起来，都说不想再打仗了，这八年的仗打得还不够吗？

甚至有人说："如果明天去山东打仗，我们今天就跑，跑得远远的！"

"跑，你跑了和尚跑不了庙，你跑了，你青海老家跑不了！"一句话又让大家无比沉闷。

再也睡不着了，有人说哈木宰的宴席曲唱得好，让他唱两首开个心。哈木宰看着大家难心的样子，就唱两首解解闷。

> 八月十五的月圆下，
> 高大人下令者把城打；
> 人摞上人来往上爬，
> 滚木擂石的往下砸；
> 攻城攻给了十几遍，
> 死伤的弟兄们数不完。
> 硬逼着哥哥们走死路，
> 活的人还比死下的苦。

大家都没声音了，静静听着下文。

> 十月里到了者天冷寒，

口外的头人见口里的官；

金银珠宝的献不完，

吃粮的人儿再没人管。

吃粮的阿哥们落了难，

身上的伤口就没啥俩缠；

饥寒交迫的受孽障，

给大清当兵者没下场。

果然哈木宰们担心的事即将成为事实。

1945 年冬天，青海马步芳被列为"抗日有功将领"，随后蒋介石在山东揭开了内战序幕，原国民党九十二军军长李仙洲据说要任山东省主席。副总司令陈大庆给骑八师传来蒋介石的电报，令骑八师掩护鲁军政人员进入山东，骑八师又奉命从九里山移驻徐州市北利国驿、韩庄附近待命。

这时青海马步芳也急得心头起火，他清楚，这支队伍到了山东要么被兼并，要么被消灭。于是马步芳一方面在蒋介石那里斡旋，一方面密令马步康做好骑八师军官的思想工作，把他们带回青海。

马步康自然乐意把骑八师带回青海。人心都是肉长的，抗战八年，谁不想回家呢？

在韩庄驻扎时，马步康召集团级以上军官开会，说："我骑八师自出征以来，过了八年。这八年来，骑八师士兵伤亡一大半，只剩下数得过来的老兵，除少数内地官兵外，大部分都是甘肃、青海的子弟兵。这八年来，人困马乏，军官也好，战士也罢，都非常讨厌战争。可如今又让我们进山东打内战，官兵不愿意，我们将领还能做什么！"

马步康为使骑八师回青海，颇费了一番心思，电请蒋介石："请求将骑八师调回甘肃永登地区整训，再进新疆，既可平定乌斯满匪乱，又可防备'赤敌'进攻。"

蒋介石得知后高兴地答应了马步康的请求。

这一天，哈木宰带着韩驼泉回到军营，大家非常高兴，连长说："我们马上要回家了，蒋委员长来电了，要我们骑八师撤回到陕西富平县待命。"

大家高兴得跳了起来，有人敲起了脸盆，还有人唱起了花儿。

千里的大路上红旗绕，

凯旋的阿哥们到了；

身上尘土脸上的汗，

家乡的平安哈保了。

另一个人不会唱花儿，但他说他会说花儿，大家就让他说了一个。

杨木杆子的紫红旗，

兵马们站了个队了；

说不想你是装硬气，

要见面，

除非是得了胜了。

接着就有人唱起了带点色情的花儿，哈木宰指了指韩驼泉，大家才没敢继续唱下去。连长坐在那儿不声不响，哈木宰问："连长，谁惹你了吗？你给我说，我收拾他去！"

连长说："大家不要高兴得太早，还有个不好的消息，听说徐州绥靖主任牟中珩，还有李仙洲对我们骑八师意见很大，还说我们骑八师违抗命令西上，好像要用武力阻击我们师！"

哈木宰说："哪个驴日的挡我回家的路，我手里的战刀就饶不了谁，日奶奶，打仗时让我们上前线当炮灰，分钱时日奶奶一个比一个跑得快。按理说羊肉不让吃，汤也给分一口吧！日奶奶，连一个香气都不让闻，真正是一心抗日，两袖清风，三餐不饱，四肢无力，五处奔跑，六亲不靠，七件无着，八年抗日，九死一生，十分伤心！"

大家说："说得好，特别是那个一什么二什么的，还真看不出来，哑木匠盖大房呢！"

435

回家的消息确定了，就在凌晨出发，同时连长命令大家压好子弹，子弹上膛，战刀在手。

哈木宰铁了心，他的步枪里装满了子弹，如果这会儿真有人敢阻挡他，哈木宰真会朝他开枪。

马步康命令全师以战备状态行军，随时做好与阻击部队打硬仗的准备。他了解这支队伍，这会儿要是有人出来阻挡回家的路，不豁命才怪！

走了十几天，部队终于安全到达了陕西富平县。西安行辕派刘勘及随员十多人来骑八师慰劳。骑八师撤到富平县后与暂编骑兵第二师马禄部整编成一个师。

哈木宰此时焦急地等着部队回家的时间。这天晚上，三团接到了命令："明天全体集合，听秘书长马骧的讲话。"

在富平县，哈木宰们稍稍心安了，不过哈木宰还是有点担心，他听到许多不利于三团的话，尤其是一团和二团对三团有意见，大家都说三团团长谢尔升有通共嫌疑，总是对三团不放心。

哈木宰听到这些消息，气就不打一处来，人家新四军在项城、蒙城救骑八师时，这些人怎么连一个屁都不放？这会儿倒好，来了个猪八戒倒打一靶！哈木宰一点儿也不想在军营里干了，想他从当班长到当排长，又当到连长，然后从连长又到排长、班长，这会儿又什么都不是了，真是再高的石头也要落的。哈木宰哼起宴席曲：

　　十一月到了者雪花飘，

　　马打到山里吃饱草；

　　枪入了库来刀入了鞘，

　　把吃粮的哥哥们解散了。

　　号衣嘛战裙的都收掉，

　　破皮烂毡的自己找；

　　娘老子听见了心不安，

千里的远路上送盘缠。

第二天，三团准时到达阅兵场，可是阅兵场上一个人影都没有。哈木宰开始怀疑是不是传错了命令，可是三团团长谢尔升就在前面等着呢。

等了半天，阅兵台上一位副师长宣布："先到的部队把枪架起来休息，等部队到齐时再开会！"

哈木宰们一一把枪放到一旁，满满的架了一堆。

把枪交上去了，哈木宰心里更加不安起来，他开始查看着四周，没有可以逃的地方。

果然这是个鸿门宴，四周突然出现了两个全副武装的团。哈木宰们紧张地站了起来，他右手已摸到了扎西的藏刀，可一想到韩驼泉还在军营里，就把手松开了。

哈木宰站在第一排，眼前是和自己并肩作战过的一团骑兵。哈木宰狠狠地盯着所谓的战友，把他们盯得一个个低下了头。

这时马步芳的秘书长马骥走了上来："奉四十集团军马步芳总司令命令，骑八师三团建制撤消，官兵一律遣散。"

哈木宰这才发现三团班长以上的军官都不见了，他们只是士兵，不过还好没有被抓起来关进监狱。听到遣散的那一刻，哈木宰简直要对那个姓马的说个赛俩目感谢，这样他就可以名正言顺地回家了。

哈木宰收拾了一下行李，什么都没有，只有那把折花战刀和小藏刀。多年来欠的军饷被一阵大风吹跑了。哈木宰气不过，就跑到军需处询问，军需处的人一个腔调："遣散人员都没有军饷！"

哈木宰领着韩驼泉走出了军营，走了一段路，突然遇到了一团的牛大个，还有几个人，他们把手里少得可怜的钱塞到哈木宰手中，哈木宰把手一扬，那些钱就在风中散开。

10

十二月到了者一年满，

一路上讨饭者回家园；

吃粮人来去者整四年，

一路上的寒酸就说不完。

一庄子出去了七十三，

有命的回来了一十三；

狗官们把功劳一身揽，

大清的江山拿人头填！

折花战刀

438

哈木宰觉得这首宴席曲真好，编这首宴席曲的人肯定像他一样当过兵，吃过粮，在死人堆里爬过，也和他一样当兵当到头什么都没有，只不过一句解散的命令！唱着唱着哈木宰才觉出这首宴席曲里的滋味，两眼茫茫，顿觉得世事无常。

离西安越来越远了，哈木宰领着韩驼泉走在回青海的路上。尽管路上还有行人，可是哈木宰觉得这天地间只剩下他们两个人，这个世界抛弃了他。过去只不过一场梦，一场撕心裂肺的梦，没有辉煌的衣锦还乡，也没有鲜花欢笑的荣归故里，哈木宰觉得自己只不过到河南、安徽骑了一趟马，一种虚无感准确地击倒了哈木宰。

寒风从四面八方向他俩涌来，韩驼泉哆嗦着，连打了好几个喷嚏，鼻涕都抹到右脸上，被风沙一吹，像个泥猴。哈木宰蹲下来，心疼地扣紧了韩驼泉的扣子，又找了条绳子紧紧系在韩驼泉的腰里，避免寒风灌进去。

看着茫茫大地，一条土路在面前延伸，天空似乎把无穷的忧愁源源不断地挥洒下来。哈木宰越想越气，越想越觉得憋屈，他想起了韩来臣，想起了扎西，想起了摔进黄河的哈比布，想起了哈比布断头的马拖着鬼子奔向黄河，想起了大白马最后的抽搐……他大喊了一声，抽出折花战刀，疯了似的在风中劈砍，把寒风砍得七零八落，把飘满天空的忧愁砍得风消云散，把这个不公的世界砍得落花流水。

韩驼泉看着疯狂挥刀的哈木宰，蹲在地上瑟瑟发抖。

砍着砍着，哈木宰把战刀扔在地上，让自己像个麻袋一样平展展地摔到地上，地上的石子透过棉衣把后背硌得生疼。这会儿他什么心思都有，他盼望着大地张开大口把他吞进去，盼望着世界末日到来，只有在永久的后世中人才不会有这么多的难心事！

也不知躺了多久，哈木宰感觉一双小手小心地替他擦着眼泪。他睁眼一看，韩驼泉举着小手吓了一跳，看到他睁开眼睛连忙把手缩了回去。

看着孩子那天真的眼睛，哈木宰觉得韩来臣正从韩驼泉的双眼中关切地看着自己，哈木宰有了一丝羞愧。如果韩来臣在，哈比布在，他们不笑话死才怪呢！哈木宰朝韩驼泉苦笑了一声，他想这时自己笑得肯定比哭还难看。哈木宰说："他们把我们吃尽了，喝干了，榨成干柴烧，手一扬把我们灰一样地撒在了凉风里！"

韩驼泉小心地说："我想看一眼母亲口中的黄河！"

顿时李秋叶出现在哈木宰眼前。哈木宰羞愧地坐起来，一把抱住韩驼泉，擦去韩驼泉的眼泪说："走，我们看黄河走！"

哈木宰环顾四周想找点水洗个小净，可是荒天野地里哪有水。哈木宰便找了一处干净的黄土，用黄土作了土净，朝西礼了两拜。礼拜之后，哈木宰平静下来，一切心事都被风吹得干干净净的，一切忧愁都被洗得清清爽爽的，此时他才猛然发现自己好久没礼过拜了。

哨儿风尖利地划过石头，划过两人的脸，哈木宰背着韩驼泉向前走去。他们每到一个地方，先打听有没有清真寺，一到清真寺，他和韩驼泉就有饭吃，就有炕睡了。

这几天两人走了好多路，却没见过清真寺，两人就着水吃要来的玉米面窝窝，终于看到了一座清真寺，哈木宰和韩驼泉欣喜若狂地奔过去。这天半夜，韩驼泉突然发起高烧，烧得脸发红，烫得哈木宰的手都挨不上。哈木宰手足无措，坐在一旁给韩驼泉擦汗，着急地看着他不停地说胡话。

清真寺的阿訇是个中医，过来给韩驼泉把脉，开了药方，让满拉学生连夜去抓药。折腾了一夜，韩驼泉的烧才退了，安静地睡着了。

哈木宰摸摸身上，一分钱都没有，他开始后悔在西安把那些钱扔了，就解下折花战刀交给阿訇算药钱。阿訇说："你是抗日英雄，这点小事哪能当事呢！再说了为大众的正义付出努力的人难道不应该受到尊重吗？"

治好韩驼泉后，阿訇给韩驼泉送了一件棉大衣，一双棉鸡窝鞋。棉大衣长，穿在他身上衣袖都拉到地上，哈木宰就把袖子卷起来，这样韩驼泉的鼻涕少了许多，走路不再打摆子了。

走了十几天，哈木宰在半路上遇到了一支驼队，一打听才知道他们也是青海人，从西宁放了一趟皮筏子，运了一趟羊毛，雇了驼队往回拉皮筏子呢。哈木宰一个赛俩目拉近了彼此的距离。聊着聊着，驼队领头人说他是民和马场垣人，正宗的苦芦湾人。哈木宰就说起抗日骑兵刚到河口时，一帮苦芦湾人放羊皮筏子帮他们过了黄河。

那个领头人一听，不由分说就让哈木宰韩驼泉两人骑在骆驼上，又递上来一个馍馍。领头人说："天下穆民一条根，你又是打过日本鬼子的硬汉子。从今儿起，你跟着我们回青海，我们吃稠你吃稠，我们喝稀你喝稀。啥事不要管，骑着骆驼走就行了！"

哈木宰还要说什么，可领头人把手一挥，驼队就踏上了归途，叮叮当当的驼铃响了一路。

茫茫的戈壁滩在驼队面前铺展开来。韩驼泉只见过安徽平原的绿色，却没见过冬天不长草的戈壁滩，他一个劲地睁大眼睛看周围。渐渐地戈壁滩上起风了，风夹带着沙子扑向人脸。时间不长韩驼泉的脸就变黑了，哈木宰心疼地用布包起韩驼泉的脸，只留出一双水汪汪的眼睛。

戈壁单调的景色，让大家的心情渐渐单调起来。一些人为了提神，还唱起了花儿，听着那千回百转的花儿曲调，也是一种享受。队伍中有一个人唱了一个字的花儿，整首花儿就一个"哎"字，可这个"哎"字却唱得高高低低，曲折婉转。一会儿忧伤地落在谷底，一会儿又高亢地冲向山顶，这一起一落的"哎"字让哈木宰的心跟着起起落落。有人对哈木宰说，这个苦芦湾人在黄河上扳了半辈子羊皮筏子，有一肚子两肋巴的难怅事。此时哈木宰终于明白了出门人为什么那么喜欢唱花儿唱宴席曲，它们实际上是出门人的护心油。

又一个夜晚来了，戈壁滩上的寒风紧锣密鼓地涌过来，风中渐渐地夹着雪花，领头人忧心忡忡地看着天空，又吆喝了一声："大家快走，今晚不能在这白狼滩过夜。"

雪越来越大，随风飘着，盖住了骆驼的眼睛，骆驼不停地眨巴着眼睛，一片雪花刚消失，另一片又扑上来紧紧捂住眼睛。韩驼泉没见过这么大的雪，在骆驼上兴奋地用手掌接着雪花，一片又一片雪花在他的小手中融化。

突然领头的骆驼猛然奔跑起来，接着又听到身后传来一声凄厉的长嚎。领头人脸色一变："狼！"这时只见一群狼远远地跟在驼队后面，绿莹莹的狼眼在驼队身后游弋。驼队的人不敢大意，不时朝绿光打上一两枪，传

441

来一两声惨叫。可驼队的子弹少，又不敢全打完。

狼群还是围住了驼队，骆驼们紧张地喷着白沫，不时用蹄子踢着后面。看着张牙舞爪的狼，韩驼泉终于害怕了，脸色惨白惨白的，哈木宰说："别怕，我有刀！"

哈木宰抽出了折花战刀，冷光四射。事后驼队的人们都说他们在哈木宰的手中看到的不是一把刀，而是一条血龙。

哈木宰突然感觉自己又骑在大白马上，过去挥刀砍杀鬼子的感觉又回来了。大白马似乎跑了很久，它身上的汗味在寒风中那样清晰鲜活，哈木宰的眼泪顿时在风中摔成几瓣，向四周飞溅。

哈木宰轻轻动了动脚，大白马像箭一样射了出去，冲向狼王。哈木宰又找到了战场上的感觉，一扔，一接，折花战刀轻松地从右手换到了左手，身体向左前方倒下去。

寒风掠过狼王的尾巴吹向哈木宰，一股说不清的骚味直扑哈木宰的鼻子。哈木宰觉得折花战刀又开始发热发烫，他清楚地看到血龙在折花战刀上游动。只见一道血光闪过，狼王跑着跑着，身体猛然从中间齐齐地断成两截，而前腿还在奔跑着，其余的狼一看狼王死了，一阵风似的跑光了。

哈木宰收起了折花战刀，激动地抚摸着大白马。可是他没摸到大白马光滑的脊背，却摸到一个肥嘟嘟的驼峰。大白马走了！大白马还是走了！哈木宰再也忍不住眼泪，他知道大白马又一次救了他，但这次大白马真的离他远去了。他似乎听到了大白马在空中清脆的马蹄声，越来越远……

驼队的人都非常惊奇，有人说哈木宰骑的这头骆驼是驼队里速度最慢的，这天不知怎么了，竟然像电一样快。事后有人骑着它试了试，可是它再也跑不快。有人悄悄地说他看到哈木宰当时骑的不是骆驼而是一匹白马。哈木宰望了望天空，什么也没有说。驼队的人对哈木宰更加敬重，一路上的细心照顾让哈木宰都不好意思起来。

走了两个多月，一场春雪覆盖了青海大地，驼队在一片春雪中踏进了

折花战刀

西宁小峡口，山两边的积雪让哈木宰倍感亲切。他突然想起八年前，他们在马彪师长的带领下穿过小峡口的情景，那时红旗飘飘，战士们的精气神儿十足，鬼头大刀磨得雪亮雪亮的。韩来臣、扎西他们的音容笑貌在哈木宰眼前一一闪过，好像就在昨天他们刚离开小峡口，哈木宰痛苦地"哦"了一声。

到了西宁，再走一天的路程，就能看到家乡雄伟的老爷山了。

双脚终于踏上了大通的土地，空气中飘着初春的气息。哈木宰大口大口贪婪地吸进去，久久不愿吐出来，这可是铁犁深深插进泥土之后飘起的味道呀！哈木宰定定站了好一会儿，吸着泥土的香味，向空中摊开了双手，他感谢着，他祈祷着，想着儿时跟在父母后面犁地的情景，想着父母的音容笑貌，想着如今父母的坟头恐已长满草，眼前的一切在哈木宰眼中晃动起来。

> 老爷么山上的刺梅花，
>
> 扎是个扎来者摘两把。
>
> 只要你尕阿姐说句话，
>
> 死哩嘛活哩是我不怕。

老爷山似乎只跳了一小步，就跳到了哈木宰跟前，在蓝天白云的衬托下，老爷山似乎更雄伟了。哈木宰又听到了放羊娃那首熟悉的花儿。

哈木宰这时才感觉到脚下是实实在在的家乡，心才踏踏实实地落到了胸腔里。看着越来越近的家乡，哈木宰的心开始狂跳起来，自己一走就是八年，八年来不知家里发生多少事？

家乡的那条小河在哈木宰面前露出亲切的笑容，小河在阳光下微微泛着光，哈木宰似乎还能看到笨重的长胡须的鱼扭动着尾巴，一身银白的机灵的小银鱼像针一样在水中欢快地钻来钻去。远处田地里渐渐有了人影，此时性急的人们已经站在地里干活了，田里不时传来一两声吆喝。闻着路边的泥土味，哈木宰真想躺在田里，美美睡上一天。

443

哈木宰的步子快了起来，韩驼泉有点跟不上，哈木宰扛起韩驼泉朝家小跑起来。

此时赛力麦正在家门口晒牛粪，她细心地用粪叉拨着牛粪，牛粪在她的手下变得规规矩矩的。再晒上半天，牛粪就全干了，爷爷又能睡上热炕了。

突然赛力麦的心没来由地一阵狂跳，等她抬起头，一个长头发、满脸大胡子的男人扛着一个小孩站在她眼前，定定地望着她什么话也不说。赛力麦脸一红低头往屋里走，端了半碗面迎了出去。

赛力麦等着那人张开乞讨的面袋子，可是等了半天也不见他的面袋子。抬头仔细一看，眼泪就下来了，她回头朝屋里大喊。

铁匠爷往大门口跑时，摔了一跤。

铁匠爷一看到哈木宰，高高地挥起拐棍，举到半空又轻轻地落下，拍掉了哈木宰衣襟上的尘土。

铁匠爷紧张地望了望哈木宰的身后，哈木宰说了一个赛俩目，又说："我没当逃兵，抗日胜利了，骑兵解散了！"

看到哈木宰身后没有大白马，铁匠爷就说："人回来就好，人回来就好！"

村里人听说哈木宰回来了，都来看望他，这让他很感动。时间不长，哈木宰的舅舅也来看望他。舅舅一脸喜色，进了家门，屁股一挨到炕上就开始问这问那，当听到哈木宰是从西安自己走回来时，舅舅的脸色变得凉凉的。

最后舅舅说他想买匹马，可是钱又凑不够。他说哈木宰打了八年仗，手里肯定攒了不少钱，只要拿出一个零头借给他，他的一匹马就出来了。

说着说着铁匠爷脸色变得铁青。关于哈木宰的舅舅，铁匠爷心里一本账，当年铁匠爷家有事时，这个舅舅事不关己，袖手旁观。如今又来套近乎。

哈木宰连忙解释起来，舅舅就是不相信，这让哈木宰心里酸甜苦辣什么滋味都有。他拿出了抗战胜利的奖章，把它交给舅舅，说："这是部队奖给我们的，你看能不能换点钱！"

哈木宰的舅舅拿过奖章，只见奖章上是一名右手持枪的战士，奖章右

折花战刀

上方写着"民族至上"四个字。哈木宰的舅舅连忙塞到嘴里，用牙使劲咬了咬。

"铁的！"哈木宰舅舅一手捂着牙，一手把奖章扔在炕桌上，气呼呼地转身走了。

这时哈木宰才发现自己家里穷得什么都没有了。屋顶的一根橼子从中间折了，下面支了一根木棒，破木门也快掉下来了，一阵酸楚泛上心头，哈木宰抱着头蹲在地上。

铁匠爷说："起来，儿子娃娃流血不流泪！"

第二天，大阿訇请哈木宰到清真寺里吃油香。哈木宰不想去，可是硬被两个满拉学生拉到了清真寺里。一进清真寺，哈木宰找了一个角落坐下。清真寺里站满了村里人，墙角的三口大锅里煮着羊肉，正咕嘟咕嘟地冒着香味。

大阿訇先把哈木宰和铁匠爷拉到了上席，哈木宰像做错了事的孩子坐在椅子上左右不安。大阿訇没看哈木宰，开始演讲了，大阿訇没怎么变，只是声音多了些苍老。讲着讲着哈木宰的头抬了起来，腰也直了，他远远地看到人群中赛力麦也高兴地朝他笑。

这天晚上，哈木宰就住在清真寺，和大阿訇说了一夜的话。

过了几天，哈木宰的舅舅又来了，满脸堆笑地说："我的亲外甥，好事来了！"边说边往房里走。

说了半天，哈木宰才明白，原来有人想高价买哈木宰的折花战刀。哈木宰指着墙，冷冷地说："你来晚了！"

舅舅张大嘴看过去，只见墙上并排挂着两把镰刀，镰刀上的花纹像水一样，从镰刀把流到镰刀尖上。镰刀打得非常精致，仿佛它本来就是镰刀而不是折花战刀。

"今年我们割田就能省力气了！"铁匠爷看着挂在墙上的镰刀幽幽地说道。两把折花镰刀像两弯银月，挂在墙上发着柔柔的光芒。

后 记

在我们大通烈士陵园，有一座"抗日英雄纪念碑"安静地卧在一座具有民国建筑风格的凉亭里。碑的材质并不好，是当地随处可见的粗糙石头，碑上有几处字迹已脱落，被突兀地涂上了红漆。碑上的记载并不多，只有树碑时间，其余的历史细节全然不存。

曾听父亲说过抗日战争时青海也出了一支抗日骑兵，大通也有许多骑兵，他们曾到陕西、河南、安徽打过日本兵，可再仔细问下去，也问不出什么来。后来有人说我们村庄也有一个抗日骑兵，在河南折了。"折"是当地方言，牺牲之意。他的家人说起这事时语气淡淡的，也没有多少细节，似乎那成了一个久远的梦。渐渐地关于大通抗日骑兵的事一点一点地多起来，和我们村相距不远的上和衷村有一个雍姓老人，当年曾在惨烈的安徽蒙城战役中被打散，一路乞讨一路尘，走了一年多终于回到了大通，回来后他只字不提抗日的事，默默去世了。

好在青海的历史资料还保存了青海抗日骑兵在河南、安徽英勇抗日的往事。在 1937 年，青海派出了由八千多人组成的骑兵到河南抗日，有回族、

折花战刀

撒拉族、土族、汉族，其中回族居多。他们身穿羊皮袄，在陕西渭南被人当作怪物围观；他们武器装备落后，待遇差，只有数得过来的汉阳造步枪，绝大多数人带着大刀长矛。但作为杂牌军，他们始终处在与日军交锋的前沿阵地。他们曾说自己是"一心抗战、两袖清风、三餐不饱、四肢乏力、五处奔跑、六亲不靠、七件无着、八年抗日、九死一生、十分伤心"。可这支队伍在河南淮阳、安徽蒙城与新四军联合抗战，战功赫赫，令日军闻风丧胆，称他们为"马回子军"或"马胡子军"。八年抗战，胜利的果实却与他们无关，只回来了两千多人。这些事迹在发黄的历史中沉默，即便有人提及也只是一语带过。

时光是把刀，好多抗日老骑兵如今已过世，真实还原历史已不可能。我钻进了故纸堆，寻找着抗战的细节，甚至连骑兵的鞋子都关注到了。然而这些远远不够，我对战场仍然一片懵懂。于是，我又只身到河南、安徽等抗战战场调查，在当时老人的口中听到了"马胡子军"的马蹄声。在河南，竟然在作家阿慧的舅舅倪胜章先生那儿找到了一份珍贵的资料；在安徽，我查到了一些当地资料，在安徽利辛县马店，我看到了青海骑八师抗日将士的陵园遗址，尽管整座陵园已变成田地，只剩下卢广伟将军的坟墓。当地姓马的老人给我讲了一些细节，说当年骑八师把阵亡将士用马往这边送，差不多送了一个多月，其中一部分人是用棺材送来的，大多数是用白布裹着送来的，估计可能是逃兵。我说，那些白布裹着的是回族抗日骑兵，不是逃兵。

小说能跨越时空，想象也能还原一点历史细节。但面对远去的历史，面对堆得高高的抗日资料，我一度担心自己无法完成。波澜壮阔的战争、湮没的历史对我而言都是无法逾越的大山，要么被历史资料牵着走，要么凭空捏造，违背史实。有那么一段时间，我一个字都写不出来，只有枯坐，甚至想过放弃。可想想那些从家乡骑马出去再也没回来的抗日将士们，他们什么都没留下，只有一段发黄的语焉不详的历史资料。为他们留一点资料，让后人记住这些青海各族人民的抗日英雄，艺术地再现他们的身影也是写作者们的一份责任，此时那些将士们一一来到了我眼前。

青海人民出版社戴发望先生也有为这段往事立传的心愿，并约请我执笔。于是便有了写作的机缘。

感谢苏文虎、马富雄、马文彪先生的大力支持，也感谢学者樊前锋、候建飞、马有福、亓建国、蒋家华的帮助，在他们的关注下，我的书稿终于完成了。好坏成败已不重要，我只想告诉人们青海抗日骑兵们鲜活的艺术记忆；只想告诉人们青海也曾是抗日战争的坚强大后方，青海各族人民也为抗日战争做出了巨大的牺牲，岁月漫长，英雄不死！

冶生福

2015 年 9 月完稿于大通

折花战刀